FOLIO SCIENCE-FICTION

Robert Charles Wilson

LES DERNIERS JOURS DU PARADIS

Traduit de l'américain par Gilles Goullet

Denoël

Cet ouvrage a été précédemment publié dans la collection
Lunes d'encre aux Éditions Denoël.

Titre original :
BURNING PARADISE

*Ouvrage publié avec l'accord de l'auteur et de son agent,
Danny Baror – barorint@aol.com*

Né en 1953 en Californie mais vivant aujourd'hui à Toronto, Robert Charles Wilson s'est imposé en moins de vingt ans comme l'une des têtes de file de la science-fiction canadienne. Au travers de ses nouvelles, publiées dans les prestigieux *Magazine of Fantasy and Science Fiction* et *Isaac Asimov's Science Fiction Magazine*, puis de ses romans, il s'est attaché à créer des univers étranges et exotiques dans lesquels évoluent des personnages d'une grande authenticité, tout en développant des intrigues dont l'apparente simplicité semble destinée à égarer le lecteur dans un jeu de faux-semblants.

On lui doit notamment *Darwinia*, *BIOS*, *Mysterium*, *Les Chronolithes*, ambitieuse variation sur le thème des paradoxes temporels, ou, plus récemment, *Spin*, qui a reçu le prestigieux prix Hugo, et ses suites, *Axis* et *Vortex*, ou *Julian* et *Les affinités*, tous publiés aux Éditions Denoël dans la collection « Lunes d'encre ».

L'esprit croit naturellement, et la volonté aime naturellement. De sorte qu'à faute de vrais objets, il faut qu'ils s'attachent aux faux.

Blaise PASCAL

PREMIÈRE PARTIE

Vérité impossible à dire

La nature, bien qu'elle n'ait pas d'esprit, est passée maître dans l'art de la mystification.

Ethan Iverson,
Le Pêcheur et l'Araignée

1

Buffalo, État de New York

Tout se serait peut-être ensuite passé d'une autre manière et peut-être ne se serait-il même rien passé du tout, si Cassie avait réussi à dormir cette nuit-là.

Elle avait essayé, *voulu* dormir, s'était scrupuleusement couchée à 23 h 30, mais à un peu plus de 3 heures du matin, ses pensées ne cessaient de courir comme des hamsters dans leur roue. Si bien qu'elle se leva, alluma, enfila un pantalon de jogging gris et une chemise de flanelle jaune, puis, pieds nus sur le parquet froid du couloir, se rendit dans la cuisine.

Chose rare, elle était seule dans l'appartement. Seule avec Thomas, bien entendu, son petit frère de douze ans qui n'était pas vraiment présent puisqu'il dormait à poings fermés dans la seconde chambre. Tous deux vivaient chez leur tante Nerissa et Cassie continuait à considérer l'appartement comme celui de tante Riss, alors même qu'ils habitaient là depuis presque sept ans. En temps normal, sa tante aurait été endormie sur le canapé-lit du salon, mais elle était sortie avec quelqu'un, ce soir-là, et ne rentrerait donc sans doute pas avant le lendemain après-midi.

Cassie s'était réjouie de pouvoir être un peu seule. Elle avait dix-huit ans, avait terminé le lycée au printemps et travaillait trois rues plus loin dans un grand magasin appelé Lassiter. Légalement et fonctionnellement, elle était adulte, mais tante Riss continuait à se montrer protectrice et s'était fait tout un tracas complètement inutile au moment de sortir : *Ça va aller ?* Oui. *Tu es sûre ?* Évidemment. *Tu garderas l'œil sur Thomas ?* Oui ! Vas-y ! Amuse-toi bien ! Ne t'inquiète pas pour nous !

Cela avait été une soirée agréable et vite passée. Il n'y avait pas de téléviseur dans l'appartement, mais Cassie avait mis des disques après le dîner. *Le Clavier bien tempéré* de Bach avait donné sommeil à Thomas alors qu'il résonnait dans la tête de sa sœur comme la sonnerie d'une cloche céleste, même une fois Thomas couché et l'appartement d'un silence sinistre. Elle avait ensuite éteint partout, sauf près du canapé sur lequel elle s'était recroquevillée avec un bol de pop-corn et un livre jusqu'à ce qu'elle se sente assez fatiguée pour gagner son propre lit.

Alors pourquoi tournait-elle en rond comme un chat nerveux ? Elle ouvrit le réfrigérateur, ne trouva rien d'appétissant à l'intérieur. Le linoléum lui glaçait les pieds. Elle aurait dû mettre des pantoufles.

Elle tira une chaise de cuisine près de la fenêtre et s'assit, les coudes sur l'appui poussiéreux. Six mouches mortes étaient coincées depuis l'été derrière le store en coton relevé. « Dégoûtant », dit tout bas Cassie. Novembre avait été froid et venteux, et des filets d'air de fin d'automne traversaient la fenêtre à simple vitrage comme des doigts fureteurs.

Celle-ci donnait sur Liberty Street. L'appartement de tante Riss était situé à l'unique étage d'un immeuble de brique semblable à tous ses voisins, au-dessus d'une boutique de vente et réparation de meubles d'occasion placée entre un restaurant chinois et un sordide magasin d'antiquités. De sa chaise, Cassie voyait les grandes vitrines de l'épicerie Groceteria et cinq ou six autres magasins du côté nord de Liberty Street, jusqu'à Pippin Street et Antioch Avenue. Il y avait peu de circulation, à cette heure tardive, mais les boîtes de nuit du quartier des divertissements venaient de fermer. Par d'autres vendredis d'insomnie — elle n'avait de toute manière jamais eu le sommeil particulièrement facile —, Cassie avait vu des feux rouges brûlés par ivresse et entendu des conducteurs faire rugir leur moteur en une furieuse manifestation d'enthousiasme masculin. Mais la rue était pour le moment vide et silencieuse. Pas le moindre piéton.

Ou plutôt si, *un*, corrigea-t-elle intérieurement. Un homme à l'entrée de l'étroite ruelle entre le Groceteria et la Bouquinerie Tuck.

Cassie ne l'avait pas vu tout de suite à cause des banderoles de l'Armistice fixées l'avant-veille aux lampadaires par la municipalité. Un défilé célébrait chaque année l'Armistice de 1914, mais cette année-là, la ville (l'État, la nation, le monde en général) faisait tout un plat du centenaire : un siècle de paix. Une paix relative. Approximative.

Cassie avait toujours adoré cette fête, sa préférée après Noël. Elle se souvenait encore des défilés auxquels ses parents l'emmenaient à Boston… Elle se rappelait les vendeurs ambulants de marrons chauds dans des cornets en papier, les chars des Nations remplis d'écoliers en habits folkloriques aux couleurs invraisemblables, les cacophonies concurrentes des fanfares des lycées. Si la mort violente de ses parents lui avait appris que certains aspects du monde n'apparaîtraient jamais dans aucun défilé de fête de l'Armistice, cette époque continuait à lui paraître d'une séduction douce-amère.

Secouée par un vent vif, la banderole du centenaire dévoilait et dissimulait tour à tour le piéton dans l'ombre. À présent que Cassie l'avait vu, elle ne pouvait plus en détacher les yeux. C'était quelqu'un de terne, d'ordinaire, sans doute un homme d'affaires, convenablement vêtu pour la saison d'un chapeau mou et d'un manteau gris qui lui descendait aux genoux, mais Cassie avait l'impression dérangeante qu'*il la regardait* et qu'il avait détourné la tête dès qu'elle l'avait vu.

Bon, et pourquoi pas ? À cette heure-là, il n'y avait peut-être pas d'autres fenêtres allumées dans cette portion de rue. Pourquoi cela n'attirerait-il pas l'attention de ce type ? Tante Riss et les autres survivants de la Correspondence Society qui habitaient à Buffalo avaient formé Cassie à leurs protocoles secrets, dont la première règle était la plus simple : *se méfier des inconnus qui faisaient attention à vous*.

Cet inconnu solitaire ne regardait plus sa fenêtre, mais semblait encore s'intéresser à l'immeuble. Il examinait celui-ci d'un regard fixe, voire un peu dément. Cassie sentit son ventre se nouer. Il *fallait* que ça arrive un soir de sortie de tante Riss. Non qu'il soit vraiment *arrivé* quelque chose, mais Cassie aurait préféré pouvoir en parler à quelqu'un. Devait-elle vraiment s'inquiéter à cause d'un piéton présent après minuit dans la rue balayée par le vent ? Elle avait bien trop conscience des pièces vides autour d'elle et des ombres qu'elles renfermaient pour pouvoir répondre facilement à cette question.

Ces pensées l'absorbaient au point qu'elle sursauta quand, le vent soulevant une fois encore la banderole de l'Armistice, elle s'aperçut que l'homme avait bougé. Il s'était avancé de quelques pas sur le trottoir jusqu'au bord de Liberty Street, le bout de ses chaussures marron à la limite du caniveau. Il levait à nouveau la tête, et même si Cassie ne voyait pas ses yeux, elle s'imagina sentir le poids de son regard en train de détailler l'immeuble. Elle se baissa et alla éteindre le plafonnier. Désormais, c'est *elle* qui pourrait l'observer, lui, tout en restant dans le noir.

Quand elle se rassit près de la fenêtre, il n'avait qu'à peine bougé, un pied sur le trottoir, l'autre sur la chaussée. Qu'allait-il faire ensuite ? Était-il armé ? Allait-il traverser la rue, entrer dans l'immeuble, frapper à l'appartement et tenter d'enfoncer la porte si Cassie ne lui ouvrait pas ? Elle savait comment réagir en pareille situation : elle devait attraper Thomas et s'enfuir par l'escalier de secours. Une fois certaine de ne pas être suivie, elle se dépêcherait d'aller chez le membre le plus proche de la Correspondence Society… même s'il s'agissait en l'occurrence du déplaisant Leo Beck, qui habitait un appartement minable à cinq rues de là en direction du lac.

Mais l'homme semblait hésiter à nouveau. Un tueur hésiterait-il ? Cassie n'avait bien entendu aucune véritable raison de croire qu'il s'agissait d'un meurtrier ou d'un simulacre. Il n'y avait eu aucune violence depuis la série d'assassinats sept ans auparavant. Ce n'était sans doute qu'un ivrogne dépité par son infructueuse tournée des bars, ou bien un insomniaque à l'esprit aussi agité que le sien. L'intérêt qu'il portait à l'immeuble de Cassie pouvait n'être qu'une illusion d'optique : peut-être regardait-il son propre et lugubre reflet dans la vitrine de la boutique de meubles d'occasion des Frères Pike.

Il fit encore un pas sur la chaussée de Liberty Street au moment précis où une voiture arrivait de Pippin Street. Une berline sombre, bleue ou noire, Cassie ne voyait pas très bien dans la lumière incertaine des lampadaires. Le conducteur accéléra frénétiquement et son automobile chassa dans le virage. Cassie supposa qu'il était ivre.

L'inconnu solitaire ne sembla toutefois s'apercevoir de rien. Il se mit à traverser la rue comme s'il venait soudain de se décider, l'automobile continuant quant à elle sa route sans faire attention à lui. Le regard de Cassie passa de la voiture au piéton, calculant la trajectoire évidente, mais elle n'en crut pas tout à fait ses yeux. La berline allait sûrement faire une embardée au dernier moment ? Ou l'inconnu s'écarter d'un bond ?

Mais il ne se produisit rien de tout cela.

La banderole de l'Armistice claqua à deux reprises dans le vent de novembre. Cassie plaqua son front à la vitre glacée. Ses mains serrèrent le rebord constellé de mouches mortes et elle regarda, le cœur au bord des lèvres, la collision possible devenir inévitable, puis fait écœurant.

Le pare-chocs heurta le piéton à hauteur des genoux. L'homme s'écroula et roula comme aspiré sous la calandre. Pendant un instant terrifiant, il disparut tout bonnement. Cassie, qui n'empêchait qu'à grand-peine ses yeux de se fermer, vit seulement la voiture tressauter à deux reprises en passant sur le corps de l'inconnu. Elle entendit le hurlement des freins. L'automobile s'arrêta en dérapant. Des volutes de fumée blanche sorties du pot d'échappement tourbillonnèrent dans le vent. Le conducteur coupa le moteur et le silence revint un instant sur Liberty Street.

Le piéton n'était pas seulement blessé, il agonisait,

était sans doute déjà mort. Cassie s'obligea à regarder. Il avait le cou brisé, la tête de travers comme s'il examinait son épaule gauche. Sa poitrine enfoncée béait. Seules ses jambes semblaient intactes. Une paire de jambes tout à fait valables, pensa stupidement Cassie.

La portière de la berline s'ouvrit d'un coup et le conducteur sortit en titubant. C'était un jeune homme au costume fripé, le col ouvert, sans cravate. Il s'appuya au capot et secoua la tête à deux reprises. Il regarda les restes du piéton, puis détourna les yeux comme aveuglé. La banderole de l'Armistice (CÉLÉBRONS UN SIÈCLE DE PAIX) claqua au-dessus de lui avec un bruit qui, pour Cassie, évoquait un coup de feu. Il ouvrit la bouche comme s'il allait parler, puis se plia en deux pour rejeter le contenu de son estomac sur l'asphalte de Liberty Street.

Le mort avait fait bien davantage de saletés. Il y avait beaucoup de sang. Il y en avait partout. Mais ce n'était pas uniquement du sang. Il lui était aussi sorti du corps un épais fluide vert qui fumait dans l'atmosphère nocturne.

Cassie resta figée, muette, ces événements se mêlant dans son esprit à un souvenir d'autres morts, très loin de là, plusieurs années auparavant.

Comme elle avait besoin d'une certitude — parce qu'il ne fallait pas faire d'erreurs, cette fois-ci —, elle se dépêcha d'enfiler une veste sur sa chemise de flanelle et dévala les escaliers qui menaient au petit hall carrelé.

Elle entrouvrit la porte de l'immeuble. Elle n'osait pas sortir davantage en laissant Thomas endormi. Elle avait uniquement besoin d'être sûre d'avoir vu ce qu'elle pensait avoir vu.

L'air glacé s'engouffra à l'intérieur. La banderole

claquait avec colère à intervalles irréguliers. Assis sur le capot de sa voiture, le conducteur sanglotait. D'un bout à l'autre de la rue, dans les étages, des fenêtres s'illuminaient et des visages y apparaissaient comme des lunes pâles et occultées. Cassie supposa que la police n'allait pas tarder.

Elle sortit la tête autant qu'elle en avait besoin pour bien voir le cadavre.

L'une des dernières monographies diffusées par la Correspondence Society — elle avait été écrite après les meurtres — s'intitulait *Notes sur l'anatomie physique d'un simulacre.* L'auteur, le riche Werner Beck, était le père de Leo Beck. Cassie ne l'avait bien entendu pas lue, à l'époque, mais l'hiver précédent elle en avait trouvé dans les souvenirs de tante Riss un exemplaire qu'elle avait étudié avec soin. Elle pouvait en citer des passages de mémoire. *Avec le squelette et les muscles, les poumons, le cœur et le système digestif constituent les seuls organes internes identifiables d'un simulacre. Ils sont contenus dans une matrice amorphe verte, elle-même recouverte de couches de tissus adipeux et de peau humaine. Le système circulatoire, rudimentaire, produit moins de sang en cas de blessure traumatique et il n'est pas évident qu'une hémorragie massive serait immédiatement fatale pour un simulacre. La matière verte indifférenciée baigne la plus grande partie du thorax et de la cavité abdominale ainsi que la majeure partie du crâne. Exposée à l'air, elle s'évapore en laissant une pellicule verte flexible de cellules desséchées.*

Werner Beck avait écrit cela en connaissance de cause : il avait blessé une de ces créatures chez lui avec un fusil de chasse, puis eu la présence d'esprit de tenter une dissection.

Les résidus dans la rue correspondaient à sa description et Cassie s'efforça de les observer avec la même objectivité militaire. Du sang, mais moins qu'on aurait pu s'y attendre. Du tissu graisseux jaunâtre. Et un peu partout, la « matrice » verte. Cassie en sentait l'odeur. Elle se souvint fugacement de sa mère, qui cultivait chaque été des roses et lui demandait parfois de l'aider au jardin. À huit ans, Cassie avait passé un après-midi interminable à ôter pucerons et thrips des feuilles et tiges de rosiers blancs, ce qui l'avait laissée les mains recouvertes d'un odorant mélange de chlorophylle, de terreau, de débris végétaux et de fragments d'insectes. Ses mains avaient gardé plusieurs heures cette odeur, même une fois savonnées.

Le piéton mort dégageait la même.

Mme Theodorus, qui habitait en face au-dessus d'une boutique de chaussures, apparut sur le trottoir en robe de chambre rose et pantoufles de peluche blanche. Elle sembla sur le point de reprocher au conducteur éploré de l'avoir réveillée, mais se figea à la vue du cadavre. Elle regarda longuement celui-ci. Porta ensuite la main à sa bouche pour étouffer un hurlement.

Derrière tous ces bruits — le hurlement de Mme Theodorus, les sanglots du conducteur, les claquements de la banderole —, Cassie entendit une sirène de police approcher dans le lointain.

Il est temps de partir, se dit-elle. Elle était d'un calme surprenant. C'était un calme mécanique, d'une précision algébrique, sous lequel elle sentait la panique ondoyer tel un requin dans un estuaire ensoleillé. Mais elle ne pouvait pas se permettre le luxe de la panique. Sa vie était en jeu. Tout comme celle de Thomas.

En situation de crise, présume toujours du pire, lui avait enseigné tante Riss. Cassie s'efforça de suivre ce conseil, ce qui signifiait qu'elle devait croire à une nouvelle attaque générale. Sauf que, cette fois, personne n'ayant de près ou de loin des relations avec la Correspondence Society ne serait épargné. Sans cet heureux accident, le simulacre écrasé sur Liberty Street comme une vilaine compote rouge et vert serait monté à l'appartement tuer Cassie et Thomas. Tante Riss pouvait être déjà morte, possibilité sur laquelle Cassie refusait de s'attarder. Au mieux, tante Riss ne trouverait personne à son retour et découvrirait ainsi que sa vie avait à nouveau changé, définitivement et pour le pire.

Je pourrais l'attendre, se dit Cassie. Un rendez-vous le vendredi soir signifiait sans doute un retour au plus tôt le samedi midi, mais il n'était pas impossible que sa tante revienne avant. Et attendre ne serait pas *forcément* risqué, le simulacre venu pour elle étant mort. Quelques heures ne changeraient pas grand-chose, si ?

Peut-être pas... mais Cassie avait été formée pour une telle situation depuis la mort de ses parents, notamment par tante Riss en personne, et elle ne pouvait se résoudre à violer le protocole. *Faire ses bagages, alerter et fuir*, telle était la règle. Les bagages ne posaient aucune difficulté : comme sa tante, comme son petit frère, Cassie avait toujours une valise pleine dans sa chambre. Elle se dépêcha d'aller la récupérer sous le lit. La valise avait été inspectée et refaite pas plus tard que le mois précédent, pour s'assurer qu'elle contenait toujours des vêtements à la bonne taille. Cassie la posa sur le lit et s'habilla sans tarder en gardant à l'esprit qu'il faisait froid dehors et que l'hiver arrivait. Elle enfila une seconde chemise qu'elle recouvrit d'un vieux pull en laine. Elle s'aperçut dans le miroir — pâle, terrifiée et pleine de bourrelets… mais qui se souciait de l'apparence qu'elle avait ?

Tante Riss avait laissé un numéro de téléphone en cas d'urgence, et c'en était sûrement une, mais Cassie n'envisagea même pas de s'en servir. Une autre règle était : *jamais de coup de fil.* Dans de telles circonstances, un message important ne devait être remis qu'en personne. Un appel inoffensif depuis l'appartement suffirait à attirer aussitôt l'attention de l'entité qu'ils appelaient l'hypercolonie. Quelque part dans l'obscurité, dépourvue d'esprit mais d'une attention méticuleuse, elle entendrait. Et agirait.

Cassie pouvait laisser un mot, bien entendu, mais en choisissant malgré tout avec soin ce qu'elle écrirait dessus.

Elle sortit son sac à dos du placard du couloir, le remplit de nourriture simple qu'elle prit dans les placards de la cuisine : une demi-douzaine de barres de céréales, des briquettes de jus de pomme, une pochette en aluminium contenant un mélange de noix et de raisins secs. Sur une impulsion, elle attrapa sur l'étagère du couloir un livre qu'elle se fourra dans la poche. C'était une édition bon marché et très usée d'un ouvrage écrit par son oncle, *Le Pêcheur et l'Araignée*, qu'elle avait déjà lu à deux reprises.

Le temps pressait. En mettant son bracelet-montre, elle s'aperçut qu'il s'était déjà écoulé vingt minutes depuis la mort du sim. La police était arrivée. La lueur rouge des gyrophares passait entre les lamelles des stores. Elle imagina la perplexité des agents devant le cadavre, du moins devant ce qui ne s'était pas encore évaporé. Et le coroner municipal, à qui revenait d'analyser les restes, pourrait bien se demander s'il était sain d'esprit. Mais les journaux du matin n'en toucheraient pas un mot. Le conducteur ivre et en larmes ne serait jamais traduit en justice. C'était joué d'avance.

Cassie prit un stylo et une feuille de papier dans la cuisine et empêcha sa main de trembler le temps d'écrire :

Tante Riss,

Il faut qu'on file… tu sais pourquoi.

Je voulais juste dire merci (pour tout). Je prendrai bien soin de Thomas.

Avec tout mon amour,

Cassie

Il aurait été dangereux d'en dire davantage et sa tante comprendrait : « il faut qu'on file » était leur code d'alerte rouge personnel. Mais ça ne suffisait pas, loin de là. Comment cela pourrait-il suffire ? Sept ans durant, tante Riss s'était occupée de Cassie et de Thomas avec gentillesse, patience et… eh bien, sinon amour, du moins quelque chose d'approchant. C'était elle qui avait calmé les terreurs nocturnes de Cassie après la mort de ses parents, elle qui lui avait dévoilé petit à petit la vérité sur la Correspondence Society. Et si elle s'était montrée un peu trop protectrice au goût de Cassie, elle l'avait aussi aidée à trouver son équilibre entre le monde tel qu'il semblait être et le monde tel qu'il était vraiment… entre le monde que Cassie avait aimé et celui qu'elle en était venue à redouter.

« Merci » ne convenait absolument pas. Cassie hésita, voulut en dire davantage. Mais cela l'obligerait à refouler ses larmes, ce qui n'était pas très utile dans la situation actuelle. Aussi colla-t-elle le mot tel quel, dans toute son inélégance, sur la porte du réfrigérateur et s'obligea-t-elle à se concentrer sur ce qu'elle devait faire à présent.

Pour finir, elle alla sur la pointe des pieds réveiller Thomas en posant la main sur son épaule.

Elle aurait aimé pouvoir dormir comme lui, d'un sommeil profond, silencieux et fiable. Sa petite chambre était bien rangée, pour le moment : ses jouets étaient posés avec soin sur une étagère en bois et ses vêtements fraîchement lavés suspendus dans le placard. Il reposait sur le dos, l'édredon remonté jusqu'au menton, comme s'il n'avait pas bougé d'un pouce depuis que sa sœur l'avait bordé quelques heures auparavant. Peut-être n'avait-il pas bougé, d'ailleurs. Malgré ses douze ans, son visage gardait quelques rondeurs de l'enfance ; ses cheveux blonds, même ébouriffés, lui donnaient l'air d'un ange joufflu en pyjama jaune. Il s'éveilla comme s'il réintégrait son corps après une absence prolongée. « Cassie, ronchonna-t-il en clignant des yeux. Qu'est-ce qu'y a ? »

Elle lui dit de s'habiller et de prendre sa valise sous le lit. Il fallait partir, lui dit-elle. Tout de suite.

Bien que mal réveillé, il comprit. « Tante Riss…

— Elle n'est pas là. Il faut partir sans elle. »

Elle détesta voir l'angoisse surgir dans son regard et crut y lire un reproche. *Ce n'est pas ma faute !* eut-elle envie de dire. *Ne m'en veux pas… je n'ai pas le choix !*

L'air de résignation apeurée qui suivit fut peut-être encore pire. Thomas était trop petit pour se rappeler vraiment le meurtre de leurs parents. Mais ses souvenirs étaient tout autant dans son corps que dans son esprit. Il se redressa, une main sur le bord du matelas. « On va où ?

— Prévenir Leo Beck. Ensuite… on verra. Allez, habille-toi. Dépêche ! Tu sais quoi faire. Et mets des vêtements chauds, d'accord ? »

Il hocha la tête et se leva aussitôt, comme un soldat le matin au son du clairon. Cela donna à Cassie envie de pleurer.

La grande fenêtre au bout du couloir ouvrait sur un escalier de secours en bois fixé aux briques noires de suie de l'immeuble. Il permettait de descendre dans la ruelle, aussi Cassie et Thomas pouvaient-ils l'emprunter sans se faire voir de la police, même si elle devait être trop occupée à démêler ce qui s'était passé sur Liberty Street pour s'intéresser à une ruelle vide.

En soulevant le châssis, Cassie entraperçut son reflet sur la vitre sale. Une jeune femme sans élégance vêtue d'un pull trop grand, le regard méfiant sous son bonnet de laine noire, la bouche trop large, les sourcils trop sombrement généreux… peu attirante dans ce que Cassie considérait être le *meilleur* sens du terme : personne ne la regarderait jamais pour sa beauté et cela lui convenait parfaitement.

Au lycée, on lui avait non seulement trouvé un air bizarre, mais une personnalité étrange. Elle avait entendu des garçons la traiter de « poisson mort » dans son dos. Et elle était en effet passée maître dans l'art de dissimuler ses sentiments. C'était aussi cela, être une gamine de la Correspondence Society. Il y avait des vérités qu'on ne pourrait jamais reconnaître, des émotions qu'il fallait laisser cachées. Si bien qu'être un poisson mort, rester à l'écart des alliances de couloir et des cercles sociaux du week-end ou se faire regarder de travers quand on changeait de salle de classe, cela ne posait aucun problème. Ni même qu'on ricane de vous, si nécessaire. Son air un peu *nerd* l'y aidait en dressant une barrière utile entre elle et les autres. Elle savait comment éviter d'attirer l'attention : ne jamais lever la main pour répondre, ne jamais attendre ou vouloir une véritable amitié, bien faire ses devoirs mais sans que ça se voie trop.

En présence d'autres enfants de la Society, elle pouvait se laisser un peu aller. Mais elle n'avait jamais vraiment apprécié leur compagnie non plus. La marmaille de la Correspondence Society avait tendance à se montrer hargneuse, perturbée et compliquée, à faire preuve d'un esprit de clan. Sans doute pouvait-on en dire autant de Cassie.

Elle se mordit la lèvre et inspira à fond. Puis enjamba le petit rebord pour poser le pied sur l'escalier de secours, sortit sa valise et celle de Thomas, aida son frère à la suivre. Le palier usé par les intempéries tangua un peu sous leur poids. La ruelle tout en bas était un couloir d'asphalte bordé de briques, sans rien à l'intérieur qu'une benne à ordures et le vent intermittent de novembre. Cela lui convenait parfaitement aussi.

Elle essaya de ne pas penser à ce qu'elle abandonnait. Une fois en bas, elle attrapa la main de Thomas (« *Aïe* », dit-il) et le conduisit au coin de Pippin Street. Elle tourna ensuite à gauche, en direction du domicile du désagréable Leo Beck et d'un avenir qu'elle redoutait même d'imaginer.

2

Campagne du Vermont

Tôt dans la matinée, alors que les premiers rayons du soleil atteignaient les branches nues des érables et commençaient à ronger la fine couche de givre dans les ombres, un homme approcha de la ferme d'Ethan Iverson. Comme il était seul et marchait lentement, Ethan fut prévenu bien à l'avance de son arrivée.

Il suivit sa progression sur un moniteur vidéo dans le grenier où il conservait sa machine à écrire, ses dossiers de la Correspondence Society et un petit arsenal d'armes à feu. Quand l'alarme avait sonné, il préparait son petit déjeuner habituel dans la cuisine : des œufs au bacon frits dans une poêle en fonte. Son repas refroidissait à présent sur la cuisinière, figeant les œufs dans la graisse.

Ethan vivait seul dans cette ferme depuis sept ans… sept ans et trois mois, à présent. Il passait des semaines entières sans parler à personne, à part à la caissière de l'épicerie Kierson et au vendeur de la librairie Back Pages, ses deux étapes incontournables quand il allait se ravitailler à Jacobstown. Un truc utile pour rester sain d'esprit quand on ne voyait personne, avait-il découvert, consistait à respecter scrupuleusement un emploi du temps prédéterminé. Chaque soir, il réglait son réveil sur sept heures, chaque matin, il se douchait, s'habillait et terminait son petit déjeuner avant huit heures, en toute saison et chaque jour de la semaine. Il mettait un soin tout aussi méticuleux à entretenir et maintenir en bon état la batterie de détecteurs de mouvements et de caméras vidéo qu'il avait installée sur la propriété peu après avoir emménagé.

Sept ans durant, ces appareils n'avaient repéré personne, à part quelques chasseurs et cueilleurs de champignons qui s'étaient égarés, un auteur d'opuscules religieux qui s'imaginait tenir de Dieu le droit d'ignorer tous les DÉFENSE D'ENTRER ostensiblement disposés ici et là, un agent du recensement très déterminé et, à deux reprises, un des ours noirs qui vivaient en famille à l'ouest des limites de sa propriété. Chaque fois que l'alarme avait sonné, Ethan s'était précipité au grenier pour visualiser l'intrus sur son écran vidéo et évaluer la gravité de la menace. Et chaque fois — jusqu'à présent — l'intrus s'était révélé plus ou moins inoffensif.

Il passa sur une autre caméra tandis que l'homme remontait d'un pas régulier le chemin de terre battue qui conduisait à la ferme. Bien que d'apparence tout à fait normale, l'inconnu ne semblait pas véritablement à sa place. Il devait avoir vingt-cinq ans maximum, était habillé à la citadine d'un pardessus terne et de chaussures noires salies par l'argile humide de la route. On aurait pu le prendre pour un agent immobilier venu demander à Ethan s'il avait envisagé de mettre en vente sa propriété. Mais Ethan était à peu près certain que le type n'était même pas humain.

Bien entendu, son apparence physique ne signifiait rien. (Sauf à interpréter sa fadeur même comme un choix stratégique.) Ce qui mit la puce à l'oreille d'Ethan, et *voulait* peut-être lui mettre la puce à l'oreille, fut la manière dont le marcheur regarda bien en face chaque caméra devant laquelle il passait, comme s'il se savait observé et s'en fichait, comme s'il voulait qu'Ethan sache qu'il arrivait.

Quand l'homme franchit la limite des mille mètres, Ethan réfléchit à son choix d'armes.

Il conservait là-haut une petite armurerie. Surtout constituée de fusils de chasse, qu'on pouvait acheter facilement et en toute légalité, mais aussi de quelques pistolets de style militaire. Dans le râtelier près de la fenêtre reposait un fusil à orignal Remington chargé et équipé d'une lunette allemande, avec lequel il s'était suffisamment entraîné pour se montrer parfaitement capable d'abattre aussitôt l'intrus d'une seule balle par la petite fenêtre du grenier. L'anatomie particulière des simulacres les rendait bien entendu moins sensibles aux blessures que les êtres humains, mais ils n'étaient pas invulnérables, loin de là. Une balle bien placée dans la tête ferait l'affaire.

Ethan envisagea la chose. Ce serait la manière la plus simple de gérer cette situation. Abattre l'intrus, faire son sac et partir. Parce que si l'hypercolonie l'avait retrouvé, ce serait du suicide de rester. Qu'il tue un sim et d'autres viendraient.

… s'il ne faisait aucun doute que cet homme était un sim. Et cela n'en faisait-il aucun ?

Eh bien, son instinct ne le lui en laissait guère. Il en aurait mis sa main au feu. Mais il ne pouvait pas laisser la vie d'un homme dépendre de son instinct.

Il regarda le long fusil avec regret avant de lui préférer un fusil de chasse standard et un appareil qui ressemblait à un pistolet trapu, mais était conçu pour délivrer une décharge de 300 000 volts par l'intermédiaire de deux pointes en cuivre. Ses recherches l'avaient conduit à penser qu'une telle arme serait efficace à courte portée contre un simulacre sans être a priori létale pour un être humain. Il n'avait néanmoins jamais mis cette théorie à l'épreuve.

Il observa encore quelques instants le moniteur vidéo en essayant de chasser sa peur. Il savait qu'il se retrouverait tôt ou tard dans une telle situation. Il s'y était préparé, il l'avait vécue mille fois en imagination. Alors pourquoi ses mains tremblaient-elles ? Mais la réponse à cette question était si évidente qu'il n'avait pas besoin de la formuler. Elles tremblaient parce que, malgré toutes les précautions qu'il avait prises, malgré sa puissance de feu supérieure et ses possibilités de fuite soigneusement préparées, ce qui approchait pouvait être une des créatures qui avaient déjà pris la vie de trop nombreux parents et amis d'Ethan… une chose ni humaine ni consciente, qui donnait la mort sans davantage y penser que la foudre.

Il rentra le pistolet à impulsion dans sa ceinture et vérifia que le fusil était chargé. Il glissa quelques cartouches supplémentaires dans sa poche de poitrine. Il ressentit un besoin urgent de se vider la vessie, mais il n'avait pas le temps.

La mort grimpa sur les planches grinçantes de la véranda et sonna poliment à la porte. Ethan descendit ouvrir.

Les hommes et femmes (Ethan se souvenait qu'il y en avait quelques-unes) à l'intérieur vert lui avaient déjà coûté son mariage et sa carrière. Exploit remarquable accompli en l'espace d'une seule journée de 2007.

À l'époque professeur titulaire à l'université du Massachusetts à Amherst, Ethan avait publié plusieurs articles bien accueillis et deux ouvrages de vulgarisation scientifique qui avaient rencontré un certain succès. Il était très bien considéré dans sa faculté et menait activement des recherches en se montrant capable d'encadrer un certain nombre d'étudiants. Bien que spécialisé en entomologie, ses derniers travaux l'avaient conduit dans le domaine de la paléobotanique, l'étude des anciennes formes de vie végétales. Il s'était joint à une équipe de chercheurs qui extrayait des spores aéroportées de carottes de glace vieille de dix mille ans originaires de l'Antarctique. Il se livrait aussi à des recherches plus clandestines… du genre qui intéressait la Correspondence Society.

Les savants et érudits qui composaient celle-ci ne publiaient toutefois jamais leurs résultats dans des revues à comité de lecture. Son existence n'était connue que de ses seuls membres, qui avaient juré de garder le secret. Ethan était étudiant en troisième cycle quand il fut présenté à la Society par son mentor au MIT, dont il admirait sans réserve l'éthique et l'intellect, ce qui ne l'empêcha pas de se montrer tout d'abord sceptique : la Society lui semblait plutôt excentrique et très vieux jeu, une relique de ces clubs de professeurs d'université qui avaient autrefois prospéré dans les cloîtres d'Oxford et de Cambridge. Il aurait cru à une blague — et à une blague franchement *grotesque* — s'il n'avait vu les noms de ses membres. Des mathématiciens, des physiciens, des anthropologues, souvent avec un CV impressionnant, et la liste des membres décédés, si elle était exacte, s'avérait encore plus impressionnante : Dirac, von Neumann, Fermi…

On l'avait prévenu des risques qu'il encourrait s'il acceptait de faire partie de la Society. Le règlement était draconien. Les membres ne pouvaient communiquer d'informations la concernant que par courrier ou en personne. Parler trop publiquement d'elle vous exposait à des représailles, non d'elle-même, mais de sources inconnues. S'il disait la mauvaise chose à la mauvaise personne, Ethan pourrait bientôt voir ses propositions de recherche refusées sans raison, ne plus se trouver en odeur de sainteté dans les cercles universitaires et comités de lecture, perdre sa titularisation. Il comprit ces risques et se montra d'une prudence scrupuleuse une fois devenu membre. Mais personne ne l'avait averti qu'il risquait sa vie. Que sa famille risquait la sienne.

Seul le hasard lui avait permis de survivre au massacre de juin 2007. Il avait été désigné à la dernière minute délégué au congrès annuel de la Société américaine d'entomologie et attendait son vol pour Phoenix à l'aéroport Logan de Boston quand les premières informations apparurent sur le téléviseur de la salle d'embarquement. Son attention fut attirée par les photographies qui se succédaient à l'écran… il s'aperçut avec un frisson glacé qu'il connaissait toutes ces personnes. Benson à Yale, Kammerov à Cornell, Neiderman à Édimbourg, Linde à Saint-Pétersbourg. Et d'autres encore. DOUZE UNIVERSITAIRES ASSASSINÉS, indiquait la bannière en bas de l'image. Ethan s'approcha du poste, déjà malade de peur : le volume était baissé, mais ce qu'il entendit des murmures du journaliste suffit à confirmer ses craintes. *Aucun élément ne permet de relier vraiment ces différents meurtres, perpétrés ce mercredi sur trois continents, mais qu'un si grand nombre d'universitaires et d'érudits bien connus décèdent en si peu de temps de mort violente ne semble pas une coïncidence… Les autorités locales coopèrent avec le bras policier de la Société des Nations pour déterminer si ces meurtres s'inscrivent dans un schéma plus large…*

Les nouvelles venaient de parvenir aux agences de presse. Les assassinats perpétrés en Europe et en Asie dataient de la nuit, ceux commis en Amérique des heures précédentes. Et Ethan n'avait pas besoin de la Société des Nations pour reconnaître « un schéma plus large » : toutes les victimes connues faisaient partie de la Correspondence Society.

Il dénicha un publiphone et appela son bureau à Amherst. La Society lui avait appris à se méfier du téléphone… même les appels locaux passaient par la radiosphère, partie intégrante du système mondial de communication téléphonique par relais radio, mais il espérait qu'un appel de courte durée n'attirerait pas indûment l'attention. On annonça l'embarquement de la classe affaires pendant qu'il composait le numéro ; il n'y prêta aucune attention.

Amy Winslow, son assistante, décrocha au bout de trois sonneries. « Professeur ! Vous allez bien ? »

Il lui répondit par l'affirmative d'une voix soigneusement neutre. Avant qu'il puisse ajouter quoi que ce soit, elle lui demanda s'il était déjà à Phoenix ou s'il pouvait revenir immédiatement à l'université. C'était terrible, dit-elle. On avait tiré sur Tommy Chopra ! Il était mort ! Un concierge avait découvert son corps ! Il y avait partout des policiers en train d'interroger les gens et de recueillir des indices !

Ethan ne put dissimuler sa stupéfaction. Tommy Chopra était l'un de ses étudiants, un lève-tôt compulsivement perfectionniste. Ethan lui avait confié une clé de son bureau et Tommy y venait souvent avant l'aube compiler des données pendant que le reste du campus s'animait peu à peu. D'après Amy, il avait été abattu avant sept heures du matin. Personne n'avait vu son meurtrier.

C'était moi qu'ils voulaient tuer. Pas Tommy.

« Vous pouvez revenir parler à la police ?

— Bien sûr. D'ici là, appelez le congrès pour leur dire que je suis contraint d'annuler. Le numéro est dans la documentation sur mon bureau. J'arrive tout de suite. »

Mensonge délibéré. Il n'avait pas l'intention d'approcher de son bureau, ni ce jour-là ni un autre.

Au lieu de cela, il fit deux heures de route pour gagner l'appartement du sud d'Amherst qu'habitait Nerissa pendant leur « séparation temporaire », comme elle se plaisait à appeler leur préparation de divorce. Il avait accepté de ne pas venir sans l'avertir, mais les circonstances l'emportaient sur cet accord de politesse. S'il ne comprenait pas grand-chose à ce qui arrivait à la Society, il n'avait aucun doute sur ce qu'il devait faire : raconter à Nerissa ce qui s'était passé, lui expliquer pourquoi elle ne le reverrait sans doute plus jamais et ce qu'elle-même devait faire à présent.

L'homme à l'intérieur vert attendait patiemment derrière la porte. Ethan l'observait par l'intermédiaire d'un moniteur monté au-dessus du battant et relié à la caméra vidéo dissimulée dans les chevrons de la véranda. Il réprima une grimace en voyant l'homme plonger une fois encore le regard droit dans l'objectif.

Si c'était bel et bien un simulacre, celui-ci avait adopté une stratégie inédite, puisqu'il ne semblait pas armé et était venu sans essayer de se cacher. Ethan en conclut que ça ne faisait que le rendre plus dangereux.

L'installation vidéo incluait un microphone et un haut-parleur. *Ne jamais engager la conversation avec un sim* figurait parmi les règles qu'Ethan s'était fixées, basées à la fois sur ses propres théories et sur celles de Werner Beck concernant le mode de fonctionnement de l'hypercolonie. Mais quel autre choix avait-il ? Ouvrir la porte et lâcher une décharge de chevrotine en plein visage à quelqu'un qui pourrait, éventuellement, n'être qu'un civil innocent ?

Il activa le microphone : « J'ignore ce que vous vendez, mais ça ne m'intéresse pas. Vous êtes sur une propriété privée. Veuillez partir.

— Bonjour, professeur Iverson. » Le sim parlait d'une voix calme et aiguë avec un accent du nord de l'État de New York. « Je sais qui vous êtes et vous savez ce que je suis. Mais je ne viens pas vous faire de mal. Nous avons un intérêt commun. Puis-je m'expliquer ? »

Il n'y avait pas d'esprit derrière ces mots, se rappela Ethan. Rien qu'une série d'algorithmes de haut niveau cherchant à atteindre un résultat stratégique. Entamer la conversation avec une telle créature était tout aussi inutile qu'essayer de repousser un scorpion en citant Voltaire. Ethan ne put toutefois s'empêcher de ressentir une certaine curiosité. « Vous êtes armé ? »

Le simulacre adressa un sourire mielleux à la caméra. « Non, monsieur.

— Vous êtes prêt à le prouver ? Commencez par enlever votre chapeau et votre manteau, par exemple. »

Le simulacre hocha la tête et ôta son couvre-chef. Il avait des cheveux châtains et un début de calvitie au sommet du crâne. Il se débarrassa de sa veste qu'il plia et posa à côté de son chapeau sur un fauteuil en bois décoloré par le soleil.

« La chemise et le pantalon, maintenant.

— Vraiment, professeur Iverson ? »

Ethan ne répondit pas. Le silence s'éternisa jusqu'à ce que le simulacre commence à déboutonner sa chemise. Tout comme le pantalon, elle rejoignit bientôt le manteau et le chapeau, révélant le corps pâle à l'abdomen proéminent, le corps à l'apparence impeccablement humaine du simulacre. « Les chaussures et les chaussettes aussi.

— Il fait plutôt frais, dehors, professeur. »

La créature obtempéra néanmoins et se retrouva uniquement vêtu d'un slip blanc. *Un monstre en sous-vêtement*, se dit Ethan.

« Puis-je à présent entrer vous parler ? »

Ethan ouvrit la porte, ne laissant que la moustiquaire le séparer de l'homme à l'intérieur vert. Il braqua son fusil à canon court sur le torse de la créature. Le sim regarda l'arme. « Ne me tirez pas dessus, s'il vous plaît.

— Qu'est-ce que vous voulez ?

— Quelques minutes de votre temps. Je veux vous expliquer quelque chose.

— Pourquoi ne pas me faire un résumé tout de suite ?

— Vous et d'autres membres de la Correspondence Society êtes véritablement en danger imminent. Ce n'est pas une menace. Je ne suis pas votre ennemi. Nous avons des intérêts communs.

— Pourquoi croirais-je un seul mot de ce que vous me racontez ?

— Je peux expliquer. À vous de décider si vous me croyez ou pas. Puis-je entrer ? »

Sans baisser son arme, Ethan ouvrit de l'autre main le battant à moustiquaire. « Pas de mouvements brusques. »

Le simulacre franchit le seuil. « Vous allez garder ce fusil braqué sur moi ?

— J'imagine que non. » Ethan passa l'arme dans sa main gauche et laissa le canon redescendre.

« Merci.

— Ceci fera l'affaire », dit Ethan en tirant de sa ceinture le pistolet à impulsion dont il pressa la détente au moment où il enfonçait les pointes en cuivre dans le ventre flasque du sim.

Trois cent mille volts. L'homme à l'intérieur vert tomba comme un arbre abattu.

3

Buffalo, État de New York

Marcher jusqu'au petit immeuble de Leo Beck permit à Cassie de ne pas être glacée par le vent, mais son petit frère commençait à montrer des signes d'angoisse. Il lui serrait la main gauche avec tant de force qu'elle craignit d'avoir des bleus, lui qui ne lui avait plus tenu la main depuis ses six ans. « Le soleil va bientôt se lever », lança-t-elle pour essayer de lui changer les idées. Ils dépassèrent une lente et pesante machine qui expédiait des torrents d'eau savonneuse dans les bouches d'égout. « Les balayeuses mécaniques sont déjà au travail, tu vois ? » Thomas haussa les épaules.

Si la ville de Buffalo connaissait la prospérité, celle-ci n'était pas passée par les vieux bâtiments des quartiers sud. L'immeuble de Leo Beck était tapi à un coin de rue comme un troll fatigué, tatoué par la fumée de charbon venue des usines et raffineries de West Seneca et de Lackawanna pendant des décennies, avant que l'agence de protection de l'environnement impose certaines régulations. Cassie devait désormais se montrer prudente : les simulacres pourraient venir s'en prendre à Leo, si ce n'était déjà fait. Elle tira la porte métallique de l'immeuble et pénétra dans le hall. À l'intérieur, il faisait chaud, mais cela sentait le chou et le lait tourné. Elle examina la batterie de sonneries électriques — une série de boutons surmontés du nom du locataire correspondant. L'un d'eux s'était détaché et pendait comme un œil sorti de son orbite, juste au-dessus de celui marqué BECK, LEO.

« On est en sécurité, ici ? » demanda Thomas, posant ainsi à voix haute la question qui trottait dans le crâne de sa sœur.

Durant leur trajet, elle lui avait parlé du sim écrasé sur Liberty Street. Cela signifiait que tous deux devaient s'en aller même si tante Riss ne pouvait pas les accompagner. *On va où, alors ?* avait demandé Thomas. Cassie ne sut que répondre. *Ça dépend.*

Il faut que j'aille à l'école.

Plus maintenant. On est plus ou moins en vacances.

Mais Thomas était trop perspicace pour se laisser facilement réconforter. Et elle ne pouvait pas honnêtement répondre que oui, ils étaient en sécurité : pour ce qu'elle en savait, Leo Beck pouvait être mort par terre dans son deux-pièces. Mais son devoir de survivante de la Society consistait à faire son possible pour prévenir la victime potentielle la plus proche. L'œil fixé sur les marches derrière la porte intérieure du hall, prête à fuir à la première apparition d'un inconnu suspect, elle sonna à nouveau.

Leo répondit quelques secondes plus tard. Il n'était pas content. « Bordel, je ne sais pas qui vous êtes, mais si vous sonnez encore, je descends vous botter le cul. »

Thomas fit des yeux ronds. « C'est Cassie Iverson, se hâta d'indiquer sa sœur. Il faut que j'entre, Leo. »

Un long silence, puis le verrou électronique de la porte intérieure cliqueta. Cassie poussa Thomas dans l'escalier jusqu'au premier étage, où le papier peint à motif floral ne tenait plus très bien aux murs. Leo habitait au 206. Elle frappa doucement pour ne pas réveiller les voisins.

Ce ne fut toutefois pas Leo qui ouvrit… mais Beth Vance.

Cassie se dit qu'elle n'aurait pas dû en être surprise, ayant vu ensemble Leo et Beth à la dernière réunion des survivants et constaté qu'ils se témoignaient davantage que de l'amitié. Beth était la fille de John Vance, dont l'épouse Amanda, professeur titulaire à l'université de New York et membre de la Correspondence Society, figurait parmi les victimes de 2007.

Beth n'avait qu'un an de plus que Cassie, mais s'efforçait de paraître nettement plus élégante (et Cassie devait bien admettre qu'elle n'y échouait pas souvent). Grande, spectaculairement mince, ses cheveux jaune paille coupés court comme le voulait la mode, elle portait ce matin-là un jean et une chemise de flanelle qu'elle semblait venir d'enfiler. C'était peut-être une des chemises de Leo. Elle fusilla Cassie d'un regard condescendant.

« Il faut que je parle à Leo », dit cette dernière.

Beth roula les yeux, mais lança par-dessus son épaule : « Ouais, c'est Iverson. Et son petit frère. »

La voix de Leo leur parvint de l'intérieur. « Son *quoi* ?

— Son *petit frère* ! »

Comme si elle ne connaissait pas son prénom.

Cassie passa devant Beth en tirant Thomas à l'intérieur. Pieds nus, Leo sortit de la chambre en jean noir et maillot sans manches. Il avait vingt et un ans et mesurait un peu plus d'un mètre quatre-vingts. Il était d'une beauté conventionnelle, mais avec quelque chose de bizarre dans les yeux, avait souvent pensé Cassie : ils baissaient aux extrémités, comme installés à l'envers. Cela lui donnait un air suffisant.

Il ne l'était pas, de même qu'il n'était certainement pas idiot. Il regarda Cassie, puis Thomas, déchiffra leurs expressions et respira un bon coup. « Oh putain. Ça recommence, pas vrai ? »

Cassie parvint à hocher la tête. « Oui.

— Et vous êtes venus ici en premier ?

— Tante Riss est sortie. Ouais. On n'a parlé à personne d'autre. »

Elle lui raconta dans le détail ce qu'elle avait vu par la fenêtre de la cuisine, même si son récit effrayait de plus en plus Thomas.

« D'accord, dit-il en fronçant complètement les sourcils. Merci, Cassie. » Il se tourna vers Beth. « Si tu veux emporter quelque chose, dépêche-toi de le mettre dans la voiture.

— La voiture ?

— On s'en va. »

Thomas resta assis près de Cassie sur le canapé malpropre pendant que Leo et Beth finissaient de s'habiller.

Elle se demanda ce qu'il avait compris de tout cela. Tante Riss n'avait pas délaissé l'éducation de Thomas. Il était au courant du massacre de 2007, du moins dans les grandes lignes. Il savait ne pouvoir discuter qu'en famille de certains sujets, par exemple la mort de ses parents. Il savait qu'il y avait une raison à la présence de la valise sous son lit. Ce savoir pesant l'avait rendu plus réservé et plus prudent que la plupart des garçons de son âge. Si Thomas ne parlait presque jamais de tout cela, il venait parfois poser à sa sœur les questions qui le troublaient : *C'est vrai que la radiosphère est vivante ?* Ou bien : *Comment ça se fait que l'hypercolonie nous entende quand on télé-*

phone ? Ou encore : *Pourquoi est-ce qu'elle veut tuer des gens ?* Cassie avait toujours essayé de répondre le plus sincèrement possible. Ce qui signifiait que Thomas devait souvent se contenter de « je n'en sais rien ».

Leo Beck ressortit de la chambre en continuant à répondre aux objections de Beth, qui n'était pas convaincue. « Cassie ne mentirait pas là-dessus, dit-il à la satisfaction de celle-ci. C'est une putain d'alerte rouge. » Il fourra ses vêtements de rechange et quelques boîtes de conserve dans un sac de sport. « On savait que ça pouvait arriver. Au moins, on est ensemble. » Cassie supposa que cette dernière phrase visait à amadouer Beth, même s'il n'obtint d'elle en retour qu'un regard gêné. Les bagages furent rapidement et efficacement bouclés. Leo ne semblait pas posséder grand-chose, pour ce que Cassie voyait de son appartement, à part deux étagères de livres. Beth n'avait que son nécessaire de voyage, que Cassie soupçonnait de ne guère contenir qu'une trousse de maquillage, une réserve de tampons et quelques préservatifs.

« Alors, où est la voiture ? demanda Beth.

— Garée à deux rues d'ici. Tu crois qu'on a besoin d'autre chose ? »

Beth explora la pièce du regard d'un air malheureux avant de secouer la tête.

« D'accord. En route.

— Et *eux* ? » demanda Beth. La question manquait de politesse, mais Cassie se la posait aussi.

« On ne peut pas les laisser ici. Ça te va, Cassie ? Vous faites comme vous voulez, mais vous feriez sans doute mieux de venir avec nous plutôt que de vous retrouver dans la rue.

— Oui », répondit Thomas avant que Cassie puisse

réagir. Elle se contenta de hocher la tête. Leo savait comme tout un chacun ce qu'il fallait faire : quoi qu'il puisse être d'autre, c'était le fils de Werner Beck, le membre le plus influent de la Society. Ils courraient moins de risques à rester ensemble.

Ils sortirent de l'immeuble. Les premières lueurs de l'aube s'introduisaient dans la rue. Quelques ouvriers quittaient à présent les vieux immeubles résidentiels, des hommes de forte carrure ainsi que quelques femmes, la plupart en route pour les chaînes de fabrication de Lackawanna et de West Seneca. Un jour qu'elle traversait cette partie de la ville dans la voiture de tante Riss, Cassie s'était demandé à voix haute si les hommes qu'elle voyait alors rentrer chez eux d'un pas fatigué croyaient vraiment que le monde était aussi prospère et allait autant de l'avant qu'on le leur avait laissé entendre dans les cours d'instruction civique au lycée. « Sans doute pas, avait répondu tante Riss. Ils n'ont pas l'air particulièrement enthousiastes, hein ? Ils ne sont pas riches, loin de là. Mais ils ont un travail. Les usines et les ateliers payent le minimum vital plus les avantages sociaux. Beaucoup de ces hommes auraient probablement les moyens de vivre dans un meilleur quartier, sans l'alcool, la pension alimentaire ou le mauvais sort. Leurs existences pourraient s'améliorer, à la longue. Et s'ils ont besoin d'aide, ils peuvent en obtenir. » En d'autres termes, les cours d'instruction civique avaient globalement dit la vérité.

Tante Riss avait toujours rendu scrupuleusement justice à tout le monde.

L'antique Ford marron cloquée de rouille que possédait Leo devait être plus vieille que Thomas, mais c'était tout ce qu'il pouvait s'offrir comme moyen de transport avec son travail de nuit au restaurant. Son père, que tout le monde savait pourtant très riche, ne lui versait aucune allocation exorbitante. Mais Leo n'ira plus débarrasser les tables chez Julio avant un bon moment, se dit Cassie. Elle mit sa valise avec celle de Thomas dans le coffre à côté des affaires de Beth et Leo, puis se glissa sur la banquette arrière près de son frère.

« Alors, on va où ? » demanda Beth.

C'était une bonne question. Cassie attendit la réponse. Tôt ou tard, elle devrait se le demander aussi.

« D'abord, chez toi. Pour voir si ton père va bien. Ensuite, ça dépend de ce qu'on trouve. »

Dix familles de la Society avaient fui à Buffalo après le massacre. La plupart étaient en relation (ou avaient perdu un proche étant en relation) avec Harvard, le MIT ou l'université du Massachusetts. Tante Riss les fréquentait toutes et c'est elle qui avait organisé l'exode.

Toutes ces familles avaient été attaquées. Toutes pleuraient un mari, un père, une mère ou une épouse. Elles avaient eu la sagesse de ne plus vouloir habiter les logements où leurs proches s'étaient fait assassiner. Elles ne couraient peut-être aucun danger immédiat — les attaques avaient uniquement visé des membres actifs de la Society —, mais elles avaient pris précisément conscience de leur vulnérabilité. Le dernier document diffusé à tous ses membres par la Society (une lettre aux survivants signée Werner Beck) contenait des avertissements sinistres et des conseils pour préserver son anonymat.

Il existait d'autres enclaves de survivants à divers endroits du pays et du monde. Si la Correspondence Society n'était plus que l'ombre d'elle-même, le soutien émotionnel et parfois financier qu'elle apportait s'avérait inestimable. Les réunions de survivants étaient les seules occasions où le deuil et la colère, qui devaient rester dissimulés aux autres, pouvaient être ouvertement exprimés et compris.

La nécessité de garder le secret restait toutefois destructrice, plus particulièrement pour les enfants de ces familles. Comme Cassie et Thomas. Ou Leo et Beth.

À l'école, par exemple. Au lycée Millard Fillmore, qu'elle avait fréquenté jusqu'à l'obtention de son diplôme au printemps, Cassie s'était douloureusement vu rappeler jour après jour qu'elle n'était qu'une marginale se faisant passer pour normale, une réfugiée originaire d'un pays énigmatique. Les cours d'histoire avaient été particulièrement pénibles. Avant les massacres de 2007, ses parents l'avaient laissée croire au progrès social et technologique dont les manuels adoraient dresser le portrait : la découverte au-dessus de l'atmosphère terrestre de la couche radiopropagatrice (la « radiosphère ») dans les années 1890, la Grande Guerre et ses conséquences, l'abolition de la ségrégation aux États-Unis dans les années 1930, les traités de paix européen et eurasiatique, la libération sexuelle des années 1950… et surtout, la réconfortante quasi-certitude que le monde devenait jour après jour un peu plus riche et un peu plus juste. Ce n'est qu'après la mort de ses parents qu'on lui avait dévoilé la vérité : une main invisible intervenait dans l'histoire de l'humanité, apparemment bienveillante mais toujours indifférente, souvent cruelle, parfois meurtrière.

Ce savoir la distinguait de ses camarades de classe. Ses quelques amitiés n'étaient en réalité que des alliances temporaires avec d'autres marginaux. Comme Annie Jessup, avec son attelle en acier inoxydable à la jambe, ou Patrice Kossuth, qui ne manquait pas de bégayer chacune des rares fois où elle essayait de parler. Et à quoi bon se lier d'amitié quand on devait cacher autant de choses sur soi-même ? Les seules personnes de son âge auprès desquelles elle pouvait s'épancher étaient les enfants de la Society, qui avaient tous vécu des histoires comparables à la sienne et dont la compassion était par conséquent générique et souvent affectée.

Malgré tout, elle s'était méthodiquement planifié un avenir. Depuis qu'elle avait terminé le lycée, elle travaillait comme vendeuse chez Lassiter, le grand magasin sur Main Street, pour gagner de quoi payer les frais de scolarité et de documentation d'un semestre à l'université de New York. Elle avait eu pour ambition de suivre des études de biologie et de se focaliser ensuite sur celle des invertébrés, idée qui lui venait bien entendu de la carrière et des livres d'entomologie de son oncle. Elle décrocherait un diplôme de troisième cycle, se retrouverait peut-être enseignante dans une université régionale, mènerait une vie tranquille mais utile qui lui permettrait de contribuer modestement à l'accroissement des connaissances. Elle s'était imaginée dans un bureau bondé de livres d'un campus arboré, avec une fenêtre par laquelle elle pourrait suivre le passage des saisons. Elle serait peut-être seule, mais aussi satisfaite, utile, *en sécurité*.

C'était une illusion stupide, dont la pensée la fit rougir. Car, à présent que les hommes à l'intérieur vert étaient de retour, il n'y aurait pas de pièce dans laquelle être à l'abri, pas de fenêtre par laquelle regarder tomber la neige. Les événements des dernières heures signifiaient qu'elle passerait le reste de son existence dans l'anonymat le plus strict, peut-être sous un nom d'emprunt, à accepter le genre d'emplois ne nécessitant ni expérience ni papiers, sans doute à habiter des appartements de location dans des petites villes peu connues. Et ce serait la même chose pour Thomas, réalisa-t-elle tardivement avec angoisse.

Celui-ci posa sa tête sur l'épaule de sa sœur et ferma les yeux ; le mouvement de la voiture et les émotions de la matinée avaient eu raison de lui. Tant mieux, pensa Cassie. Elle lui caressa les cheveux sans le réveiller.

Leo conduisait en surveillant dans son rétroviseur que personne ne les suivait. Aller chez Beth impliquait de traverser la ville dans la circulation de plus en plus dense. Cassie pensa à Beth, assise pâle et muette à l'avant sur le siège passager. Elle l'avait toujours cordialement détestée, sentiment largement réciproque, mais toutes deux se trouvaient à présent dans le même bateau.

« Si mon père..., commença Beth. Je veux dire, s'il n'est pas à la maison, si on n'arrive pas à le trouver... on va où, après ?

— Ça dépend, répondit Leo.

— Parce que, même s'il *est* à la maison, je ne veux pas rester avec lui. On en a déjà discuté, on a parlé de ce qu'on ferait si les sims revenaient. Il a des faux papiers pour nous deux et il dit avoir assez de liquide pour vivre dans une petite ville, peut-être en Floride... mais je ne veux pas vivre en Floride, putain ! Je ne veux vivre *nulle part* avec lui.

— D'accord, dit doucement Leo. À toi de voir. Quoi qu'il arrive. Mais s'il est chez lui, il faut qu'on le prévienne.

— Et *toi*, tu iras où ?

— Dans l'Ouest.

— Où ça, dans l'Ouest ?

— Là où vit le mien, de père. »

Le père de Leo : Werner Beck, mécène de la Correspondence Society et ce que, indisciplinée et désorganisée comme elle l'était, elle avait jamais eu de plus proche d'un dirigeant. Un homme connu pour son intelligence, ses facultés d'organisation et son intransigeance. Cassie avait entendu tante Riss en parler un jour comme d'« un homme intelligent, mais d'un autoritarisme typique ».

Ils quittèrent la multivoie pour un quartier de grands immeubles résidentiels beaucoup plus plaisants que celui de Leo. Cassie entraperçut dans le rétroviseur le visage de Beth, à présent masque d'appréhension muette.

Les gamins de la Society que fréquentait Cassie se donnaient des surnoms les uns aux autres. Cassie était « Raton laveur », sans doute à cause de l'aspect de ses yeux après une de ses habituelles nuits d'insomnie. Plus jeune, Beth avait été « Ange », mais se voyait affublée depuis quelque temps d'appellations moins gentilles et plus explicites. Elle était sortie avec beaucoup de garçons au lycée, la plupart du genre blouson de cuir et cran d'arrêt. Leo avait lui-même côtoyé cette faune, même si, pour Beth, il représentait un pas vers la respectabilité. Cassie s'était efforcée de ne pas prêter l'oreille à tous ces ragots.

Aucun ange n'aurait pu avoir l'air aussi terrifié que Beth à ce moment-là. Dès qu'ils virent des gyrophares rouges quelques rues plus loin, elle se raidit.

Cassie également. Elle nourrissait l'espoir secret qu'ils trouveraient le père de Beth sain et sauf chez lui, que la mort du sim sur Liberty Street n'avait été qu'une anomalie bizarre, que tante Riss était par conséquent saine et sauve aussi, que sa propre vie retrouverait un semblant de raison ou du moins de *continuité*…

Mais des voitures de police encadraient l'ambulance devant l'immeuble de Beth et, quand Leo passa à côté, Cassie vit deux infirmiers sortir du hall un brancard à roulettes sur lequel était allongé un corps recouvert d'un drap.

« Stop, murmura Beth.

— Je ne peux pas.

— Leo, bordel !

— Je ne peux pas m'arrêter, Beth. On ne devrait même pas être si près.

— Bon Dieu ! »

Il accéléra, mais en prenant soin de ne pas attirer l'attention des policiers. Beth cogna du poing sur le tableau de bord et se mit à pleurer… des sanglots étouffés, trop discrets pour réveiller Thomas. Au coin de la rue, Leo tourna à gauche pour reprendre la multivoie.

Après avoir fait le plein dans une station-service National Oil à Cheektowaga, Leo s'inséra sur l'autoroute qui conduisait à Cleveland en épousant la longue courbe du lac Érié. Thomas dormait par intermittence, la tête sur l'épaule de Cassie qui regardait les panneaux de sortie annoncer des petites villes au nom agréable à l'oreille : Mount Vernon, Wanakah, Pinehurst. Des rais de soleil de novembre lui passaient en oblique sur les yeux. De temps en temps, Leo entrouvrait sa fenêtre pour laisser entrer des rafales d'air glacé. L'autoroute à quatre voies scintillait, effet des particules de mica et des mirages de soleil.

Cassie garda le silence par respect pour le chagrin de Beth. Leo avait déjà dit tout ce qu'il était possible de dire, y compris que le corps sur le brancard n'était peut-être pas le père de Beth. La jeune femme s'était réfugiée dans une indifférence maussade et inflexible. « Je ne veux pas en parler. » Aussi personne n'ouvrait la bouche.

Une fois dans l'État voisin, Leo quitta l'autoroute au profit du réseau secondaire sur lequel, d'après lui, ils couraient moins de risques d'être suivis. Dans l'Ohio, aux alentours de Medina, il s'arrêta dans une autre station-service pour remplir le réservoir et se servir des toilettes. Cassie et Beth s'y rendirent l'une après l'autre sans prononcer un mot. Sur la banquette arrière, Thomas se plaignit de la faim. Cassie alla dans la boutique lui acheter une barre de chocolat (Hershey's aux amandes), en prit une autre pour elle ainsi qu'une bouteille de jus d'orange qu'ils se partageraient. Elle acheta aussi un cahier d'activités qui, se dit-elle, pourrait le tenir occupé. Casse-tête, labyrinthes, jeux de points à relier. Il regarda le cahier avec mépris. « On rentre à la maison, maintenant ?

— Non. Tu le sais bien.

— On va dormir où, alors ?

— On va s'arrêter dans un motel, j'imagine. Bientôt. »

Le soleil glissait vers l'horizon quand Leo brancha le chauffage anémique de sa Ford. Lodi, Mount Gilead, Cardington : *toutes ces petites villes*, pensa Cassie. Ici une rue principale, une quincaillerie et un restaurant chinois avec une enseigne au néon en forme de dragon. Là une église joliment blanchie à la chaux avec un clocher en bois. Ou encore les dernières feuilles mortes de la saison, emportées par le vent dans les caniveaux et sur les appuis des fenêtres.

De petites maisons avec de la lumière jaune derrière les rideaux tirés aux fenêtres. Les demeures de gens qui n'avaient jamais vu et ne verraient jamais que la surface du monde. Cassie se dit qu'elle avait été comme eux un jour. C'était le monde duquel elle avait été bannie : chaud comme une couverture d'hiver, vu et abandonné au même moment. Elle l'aimait d'un amour d'exilée. Il défilait à l'extérieur de la voiture en couleurs de plus en plus passées. Elle fut tentée de lui faire au revoir de la main.

4

Campagne du Vermont

Une fois le sim hors d'état de nuire — le pistolet à impulsion de 300 kV était d'une efficacité spectaculaire —, Ethan le traîna dans la cave.

Quoi qu'il fasse, il faudrait qu'il le fasse vite. Le sim était venu sans armes en demandant à lui parler et peut-être était-il important de découvrir pourquoi. Ethan ne pouvait cependant pas perdre de temps. De toute évidence, l'hypercolonie savait où il habitait. Aussi le congé sabbatique d'Ethan à la ferme était-il terminé et chaque seconde qu'il y passait encore le mettait-elle en danger.

Dans l'intervalle, ses caméras, détecteurs et alarmes automatiques continueraient à repérer les intrus. Il attacha le sim inconscient sur une lourde chaise avec du ruban adhésif, puis remonta réfléchir à ce qu'il pouvait faire.

Il ramassa la veste et la chemise du sim sur la véranda. Toutes deux provenaient de magasins de milieu de gamme très répandus. Il trouva un portefeuille dans la poche de la veste, chose qui sortait de l'ordinaire.

Les assassins de 2007 n'avaient aucun papier

d'identité sur eux, ce qui était l'une des raisons pour lesquelles les enquêtes locales et fédérales n'avaient rien pu apprendre d'utile à leur sujet. (Les importantes singularités des cadavres des rares sims tués à ce moment-là en étaient peut-être une autre.) Ethan ouvrit le portefeuille avec précaution.

Il contenait 150 dollars en billets de dix et de vingt, ainsi qu'un certain nombre de cartes, dont deux de crédit de marque très connue, une de sécurité sociale et un permis de conduire. Le tout au nom de Winston C. Bayliss. Sur le permis figuraient une adresse postale (22 Major Street, Montmorency, Pennsylvanie) et un cliché plastifié qui ressemblait au visage de la chose au sous-sol.

Intéressant. Il restait bien des mystères, au sujet des simulacres. Aucun des survivants de la Correspondence Society n'avait réussi à déterminer de quelle manière ils prenaient apparence humaine ni dans quelles proportions ils avaient infiltré l'humanité. Alors comment une monstruosité artificielle en était-elle venue à avoir un numéro de sécurité sociale ? Avait-elle volé l'identité du véritable Winston Bayliss (vraisemblablement décédé, à présent) ? Ou peut-être les cartes étaient-elles tout simplement fausses ?

Quelle situation cela était-il censé dépeindre à Ethan ? Celle d'un monstre inhumain qui vivait paisiblement dans une petite ville de Pennsylvanie en attendant le moment idéal pour frapper ? Ou, plus absurde encore, celle d'un monstre inhumain produisant de faux papiers d'identité sur une presse d'imprimerie clandestine ? Et pourquoi Bayliss (*appelons-le comme ça pour l'instant*) était-il venu à la ferme avec ces documents sur lui en sachant qu'ils risquaient de tomber entre les mains d'Ethan ?

Mais il n'y avait en réalité qu'une seule question, qui éclipsait toutes les autres : pourquoi Bayliss était-il venu sans armes et apparemment sans défense ?

Il fait plutôt frais, dehors, avait dit la créature. *Puis-je entrer vous parler ?*

Elle avait aussi dit autre chose : *Vous savez ce que je suis.*

« Ouais, je sais ce que t'es. » En vivant seul, Ethan avait pris l'habitude de réfléchir à voix haute. Ses mots résonnèrent entre les murs de la cuisine. « Et je sais que t'écouter ne sert à rien. »

Véritablement à rien, parce que si les découvertes d'Ethan et les suppositions de la Correspondence Society étaient exactes, ce ne serait pas « Winston Bayliss » qui parlerait, mais l'hypercolonie elle-même, à laquelle Winston servirait de marionnette. Et l'hypercolonie mentirait. Plus précisément, elle dirait ce qui servait ses intérêts. La différence entre vérité et mensonge n'avait aucun sens pour elle, peut-être même n'en percevait-elle aucune. Les paroles humaines qu'elle produisait n'avaient d'autre objectif que de manipuler le comportement des humains.

Que découvrirait-il d'utile en l'écoutant parler ?

Il ne pensait avoir qu'un seul moyen de le découvrir.

« Qu'est-ce que vous faites avec ce pistolet, professeur ? » demanda le simulacre.

Il avait repris conscience. Toujours solidement attaché à la chaise, il n'avait sur le corps que son slip et des bandes bien serrées de ruban adhésif. Sa tête était immobilisée, mais il arrivait à regarder de côté Ethan et le revolver que celui-ci tenait délibérément dans son champ de vision. La créature avait une convaincante apparence de Blanc effrayé et un peu replet qui frissonnait dans la fraîcheur de la cave.

Ethan ne répondit pas. Il devait tout d'abord avoir la certitude d'être devant un des hommes à l'intérieur vert et non un humain abusé ou dément. Il visa un endroit entre le genou et la cheville gauches de Bayliss.

« Attendez, dit celui-ci. Vous n'avez pas besoin de faire ça. »

Ethan pressa la détente. La détonation fut désagréablement forte dans l'espace confiné de la cave. La balle traversa la jambe de Bayliss et s'enfonça dans le sol sous sa chaise. Ethan alla examiner la plaie sans se soucier de ses bourdonnements d'oreille. Un flot de sang d'un beau rouge en sortait, ainsi qu'un écoulement plus lent d'une matière visqueuse verte. Une esquille apparaissait dans les tissus endommagés, pâle et humide.

Après le coup de feu, l'expression de Bayliss se fit impassible et songeuse. Le nez froncé à cause de l'odeur de fleur pourrie qui montait de la matière verte, Ethan s'agenouilla le temps d'arrêter l'hémorragie en entourant le mollet de ruban adhésif.

« Ce n'était pas nécessaire », indiqua Bayliss.

Bien au contraire. Ethan n'avait désormais plus aucun doute sur son interlocuteur. « Vous aviez quelque chose à me dire, il me semble ? »

Le simulacre hésita, comme s'il réfléchissait à sa réponse, mais Ethan ne s'y laissa pas prendre : le comportement de ces créatures était tout aussi facilement mensonger que leurs paroles. « Nous avons un intérêt commun, professeur. C'est compliqué... »

Ethan lui plaqua le canon de son pistolet sur la tête. « Parlez.

— Vous savez ce que je suis : le genre de chose qui a tué tant de vos collègues il y a sept ans. Mais je défends un intérêt différent.

— Absurde.

— La majeure partie des conjectures de la Correspondence Society sont exactes. La couche radioréflexive qui entoure la terre est bien un être vivant et actif… votre déduction était astucieuse et correcte. Elle constitue le corps de ce que vous appelez l'hypercolonie. L'hypercolonie est vivante, supposition elle aussi correcte. Mais comme tout être vivant, elle est mortelle. Et susceptible d'être infectée ou d'avoir des prédateurs. Je représente un réseau parasite autonome qui a infecté l'hypercolonie et s'efforce de la contrôler. Mes intérêts sont contraires aux siens. Je vous crois capable de le comprendre. Voilà pourquoi je suis venu seul et sans armes. »

Le sim n'avait fait que répéter les conclusions auxquelles la Society était déjà parvenue, à part cette histoire de « réseau parasite ». Ethan réfléchirait plus tard à la plausibilité de la chose. « Qu'est-ce que vous voulez au juste ?

— Votre aide. Je peux expliquer, mais il me faut davantage de temps.

— Pourquoi je vous aiderais en quoi que ce soit ?

— Pour éviter une catastrophe humanitaire. Et peut-être sauver la vie de votre nièce par la même occasion. »

Surpris, Ethan crispa l'index sur la détente.

« Ce n'était pas une menace, précisa Bayliss.

— Qu'est-ce que vous savez de ma nièce ?

— Cet endroit n'est pas sûr. Ni pour vous ni pour moi. Emmenez-moi ailleurs, je vous expliquerai. »

Des nombreux aspects humiliants de la vie que menait Ethan depuis les événements de 2007, le pire était peut-être cette apparence de déséquilibré qu'il avait été obligé d'adopter. Il refusait d'avoir le téléphone, la télévision ou la radio, il vivait à l'intérieur d'un cordon de dispositifs de sécurité digne d'un aliéné, il conservait un arsenal de pistolets et de fusils dans son grenier, et il avait à présent un prisonnier dans sa cave, un prisonnier ligoté avec du gros ruban adhésif et blessé par balle à la jambe. De quoi aurait-il l'air, aux yeux d'un inconnu ? Sans aucun doute d'un dangereux psychopathe, rien de moins.

Depuis plusieurs années, il n'avait fréquenté personne qui partage ses idées. La plupart de ses anciens amis et collègues étaient morts ou vivaient à l'écart de la société. Il n'aurait pu trouver aucun témoin pour attester de sa santé mentale, en cas de besoin. Il détenait toujours ses lettres, ses documents de la Society, ses recherches non publiées. Mais ils auraient eu l'air à peu près aussi déments que lui.

Son ex-femme Nerissa aurait compris tout cela, n'importe laquelle des familles survivantes des initiés de la Correspondence Society aussi, et dans sa solitude, Ethan avait été douloureusement tenté de parler avec Nerissa… sauf que c'était impossible sans la mettre en danger. Il avait gardé le contact avec Werner Beck, autorité intellectuelle et principal contributeur financier de la Society, mais seulement par courrier… et la paranoïa de Beck était a priori encore plus complexe que la sienne.

Le sim qui se faisait appeler Winston Bayliss avait laissé entendre que la vie de Cassie, la nièce d'Ethan, était menacée d'une manière ou d'une autre. Comme tout ce qu'avait dit la créature, il pouvait s'agir d'un mensonge. Malheureusement, ce pouvait tout aussi bien être vrai. Ethan n'avait plus revu la fille de sa belle-sœur depuis sept ans. Il en gardait le souvenir d'une enfant tranquille, d'humeur changeante, mais réfléchie et attachante. Elle devait avoir eu dix-huit ans dans l'année.

Qu'est-ce que l'hypercolonie voulait à Cassie Iverson ?

Sans doute ne pouvait-on répondre à cette question et ne faisait-elle que le distraire. En remontant dans la cuisine, Ethan jeta un coup d'œil à l'horloge. Une heure avait passé depuis l'arrivée du sim. Trop long. Il s'imagina répandre du pétrole lampant sur le sol de la ferme — il en conservait plusieurs jerricans dans la grange où il garait sa voiture — avant de jeter une allumette dessus. Brûler la ferme, brûler la grange, brûler Winston Bayliss. Partir au volant de sa vieille Ford. Les os et le crâne calcinés dans la cave soulèveraient un certain nombre de questions si quelqu'un les découvrait, mais Ethan serait alors très loin… et il doutait que le moindre organisme officiel uniquement *humain* arrive à le retrouver.

Mais s'il ne pouvait espérer mieux que passer le reste de son existence dans une solitude encore plus hermétique, autant brûler avec le bâtiment.

Je veux votre aide, avait dit Winston Bayliss. *Cela pourrait sauver la vie de votre nièce.*

Mais on ne pouvait pas faire confiance à cette chose dans la cave. Tout était là.

Il soupesa le pistolet. Tuer le sim pourrait être une erreur tactique, mais il n'aurait jamais rien qui ressemble davantage à une vengeance.

Il redescendait dans la cave lorsque l'alarme se déclencha à nouveau.

5

Sur la route

Leo, qui recevait chaque année de son père un large assortiment de faux papiers d'identité et de cartes de crédit au même nom, loua une chambre dans un motel au bord de la route. Bordé sur trois côtés par la pinède et doté d'une piscine (vide) protégée par un grillage, c'était un établissement miteux mais tranquille hors saison. Leo et Beth signèrent le registre en se faisant passer pour un couple, si bien que, pour ne pas se faire voir de la réception, Cassie dut courir de la voiture à la chambre en remorquant Thomas d'une main et en portant sa valise de l'autre. Le crépuscule disparaissait dans un ciel dégagé et, même si elle ne s'intéressait que vaguement à l'astronomie, Cassie supposa que l'étoile brillante sur l'horizon était la planète Vénus. Elle l'entraperçut au moment où la porte se refermait derrière elle. Un œil net, froid.

La chambre sentait vaguement le moisi et le nettoyant WC. Un petit téléviseur était posé sur la commode parsemée de taches et de marques circulaires. Thomas le regarda sans dissimuler son envie. Par principe, tante Riss refusait d'avoir la télévision. Cassie avait parfois essayé d'argumenter — même si les émissions étaient furtivement trompeuses, ne pouvait-on les regarder quand même, du moment qu'on gardait ce fait à l'esprit ? — mais l'interdit avunculaire n'était pas négociable.

Cassie pensait comprendre. Tous les signaux radio et télévision passaient par la radiosphère. Et ce, depuis l'époque de Marconi et d'Edison. Elle se souvenait d'une photographie, dans un manuel d'histoire du lycée, sur laquelle Marconi et un certain nombre de ses collaborateurs se trouvaient dans une station radio expérimentale à Terre-Neuve pour démontrer ce qu'ils appelaient le « contact résonant » avec une station sœur située à Saint-Malo. Les faibles signaux de Marconi avaient été amplifiés par la radiosphère et fidèlement retranscrits sur la côte française. Bien entendu, personne n'appelait cela « radiosphère », à l'époque : le terme avait été imaginé dans les années 1920 pour désigner, dans la haute atmosphère, une couche limite ayant la propriété étonnamment utile de propager les signaux radio tout autour de la Terre, en fonction de leur fréquence et de leur puissance. Sa composition et son mode de fonctionnement restaient des questions théoriques ouvertes (les recherches sur le sujet étaient en réalité discrètement découragées), mais les ingénieurs en radiodiffusion s'étaient précipités pour l'exploiter. Les premières émissions de radio planétaires dataient d'après la Grande Guerre, en 1921. Une ébauche de télévision noir et blanc suivit en 1935. Cassie avait vu un de ces postes d'antan dans un magasin d'antiquités poussiéreux : un écran de verre comiquement petit dans un coffret en bois comiquement grand ; d'après le propriétaire, il fonctionnait encore.

La moindre émission de radio et de télévision transitait donc par la radiosphère, comme nul ne l'ignorait.

Peu de gens savaient par contre que la radiosphère était le corps distribué d'un être vivant et que les signaux n'en ressortaient pas forcément à l'identique.

Trois ans plus tôt, Cassie avait découvert un carton de monographies de la Correspondence Society au fond du placard du couloir dans lequel tante Riss conservait ce qu'elle ne regardait jamais, mais ne pouvait se résoudre à jeter. Ces documents avaient appartenu aux parents de Cassie, peut-être étaient-ils parvenus à tante Riss après les meurtres, legs macabre, plus ou moins comme Cassie elle-même. Celle-ci n'eut donc aucun scrupule à fouiller dans ce carton et à lire tout ce qui y semblait intéressant.

Elle n'avait pas tardé à reposer la majeure partie de ces opuscules, qui lui paraissaient incompréhensibles et portaient des titres du genre « Signalisation intracellulaire dans des cultures cellulaires éthérées ». Mais l'un d'eux parlait de diffusion télévisuelle et elle en avait à peu près compris chaque mot. L'auteur, un ingénieur de télévision, avait comparé les enregistrements en studio des journaux télévisés du soir avec ses propres enregistrements des mêmes émissions telles qu'elles avaient été diffusées. (Cassie l'imaginait scruter les séquences, image après image, avec la même espèce d'attention fanatique que Thomas portait à ses livres de jeux… *trouver les cinq différences entre ces deux images.*) Dans chaque cas, il avait repéré de nombreuses dissemblances, mais d'une subtilité intimidante. L'exemple le plus flagrant consistait en une espèce de blanc au moment de la prononciation du mot « haine » dans un reportage sur des tensions ethniques en Ouganda. Les moins évidentes étaient d'innombrables modifications, minimes mais mesurables, de l'apparence ou la voix des journalistes et animateurs.

L'auteur était incapable de dire à quoi servaient ces légères altérations du ton et de l'expression, mais remarquait « un adoucissement général de l'affect émotionnel ». Ce n'était guère que quelques données supplémentaires dans ce que Cassie en était venue à considérer comme les mystères de l'hypercolonie (nom que donnaient les documents de la Society à l'ensemble des minuscules cellules vivantes constituant la radiosphère), mais cela l'aida à comprendre pourquoi sa tante se méfiait de la télévision et de la radio. Ce qui sortait du haut-parleur ou apparaissait sur l'écran était corrompu, toxique, un mensonge subtil et insidieux.

Si Cassie comprenait et approuvait, l'absolutisme de tante Riss l'ennuyait malgré tout. On ne pouvait pas faire confiance à la télévision, mais fallait-il pour autant ne pas la regarder ? Les émissions dont parlaient ses camarades au lycée semblaient intéressantes et elle-même passait plus ou moins pour une gourde en ne les ayant pas vues. Thomas avait connu la même situation : regarder la télévision était un plaisir rare, interdit pour des raisons qui lui échappaient un peu et le contrariaient souvent.

Thomas regarda le téléviseur, puis tourna la tête vers Cassie. Celle-ci soupira. « D'accord, allume-la. » (Ce n'était pas comme si *elle* vous regardait, *vous.*) Quelques instants plus tard, assis les jambes croisées sur le lit, son petit frère souriait aux plaisanteries idiotes de *Piggy's Island*, une sitcom mettant en scène un groupe d'écoliers britanniques échoués sur une île déserte.

Il y avait, à côté du poste de télévision, un téléphone dont le plastique blanc avait pris une couleur de vieil os. Encore un appareil moins utile pour Cassie que pour les gens ordinaires. Ceux-là s'en servaient sans se poser de questions, sans se soucier que toutes les communications, y compris locales, passent systématiquement par la radiosphère. Si elle était quelqu'un d'ordinaire, Cassie pourrait essayer de joindre tante Riss. Mais ce serait follement risqué, pour l'une comme pour l'autre. Mieux valait, si possible, éviter de penser à sa tante.

Leo et Beth se retirèrent au fond de la chambre, où ils discutèrent trop bas pour que Cassie les entende. De temps en temps, Beth lui jetait un coup d'œil mécontent tandis que Leo parlait lentement en lui montrant les paumes de ses grandes mains. Cassie ne fit pas attention à eux.

Leo finit par attraper sa veste. « Beth et moi sortons chercher à manger. Vous voulez qu'on en profite pour vous rapporter autre chose ? »

Pas vraiment. La valise d'urgence de Cassie avait été soigneusement et intelligemment garnie. « Je participe aux frais, dit-elle en tendant la main vers son sac.

— Ce soir, c'est moi qui régale. Garde ton argent. On aura peut-être besoin de faire pot commun plus tard. »

Cassie se retrouva seule avec son petit frère. Elle se força à suivre *Piggy's Island.* Les deux protagonistes, Piggy et Ralph, avaient découvert un parachutiste coincé dans un arbre et expérimentaient diverses manières de le faire descendre, l'une consistant à lui lancer des noix de coco. Thomas regardait d'un air sombre et ne rit qu'une seule fois, un rire que Cassie trouva saisissant dans le silence glacial.

Au bout d'une heure de télévision, Thomas commença à piquer du nez, mais Beth et Leo revinrent, et leur bavardage ainsi que l'odeur de pizza lui rendirent toute sa vivacité. Il s'empara de deux parts et se rassit devant le poste.

Beth mangea un peu, puis annonça vouloir prendre une douche. Dès qu'elle se fut enfermée dans la salle de bains, Leo demanda à Cassie de sortir discuter avec lui. Surprise, Cassie s'inquiéta aussitôt. De mauvaises nouvelles, soupçonna-t-elle. Peut-être Beth avait-elle convaincu Leo de les abandonner à la gare routière la plus proche, Thomas et elle. Dans ce cas, se dit-elle, tant pis. Elle laissa Thomas à sa pizza, rejoignit Leo dans la pénombre juste de l'autre côté de la porte et, son gilet en laine serré sur ses épaules, attendit stoïquement leur disgrâce.

Leo sortit une cigarette du paquet dans sa poche. Il l'alluma, éteignit l'allumette, leva les yeux vers le sommet des pins qui se découpait sur le ciel bleui par la lune. « Ne fais pas attention à Beth, dit-il en recrachant de la fumée dans l'air de novembre. Elle digère ce qui est arrivé à son père. Ce qui lui est *peut-être* arrivé. Ce n'est pas le grand amour entre eux, mais bon… tu sais ce que c'est.

— Je crois, oui. »

Cassie connaissait Leo et Beth plus ou moins depuis le début de son adolescence. Ils faisaient partie du contingent le plus âgé des enfants de la Society et n'appartenaient pas tout à fait à son propre cercle. Les survivants de la Society venus à Buffalo étaient comme des membres de votre famille : querelleurs, pas toujours proches, liés par des secrets communs. Si Leo faisait rarement attention à elle pendant leurs réunions périodiques, elle l'avait de son côté étudié de près.

Son tabagisme, par exemple. Cassie soupçonnait Leo de fumer pour la même raison qu'il trimballait des éditions de poche de romans bohèmes ou qu'il feignait de s'intéresser à la musique des boîtes et cafés du centre-ville : cela le définissait comme *différent* d'une manière qui se passait d'explications. Cela donnait l'impression qu'il était différent par choix.

Mais ce soir-là, au moins, il tomba le masque. Il toussa. « De toute évidence, Beth n'est pas ravie que vous nous accompagniez, ton frère et toi.

— Ouais.

— Je voulais juste te dire de ne pas lui en vouloir pour ça. Elle est encore aveuglée par le chagrin. Elle finira bien par se calmer. Bref, ne te sens pas visée. » Il tira une nouvelle bouffée de tabac qu'il laissa ressortir par les narines. Un camion passa en grondant sur la route. « Tu fais comme tu veux, Cassie, mais je crois qu'on devrait rester ensemble, au moins jusqu'à ce qu'on arrive dans l'Illinois. »

Cassie ressentit un peu d'étonnement. « Jusqu'à ce qu'on voie ton père, tu veux dire.

— Voilà. Parce que ce n'est pas la même chose, cette fois. Si les sims attaquent des gens comme ta tante, ils doivent cibler tous ceux qui ont entendu parler de la Society. Toi, moi, Beth… et même Thomas. Tu as une idée de la manière d'affronter ça ?

— J'ai deux jeux de papiers d'identité et je suis légalement adulte. J'ai assez d'argent liquide pour qu'on s'en sorte un moment. Je peux trouver du travail quelque part et juste… me fondre dans la masse.

— Te fondre dans la masse, répéta Leo avec un sourire qui l'agaça. Tu es sûre que vos fausses identités sont encore utilisables sans danger ? »

Elle haussa les épaules. « On ne peut être sûrs de rien.

— C'est justement pour ça que je pense préférable de se serrer les coudes. Au moins jusque dans l'Illinois.

— Possible. D'accord, et une fois là-bas, il se passe quoi ? Tu t'attends à découvrir quoi en frappant chez ton père ? »

Il jeta son mégot qu'il écrasa sous son talon, puis enfonça les mains dans les poches de sa veste. « Tu connais sa réputation.

— Juste qu'il a le portefeuille bien garni. Et des idées bien arrêtées.

— De tous ceux qui ont survécu à 2007, il a été le seul qui n'a pas voulu se contenter d'aller se cacher. Il m'a dit un jour que les sims ne s'en seraient pas pris à nous si on ne leur faisait pas peur. Et s'ils ont peur de nous, ça veut dire qu'on doit avoir un moyen de leur faire mal. De *lui* faire du mal. » Il leva la tête vers le ciel. « À cette *chose.* Tu n'aimerais pas lui faire du mal, Cassie ?

— Si, bien sûr, si je pensais qu'on pouvait, mais…

— Mais quoi ?

— Eh bien, il faut que je m'occupe de Thomas. En plus, sans vouloir te vexer, je ne suis pas sûre que tu saches de quoi tu parles. »

L'expression intraitable de Leo se fit souriante. « Tu as raison, pour ton petit frère. Mais reste avec nous, Cassie. Vraiment. Au moins jusqu'à ce qu'on soit sûrs que personne ne nous suit. Tu auras peut-être l'occasion de discuter avec mon père, si…

— S'il est vivant.

— S'il est vivant, oui. Après, tu pourras te trouver un boulot dans une de ces stupides petites villes. Si c'est ce que tu veux vraiment. » Il poussa la porte de la chambre et la tint ouverte pour Cassie.

Ce ne sont pas de stupides petites villes, songea-t-elle. Si Leo en parlait ainsi pour pouvoir se sentir supérieur à leurs habitants, pourquoi pas. Mais il se trompait. Erreur qui provenait d'un sentiment de jalousie.

Toutes ces petites et grandes villes là-bas dans le noir, pensa-t-elle, tous ces gens derrière leurs fenêtres jaunes qui tiennent globalement pour établis le bon sens et la prévisibilité des choses. Ce serait facile et satisfaisant de tout simplement les détester. Mais Cassie se souvenait trop bien de l'époque où sa propre vie ressemblait à cela, où elle ressentait une fierté sans équivoque à se mettre debout le jour de l'Armistice pour saluer les drapeaux, ceux des États-Unis, ceux de la Société des Nations et tout ce qu'ils semblaient représenter : le siècle de la paix, l'avancée inexorable de la liberté et de la prospérité. Auxquels elle voulait continuer de croire.

Thomas était affalé sur le lit, les paupières de plus en plus lourdes, mais les yeux toujours rivés sur la télévision. Qui diffusait des informations avec une journaliste en beau tailleur bleu parlant de mauvaises récoltes en Tanzanie et de l'arrivée à bon port à Dar es-Salam d'importantes cargaisons expédiées par la Réserve internationale de céréales. Son visage exprimait de la compassion, mais peut-être s'agissait-il là d'un ajustement effectué par l'hypercolonie, d'une amélioration subtile, de ce qu'on appelait au cinéma un effet spécial.

Beth sortit de la salle de bains enveloppée d'une serviette et les cheveux lui dégoulinant sur les épaules. « Éteins ces conneries, dit-elle à Cassie. Et vire ton frangin du lit, bordel. Il faut que je dorme. »

6

Campagne du Vermont

Ethan attrapa son pistolet — au chargeur presque plein : il ne manquait que la balle ayant traversé la jambe de la créature attachée dans la cave — avant de se précipiter à la porte. Il y arriva à temps pour voir une Ford Elektra bleue crasseuse approcher en bringuebalant sur le chemin de terre battue. L'automobile s'arrêta quasiment devant sa porte, l'arrière chassant dans un nuage de poussière. La portière côté conducteur s'ouvrit d'un coup et une femme descendit. Ethan la reconnut avec stupéfaction.

Nerissa.

Il ne l'avait pas vue depuis sept ans. À l'époque, ils ne vivaient d'ailleurs déjà plus ensemble depuis quelques mois et n'étaient plus mariés que sur le papier. La revoir provoquait malgré tout en lui une poussée de nostalgie et d'envie qu'il réprima difficilement. Il baissa son arme et sortit sur la véranda.

Les goûts vestimentaires de Nerissa n'avaient pas changé, même si elle s'était manifestement habillée à la hâte. Elle portait un jean, une chemise à carreaux en coton et une grande écharpe orange qui lui tombait sur les hanches. Une paire de lunettes — alors qu'à l'époque elle préférait les lentilles de contact — lui faisait des yeux encore plus grands. Elle avait vieilli, bien entendu, mais à part quelques rides insignifiantes elle n'avait guère changé depuis qu'ils avaient fait connaissance dans une soirée entre collègues de l'université à Amherst.

Elle s'approcha d'un pas ferme tandis qu'Ethan sentait sa bouffée de plaisir tourner en peur. Elle monta sur la véranda et, quand elle se retrouva à quelques centimètres de lui, il ne put faire autrement que la serrer dans ses bras.

« Mon Dieu, chuchota-t-il. Riss, Riss… c'est dangereux, ici. »

Elle l'étreignit aussi, puis se dégagea. « Je ne viens pas sans raison, Ethan.

— Tu ne comprends pas. Il faut que tu t'en ailles. Le plus vite possible. Moi-même, je pars d'ici.

— On partira ensemble, alors. C'est au sujet de Cassie. »

Ce n'était pas la première fois de la journée que sa nièce se trouvait ainsi mentionnée. Il voulut croiser le regard de son ex-femme, n'y parvint pas. « Tu ferais mieux d'entrer », dit-il.

Quand il l'avait rencontrée, elle s'appelait Nerissa Stewart, et il s'aperçut en fin de soirée qu'il était tombé amoureux… sinon d'*elle* précisément, car il ne la connaissait encore qu'à peine, du moins de sa curiosité vive et de la manière dont elle le regardait à la dérobée comme si elle voyait en lui une énigme qu'elle souhaitait résoudre. Elle était professeur de littérature et spécialiste de William Blake, un poète anglais dont il n'avait rien lu depuis qu'il avait croisé son *Tyger* au lycée, et tout aussi déconcertée de son côté par les activités entomologiques d'Ethan. Il dirait plus tard ne trouver aucune vérité dans la poésie et elle ne jamais découvrir de poésie chez les invertébrés, mais c'était une réponse toute prête aux questions sur leur séparation. En réalité, durant leurs quelques années de vie commune, ils avaient partagé un certain nombre de vérités poétiques.

Et depuis la dernière fois qu'il lui avait adressé la parole, sept ans auparavant, Ethan avait imaginé des centaines de fois leurs retrouvailles. Il avait honte de ce fantasme, mais ne pouvait y résister, particulièrement l'hiver quand, bloqué chez lui par la neige, il n'arrivait pas à contrer l'inertie de ses propres pensées. Cela prenait parfois un tour érotique : ils s'étaient toujours très bien entendus sexuellement, pierre angulaire de l'architecture par ailleurs fragile de leur mariage, et il avait du mal à ne pas se remémorer ces scènes quand le vent se cognait aux murs de la ferme tel un taureau furieux. Les jours plus cléments, il lui arrivait d'imaginer qu'il lui faisait des excuses, qu'il lui pardonnait, qu'elle-même lui pardonnait, qu'ils riaient ensemble ou qu'il l'écoutait rire. Mais tout cela n'avait plus d'importance. Ils avaient des affaires urgentes à régler. De vieilles, inévitables affaires.

« Cassie est partie, annonça-t-elle. Je veux dire, elle a *disparu*. Je peux expliquer, mais… tu aurais du café ? Je n'en ai pas pris un seul depuis hier. J'ai conduit toute la nuit. Je ferais bien aussi un petit tour aux toilettes. »

Il s'excusa pour l'état de sa salle de bains et profita de l'absence momentanée de Nerissa pour tenter de mettre de l'ordre dans le tourbillon de ses pensées. Cassie avait disparu. Ce qui signifiait qu'Ethan n'était pas le seul à avoir eu de la visite. La terreur était de retour. Cette saloperie de créature dans la cave ! Il l'avait laissée en vie… erreur qu'il allait bientôt corriger. Mais il fallait d'abord qu'il parle à Nerissa : qu'il l'écoute, qu'il la conseille dans la mesure de ses moyens, qu'il l'aide à partir sans encombre. Et *vite.*

Elle revint à la table de la cuisine et prit sans même la regarder la tasse de café tiède qu'il lui tendait. « Je sais que tu ne m'attendais pas, dit-elle avant qu'il puisse rassembler ses pensées. Je pouvais difficilement te prévenir. Je n'étais même pas certaine de te trouver. Il y a longtemps que tu m'as donné cette adresse : j'avais peur que tu aies déménagé. À moi aussi ça fait bizarre d'être là, de te revoir. Mais je viens à cause de Cassie. Je vais te raconter ce qui s'est passé, c'était quoi, mon Dieu, seulement avant-hier. Ensuite, on pourra décider ce qu'on fait.

— Le temps presse.

— Alors laisse-moi parler. »

Nerissa lui raconta qu'elle n'était pas chez elle le soir où un simulacre était arrivé sur Liberty Street. Le lendemain matin, trouvant l'appartement vide et un mot inquiétant de Cassie scotché au réfrigérateur, elle avait interrogé les voisins et reconstitué les événements. Aux premières heures du matin, bien avant l'aube, un homme avait perdu la vie dans un accident de la circulation juste devant l'immeuble. Les descriptions hésitantes genre « vous n'allez pas y croire » des voisins ne laissaient aucun doute sur le fait que le mort était un simulacre.

Cassie, qui avait depuis toujours le sommeil léger, devait avoir assisté à l'accident. Et comme tous les enfants des familles survivantes, elle avait été formée pour réagir aussitôt à l'apparition d'un sim.

« Elle a dû supposer qu'il venait la tuer. Et elle avait peut-être raison. Si bien qu'elle a pris sa valise et qu'elle est partie avec Thomas prévenir le plus proche contact de la Society. Malheureusement, ce contact était Leo Beck.

— Le fils de Werner ?

— Il a vingt et un ans, maintenant, et il est aussi anticonformiste que son père. Il n'a jamais vraiment eu d'autre famille que les gens de la Society, mais je crois qu'il nous détestait autant qu'il nous aimait. Les jeunes de l'âge de Cassie l'appréciaient beaucoup, en tout cas. J'imagine qu'il avait l'air moins, comment dire… moins *passif* que le reste d'entre nous. »

Werner Beck, son père, avait adopté une attitude similaire. Il croyait possible que l'hypercolonie soit vulnérable à une attaque humaine et que les connaissances accumulées par la Correspondence Society constituent une arme utilisable dans ce but. Et c'est une idée séduisante, se dit Ethan. Du moins tant qu'on ne se met pas à calculer le coût potentiel en vies humaines.

« Quand Cassie lui a parlé du sim, Leo a dû supposer qu'on était tous visés… que les sims venaient anéantir les derniers restes de la Society.

— Tu es certaine que ce n'est pas le cas ?

— Je ne suis certaine de rien, tu penses bien. Tout le monde est terrorisé. Le protocole qu'on a établi pour une situation de ce genre stipulait, si on survivait à l'attaque, de prévenir une personne et de disparaître. J'imagine que le sim mort sur Liberty Street m'était destiné. Je suis donc allée voir Edie Forsythe, qui m'a persuadée de rester avec elle jusqu'à ce qu'elle en parle à Sue Nakamura, qui en a elle-même parlé à… bref, l'information a circulé. Et pour ce qu'on en sait, il n'y a eu que deux sims. L'un s'est fait tuer devant chez moi, l'autre tirer une balle dans la tête par John Vance quand il a frappé à sa porte pour solliciter un *entretien*, aussi incroyable que ça paraisse. Le sim descendu par John n'était pas armé, d'ailleurs. Celui qui s'est fait écraser, je n'en sais rien. Tout ça est très bizarre. Mais Leo a filé, en emmenant Cassie et la fille de John, Beth. »

Un sim sans armes qui voulait discuter… « Malgré tout, Riss, tu n'aurais pas dû venir.

— Je n'ai pas terminé. Il se trouve que Leo idolâtre son père. Ils sont restés en contact étroit. Tous ceux qui connaissent Leo supposent qu'il est parti rejoindre Werner, peut-être pour l'aider sur je ne sais quel projet paranoïaque qu'il a en tête.

— Possible, mais…

— Écoute-moi, le coupa-t-elle. Beck garde ses distances avec les familles des survivants, mais il reste en contact avec son fils. Il écrit de temps en temps, il envoie de l'argent, il nous fournit régulièrement en faux papiers, mais tout cela sans jamais donner son adresse. Par contre, toi qui es membre à part entière de la Society et qui as toujours été dans les petits papiers de Beck… tu *sais forcément* comment le contacter. Et si tu le sais, tu dois absolument me dire où il est, parce qu'il faut qu'on y aille. Il le faut, Ethan. Pour récupérer Cassie et la ramener à la maison. »

Elle se laissa aller contre le dossier et, d'une pichenette de la main gauche, écarta les cheveux qui lui tombaient dans les yeux, geste qu'Ethan avait oublié mais reconnut aussitôt.

« Riss… la situation est plus compliquée que tu ne l'imagines. »

Elle le regarda avec impatience.

« Moi aussi, j'ai eu de la visite », lui dit-il.

C'étaient les survivants de 2007 qui avaient baptisé « simulacres » leurs agresseurs. Dans ses monographies,

Werner Beck les appelait parfois « myrmidons », à cause du passage des *Métamorphoses* d'Ovide dans lequel Zeus transforme des fourmis en êtres humains pour repeupler Égine. La référence aux insectes avait plu à Ethan et celle à Ovide ne pouvait échapper à une lettrée comme Nerissa… mais personne d'autre n'étant dans leur cas, *simulacre* (ou *sim*) était devenu l'appellation commune.

Ethan raconta aussi brièvement que possible à Nerissa comment le sim prisonnier dans sa cave avait frappé à la porte, ce qu'il avait demandé et proposé en échange. Elle l'écouta avec attention, l'air surpris mais pas stupéfait, sauf quand il arriva au coup de feu dans la jambe du simulacre : « Tu as vraiment fait ça ?

— Il fallait que je sois sûr qu'il n'était pas humain. C'est si difficile à comprendre ?

— Non, seulement tu… je me souviens que tu détestais les armes à feu. »

Il les détestait toujours. En tenir une lui donnait l'impression d'assumer une responsabilité dont aucun être humain sain d'esprit ne devrait vouloir. Mais une fois installé dans cette ferme, il avait pris des cours de maniement et de tir du côté de Jacobstown et s'était découvert plutôt bon tireur. Il s'était habitué au poids du pistolet dans sa main tout comme à la puanteur de contreplaqué brut et d'acier brûlant caractéristique du centre de tir. Chasser le cerf au fusil avait été plus difficile à encaisser. Tuer l'écœurait. Mais il s'était endurci sur ce point-là aussi. « Les années ont passé. J'ai appris deux ou trois trucs.

— Je suis désolée. Continue. Qu'est-ce que le sim a raconté ?

— Il a parlé de Cassie…

— Hein ? *Il connaissait son nom ?* Pourquoi tu ne me l'as pas dit, bon Dieu ?

— C'est ce que je suis en train de faire.

— Nom d'un chien, Ethan ! » Elle se leva d'un coup, manquant renverser sa chaise. « Et cette chose est encore en vie ?

— Ouais, mais…

— Il faut que je lui parle.

— Riss, elle ne peut pas dire la vérité… elle est incapable de faire la différence entre vérité et mensonge. Tu le sais bien. Elle se sert de mots pour manipuler les gens.

— Oui, c'était ta théorie, pas vrai ? Votre théorie, à Werner Beck et toi.

— C'est la manière de fonctionner de l'hypercolonie.

— Mais il est *possible* qu'elle dise la vérité.

— Si on essaye de l'interroger, on ne fait que lui donner l'occasion de nous manipuler.

— Alors pourquoi tu ne l'as pas tuée ? »

Bonne question. *Parce qu'elle a visage humain ? Parce que je suis aussi facile à manipuler que n'importe qui ?* « J'allais le faire quand tu es arrivée.

— Je continue à vouloir lui parler.

— Riss…

— Tout de suite ! On n'a pas de temps à perdre. »

Bien sûr que non. Il la conduisit dans la cave.

7

Sur la route

Ce premier soir, dans la chambre du motel, Leo imposa à chacun un endroit où dormir. Il tint à ce que Cassie et Beth se partagent le lit à deux places, ce qu'elles firent, même si Beth n'y mit aucune bonne volonté. Le mauvais canapé plaqué au mur était assez grand pour Thomas, qui s'y pelotonna avec un pull-over de rechange comme oreiller et le manteau d'hiver de Cassie en guise de couverture. Il s'endormit aussitôt. Leo insista pour dormir par terre, geste d'une galanterie idiote — le lit était assez grand pour trois —, mais que Cassie supposa partir d'un bon sentiment.

Leurs deux jours suivants sur la route furent de lentes répétitions du premier. Leo acheta une carte routière Rand-McNally avec laquelle il établit un itinéraire qu'il qualifia d'indirect, une démarche d'ivrogne sur deux files de bitume qui visait à embrouiller quiconque les suivrait depuis Buffalo. Ce fut surtout Leo qui conduisit, même si Cassie et Beth prirent chacune le volant une ou deux heures par jour. Pour manger, ils s'arrêtaient dans de modestes cafés-restaurants au bord de la route ou au centre de petites villes. Cassie eut l'impression de traverser des dizaines de fois la même agglomération, où la moindre rivière croisait un petit cours d'eau, et elle fut dans chacune tentée de descendre de voiture, d'emmener Thomas à la gare routière la plus proche et d'acheter un billet pour une destination qu'elle peinait à imaginer… Terre Haute, Cincinnati ou Wheeling, un endroit où elle pourrait n'être personne en particulier, où elle n'aurait plus jamais à penser à la Correspondence Society.

Mais elle savait ces pensées irréalistes et ne tardait pas à les chasser. Après une journée sur la route, puis une deuxième et une troisième, l'amère réalité s'imposa. Beth et Leo se préparaient à l'éventualité d'être devenus orphelins : Beth avait vu le brancard qu'on sortait de l'immeuble de son père et Leo roulait vers ce qui pourrait bien s'avérer une scène de crime. Cassie était déjà orpheline (mot qu'elle méprisait), mais il se pouvait à présent qu'elle ait aussi perdu tante Riss, et sans doute devait-elle supposer que tel était le cas. Le deuxième jour, Leo s'arrêta dans un petit café-restaurant qui vendait des journaux des quatre coins du pays : le *New York Times*, le *Plain Dealer* de Cleveland, le *Buffalo News*. Cassie parcourut ce dernier, mais il ne mentionnait ni meurtres, ni l'accident sur Liberty Street, et elle ne reconnut aucun des noms figurant dans la rubrique nécrologique. Sauf que cela ne prouvait rien. Absolument rien.

On ne peut compter que sur nous-mêmes, se dit-elle. Leo et Beth, Cassie et Thomas. Unis par l'incertitude et la peur. Et par la culpabilité… surtout après le troisième jour, celui où ils se couvrirent les mains de sang.

Cela commença par la paranoïa de Leo et un aveu de Beth.

Cassie ne remarqua rien d'anormal jusqu'à ce qu'ils ressortent du parking du motel dans lequel ils avaient passé la nuit. Elle avait mal dormi, Thomas aussi. Durant ses moments d'insomnie, qui semblaient survenir toutes les trente minutes environ, elle avait vu son petit frère s'agiter nerveusement ou rester passivement allongé à parcourir du regard les limites de la chambre, dévoilées par la lune. Thomas avait été jusqu'à présent d'une patience presque surhumaine, se plaignant rarement même quand il avait faim ou sommeil. Mais peut-être n'y avait-il pas lieu de s'en réjouir : ce pouvait être le symptôme d'un choc émotionnel. Ce matin-là, les yeux rouges et comme contusionnés, il refusa de prendre le petit déjeuner qu'elle lui tendait — une barre de céréales Granola et une petite bouteille de jus d'orange. Aujourd'hui, ce serait différent, lui assura-t-elle. Aujourd'hui, Leo l'avait dit, ils retourneraient sur l'autoroute pour se diriger droit sur le domicile de Werner Beck. Fini les tours et détours sur les routes secondaires. Mais Thomas se contenta de hausser les épaules.

Leo n'était guère plus bavard quand, au sortir du parking, il engagea l'automobile sur la petite chaussée à deux voies. De sa place à l'arrière, Cassie ne voyait de lui que sa nuque et son reflet dans le rétroviseur. Il ne cessa de jeter des coups d'œil à la fois dans ce dernier et à Beth près de lui tandis que le bitume défilait entre des arbres dont les branches ressemblaient à des doigts tendus sous un ciel mat comme du verre teinté.

Il finit par rompre le silence : « Personne n'a remarqué un type en costume sombre avec de grosses lunettes et un chapeau démodé ?

— Où ça ? voulut savoir Cassie.

— Partout où on s'est arrêtés, les restos, les motels… »

Cassie n'avait rien remarqué de tel. Beth secoua la

tête. Thomas ne répondit pas à la question : il regardait par la fenêtre d'un air indifférent.

« Parce qu'il était dans le hall quand j'ai rendu les clés, continua Leo. Et j'ai eu l'impression de l'avoir déjà vu quelque part. Je me suis dit que… je ne sais pas. Ce n'est peut-être rien d'important.

— Tu crois qu'on pourrait avoir été suivis ? »

Leo fit la moue. Cassie en était venue à apprécier cette grimace et la manière dont elle lui mettait la bouche en parenthèses. À Buffalo, parmi les survivants, elle l'avait vu faire dégénérer un différend insignifiant en échange de cris, et elle détestait qu'il soit capable de cela. Mais sur la route, Leo montrait une facette plus réfléchie. Sa moue signalait davantage de perplexité que de colère. « Possible. Soyons prudents, OK ?

— Ouaip, réagit-elle. Toujours. Bien sûr. » Mais elle ne se souvenait sincèrement pas avoir vu un type à chapeau et grosses lunettes.

Vingt minutes plus tard, juste après un nouveau coup d'œil dans le rétroviseur, Leo lâcha un juron. Cassie se retourna : quelqu'un les suivait, assez loin pour disparaître à chaque virage et réapparaître ensuite. Une automobile bleu nuit, à l'arrière haut et à la carrosserie saupoudrée de poussière. Elle semblait avoir quelques années, mais Cassie n'aurait pu en donner la marque ou le modèle : elle n'y connaissait rien. « C'est la même qu'hier, marmonna Leo.

— Tu as déjà vu cette voiture ?

— Ou bien une exactement pareille. Et merde !

— Arrête-toi, alors, suggéra Beth. Laisse-la passer. »

Leo attendit d'arriver à une petite station-service, deux pompes près desquelles il pouvait stationner quelques minutes sans paraître suspect. Cassie et Thomas s'accroupirent, mais Cassie garda la tête juste assez relevée pour suivre des yeux l'automobile quand elle parvint à leur hauteur. Celle-ci ne ralentit pas. N'accéléra pas. Elle passa tout simplement en trombe, bien au milieu de la voie de droite. Il n'y avait que le conducteur à l'intérieur : un quinquagénaire à grosses lunettes qui portait un chapeau démodé et sans élégance.

Ils restèrent encore dix minutes à la station-service avant que Leo remette la voiture sur la chaussée en faisant crisser le gravier sous les pneus. « Il est impossible qu'on ait été découverts, dit-il. Alors ne vous vexez pas, mais il faut que je pose la question : est-ce que l'une de vous deux, ou bien Thomas, aurait par exemple essayé d'appeler chez lui, histoire de découvrir ce qui s'était passé à Buffalo ? »

Cassie avait été tentée de le faire, à dire vrai. Dans chacune des chambres qu'ils avaient occupées, dans chacun des restaurants où ils avaient mangé, il y avait eu un téléphone bien en vue. Un coup de téléphone suffirait pour savoir si tante Riss était encore en vie. Alors, ouais, c'était une tentation constante et irrationnelle, comme poser une assiette de nourriture empoisonnée devant un affamé. Mais Cassie n'était pas assez stupide pour y céder. « Non, répondit-elle.

— Et toi, Thomas ? »

La question sembla faire sursauter le garçon. « Quoi ?

— Tu as appelé quelqu'un au téléphone, ces derniers temps ?

— Non ! Pas depuis notre départ.

— Tu en es sûr ? Tu peux me le dire. Je ne suis pas en rogne ni rien. J'ai juste besoin de savoir, d'accord ?

— D'accord, répondit Thomas d'un ton incertain.

— Et donc, tu as appelé quelqu'un, tu as parlé à quelqu'un ?

— Non. Mais *elle*, oui. »

Elle, c'était Beth.

« Sale petit menteur ! réagit aussitôt celle-ci.

— Je l'ai vue.

— Tout le monde se contrefout de ce que tu penses avoir vu. »

La main droite de Leo quitta le volant pour se poser sur la cuisse de Beth, afin de la rassurer ou de la faire taire, Cassie ne savait pas trop. « C'était quand ? »

Thomas interrogea Cassie du regard.

« Vas-y, l'encouragea-t-elle doucement. Dis-lui. Ne t'inquiète pas.

— Au motel. Avant-hier soir.

— Dans la chambre ?

— Après le dîner. Dehors. Elle était dans une cabine.

— Je fumais une *clope*, affirma Beth. Enfin, Leo, il raconte n'importe quoi !

— Tu l'as vue se servir du téléphone ? »

Thomas hésita. « Je ne sais pas. J'ai eu l'impression. Je regardais par la fenêtre. Il faisait sombre. Mais elle a eu l'air de décrocher.

— J'étais dans la *cabine* et je *fumais*, bordel, *d'accord* ? »

Le silence dans l'automobile ne fut plus troublé que par le grondement du moteur et le murmure asthmatique du chauffage. « Je ne juge personne, dit Leo. J'ai juste besoin de savoir. Je veux dire, il ne pleuvait pas, il ne neigeait pas… tu avais besoin d'aller dans une cabine pour fumer ? »

Après un silence encore plus long et encore plus

pesant, Beth répondit : « Je n'ai parlé à personne, en fait !

— D'accord, je crois que je comprends. Mais tu as appelé ?

— Je me disais juste… mon père… s'il décrochait, au moins je saurais qu'il n'est pas mort.

— D'accord. Et il l'a fait ?

— Il a fait *quoi* ?

— Décrocher.

— Ah. Euh, non.

— Mmmh. »

Beth se mordit la lèvre et regarda par la fenêtre. « Je suis *désolée*. C'était idiot. Je le sais bien. Je ne le ferai plus.

— Ouais, d'accord. » Leo remit la main droite sur le volant. « Ce serait mieux. »

Un virage suivait l'autre sur l'itinéraire qui les conduisait à l'autoroute à travers des collines boisées. Il y a quelques semaines, se dit Cassie, elles auraient resplendi des couleurs de l'automne. Mais novembre avait dépouillé les arbres et comme caramélisé les prairies.

Leo s'arrêta sur une aire de gravier équipée de deux toilettes en parpaings au-dessus d'une large vallée. Au fond de celle-ci, loin, une rivière suturait un patchwork de parcelles forestières et d'exploitations agricoles privées. Cassie se dit que cette rivière devait avoir un nom, mais elle ne le connaissait pas. Deux urubus à tête rouge décrivaient des cercles dans le ciel dégagé.

Cassie et Thomas descendirent de voiture, en apparence pour aller admirer la vue, en réalité pour laisser Leo et Beth discuter en privé.

Si Cassie ne s'était jamais sentie proche de Beth,

celle-ci lui faisait désormais pitié. Pendant plus d'un an, aux réunions des familles survivantes, Cassie l'avait vue s'insinuer délibérément et systématiquement dans les bonnes grâces de Leo, en répétant ses opinions comme si elle les avait toujours partagées, en souriant quand il souriait et en se moquant de tout ce qu'il n'aimait pas. Son hostilité envers son propre père, son impatience vis-à-vis du monde timide et reclus des survivants, même son Levi's aux poignets effilochés et ses bijoux fantaisie de récupération, tout cela avait été calculé pour s'attirer la sympathie de Leo. Et Leo s'était empressé de mordre à l'hameçon, ce qui avait dégoûté Cassie.

Mais ces quelques jours sur la route avaient réduit à néant les prétentions de Beth. Peut-être en voulait-elle à son père, mais elle tenait assez à lui pour prendre le risque d'appeler. Et, aussi stupide qu'ait été son acte, Cassie le comprenait et compatissait.

« J'aimerais bien qu'on rentre chez nous. » Thomas lança un caillou qu'il écouta rebondir sur la pente. Il se pencha par-dessus le grillage en plastique qui empêchait les touristes de se blesser en tombant. Non qu'il y eût des touristes à cette époque de l'année.

« Ouais, je sais. Moi aussi.

— Tu crois qu'on habitera quelque part. Quand, alors ?

— Ça peut prendre du temps. Essaye d'être patient, OK ? »

Thomas hocha la tête. Bien entendu, il avait été déjà d'une patience d'ange. « Je crois que Beth nous déteste.

— Elle en donne l'impression. En réalité, elle a juste peur.

— Et alors ? Moi aussi, j'ai peur. Je ne me conduis pas comme un gros con pour autant. »

Cassie éclata de rire. « Pas faux. » Est-ce qu'elle sous-estimait Thomas en le traitant trop comme un enfant ? Quand elle avait son âge, Cassie rêvait d'intégrer les Youth Corps, l'émanation de la Société des Nations qui envoyait des jeunes gens surveiller les élections dans les pays lointains où se constituaient de nouveaux parlements. Elle s'était imaginé défendre des urnes contre des bandits en maraude (ce qui n'arrivait en réalité jamais aux volontaires des Youth Corps, bien entendu). Le meurtre de ses parents avait chassé de son esprit toute pensée de ce genre. Se pouvait-il que Thomas nourrisse des ambitions comparables ? En était-il *capable*, après tout ce qui s'était passé ?

Elle fut tentée de lui poser la question. Mais avant qu'elle puisse ouvrir la bouche, Thomas leva la tête, les sourcils froncés, l'air attentif. « Il y a une voiture qui arrive. »

Cassie l'entendit une seconde plus tard. Elle se retourna avec appréhension, effrayée par tout ce qu'avait dit Leo. Elle assista avec consternation à l'arrivée de l'automobile, qui s'arrêta sur le parking panoramique à côté des toilettes. C'était celle que Leo avait repérée derrière eux, ou une autre qui y ressemblait beaucoup. Le conducteur ouvrit sa portière et descendit en s'étirant et en se massant les reins. C'était un quinquagénaire avec de grosses lunettes et un chapeau démodé.

L'homme qui pouvait être ou non en train de les suivre entra dans les toilettes. Cassie et Thomas retournèrent en hâte à la Ford. Beth et Leo en sortirent, puis Leo ouvrit le coffre pour fouiller dans un de ses sacs. Il semblait nerveux et bougeait les bras avec brusquerie. Quand il recula, Cassie vit qu'il avait trouvé ce qu'il cherchait : un pistolet.

Qu'il en ait un n'avait rien de surprenant. Son père l'y avait sûrement encouragé, l'avait peut-être même aidé à s'en procurer un, de manière légale ou non. Cassie fut malgré tout consternée de le voir ainsi armé. Cela avait des implications auxquelles elle ne voulait pas penser. Même Leo sembla intimidé par son pistolet, qui tremblait dans sa main.

Il veut s'en prendre au type, comprit Cassie, et elle vit à son expression qu'il refuserait d'en discuter. Que ce soit judicieux ou pas, Leo le ferait. Elle ne pouvait que le regarder faire. Ou l'aider.

S'il avait un plan, il ne prit pas le temps d'en discuter. Cassie, Thomas et Beth s'accroupirent derrière l'automobile tandis que Leo se plaçait devant la porte des toilettes en portant le doigt à ses lèvres pour qu'ils se taisent. Cassie regarda Thomas : il avait les yeux tellement écarquillés qu'elle craignit une crise de panique, mais il ne bougea pas et garda la bouche bien fermée. Y avait-il un moyen de le protéger ? Le quinquagénaire aux grosses lunettes pouvait être armé aussi, si c'était un sim. Mais ils n'avaient pas de meilleure cachette, à moins de dévaler la pente ou de se précipiter dans un bosquet de l'autre côté de la route. Quelques minutes s'écoulèrent, pendant lesquelles Cassie se mit à sentir très nettement l'air froid, le soleil sur ses épaules, l'odeur grasse de l'automobile et les battements de son cœur. La porte de bois brut pivota enfin et l'homme au chapeau sortit en cillant dans la lumière de l'après-midi. Il mit quelques instants à s'apercevoir de la présence de Leo, à qui il adressa un sourire oblique qui exprimait sa perplexité.

Leo s'avança et le poussa contre les parpaings en lui montrant son pistolet. « Vous nous suiviez », affirma-t-il, et Cassie décela dans sa voix une vibration qui était peut-être de la colère mais plus probablement de la peur. La confrontation ayant débuté, Beth se releva avec audace pour aller se placer derrière Leo ; Cassie fit quelques pas dans la même direction, comme attirée par un devoir qu'elle comprenait mal, mais en disant à Thomas de rester caché.

« Vous êtes une saloperie de sim, pas vrai ? » dit Beth.

Derrière les verres de ses lunettes, les yeux clairs de l'homme clignèrent avec frénésie. « Je suis une quoi ? » Il regarda Leo, puis le pistolet. « Qu'est-ce que vous voulez ? De l'argent ? » Il leva la main pour prendre son portefeuille.

« Gardez les mains le long du corps, dit Leo. On sait que vous étiez en train de nous suivre.

— De vous suivre ? » Il sembla tout d'abord vouloir nier. « Mais ce n'est pas… Je veux dire, ouais, je vous ai entendu demander comment rejoindre l'autoroute, à la réception du motel. C'est là que je vais. Je veux dire, je suis nul pour suivre des directions. Si bien que j'ai pensé qu'il me suffisait de rester en vue de votre voiture. Vraiment, c'est tout. Je ne voulais pas me perdre ! C'est un problème ? Je m'excuse. Comme je vous l'ai dit, si vous voulez de l'argent…

— Rien à *foutre* de votre fric ! » Beth était à côté de Leo. « Il ment. C'est un sim.

— Peut-être, répondit Leo, mais…

— Mais quoi ? Il faut que tu t'occupes de lui !

— Que je le descende ?

— *Oui ! Bordel ! Descends-le ! Maintenant, tant qu'il n'y a personne !* »

Sur le versant, les branches dénudées des arbres bruirent dans le vent. Cassie sentit une main se poser sur son bras. Thomas. Elle se pencha pour murmurer :

« Monte dans la voiture. Sur le siège arrière. Cache-toi. Ferme les yeux. Tout de suite ! »

Le désespoir sembla commencer à envahir le quinquagénaire au chapeau et aux lunettes. Il leva les mains, paumes tournées vers le ciel, le visage aussi blanc que la brume s'attardant au fond de la vallée fluviale. « Enfin, arrêtez », dit-il.

Leo pointa le canon du pistolet sur le ventre de l'homme. Son visage devint un masque de concentration. Ses yeux se plissèrent. Il va tirer, s'aperçut Cassie. Il avait vu l'homme les suivre, il avait rendu son verdict et allait presser la détente.

« S'il faut que tu lui tires dessus, dit-elle. Vise sa jambe. »

La main de Leo hésita. Cassie ne pouvait détourner le regard du pistolet, des doigts pâles et roses sur le métal anodisé.

« Si c'est un sim, expliqua-t-elle, on le saura. Sinon… ça ne le tuera peut-être pas. »

Leo hocha la tête et baissa le canon, mais le coup de feu fut si bruyant que Cassie sursauta. Il sembla surprendre aussi Leo qui recula d'un pas, les yeux posés sur l'arme comme si elle lui avait brûlé la main. Un vol d'étourneaux jaillit telle une fumée soudaine d'un arbre au loin.

L'homme aux grosses lunettes et au chapeau démodé tomba par terre. Il avait la bouche ouverte, mais aucun son n'en sortait, et sa main se crispa sur les parpaings des toilettes avant de se tendre vers sa jambe droite. Celle-ci était brisée sous le genou et Cassie vit avec consternation luire un os à découvert. Du sang giclait de la plaie par pulsations frénétiques.

Il n'y avait rien de vert à l'intérieur.

Le ventre de Cassie se serra. Elle s'obligea à continuer à regarder en frottant avec rage ses yeux pleins de larmes. Leo ne bougeait plus, le regard fixe. Beth avait reculé et restait le dos collé au mur des toilettes.

Cassie jeta un coup d'œil sur la route : toujours pas âme qui vive.

Par terre, le quinquagénaire serrait sa cuisse des deux mains. Ses yeux s'étaient révulsés. « *Gueuh* », dit-il, grognement sans signification.

« Oh, c'en est pas un, murmura Leo, ce n'est pas... »

Pas un sim. Cassie se sentit envahie par une lucidité sans poids, comme si le monde était désormais simple et baigné de lumière. « Bon, *il faut qu'on stoppe l'hémorragie*.

— Comment ? »

Elle avait suivi des cours de secourisme à l'école, mais ils n'incluaient pas la manière de soigner des blessures par balle. « Un garrot, supposa-t-elle. Prépare un garrot. »

Leo hocha la tête et ôta sa ceinture avant de se pencher pour en entourer la cuisse blessée. L'homme ne résista pas. Il ne bougeait presque plus. Ses grosses lunettes étaient de travers sur son visage et son chapeau avait roulé jusqu'au bord de la pente.

Cassie se souvint de ce qu'elle avait dit à Leo (*vise sa jambe*) et se sentit à nouveau toute nauséeuse. Elle n'avait jamais vu personne se faire tirer dessus d'aussi près. Elle avait imaginé un trou bien net et non toute cette boucherie. Mais si elle n'avait rien dit, cela aurait été pire, pas vrai ?

Leo souleva le pantalon trempé de sang pour passer une deuxième fois sa ceinture dessous, mais ses mains tremblaient tellement qu'il n'arriva pas ensuite à trouver un trou pour immobiliser la boucle. « Attends, laisse-moi faire », dit Cassie. D'où lui venait ce *calme* absurde ?

Elle se pencha, referma la ceinture bien serré. Le saignement rythmique commença à s'atténuer. Mais les dégâts étaient épouvantables. Une artère devait avoir été touchée. Il fallait qu'un médecin intervienne d'urgence.

Il y avait un téléphone à pièces juste à l'intérieur des toilettes, Cassie le voyait de l'endroit où elle était agenouillée. « Beth, appelle la police.

— Quoi ?

— Il a besoin d'une ambulance ! Appelle la police ! »

Beth jeta un coup d'œil au téléphone, mais ne bougea pas. « Je ne crois pas qu'on devrait. On risque de se faire arrêter, non ? On se fera arrêter !

— Beth, il est en train de *mourir*. » La tête renversée en arrière, la bouche ouverte, l'homme respirait par à-coups, comme des ronflements, et ses yeux, bien qu'ouverts, ne regardaient plus rien. Cassie posa le doigt sur sa gorge, à la recherche d'un pouls. Le blessé avait la peau fraîche, mais moite de sueur. Elle perçut un battement irrégulier.

« Euh, attendez, dit Leo. Cassie… je ne voulais pas le blesser si gravement.

— Je sais.

— Il nous *suivait*. Il a avoué.

— Je sais ! Il a besoin *d'aide*.

— On pourrait… on pourrait peut-être en appeler plus loin sur la route. »

Et réussir à s'échapper, voulait-il dire. D'accord, mais : « On n'a pas le temps. Regarde-le, Leo !

— On ne peut rien faire pour lui.

— Bien sûr que si ! Il a besoin d'un médecin ! » Elle comprit alors : « Tu veux partir en l'*abandonnant* ici ?

— Je ne *veux* pas. Je ne crois pas qu'on ait le choix !

— Si ! On lui a tiré dessus, il faut qu'on l'aide. Maintenant ! Maintenant ! Tout de suite !

— Cassie, écoute-moi… et Thomas ? »

Elle se retourna avec un sentiment de culpabilité. Son frère était debout près de la voiture. Trop loin pour bien voir la blessure de l'homme, mais suffisamment près pour avoir assisté au coup de feu. (*Au meurtre*, se corrigea-t-elle : c'en serait un s'ils abandonnaient le blessé.) Mais Leo avait raison : si la police venait, si elle les arrêtait, qui allait prendre soin de Thomas ? Comment pourrait-elle le protéger ?

L'homme par terre prit une respiration étranglée, puis ne fit plus aucun bruit. Ses mains cessèrent de bouger et son regard se fixa sur le ciel sans le voir. Cassie s'aperçut que tous les muscles du quinquagénaire s'étaient soudain relâchés. Son propre esprit s'emplit du bruissement du vent dans les arbres dénudés.

« Il est mort ? » demanda Beth.

Cassie essaya une nouvelle fois de trouver le pouls, en vain. Elle se releva et recula.

« Il faut le cacher, dit Leo. Quelqu'un le trouvera tôt ou tard. Mieux vaut pour nous que ce soit le plus tard possible.

— Le cacher ? » demanda Beth.

Leo désigna du menton un endroit où soit le mauvais temps, soit l'imprudence de certains touristes avait couché au sol la barrière de sécurité en plastique. « Aidez-moi. Beth ? »

Beth déglutit avec difficulté, mais hocha la tête.

Incrédule, Cassie les regarda traîner l'homme par les bras en direction de la pente. Les chaussures du cadavre laissaient une trace rouge irrégulière sur le sol. Du pied, Cassie procéda à une dissimulation de preuve en recouvrant de gravier la mare de sang. Ses propres chaussures furent bientôt éclaboussées. Oubliaient-ils quelque chose ?

« Son chapeau », rappela-t-elle.

Beth revint le chercher et le jeta dans la vallée. Emporté par le vent, il tomba hors de vue.

« Pousse-le dans la pente, maintenant, dit Leo.

— On devrait d'abord lui fouiller les poches. »

Cassie se détourna. Elle ne pouvait supporter de voir Leo mettre le cadavre sur le flanc pour permettre à Beth de prendre son portefeuille. Elle revint vers la voiture, vers Thomas, en essayant de ne pas entendre (mais elle pouvait difficilement ne pas l'entendre) le corps de l'homme dévaler la pente dans le sumac sauvage et l'herbe brune cassante. Le bruit décrut et finit par cesser. Quelque part dans les bois, un corbeau cria.

Plus tard, une fois la nuit tombée et alors que le bitume s'étirait devant eux sous un miroitement d'étoiles, Beth rassembla assez de courage pour regarder ce qu'elle avait pris dans les poches du mort et fourré dans son sac à main : un portefeuille en cuir. Deux cents dollars en liquide. Et un flacon d'un médicament appelé bisoprolol. « C'est pour le cœur, dit Leo. Il devait être malade. »

Leo jeta le portefeuille et les pilules (après avoir ôté toutes les étiquettes) dans une poubelle devant un bureau de poste d'une petite ville anonyme aux magasins tous fermés jusqu'au lendemain. Plus loin, dans la boutique d'une station-service ouverte de jour comme de nuit à proximité de l'autoroute, Beth acheta avec les dollars du mort un assortiment d'aliments frais et secs qu'elle rangea dans le coffre.

Cassie occupait la banquette arrière avec Thomas. Durant la nuit, il voulut savoir si l'homme aux grosses lunettes était vraiment mort. « Oui », répondit-elle.

Elle ne voyait pas l'intérêt de lui mentir. On pouvait protéger Thomas de beaucoup de choses, mais pas de vérités indiscutables.

Depuis, il n'avait pas prononcé un mot. Il restait avachi, la tête sur l'épaule de Cassie, les yeux fermés, ni endormi ni vraiment réveillé : il se cachait dans son corps somnolent tandis que l'automobile poursuivait sa route. C'était le seul innocent parmi eux, aux yeux de Cassie. Elle n'avait pas pu le protéger de ce qu'ils avaient fait. Mais au moins gardait-il les mains propres.

8

Campagne du Vermont

De tous les événements cauchemardesques des trois derniers jours, se dit Nerissa, celui-ci doit être le plus bizarrement surréaliste : je suis en train de descendre dans la cave de la ferme de mon ex-mari, où quelque chose à la fois plus et moins qu'humain attend qu'on l'interroge.

Elle était physiquement et émotionnellement épuisée. Quand elle avait découvert la disparition de Cassie et de Thomas, en rentrant chez elle, cela avait fait resurgir toutes les peurs qu'elle contenait si soigneusement depuis le massacre de 2007. Pendant le trajet, elle ne s'était même arrêtée qu'à contrecœur dans une station-service et non sans se demander si le pompiste (un adolescent acnéique) était *l'un d'eux*. Ce genre de réflexe paranoïaque aurait pu protéger Thomas et Cassie, si elle l'avait eu en permanence. Sauf que sept années sans incident avaient relâché sa vigilance. Sortir un soir, s'était-elle dit, ce n'était pas trop demander. Elle méritait même plutôt cette récompense, après tout ce qu'elle avait fait (et sans rechigner) pour les enfants de sa sœur. Elle y avait *droit*, non ?

L'appartement vide, la valise absente sous le lit de Cassie et le réfrigérateur mis à sac, telle fut sa réponse.

Mais elle s'était promis de retrouver Cassie et Thomas. Elle les protégerait. Les ramènerait à la maison. Werner Beck et les règles de conduite définies par la Correspondence Society pouvaient aller au diable. La Society était morte. Il ne restait plus que la famille. La seule chose qui comptait.

Ethan descendait les marches en bois devant elle tout en continuant à parler du sim et à rappeler qu'on ne pouvait pas lui faire confiance, mais ses paroles n'étaient pour Nerissa qu'un bruit de fond indistinct. Elle s'en fichait. Elle voulait juste voir le monstre. Obliger une vérité à sortir de ses lèvres stupides et menteuses.

Elle savait, bien entendu, qu'Ethan avait raison : on ne pouvait pas faire confiance au simulacre — autrement dit, à l'hypercolonie dont il faisait partie. Ce n'était pas un être humain. Pas même un animal. Comme Ethan et Werner Beck l'avaient prouvé.

Ethan avait parlé de la Society à Nerissa peu après leurs fiançailles. Il avait avoué en être membre comme s'il s'agissait d'une vérité gênante qu'elle devait savoir à son sujet, tel un cas bénin d'herpès. Elle avait d'abord pris la Society pour quelque chose de banal — une franc-maçonnerie de mathématiciens, un club pour jeunes universitaires liés par le secret sur une prétendue conspiration. Les idées qu'il avait énoncées le rouge aux joues ne semblaient pas vraiment crédibles. La couche radio-réflexive (en soi, une abstraction d'ingénieur, pour Nerissa) était *vivante* ? Elle exerçait un contrôle discret sur l'histoire de l'humanité ? Même si la jeune femme avait *voulu* y croire, comment aurait-elle pu ?

Elle ne prit absolument pas tout cela au sérieux

jusqu'à ce qu'il lui fasse visiter son laboratoire et lui montre ses cultures cellulaires. Il travaillait sur des échantillons issus de carottes de glace de l'Antarctique, officiellement pour étudier le pollen déposé par d'antiques chutes de neige. (Il fallait, d'après lui, un prétexte légitime à chacune des recherches de la Society. Celles qui s'approchaient trop de certains sujets avaient tendance à ne plus trouver de financement ou à se faire recaler par les comités de lecture. Des carrières avaient été brisées, à l'époque, avant que les membres de la Society apprennent à se montrer discrets. Mais les noms qu'il cita n'évoquaient pas grand-chose pour Nerissa : qui était cet Alan Turing, par exemple ?) On trouvait du pollen dans les carottes de glace et Ethan avait consciencieusement catégorisé les échantillons par espèces et dégagé les implications pour l'écologie des insectes pollinisateurs : ses conclusions avaient fini par être publiées dans *Ecological Entomology*. Il n'avait par contre rien dit des minuscules granules découverts aussi dans la glace : de microscopiques sphérules qui semblaient être des chondrites carbonées et renfermaient des traces de matière organique complexe.

On passait facilement à côté de ces sphérules, très peu nombreuses dans l'absolu, tant elles ressemblaient à de la poussière, mais il y en avait un peu partout dans un millénaire de glace déposée. La Society supposait qu'elles s'étaient infiltrées dans l'atmosphère depuis la couche radio-réflexive, la radiosphère… que la radiosphère elle-même était un nuage orbital composé de billions de tels granules, réparti de façon uniforme autour de la Terre. Le nuage était si diffus qu'il ne masquait qu'une fraction de la lumière du soleil et ne pouvait être décelé à l'œil nu, mais d'après les calculs d'Ethan, il devait avoir une masse distribuée énorme.

Privé de sa protection rocheuse, le fragment de matière organique conservé dans les sphérules se décomposait au contact de l'air. Ethan avait toutefois réussi à en accumuler des quantités mesurables dans un environnement de gaz inertes maintenu à des températures et des niveaux de rayonnement similaires à ceux du vide interplanétaire. Si on ajoutait quelques molécules de carbone et de glace, la substance se liait à elles. Avec un substrat suffisant de matière première, elle créait de nouveaux granules rocheux, d'une complexité supérieure à ceux trouvés abîmés dans les carottes de glace : des cristallisations complexes, des entrelacements veineux de carbone et de silicone.

Au moment de leur mariage — une très banale cérémonie civile suivie d'un dîner préparé par un traiteur dans la salle de réception d'un country-club —, Ethan avait transmis pour études complémentaires des échantillons de ses cultures à Werner Beck et à quelques « spécialistes du calcul numérique », comme il les appelait. Et même si Nerissa essayait de ne rien savoir de ce qu'impliquaient les travaux de son mari, elle devait bien admettre qu'elle trouvait cruciale et perturbante l'idée qu'une force très ancienne et en réalité *cosmique* se mêlait des communications de l'humanité. Mais qu'est-ce que cela signifiait vraiment, concrètement ? Si la prospérité et la tranquillité relatives du vingtième siècle découlaient de cette intervention (comme la Society le pensait depuis longtemps), était-il sage de chercher à en savoir davantage ? Le passé de l'humanité n'avait rien de bien enthousiasmant : d'interminables séries de guerres, de famines, de superstitions et de pestilence…

Mais tout cela était hypothétique et peu plausible, et par conséquent facile à ignorer. Nerissa avait réussi à s'occuper de sa propre vie — son poste d'enseignante à l'université du Massachusetts, l'écriture de son livre, son mariage tout neuf — en ne pensant qu'occasionnellement à la nature de cette foutue radiosphère.

Cela avait semblé un compromis raisonnable, durant ces années où le sang n'avait pas encore coulé.

Ethan dit que le monstre dans sa cave se faisait appeler Winston Bayliss. Nerissa se demanda où il avait trouvé ce nom-là. Avait-il existé un véritable Winston Bayliss, peut-être assassiné et remplacé par le sim ? Ou bien le monstre avait-il inventé son nom sur la base d'une analyse statistique de la nomenclature humaine ?

Il était impossible de le savoir. Et cela n'avait aucune importance.

Le monstre portait un slip blanc et son ventre pâle retombait par-dessus la ceinture élastique. Du ruban adhésif l'attachait efficacement par le torse, les bras et les jambes à une lourde chaise en bois. Quand Nerissa approcha, il leva un visage terne d'homme blanc bien nourri et plutôt en bonne santé, mais avec quelques rondeurs. Bien entendu, son apparence ne signifiait rien. Son expression lasse et son regard suppliant non plus. Le corps de la créature n'était qu'une surface d'affichage, un mécanisme de transmission. S'il avait été humain, le coup d'œil qu'il lança à Nerissa aurait pu signifier *J'ai traversé bien des épreuves. Je n'en peux plus.* Mais de la part du monstre, ce n'était qu'une tentative de susciter et d'exploiter sa compassion.

Aussitôt, comme s'il avait lu dans ses pensées, alors qu'il s'était contenté en réalité d'interpréter son langage corporel, son visage replet redevint neutre et indifférent. Comme pour dire : *Vous savez ce que je suis et je n'essaierai pas de vous tromper.* Ce qui était un mensonge aussi, mais plus subtil.

Ou peut-être *même pas* un mensonge. Si Ethan et Werner Beck avaient vu juste, le monstre fonctionnait selon une logique de ruche. Ses verbalisations n'étaient pas sciemment vraies ou fausses. Comme Ethan le lui avait expliqué longtemps auparavant, les insectes sociaux, les fourmis, par exemple, suivaient quelques règles simples inscrites dans leur patrimoine génétique par des millions d'années d'évolution. Elles réalisaient des choses incroyables : elles construisaient de grandes villes dans la terre, se montraient d'une efficacité surprenante dans leur recherche de nourriture. Mais aucune ne « décidait » jamais de faire tout cela. Les fourmis ne décidaient pas d'une stratégie et il n'y avait pas de conseil d'administration dans leur colonie. Il n'y avait pas d'esprit conscient à l'œuvre… il n'y avait *aucun esprit du tout*, rien que de la chimie et des facteurs environnementaux. Une série d'interactions de ce type produisait un comportement complexe. Mais seul le comportement l'était. Les règles elles-mêmes, tout comme les êtres qui les suivaient, étaient relativement simples.

Il en allait de même avec l'hypercolonie. C'était une espèce d'essaim, de ruche ou de nid qui avait enveloppé la planète tout entière. Ses plus petits composants étaient les sphérules de roche et de matière organique qu'Ethan avait appris à faire croître. Malgré leur taille minuscule, elles étaient capables de générer et de capter des impulsions sur une large gamme de fréquences radio. Ainsi, d'après Ethan, que d'accomplir des calculs extrêmement compliqués. (À la Correspondence Society, on parlait de « code binaire » et d'« informatique quantique », mais Nerissa ne comprenait ni l'une ni l'autre de ces expressions : les seuls ordinateurs auxquels elle avait jamais eu affaire étant les pesantes machines à cartes perforées avec lesquelles les fournisseurs d'eau et d'électricité produisaient ses factures mensuelles, elle prit les paroles d'Ethan pour argent comptant.)

On ne pouvait d'aucune manière crédible prétendre ces sphérules dotées d'intelligence. Comme les fourmis, elles suivaient des règles qu'elles n'écrivaient pas elles-mêmes. Comme les fourmis, elles échangeaient des messages simples et réagissaient de manière prédéterminée à certaines caractéristiques de leur environnement. Ce qui rendait l'hypercolonie remarquable était sa capacité collective à manipuler les signaux électroniques et à imiter les êtres humains. Elle parvenait malgré son absence d'esprit à générer un sim comme Winston Bayliss et à le faire passer pour humain. Mais quand Bayliss prononçait le mot « je », c'était un bruit sans signification. Il n'y avait aucun « je » à l'intérieur du monstre. Il n'y avait personne. Rien qu'une arithmétique vide qui fonctionnait 24 heures sur 24.

Elle fit un pas de plus vers la chaise. Elle vit à quel endroit la balle avait traversé la jambe du monstre. Ethan avait bandé la plaie, soit pour ne pas salir le sol, soit pour empêcher la créature de se vider de son sang. Le pansement, une serviette de toilette maintenue par du gros ruban adhésif, laissait filtrer des perles visqueuses de matière rouge et verte. L'écœurante odeur de foin moisi qui s'en dégageait flottait dans l'atmosphère immobile de la cave.

Nerissa s'aperçut qu'elle évitait de croiser le regard de la chose. C'était lâche, et sans doute le simulacre sentirait-il et tenterait-il d'exploiter sa peur. Elle refusa de lui laisser cet avantage, aussi minime soit-il. Elle s'arma de courage et plongea le regard dans les yeux marron et humides aux cils d'une longueur presque féminine. Le monstre soutint son regard, imperturbable. « Bonjour, madame Iverson. »

Contre toute attente, elle fut stupéfaite. Elle ravala sa nausée et lança : « Comment me connaissez-vous ? » Non parce qu'elle attendait une réponse sincère, mais parce qu'elle voulait savoir ce que le monstre allait dire.

« L'hypercolonie vous connaît. Je partage une partie de cette connaissance. »

Il parlait d'une voix douce et flûtée de ténor. Ce qui n'avait rien de surprenant en soi, ses organes de la parole étant tous authentiquement humains : la gorge, les poumons, les cordes vocales.

« Vous *êtes* l'hypercolonie, je me trompe ?

— Je comprends pourquoi vous le croyez, mais vous vous trompez, oui. C'est ce que je suis venu expliquer. »

Elle haussa les épaules. « Dites ce que vous voulez. » Ethan se tenait près d'elle, le pistolet à la main. Le simulacre se passa la langue sur les lèvres.

« La majeure partie des déductions de la Correspondence Society sur l'hypercolonie sont exactes. C'est un être vivant. Aux origines très anciennes et plus ou moins perdues, mais il s'est répandu d'une étoile à l'autre sur d'immenses distances. Il a un très long cycle de vie. Il identifie et entoure les planètes biologiquement actives sur lesquelles pourraient apparaître des cultures qui fabriquent des outils. S'il en apparaît une, l'hypercolonie l'exploite alors à ses propres fins. Ce qui, dans des circonstances idéales, est bénéfique aux deux parties.

— Vraiment ?

— Une fois qu'une telle culture commence à générer des communications électroniques, l'hypercolonie intervient pour favoriser certains résultats. La paix plutôt que la guerre, par exemple. De cette manière, la relation devient complètement symbiotique. L'espèce adoptée est libérée des conséquences de son propre bellicisme, la prospérité se généralise et les tribus ou nations jusqu'alors hostiles deviennent interdépendantes. Des technologies utiles apparaissent alors naturellement et efficacement, que l'hypercolonie exploite.

— Qu'elle exploite pour quoi faire ?

— Pour se reproduire », répondit le monstre.

Une symbiose, pensa Nerissa. Dans un tel contexte, le mot était obscène. Elle avait vu de quelle manière ces prétendus bénéfices mutuels fonctionnaient en réalité.

C'était elle qui avait découvert les corps de sa sœur et de son beau-frère, à l'automne 2007. Elle se souvenait de la porte entrouverte de leur petite maison de Forest Park. Elle se souvenait des trous laissés par les balles dans le papier peint à motif floral du salon, papier peint qu'Evelyn adorait (et Nerissa détestait : elles s'étaient très souvent gentiment disputées à ce sujet). Elle se souvenait de l'odeur âcre et cuivrée du sang, assez forte pour avoir aussi un goût, et elle se souvenait du sang qui avait giclé sur la collection de figurines Hummel de sa sœur : les petites vachères et les petits bergers de porcelaine souriaient, le visage cramoisi.

Evelyn, qu'elle avait toujours appelée Evie, avait été abattue de deux balles dans le torse et d'une dans la tête. Elle n'avait pas eu le temps de se lever du canapé. Son mari Bob gisait sur le sol quelques dizaines de centimètres devant elle. Abattu lui aussi de plusieurs balles dans le corps, puis d'une dans le crâne. Tous deux avaient été épouvantablement défigurés par les projectiles.

C'était un mercredi après-midi, juste après 16 heures. N'arrivant pas depuis la mi-journée à contacter sa petite sœur, Nerissa avait fini par décider de venir voir si elle était chez elle à Forest Park. Elle voulait lui parler de l'inquiétant coup de téléphone que venait de lui passer Ethan au sujet d'une série d'assassinats dans la Correspondence Society, affirmation loufoque que semblaient toutefois confirmer à présent les journaux télévisés. Bob Stoddart, son beau-frère, était depuis longtemps membre de la Society et ami avec Ethan. C'était Ethan et Nerissa qui lui avaient présenté Evie. En détournant les yeux des cadavres, Nerissa sentit lui revenir des souvenirs de l'époque, une quinzaine d'années auparavant, où elle-même était fiancée à Ethan et où Evie sortait avec Bob... Elle se rappelait les plaisanteries qu'elle échangeait avec Evie sur les drôles de galants qu'elles s'étaient dégottés, un entomologiste et un mathématicien (rien de moins !), deux garçons intelligents et drôles, mais qui se débrouillaient difficilement tout seuls en matière de vêtements et de savoir-vivre. Evie ne pouvait plus en rire, la balle dans son crâne lui ayant d'abord traversé la lèvre supérieure. Aussi Nerissa reporta-t-elle son attention sur les figurines rendues rouge pie par le sang. Elle devait bien évidemment appeler la police et elle s'efforça de se concentrer sur cette tâche. Elle décida de se servir du téléphone de la cuisine plutôt que de celui à côté du canapé, pourtant plus proche, mais parsemé de matière cérébrale d'Evie. Elle appellerait dès qu'elle arriverait à faire fonctionner ses jambes. En attendant, elle restait appuyée au mur en regardant les figurines d'Evie. Sa sœur travaillait dans la publicité et celles-ci lui avaient plu pour une raison ou pour une autre, leur côté kitsch l'avait séduite au lieu de la rebuter : le Joyeux Promeneur, les pieds à présent dans un lac de sang, le Garçon au Pommier, de la même couleur que ses fruits…

Elle faillit hurler en entendant des pas sur le seuil. *Ils sont revenus*, songea-t-elle d'abord, paniquée. Mais non. Ce n'était pas les tueurs. Une petite voix lança : « Coucou ? »

Cassie.

Oh mon Dieu. *Cassie*.

Nerissa retrouva ses jambes et se retourna. Bien entendu, Cassie était rentrée. Et Thomas… Thomas devait être à l'étage dans son petit lit, il avait dormi pendant les meurtres ou s'était endormi après les coups de feu, à moins que (non, c'était impensable) il soit mort lui aussi ? Mais Cassie avait douze ans, elle était assez grande pour revenir seule de l'école primaire à quelques rues de là. Cassie était orpheline, mais elle ne le savait pas encore. Et il ne fallait pas la laisser le découvrir, pas de *cette* manière, pas en trouvant ses parents gisant dans les antiques postures de leur horrible mort. *Dépêche-toi*, s'incita-t-elle, *garde-la à l'écart, pousse-la dehors si nécessaire*… mais la fillette s'était déjà trop approchée : debout sur le carrelage du couloir juste devant la porte, elle avait lâché son cartable et regardait dans le salon en plissant des yeux, comme face à une lumière aveuglante. Sa bouche béait, en anticipation d'un hurlement qui, pour une raison ou une autre, ne vint jamais.

Nerissa avait dû rassembler toutes ses forces pour l'écarter, pour s'agenouiller et tourner la tête de Cassie vers son épaule, pour accepter le poids de ses larmes.

Voilà ta foutue symbiose, pensa-t-elle les yeux fixés sur la chose à forme humaine dans la cave d'Ethan.

« Pourquoi l'admettez-vous ?

— Je n'admets rien, dit le monstre. Je ne suis pas l'entité qui a commis les crimes de 2007, si c'est ce que vous pensez. Madame Iverson, quand vous regardez le ciel, la nuit, est-ce qu'il vous semble sans vie ? Il ne l'est pas du tout. Chaque étoile est une oasis dans le désert… un endroit chaud, riche de substances nutritives et d'une chimie complexe. De nombreux organismes se disputent l'accès à ces richesses. Leurs luttes sont éthérées, très longues, et quasi invisibles pour des êtres dans votre genre. Elles sont néanmoins implacables et aussi mortelles que tout ce qui peut se produire dans une forêt ou sous la mer.

— À supposer que ce soit vrai : et alors ? »

Le simulacre jeta un coup d'œil à Ethan, qui remuait les pieds avec impatience. « L'organisme dont je fais partie a contaminé l'hypercolonie et pris le contrôle de ses mécanismes de reproduction.

— Comme un virus ou une espèce de parasite, vous voulez dire ?

— Plus ou moins. Mais le processus n'est pas terminé. L'hypercolonie essaye toujours de récupérer ces mécanismes. Un affrontement est en cours.

— Nous perdons du temps », intervint Ethan.

Nerissa était plutôt d'accord. Tout ce manichéisme cosmique ne les menait nulle part. « Vous avez parlé de ma nièce, je crois ?

— Le résultat de l'affrontement va bientôt se décider. Un des camps aimerait se servir des restes de la Correspondence Society comme arme contre l'autre.

En ce moment, votre nièce est manipulée. Et elle n'est pas la seule. »

Nerissa se pencha vers le sim en laissant apparaître sa haine. « Qu'est-ce que vous savez *exactement* sur Cassie ?

— Je peux vous aider à la protéger.

— Si vous avez quelque chose à dire… » Nerissa sentit la main d'Ethan sur son épaule. « *Quoi ?* Et c'est quoi, ce bruit horrible ?

— L'alarme. Quelqu'un est entré sur la propriété.

— Libérez-moi », dit le monstre.

Ethan l'envoya se faire voir. Mais Nerissa remarqua qu'il ne le tua pas. Le pistolet à bout de bras, il remonta les marches quatre à quatre.

9

Sur la route

Dernière à prendre le volant ce jour-là, Cassie roula jusqu'à ce qu'elle voie une balise Camping d'État à l'entrée d'une route secondaire qui s'enfonçait dans la pinède sauvage au nord de Decatur, dans l'Illinois. Une chaîne en barrait l'accès, à laquelle pendait un écriteau en bois : FERMÉ DU 20 SEPTEMBRE AU 30 MAI. Leo ayant un coupe-boulons dans le coffre, elle ne les arrêta pas longtemps.

Ils arrivèrent au terrain de camping, une clairière parsemée de trous à feu entourés de pierres. La nuit était trop fraîche pour dormir à la belle étoile, mais Beth repéra au milieu des pins une cabane dont le cadenas ne résista pas non plus au coupe-boulons de Leo. On ne pouvait pas vraiment parler de logement — ils trouvèrent à l'intérieur un matelas jaune posé de travers sur un vieux sommier à ressorts, un canapé constellé de brûlures de cigarettes et sur les parois de bois brut de grandes taches de moisissure noire évoquant un test de Rorschach —, mais cela protégeait du vent.

Cassie commença par s'occuper de Thomas. Elle s'inquiétait de plus en plus pour lui. Il avait dormi dans la voiture, tenait à présent à peine debout et ferma les yeux dès qu'elle l'installa dans son sac de couchage. Il avait le visage humide, sa tignasse blonde était sale et emmêlée… il avait besoin d'un bain, grand besoin, mais il n'y avait pas l'eau courante.

Beth surprit Cassie en allant chercher un oreiller supplémentaire dans la voiture. « Tiens, prends ça, dit-elle. Il se tiendra plus tranquille s'il est confortablement installé. » Comme s'il lui fallait une excuse pour se montrer gentille. (Et ce n'était même pas une excuse *crédible*. Thomas était on ne peut plus calme depuis plusieurs heures.) Cassie la remercia et mit l'objet sous la tête de son petit frère. Celui-ci rouvrit les yeux, les cligna et se rendormit en soupirant.

Mais Beth n'était pas uniquement allée chercher un oreiller : elle tenait aussi à la main une bouteille de vodka à l'étiquette ornée d'un barbu au couvre-chef en fourrure. « Ça vient d'où ? voulut savoir Leo quand elle la déboucha.

— Je l'ai achetée quand on était aux courses. Pourquoi pas, après tout ? Tu ne vas pas me dire que ça ne t'intéresse pas. » Elle lui tendit la bouteille.

Il ne fit rien pour la saisir. « Le vendeur t'a demandé tes papiers, dans le magasin ? Parce que ce n'est pas une très bonne idée, de les montrer quand on peut faire autrement.

— Non, bordel, il ne me les a pas demandés. T'en veux, oui ou non ?

— Ce n'est pas le moment.

— Ah ? T'es sûr ? » Elle haussa les épaules. « Ça m'en fera plus, alors. »

Beth se servit d'une thermos vide pour mélanger la vodka au contenu d'une canette de Coca-Cola. Elle but une gorgée, grimaça, but une deuxième gorgée et grimaça à nouveau. Dépense inutile et stupide, estima

Cassie, à moins que ça la fasse dormir. Sauf que, vingt minutes plus tard, Beth allait et venait d'une démarche hystérique entre le matelas et le canapé, en faisant grincer le parquet à chaque passage. Quand Leo lui suggéra (avec une retenue que Cassie trouva admirable) de s'asseoir et de « laisser tomber », elle se tourna d'un coup vers lui, trébucha et pointa le doigt dans sa direction. « Arrête de faire comme si tu regrettais ce qui s'est passé !

— Beth, allons. Sérieux. Arrête un peu.

— Si *triste* et tout. Et *comment j'ai pu tuer ce type ?* Remets-toi, Leo. Tu lui as tiré dans la jambe *justement* pour ne pas le tuer. S'il avait des problèmes de santé, t'étais pas censé le savoir, si ?

— Ça suffit, Beth.

— T'aurais peut-être dû me demander à *moi* de lui tirer dessus, si tu ne voulais pas le faire toi-même. C'est toi qui n'arrêtes pas de nous dire que tout est dangereux, qu'on ne peut pas prendre de risques, pas appeler chez soi, pas montrer ses papiers à l'épicerie, qu'il faut se méfier des inconnus…

— Tu vas réveiller Thomas.

— M'étonnerait. Il a plutôt l'air dans le coma, bordel. Sans déconner… » Elle se tourna vers Cassie. « … ton frère ne serait pas un peu arriéré ? Il parle presque jamais.

— Il a peur », répondit Cassie. *Mais moins que toi*, eut-elle envie d'ajouter. « Je crois qu'on a tous besoin de dormir.

— Très bien. Dors, alors.

— Ce n'est pas très facile, avec toi.

— Merde, t'as qu'à aller dormir dans la bagnole, si t'es si sensible.

— C'est peut-être ce que *tu* devrais faire, Beth, réagit Leo. Emporte ton sac de couchage dans la voiture, soûle-toi tant que tu veux, et demain matin on fera la route jusqu'à chez mon père. Ta gueule de bois ne regarde que toi.

— Quoi, t'en as marre de moi, maintenant ? T'as envie de sauter Cassie ce soir ? C'est ça ? »

Cassie avait déjà vu Beth ivre. Chacun des survivants de 2007 qu'elle connaissait avait sa manière à lui de brandir un doigt d'honneur à la face du monde, et celle de Beth consistait à boire plus que de raison… de boire comme pour se punir et punir son entourage. Malgré son état, Beth sembla s'apercevoir qu'elle était allée trop loin. Avant que Leo puisse répondre, elle redressa les épaules et lança : « Très bien, peut-être que j'ai *envie* d'être seule. » Elle attrapa sa veste et cala son sac de couchage sous son bras en marmonnant quelque chose entre ses dents.

De la porte de la cabane, Cassie regarda Leo suivre Beth jusqu'à la voiture… soi-disant pour s'assurer qu'elle ne courait aucun danger, plus probablement pour l'empêcher d'abîmer quelque chose. Elle lui fit des remontrances depuis l'espace clos de la banquette arrière tandis qu'il insérait la clé de contact pour allumer la radio, pensant peut-être lui changer les idées avec un peu de musique.

Sauf que la radio ne diffusait pas de musique mais les informations locales. Cassie capta des mots orphelins et des fragments de phrases. *Corps découvert*, entendit-elle. *Versant boisé.* Elle sortit dans la nuit froide, les aiguilles de pin craquant sous ses pieds. « Arrête ce… », exigea Beth à voix haute, mais elle n'arriva pas jusqu'à *truc*, car Leo se retourna d'un coup pour lui dire de fermer sa gueule. Beth avait beau être ivre, elle en resta bouche bée.

Cassie alla jusqu'à l'automobile tandis que le journaliste terminait : *La police d'État déclare lancer une enquête approfondie sur ce qui est le premier meurtre commis dans le comté de Wattmount depuis presque quinze ans.* Il parla ensuite d'un incendie dans une scierie d'une ville dont Cassie n'avait jamais entendu parler. Leo coupa la radio, maussade.

Je suis une criminelle, se dit Cassie. *Complice de meurtre, voire meurtrière. Nous sommes tous des criminels.* D'un instant à l'autre, les bois endormis pouvaient se remplir de faisceaux de projecteurs et de chiens policiers. « Putain de merde ! jura Leo.

— Qu'est-ce qu'on fait ? »

Il haussa les épaules avec colère. « Quelqu'un a pu voir la voiture, il faut partir de cette supposition, mais ça m'étonnerait que notre signalement soit connu. Donc… J'imagine que, demain matin, on se débarrasse de la voiture et on marche jusqu'à un endroit où on peut prendre le bus.

— Tu crois toujours que ton père peut nous aider ?

— Si lui ne peut pas… », dit Leo.

Cassie s'assit sur le seuil de la cabane pendant que Leo posait sur Beth un sac de couchage et deux couvertures de rechange. La nuit était froide, mais pas suffisamment pour la mettre en danger, du moment qu'elle ne s'exposait pas au vent, et si elle s'éveillait à l'aube avec des frissons et des courbatures, à qui la faute ? Thomas dormait toujours à l'intérieur, mais Cassie avait trop peur pour seulement songer à se coucher. Leo finit par venir s'asseoir près d'elle en tirant sur une cigarette tandis qu'elle exhalait la légère brume de sa propre respiration. Une pleine lune s'était levée, dont la lueur ne pénétrait pas pour autant dans la forêt autour d'eux.

Leo regarda sa cigarette avec solennité.

« C'est une vilaine habitude, dit Cassie. C'est mauvais pour toi, tu sais. »

Il la regarda, l'air incrédule… puis tous deux se mirent à rire, tout bas mais sans pouvoir s'arrêter.

« J'espère que ton père peut vraiment nous aider, dit-elle ensuite. Mon oncle Ethan et lui étaient assez proches, avant 2007, tu sais.

— Je sais, oui. Dans une de ses lettres, mon père dit qu'Ethan Iverson fait partie des rares que les attaques n'ont pas complètement castrés. » Il lui lança un regard oblique. « C'est lui qui le dit comme ça, pas moi. De sa part, c'est plutôt élogieux, d'ailleurs.

— Je trouve ça bien que tu sois resté en contact avec lui. » Par courrier, bien entendu. Le seul moyen de communication à longue distance qui ne soit pas otage de l'hypercolonie, bénis soient Ben Franklin et le service des postes gouvernemental.

« Tu ne prends jamais de nouvelles de ton oncle ?

— Tante Riss pensait que c'était une mauvaise idée. D'après elle, tout contact avec quelqu'un ayant été personnellement visé en 2007 est dangereux. Mais j'ai lu ses livres… il en a écrit deux, tu sais ?

— Mm. Sur les microbes, non ?

— Les insectes. Il est entomologiste. Mais d'une certaine manière ses livres traitent de l'hypercolonie, c'est une façon d'en parler sans en parler, vu qu'elle suit une logique d'insecte, de ruche. Il explique par exemple comment obtenir un comportement véritablement complexe sans la moindre intelligence ni connaissance de soi…

— J'en ai appris un peu là-dessus par les lettres de mon père. C'est vrai, d'après lui, mais la Society a fait l'erreur de traiter ça comme une question philosophique.

— Par opposition à… ?

— Au renseignement militaire. Connais ton ennemi. Découvre ses faiblesses. »

Cela cadrait avec ce que tante Riss avait dit sur Werner Beck, obsédé par l'idée de faire la guerre à l'hypercolonie. Elle trouvait cela stupide, ne serait-ce que dans ses termes : faire la guerre signifiait entre autres choses savoir à quels moments les armes de l'ennemi surpassaient les vôtres. Ce qui, pour autant qu'elle pouvait le dire, était le cas de l'humanité depuis la présidence de Taft… peut-être même depuis quelques siècles auparavant. Cassie dit à Leo que la guerre lui semblait une idée irréaliste.

« Pas forcément. Il faut se demander ce que l'hypercolonie nous prend. Une réponse possible étant : la volonté de se battre et les armes avec lesquelles lutter. Chaque jour, on nous raconte un tas de conneries du genre que la guerre est vraiment horrible et qu'on a beaucoup de chance que la Société des Nations gère les conflits. Si bien qu'on n'est pas nombreux à vouloir se battre. Mais même quelques personnes peuvent faire la différence, avec la bonne arme.

— Comment se battre contre quelque chose comme l'hypercolonie ? Contre un nuage de poussière, en fait. On ne peut pas le bombarder. Ni le faire prisonnier.

— Je n'en sais rien. Je n'ai pas la réponse à cette question. Mon père l'a peut-être. Mais si nous n'étions pas dangereux, ils ne nous feraient pas la chasse.

— Qui ça, *nous* ? Un mec, deux filles et un gamin de douze ans ? Ouais, on est vachement dangereux, c'est sûr. Pour des quinquas malades du cœur. »

Elle regretta ces mots dès qu'ils eurent franchi ses lèvres. Elle voyait à l'expression pincée de Leo qu'ils l'avaient blessé.

« C'était un accident.

— Oui, tu as raison, je le sais bien…

— Je n'ai jamais voulu que ça se passe comme ça. Mais même si c'est notre faute, ou la mienne, il serait encore vivant si on n'avait pas les sims aux trousses. Tu crois qu'ils se sentent coupables de ça, eux ?

— Ils ne ressentent rien du tout. C'est ce qui les différencie de nous.

— Tu as perdu tes parents, pas vrai ?

— Oui. » Leo le savait, bien sûr, chacun des survivants de 2007 avait entendu à plus d'une reprise les histoires d'horreur des autres.

« Ça ne te met jamais en colère ?

— Bien sûr que si.

— Je veux dire *vraiment* en colère ? Suffisamment pour vouloir agir ? Ou t'essayes juste de ne pas y penser ? »

Elle haussa les épaules, gênée.

« Il n'y a pas de honte à ça. À être en colère, je veux dire. » Leo se releva et écrasa sa cigarette sous le talon de sa chaussure. Une étincelle s'échappa dans le vent et alla mourir dans l'obscurité. « Tu n'as pas besoin d'être gentille tout le temps. Énerve-toi de temps en temps. Tu as le droit. »

Elle n'était pas assez bête pour croire que l'hypercolonie avait réduit à néant les penchants de l'humanité pour la violence et la haine. La violence se manifestait chaque jour partout dans le monde. Si le bulletin d'informations affirmait qu'il n'y avait eu aucun homicide en quinze ans dans le comté de Wattmount, Cassie était prête à parier que celui-ci avait eu son lot de bagarres dans les bars et de disputes conjugales, peut-être même connu quelques rixes raciales. Quant au niveau international : aucun conflit de grande ampleur, mais suffisamment de rébellions violentes et d'accrochages frontaliers mortels pour que le nombre de victimes continue d'augmenter. Ces dangereuses tendances avaient simplement été atténuées ou réprimées.

La paix relative depuis 1900 ne pouvait se mesurer que statistiquement. Les chiffres racontaient toutefois une histoire convaincante : une baisse spectaculaire des conflits violents et de toutes leurs conséquences : famines, épidémies, effondrements économiques. Le manuel de science politique que Cassie avait eu au lycée attribuait ce changement au progrès matériel et moral. Et peut-être à raison. Mais il n'y avait pas que cela. Si, comme d'innombrables chercheurs de la Correspondence Society l'avaient fait, on étudiait l'histoire de très près, on voyait apparaître des anomalies flagrantes. Les crises évitées, les batailles gagnées ou perdues, les cessez-le-feu qui finissaient par être obtenus, tout cela semblait résulter de communications ou problèmes de communication décisifs. Des radiogrammes qui se perdaient en cours de transmission ou arrivaient très légèrement modifiés. Des ultimatums belliqueux qui ne parvenaient pas à leurs destinataires. Des codes indéchiffrables qu'on déchiffrait, des navires de guerre dépêchés aux mauvaises coordonnées, des tirs d'artillerie sur des tranchées vides. Tout cela passait par la radiosphère. Et après la Grande Guerre, à l'époque de la communication de masse, l'opinion publique était influencée par des incitations beaucoup trop subtiles et intelligentes pour qu'on puisse parler de propagande.

Mais pourquoi ? Quel était l'objectif ultime ?

À ces questions, la Correspondence Society n'avait pu répondre que par des hypothèses. Peut-être s'était-elle trop approchée de la vérité durant la décennie d'avant 2007, quand Ethan Iverson et Werner Beck avaient prouvé concrètement que la radiosphère était vivante, une hypercolonie (comme l'avait appelée l'oncle de Cassie) de microscopiques êtres vivants. Sauf que cela n'expliquait rien. L'hypercolonie tenait-elle à ce que la paix règne parce que cela servait ses propres intérêts ? Ou avait-elle un usage plus *spécifique* de l'espèce humaine ?

De toute manière, se dit Cassie, même si elle a rendu la civilisation plus paisible, l'hypercolonie elle-même n'est pas vraiment non violente. *Tu as perdu tes parents*, lui avait rappelé Leo, non qu'elle ait besoin qu'on le lui rappelle, et tandis que le sommeil s'emparait d'elle elle dut refouler le souvenir de la dernière fois où elle avait vu son père et sa mère, le visage fracassé et la cervelle répandue sur les meubles. Quoi que puisse être ou signifier cette atrocité, ce n'était pas l'œuvre d'une entité *pacifique*.

Quand elle s'éveilla, la pluie tambourinait sur le toit de la cabane et dégoulinait le long des parois de bois brut. Elle entendit aussi qu'on frappait à grands coups à la porte de la cabane.

Elle se redressa, vit Leo s'extraire de son sac de couchage. Un vague jour entrait par l'unique fenêtre. Elle avait encore la tête pleine de ses rêves et se demanda si ce n'était pas l'un d'eux jusqu'à ce que la porte s'ouvre violemment sur une silhouette en ciré à capuche jaune, le visage peu visible, mais manifestement mécontent. « Service des Parcs », barrit l'homme avec un coup d'œil méprisant à Cassie et un autre encore plus féroce à Leo. « Si vous croyez pouvoir venir couper les chaînes et les cadenas pour une soirée fumette ou je ne sais quoi, j'ai du nouveau pour vous, les jeunes. »

Cassie essaya elle aussi de s'extirper de son sac de couchage, devenu une gêne, un cocon dont elle n'arrivait pas à sortir. Leo réussit à se lever, les mains vides et pris d'une colère impuissante. Cassie eut l'impression de voir l'ensemble de la situation avec les yeux d'un autre : l'agent du service des Parcs qui effectuait une patrouille de routine hors saison, découvrait la chaîne coupée à l'entrée de la route, la voiture inconnue garée dans la clairière et le cadenas brisé sur la porte, tout cela sous une pluie qui ne faisait rien pour améliorer son humeur... Elle regarda l'homme dehors.

« *Attention...*, parvint-elle à dire.

— Non, c'est *vous* qui allez faire attention ! Vous avez endommagé une propriété d'État, il va falloir rembourser... c'est la loi, mademoiselle. »

Sauf qu'elle voulait dire « Attention derrière vous ». Car, derrière lui, Cassie voyait l'espace dégagé entre la cabane et les pins, avec le pick-up blanc de l'agent, aspergé de boue jusqu'à mi-hauteur, à côté de la voiture de Leo aux fenêtres embuées et humides. Elle vit la portière s'ouvrir et Beth descendre, les cheveux collés au crâne par l'humidité, le coupe-boulons de Leo dans la main droite. Elle vit Beth courir vers eux dans le grand déchaînement de la tempête. La vit faire un grand geste avec l'outil qu'elle tenait par la poignée. *Attention*, pensa-t-elle. *Attention !*

Mais l'agent du service des Parcs ne fit pas attention.

Il bascula sur le seuil, le haut du corps de leur côté, le reste à l'extérieur. Sa tête se mit aussitôt à saigner.

La puissance du coup avait fait lâcher le coupe-boulons à Beth. Elle le ramassa dans la boue, la bouche tordue par un sourire grimaçant.

« Beth ! s'écria Leo.

— Il allait nous arrêter. Ou je ne sais quoi.

— Oui, mais… oh mon Dieu ! Ah… Il faut qu'on se reprenne. Cassie, lève Thomas. On doit partir *tout de suite*. Fais bien attention à ne rien oublier. Beth, mets le coupe-boulons dans le coffre et apporte-moi un rouleau de gros adhésif. »

Leo s'en servit pour attacher les mains et les pieds de l'agent afin qu'il ne puisse pas les suivre quand il reprendrait connaissance. *S'il* reprenait connaissance. Il a sans doute une commotion cérébrale, se dit Cassie. Au moins. Ou pire encore. Même si la manière dont il se mettait à gémir indiquait qu'il ne resterait pas longtemps inconscient.

Cassie ne pouvait pas s'empêcher de le regarder. « Roule ton duvet, lui intima sèchement Leo. Sérieux. Et occupe-toi de ton frère. »

Thomas pleurait, assis dans un enchevêtrement de couvertures. Cassie le serra dans ses bras jusqu'à ce qu'il se détende un peu, puis, ouvrant la petite valise qu'il avait emportée, l'aida à s'habiller. Thomas fuyait son regard, mais il leva les bras quand elle lui enfila son dernier tee-shirt propre. Une bulle de morve lui descendit sur la lèvre supérieure. Vas-y, pleure, l'encouragea Cassie en son for intérieur. Il y a des choses qui valent la peine qu'on pleure.

Leo prit un porte-clés à la ceinture de l'agent des Parcs et alla au pick-up blanc dont il revint avec une carte plastifiée de la réserve locale. Il l'examina rapidement tandis que Cassie chargeait sa valise et celle de son frère dans le coffre de la Ford de Leo. Elle aida Thomas à monter à l'arrière en regrettant de n'avoir pas mis une serviette sèche de côté : la pluie les avait trempés et ils resteraient mouillés jusqu'au soir, l'humidité ayant même traversé leurs vestes.

Leo donna à Beth la clé du pick-up en lui disant de le suivre avec. Une route traversait la forêt, elle les conduirait à une voie de raccordement, puis à une ville appelée East Cut non loin de l'autoroute fédérale à péage. « Et lui ? » demanda Cassie, en parlant de l'agent qui se tordait sur le sol. Mais Leo haussa les épaules. « Thomas et toi, vous voyagez avec moi. »

Cassie s'obligea à ne pas regarder en arrière.

Quelques kilomètres plus loin, Leo s'arrêta. Beth abandonna le pick-up et vint prendre place sur le siège passager pendant que Leo mettait le véhicule du service des Parcs au point mort, puis le poussait sur une pente broussailleuse au pied de laquelle coulait un anonyme petit torrent d'eau brune et véloce. Le pick-up ne serait pas particulièrement bien caché — une recherche sommaire suffirait à le retrouver —, mais au moins resterait-il hors de vue tant que personne n'essaierait de le retrouver. D'après Leo, en tout cas.

Cassie repensa à l'agent abandonné dans la cabane. À force de contorsions, il finirait par se libérer. Privé de son moyen de transport, il lui faudrait marcher jusqu'à la voie publique, faire signe à une voiture et demander à être conduit à l'hôpital ou au poste de police le plus proche. Tout cela leur donnait un peu de temps. (Ou alors, se dit-elle, peut-être qu'il était trop faible pour se libérer et qu'il mourrait de froid sur le plancher crasseux de la cabane, ce qui les rendrait coupables d'un deuxième meurtre… c'était possible aussi.)

Leo sentait la boue et les aiguilles de pin quand il reprit le volant pour enfoncer sans un mot sa voiture dans la forêt. La pluie incessante lessivait et assombrissait le pare-brise. Thomas ne reniflait plus et le bruit rythmique des essuie-glaces semblait le réconforter. Cassie pouvait le comprendre. Depuis la mort de ses parents, elle avait appris à apprécier les réconforts muets que le monde pouvait apporter : le vent et la pluie, la lueur du soleil et de la lune, les ombres de midi et les pièces obscures… tout ce qui pouvait raisonnablement sembler fiable et non d'une perfide imprévisibilité.

Ils atteignirent l'autoroute fédérale, et à deux kilomètres d'East Cut, Leo se gara près des ruines d'une station-service abandonnée. La pluie ayant cessé, ils purent se rendre à pied à la gare routière dans le brouillard qui se levait. Un car quasi vide les conduisit dans l'après-midi à Kewanee. Ils y prirent un express jusqu'à Galesburg, d'où un service omnibus de fin de soirée les déposa dans une ville du nom de Jordan Landing. À la périphérie de laquelle habitait le père de Leo.

Le jeune homme ne voulut pas prendre le risque de se servir une nouvelle fois de la carte de crédit qu'il utilisait jusqu'à présent, aussi ce fut Cassie qui régla la chambre du motel dans laquelle ils passèrent la nuit. Au matin, ils partirent à pied chercher l'adresse qu'avait mémorisée Leo.

Jordan Landing s'était développée autour d'un quai sur le Mississippi, d'une usine John Deere et d'une briqueterie. Ils s'arrêtèrent pour le petit déjeuner dans un café-restaurant de la rue principale, un établissement où on voyait des calendriers des entreprises locales punaisés au mur derrière le comptoir. Leo choisit un box près de la grande vitrine, duquel ils virent un commerçant déployer son auvent et un épicier empiler des caisses de laitue sur le trottoir moucheté de mica. Cassie s'aperçut avec retard que c'était la fête de l'Armistice. Des banderoles étaient déployées entre les lampadaires, exactement comme chez elle.

La serveuse qui leur apporta à manger ébouriffa les cheveux de Thomas et demanda s'ils séjournaient à Jordan Landing ou s'ils ne faisaient que passer.

« On ne fait que passer, répondit Leo.

— Dommage. On a un chouette spectacle dans le parc, ce soir. Avec feux d'artifice et tout. Mais j'imagine que vous avez déjà vu mieux… Vous m'avez l'air d'habiter une grande ville, je me trompe ?

— Detroit », mentit Leo.

Je pourrais vivre ici, songea Cassie. On tomberait facilement amoureux de cette rue ensoleillée et de toutes les autres aux alentours. Elle s'imagina dans un meublé avec une véranda à piliers. Des journées tachetées d'ombre l'été, des nuits bien au chaud l'hiver. Et si une entité dépourvue d'esprit comme de conscience passait dans le ciel tel un dieu-insecte, un garant aveugle du progrès humain, peut-être aurait-elle pu vivre en sachant cela… *aurait-elle pu*, si elle n'avait vu le sang.

Ils payèrent à la serveuse leurs œufs au bacon, leurs tartines grillées de pain complet, leurs cafés au lait et le chocolat chaud de Thomas. Une clientèle locale commençait à arriver et Leo semblait soucieux, agité. Il était temps de passer aux choses sérieuses. Tous savaient parfaitement possible que le père de Leo ait été une des cibles de la dernière série d'attaques. Werner Beck était connu pour sa richesse et la solidité de ses défenses, mais personne n'était immortel.

Sa maison se trouvait plus loin du centre qu'elle ne leur avait paru sur la carte, et pendant le trajet Cassie vit à la manière dont Leo remontait les épaules ou jetait compulsivement des coups d'œil dans son dos qu'il était de plus en plus tendu. Elle dut lui demander à deux reprises de ralentir pour que Thomas arrive à suivre. Il faisait frais, mais le soleil et la marche rapide lui mirent le visage en sueur. Jordan Landing était une ville vallonnée, avec parfois, marron et encombré de bateaux, le Mississippi qui apparaissait à l'ouest.

Elle fut surprise, contre toute attente, quand ils arrivèrent enfin en vue de la maison : elle était petite et quelconque, ce qui était sans doute la raison pour laquelle Werner Beck l'avait choisie. Il aurait pu s'offrir un appartement de grand standing sur un toit de Manhattan, mais avait préféré par prudence cette habitation on ne peut plus ordinaire dans cette ville on ne peut plus banale. C'était la dernière maison de la rue, qui partait en légère courbe vers l'est depuis le quai sur le Mississippi. Cassie supposa que ces petites demeures appartenaient pour la plupart aux ouvriers de la briqueterie et de l'usine John Deere. Chacune disposait à l'arrière d'un terrain non bâti, séparé de son voisin par une haie ou une palissade. Certains jardins étaient très soignés, et à présent prêts à affronter l'hiver… Dans l'un d'eux, une vieille femme occupée à étendre des bâches sur ses rosiers leva la tête et les salua timidement de la main. Cassie lui rendit son salut comme si elle habitait le quartier. Mieux valait ne pas donner l'impression de vouloir passer inaperçus.

Leo suivit l'allée de pavés autobloquants jusqu'à la porte de son père. Cassie s'aperçut, consternée, que plusieurs quotidiens apportés par le livreur de journaux gisaient sur la véranda. Leo avait emporté son pistolet, qu'il dissimulait dans sa ceinture sous sa chemise et sa veste. Il le sortit en le tenant discrètement devant lui. Il frappa à la porte, attendit, sonna une fois, puis une deuxième. Aucune réponse. Il essaya la poignée et la porte, non verrouillée, s'ouvrit.

« Attendez ici », dit-il avec brusquerie.

Cassie sentit Thomas lui prendre la main. C'était peut-être imprudent de l'avoir emmené, mais le laisser au motel n'avait pas semblé plus sage. Et elle ne s'était pas imaginé que les sims, même s'ils étaient venus chez Werner Beck, puissent être encore là… Pourquoi seraient-ils restés ? Elle recula malgré tout de quelques pas, juste au cas où, puis se pencha pour murmurer à son petit frère : « S'il faut que tu coures, *fais-le*. Ne t'inquiète pas pour moi. » Cela effraya Thomas, mais c'était inévitable.

Leo disparut dans l'ombre à l'intérieur pendant que Beth boudait sur la véranda. Quelques minutes s'écoulèrent. Cassie entendit une cloche d'église sonner au loin, assourdie par l'air matinal. La journée semblait comme engloutie dans du verre bleu et frais.

Leo réapparut sur le seuil, l'air affligé, pour leur faire signe d'entrer.

Rien n'indiquait que le père de Leo s'était fait tuer. On ne voyait ni sang, ni meubles renversés ou verre brisé, ni impacts de balles dans les murs. Mais Werner Beck était parti, apparemment depuis plusieurs jours et à la hâte. Un repas inachevé attendait sur la table de la cuisine : du rosbif figé dans sa sauce, du pain beurré sur lequel apparaissaient quelques filets de moisissure. Un exemplaire non ouvert d'un journal de petites annonces local reposait à côté de l'assiette.

Cassie suivit Leo à l'étage dans ce qui avait dû être le cabinet de travail de Beck, partagé entre un bureau en chêne, une bibliothèque et des classeurs verticaux. Ceux-ci avaient été fouillés : leurs tiroirs étaient ouverts, certains sortis et vidés par terre. « Qu'est-ce qui s'est passé ? » demanda Beth.

Leo haussa les épaules. « Manifestement, quelqu'un est venu chercher quelque chose.

— Et tu crois qu'il l'a trouvé ?

— Va savoir. Mais je connais un endroit où personne n'a dû regarder. »

Ils redescendirent dans le petit salon, meublé par Werner Beck dans un style dépouillé, presque désinvolte : un canapé quelconque, une table basse simple, ni télévision ni radio. Leo poussa la table basse contre le mur pour soulever le tapis en coton. Il examina un instant le parquet ainsi découvert, puis glissa son doigt dans un trou de nœud et tira.

Une section carrée large de trois lames lui vint dans la main. Elle avait été si précisément découpée que ses jonctions restaient invisibles. Dessous, dans l'espace entre le parquet et le béton des fondations, il y avait un petit coffre-fort en acier avec une serrure à combinaison sur la face supérieure. « Il m'a dit qu'il avait ça là, expliqua Leo. Au cas où il lui arrive quelque chose.

— Et alors, il y a quoi à l'intérieur ? demanda Beth.

— Ce dont j'ai besoin. Il n'a jamais rien dit de plus. Seulement où regarder et de retenir la combinaison. »

Il manipula le cadran en marmonnant les chiffres entre ses dents. Au moment où il ouvrait la porte bien huilée, Cassie s'accroupit à côté de Beth derrière lui tout en regardant par-dessus son épaule. Il plongea la main à l'intérieur et en retira une épaisse enveloppe en papier kraft.

Il la vida sur la table basse. Il n'y a pas grand-chose, s'étonna Cassie intérieurement.

Une carte routière.

Une liste manuscrite, apparemment de noms de villes.

Quelques pages dactylographiées agrafées par le coin.

Et une clé.

10

Campagne du Vermont

Ethan conduisit Nerissa dans le grenier de la ferme, où il consulta ses moniteurs de vidéosurveillance. Deux sims approchaient côté route. Malgré le soir qui tombait, il vit parfaitement qu'ils braquaient des fusils automatiques. Seuls les militaires étaient légalement autorisés à porter de telles armes, mais ces deux hommes, qui paraissaient à peu près du même âge que la créature dans la cave, ne ressemblaient pas à des soldats. L'un portait un costume, l'autre un jean et une chemise en velours côtelé. Ils avançaient en parallèle, chacun d'un côté du chemin, en restant dans l'ombre des arbres.

Cela, c'était devant la ferme. À l'arrière, les caméras de surveillance semblaient désormais éteintes, laissant Ethan complètement aveugle. Il ne pouvait de toute manière remédier qu'à un problème à la fois. Il prit un des trois fusils de chasse rangés au râtelier mural et alla à la fenêtre orientée à l'ouest. Il en avait remplacé le châssis et les vitres par un épais panneau de bouleau percé d'une embrasure assez large pour viser avec le canon de son fusil.

La première cible serait la plus facile. Il attendit que le sim en costume arrive sur l'espace dégagé qu'il fallait traverser pour accéder à la maison. Lorsqu'il quitta à toutes jambes le couvert des arbres, le premier coup de feu d'Ethan lui fendit le crâne, créant une cascade de matière verte veinée de sang.

La suite serait plus difficile. Le second sim, celui en jean, s'élança hors du bois avant même que le premier ait fini de tomber. Il s'écarta de l'itinéraire direct pour essayer de passer hors de portée d'Ethan. Si l'ouverture étroite dans le panneau protégeait assez bien le tireur, elle limitait aussi son champ de vision. Ethan plaqua le canon au bois et pressa la détente.

Il toucha sa cible, mais plus bas. Il estima lui avoir brisé la colonne vertébrale, car le simulacre s'effondra sans parvenir ensuite à se relever. Il finit par y renoncer et par se traîner vers la ferme à la force des bras. Ethan réussit à l'atteindre d'une seconde balle, cette fois au cou. Du sang et de la matière verte jaillirent et la créature cessa de bouger.

Ethan ne savait néanmoins toujours pas ce qui se passait à l'arrière, où ses caméras avaient été détruites ou désactivées. Il se rua à la fenêtre opposée et leva son fusil, recula à temps pour éviter une rafale crachée par l'arme automatique d'un troisième sim. Des échardes de bois lui piquèrent le visage tandis qu'une pluie de poussière et de débris tombait du plafond. D'un coup d'œil, il s'assura que Nerissa n'avait pas été touchée. Elle était toujours debout, indemne mais manifestement terrifiée. Il lui dit de s'allonger par terre.

Le sim avait tiré en traversant l'espace à découvert et n'était désormais plus visible, mais Ethan n'eut pas besoin de se demander où il était passé : il l'entendit défoncer à coups de pied la porte de derrière. La créature était entrée.

Tout ce qu'Ethan savait sur l'anatomie des simulacres, il le tenait de Werner Beck. Ce dernier avait non seulement survécu à la tentative d'assassinat perpétrée contre lui en 2007, mais réussi à blesser et neutraliser les deux sims venus le tuer. Et les jours suivants, il avait disséqué ses captifs… morceau par morceau et en prenant des notes.

Il avait transmis une monographie sur le sujet à tous les survivants loyaux ou assez imprudents pour garder le contact avec lui. Ethan en détenait un exemplaire dans ses archives. *Détails anatomiques des êtres humains artificiels*, avec schémas et photographies. Celles-ci étaient particulièrement troublantes : les deux sims, toujours en vie, attachés le ventre ouvert sur des tables de dissection. La peau du thorax, écartée et épinglée comme les pages d'un livre, révélait les côtes et les muscles recouverts de sang ; plusieurs organes humains de petite taille mais parfaitement fonctionnels avaient été retirés en partie. Ethan s'était fait violence pour mémoriser les détails. Des sacs de matière verte, substantiellement identique au contenu des cellules mises en culture après leur découverte dans les prélèvements de glace antarctique, occupaient la majeure partie de l'abdomen, ainsi que les membres et le crâne. Celui du crâne était entouré d'un réseau de tissu nerveux qui remplissait vraisemblablement certaines des fonctions d'un cerveau humain. L'assemblage des os ne présentait aucune différence visible avec un squelette humain. Dans les cavités thoraciques et abdominales, des organes humains rabougris (un cœur à peine plus gros qu'une balle de golf, un foie qu'on aurait pu prendre pour celui d'un nouveau-né) étaient au service de l'enveloppe de chair qui donnait aux sims leur apparence humaine. Si on coupait un sim, il saignait. Si on le coupait profondément, il en sortait un liquide vert.

La matière verte, complexe mais amorphe et identique dans tout le corps, rendait les sims moins vulnérables que les humains à certains types de dommages physiques. En attaquer un au couteau était quasi suicidaire. Tirer sur un simulacre ne faisait que le ralentir si la balle l'atteignait dans les parties molles, l'immobilisait sans le tuer si elle touchait sa colonne vertébrale. Le mieux était de leur tirer dans la tête, avait écrit Werner Beck : l'écheveau de tissu nerveux dans leur crâne leur servait d'interface pour contrôler leur corps et ils ne pouvaient s'en passer.

Malgré tout, la mort pouvait se faire attendre. Les sims capturés par Beck avaient survécu plusieurs jours malgré leur dépeçage systématique… ils avaient commencé par simuler la souffrance, puis, constatant l'échec de leur stratagème, s'étaient réfugiés dans un silence attentif. L'hémorragie avait fini par emporter l'un d'eux : son petit cœur avait tout simplement cessé de battre. L'autre était mort quand Beck, à titre d'expérience, lui avait logé une balle dans le crâne.

Ethan échangea son fusil contre un pistolet et en préleva sur le râtelier un deuxième qu'il tendit à Nerissa. « Tu sais t'en servir ? » Elle hocha la tête : comme beaucoup d'autres survivants, elle avait pris des cours de tir après le massacre de 2007. Ses mains tremblaient, mais elle s'assura que l'arme était chargée et ôta le cran de sécurité.

« Reste ici. Attends-moi. » *Et tire sur tout ce qui monte ici à ma place*, n'eut-il pas besoin d'ajouter. Il ouvrit la porte du grenier, puis descendit les marches étroites jusqu'au premier étage, un couloir terminé par un autre escalier. Le jour baissait, aussi y faisait-il sombre. Ethan s'immobilisa tous les quelques pas pour tendre l'oreille vers l'étage inférieur, mais n'entendit guère que les battements de son propre cœur.

Son seul avantage, s'il en avait un, était sa connaissance parfaite des lieux, avec ses angles morts, ses ombres, ses endroits à découvert et ceux qui vous mettaient en position de force. Il resta collé au mur de gauche jusqu'au palier, où il se pencha par-dessus la rambarde en braquant son pistolet sur la porte d'entrée. Rien. Il entendit toutefois un bruit de ferraille qui semblait provenir de la cuisine.

Ethan avait le plus grand respect pour son adversaire. Il repensa aux dissections de Werner Beck, actes qui semblaient cruels et rancuniers jusqu'à ce qu'on se rende compte qu'ils n'étaient ni l'un ni l'autre, les sims ne ressentant pas la douleur et se fichant des traitements qu'on leur infligeait. Ce n'était même pas des individus, au sens humain. Moins autonomes encore que les fourmis ou les termites, ils n'étaient que de simples extensions de leur créateur, un très ancien superorganisme massif et complexe qui venait de très loin et n'avait absolument rien d'humain. Un superorganisme qu'il ne fallait surtout pas sous-estimer.

Ethan dévala les marches pour rester le moins longtemps possible exposé à l'arme automatique du sim. Une fois au rez-de-chaussée, il put voir la majeure partie de la pièce principale et constater qu'elle était vide. Il ne restait donc que la cuisine. Dont la porte était fermée. Il ne se souvenait plus s'il l'avait fermée ou pas. Il n'eut d'autre choix que d'annoncer sa présence en l'ouvrant d'un coup, le pistolet braqué, avec une vague pensée pour Nerissa : elle était armée mais terrorisée, et s'il mourait sur le seuil de la cuisine…

Sauf qu'il n'y avait personne non plus dans cette

pièce-là. Enfoncée par le sim, la porte de derrière pendait de travers à un de ses gonds. Des traces de pas boueuses allaient à l'entrée de la cave. Ethan regarda celle-ci, consterné. Il n'y avait qu'une conclusion possible : le sim était au sous-sol avec Winston Bayliss.

Bouge-toi, s'intima-t-il. Il ne put faire autrement que de s'engager dans l'escalier de la cave.

Il en avait descendu la moitié quand il vit le sim le dos tourné juste en bas, l'air parfaitement humain avec son col relevé, son jean trop ample et son début de calvitie. Il braquait son arme automatique, mais dans une autre direction. Il commençait à se retourner quand une marche grinça sous le pied d'Ethan, mais il n'était pas plus rapide qu'un simple mortel. Ethan bénéficiait de ce rare privilège d'avoir une cible facile. Il écrasa la détente de son pistolet.

Au même moment, le sim se mit à tirer dans l'obscurité de la cave, ce qui fit un bruit assourdissant dans cet espace clos. Ethan sursauta, mais avait déjà touché le simulacre à la base du crâne. Le fusil automatique cracha encore quelques balles avant de se taire. Le sim bascula, inerte.

Ethan alla se pencher sur lui le temps de lui administrer le coup de grâce. De la matière verte jaillit de la tête avec une puanteur d'engrais chimique.

Explorant ensuite la cave du regard, il s'aperçut que, contre toute attente, le sim avait tiré sur Winston Bayliss.

La créature qui se faisait appeler ainsi était toujours attachée à la chaise et immobilisée par des longueurs de gros ruban adhésif, mais le haut de son corps s'était affaissé à un angle impossible : la rafale du mort l'avait presque coupée en deux au niveau du bassin. Bayliss perdait de grandes quantités de sang et de liquide vert.

Il releva la tête pour regarder tranquillement Ethan. « S'il vous plaît, dit-il d'une voix faible. Vous voulez bien bander ma blessure ? Il est toujours indispensable que nous ayons une discussion. »

Ethan en resta bouche bée.

« Le plus vite possible, reprit Winston Bayliss. Si vous voulez bien. »

L'idée de rester ne serait-ce qu'une heure de plus était devenue absurde. Il était largement temps de partir, et après avoir tout brûlé : ses notes, son équipement vidéo, son arsenal au grenier... la ferme tout entière depuis ses fondations jusqu'au faîte de son toit moussu. Ethan s'y était préparé dès son arrivée : il conservait une dizaine de bidons de pétrole lampant dans le grand placard du rez-de-chaussée et glissait chaque matin une pochette d'allumettes neuve dans sa poche revolver.

Il remonta au grenier où il trouva Nerissa en attente, le pistolet pointé sur sa poitrine. Elle abaissa aussitôt l'arme. Ethan en fut soulagé : les mains de Nerissa tremblaient si fort qu'un mouvement convulsif aurait suffi à le tuer. « Le sim est mort ? » demanda-t-elle.

Il parvint à hocher la tête. Même si, pour ce qu'il en savait, d'autres pouvaient être en chemin.

Elle se détendit si soudainement qu'il craignit qu'elle trébuche. Elle dut s'appuyer à une étagère pour garder l'équilibre.

Tout cela avait dû être d'une difficulté inimaginable pour elle. Ethan avait aimé cette femme autrefois, peut-être l'aimait-il toujours, mais le fossé du doute et des reproches s'était élargi entre eux de manière probablement irréversible. Il ne pouvait la regarder sans voir la Nerissa qu'il avait connue, celle qui, installée en face de lui au restaurant universitaire avec ses longs cheveux qui frôlaient ses frites, lui citait des écrivains qu'il n'avait pas lus et dont les noms ne lui disaient pas grand-chose… Nerissa à la vivacité et au sourire facile, si facile à l'époque et désormais complètement disparu. Elle semblait épouvantablement fatiguée. La nuit tombait et il aurait voulu avoir un lit confortable à lui proposer, mais il y avait tant à faire et ils n'avaient pas le temps d'hésiter. *Des milles à parcourir*, comme disait un de ces poèmes qu'elle aimait citer à l'époque. *Des milles à parcourir avant de dormir*.

Il redescendit dans la cave avec le premier de sa dizaine de bidons, qu'il vida sur le sim mort et le plancher. Nerissa en vida un autre sur le bois de chauffage entassé sous l'unique fenêtre, qu'il avait condamnée. Winston Bayliss commença à la supplier pendant ces opérations : « Pansez mes blessures. Emmenez-moi. »

Les parties humaines du sim avaient énormément saigné et son contenu plus vert commençait à présent à se répandre sur le sol. Qu'est-ce que ces saletés empestent, pensa Ethan. Mais le feu nettoierait tout ça.

« Il est quasiment coupé en deux, dit Nerissa. C'est celui qui a défoncé la porte qui a fait ça ?

— Oui.

— Pourquoi ?

— Aucune idée.

— Ce qu'a dit cette chose, sur les deux types de sims, tu crois que c'est possible ?

— Je n'en sais rien. La moitié de ce que racontent les choses comme lui est du cinéma.

— Je peux expliquer, dit Winston Bayliss. Si vous pansez mes blessures. Si vous m'emmenez.

— On devrait peut-être », estima Nerissa.

Surpris, Ethan releva les yeux de la traînée de pétrole qu'il venait de répandre. « Tu plaisantes ?

— Je veux dire, s'il sait quelque chose sur Cassie et Thomas…

— Coupez-moi les jambes, conseilla Winston Bayliss. Elles ne me servent plus à rien. Si vous me posez rapidement des garrots au-dessus des moignons, je survivrai un certain temps. »

C'est de la folie, songea Ethan. Mais Nerissa se tourna vers lui pour lui demander d'une voix dure et indifférente, à présent, une voix qu'il reconnaissait à peine : « Alors, Ethan ? Tu as une hache, ici ? Une hachette, peut-être ?

— Nom de *Dieu*, Riss !

— Parce que si on le brûle, on ne saura jamais pourquoi les autres voulaient le tuer.

— Tu suggères *quoi*, au juste ? Qu'on l'ampute des jambes, et ensuite ? On le met dans le coffre de la voiture ?

— Eh bien, ça rentrerait. Si on le faisait. »

Il espéra qu'il s'agissait d'humour noir. Ou que les vapeurs de pétrole lui montaient à la tête. Mais non. Il avait toujours su dire quand elle plaisantait. « Riss… à supposer que ça serve à quelque chose, ce que je suis loin de vouloir admettre, on prendrait un risque insensé. On ne sait pas trop quelle chose nous regarde par ses yeux, mais quoi que ce soit, je ne veux pas qu'elle nous observe.

— Ce ne sera pas un problème », dit le sim blessé.

Ethan et Nerissa le regardèrent. Il avait réussi à dégager sa main droite, le flot de sang ayant détendu et lubrifié ses liens. Il la porta à son visage (son visage un peu replet, désormais exsangue et donc d'une pâleur sinistre), tendit le pouce et se l'enfonça brutalement dans un œil puis dans l'autre.

Une fois le feu allumé, ils ne pouvaient pas s'attarder. Dans la nuit, les flammes se verraient à des kilomètres.

Tout ce qu'Ethan voulait garder — faux papiers d'identité, réserve de liquide et de traveller's cheques, nouveau pistolet —, il l'avait mis dans un carton d'archives qu'il glissa sur la banquette arrière de l'automobile de Nerissa. Sa propre voiture, la Chrysler d'occasion avec laquelle il allait en ville le week-end, était garée dans une remise à l'écart de la ferme. Mieux valait prendre celle de Nerissa : personne ne l'avait vue à la ferme et ne pouvait faire le lien ni avec celle-ci ni avec Ethan. Il arrosa de pétrole les parois en bois de la remise et jeta une allumette par-dessus son épaule. La structure de matériau combustible s'embrasa rapidement et l'incendie de la ferme allait déjà bon train : les flammes qui montaient des fondations léchaient les fenêtres du rez-de-chaussée. Ethan se précipita vers la voiture : il voulait partir avant qu'elles atteignent les munitions dans le grenier.

Il proposa de conduire, ce que Nerissa accepta d'un hochement de tête reconnaissant. Elle boucla sa ceinture sur le siège passager et laissa sa nuque reposer sur l'appuie-tête. Sa respiration s'approfondit et elle commença à ronfler doucement tandis que l'automobile s'éloignait. La lueur intermittente de l'incendie se reflétait sur le pare-brise, le tableau de bord, le visage de Nerissa. Endormie, elle ressemblait en tous points à la femme dont il avait gardé le souvenir, mais sous pression, songea-t-il, près de rompre sous cette pression qui l'avait conduite aux limites de son endurance.

Il s'arrêta à l'endroit où le chemin rejoignait la route. Nerissa ouvrit les yeux et marmonna quelque chose, peut-être *Quoi ?*

« Chh, dit-il en sortant la main par la fenêtre. Je récupère juste le courrier. »

Pour la dernière fois. Il souleva le couvercle de la boîte aux lettres, en sortit une seule enveloppe et alluma le plafonnier le temps d'y jeter un coup d'œil. L'adresse de l'expéditeur était illisible, sans doute à dessein, mais il reconnut aussitôt l'écriture. La lettre venait de Werner Beck.

Il la fourra dans sa poche de chemise.

Trente minutes plus tard, il roulait sur l'autoroute fédérale, une fenêtre ouverte pour laisser l'air glacé chasser la puanteur du pétrole et de choses encore pires. Il n'avait pas réfléchi à une destination. Il roulait vers l'ouest dans un fleuve de feux arrière rouges, Nerissa endormie près de lui, sans autre but que de s'éloigner.

DEUXIÈME PARTIE

Le pêcheur et l'araignée

Prenons un pêcheur… disons jeune, propriétaire d'un petit bateau et qui tresse lui-même ses filets.

Un beau matin, il sort du port pour aller jeter son filet dans l'océan. Il revient en fin de journée avec une belle cargaison de succulents poissons. Une fois à terre, il en met une partie de côté pour son dîner. Il vide, nettoie et grille le poisson sur la plage. Peut-être fait-il venir sa femme de leur petite maison sur le littoral, peut-être le couple dîne-t-il en plein air et les yeux dans les yeux au soleil couchant, et peut-être, conséquence indirecte de leurs activités par cette belle soirée, la femme du pêcheur met-elle au monde neuf mois plus tard un bébé en pleine santé… mais ces répercussions plausibles n'ont aucun rapport avec notre histoire.

Imaginons maintenant un autre organisme biologique, en l'occurrence une araignée : une banale araignée tisseuse de toile, de celles dont il y a 3 000 espèces différentes dans le monde et sans doute une ou deux représentantes dans votre jardin. Comme le pêcheur, l'araignée produit elle-même sa toile (de soie gluante) qui lui sert à attraper une autre espèce (des insectes) pour s'en nourrir. Comme le pêcheur, elle prépare son repas avant de le consommer — elle injecte des enzymes digestives dans le corps de l'insecte capturé, aspire la matière ainsi liquéfiée et se débarrasse ensuite de l'enveloppe vide, tout comme le pêcheur jette les os et autres parties non comestibles de son poisson. Peut-être l'araignée (mâle) trouve-t-elle après son repas une femelle qu'elle féconde avant de se laisser dévorer ; peut-être la femelle produit-elle un cocon de soie contenant des œufs fertilisés… mais tout cela, comme la soirée d'amour du pêcheur, n'a rien à voir avec notre histoire.

Le récit sur le pêcheur est agréable, voire réconfortant. Celui sur l'araignée est viscéralement dégoûtant. Mais d'un point de vue objectif, ils ne diffèrent que sur des détails. Un filet est identique à une toile, même si l'un est en nylon et l'autre en soie. Un repas est un repas.

La différence importante réside dans le domaine du subjectif. On ressent pleinement et on imagine sans mal la journée du pêcheur. Pas celle de l'araignée. Il est extrêmement improbable que les simples ganglions fusionnés d'un arachnide génèrent un tant soit peu de complexité psychologique. Et une fourmilière, même si elle est aussi une entité biologique fonctionnelle capable d'actions équivalentes à jeter un filet et rassembler de la nourriture, n'a pas le moindre cerveau central et ne perçoit rien de ce qui lui arrive.

Percevoir et ressentir le monde est capital pour la vie humaine et pour le regard qu'on lui porte. Mais la prépondérance de la vie sur Terre n'a absolument pas besoin de cela. À cet égard, les êtres humains sont nettement en minorité. Les pêcheurs sont beaucoup moins nombreux dans le monde que les araignées.

Ethan IVERSON,
Le Pêcheur et l'Araignée

11

Jordan Landing, Illinois

« Je ne suis pas ce qu'elle a dit que j'étais, maintint Thomas dans le café-restaurant. Je ne sers pas à rien. »

Assise en face de lui, Cassie avait tendance à être de son avis. Une fois encore, Thomas l'avait surprise.

« Tiens, vous revenez pour le dîner ? avait lancé la serveuse en les voyant entrer. On ferme à sept heures, alors ne lambinez pas. Le feu d'artifice commence à huit... J'imagine que c'est ce qui vous a décidé à rester ?

— Oui m'dame », répondit Cassie. Ils n'auraient peut-être pas dû retourner au même endroit que pour le petit déjeuner : se faire reconnaître n'était jamais une bonne idée. Mais la plupart des restaurants de Jordan Landing avaient déjà fermé pour la fête de l'Armistice et l'autre exception, un chinois appelé Lucky Paradise, ne disait rien à Thomas. La serveuse apporta du pain de viande à Cassie et un hamburger-frites à Thomas. Celui-ci mangea avec empressement. Il semblait avoir retrouvé l'appétit, malgré le traumatisme des jours précédents. Presque comme si l'insulte de Beth l'avait revigoré.

Après avoir récupéré les papiers et la clé dans le coffre secret de Werner Beck, ils avaient quitté la maison par-derrière, puis traversé une parcelle boisée pour accéder à une autre rue résidentielle avant de faire le tour de la zone commerciale de la ville pour rentrer au motel. Dans la chambre, Leo ne voulut pas discuter des documents laissés par son père tant qu'il ne les avait pas lus. « Il faut qu'on réfléchisse à ce qu'on va faire maintenant, dit-il après cette lecture en relevant la tête.

— Tu pourrais commencer par nous dire ce que ça raconte, suggéra Beth.

— Eh bien… *beaucoup de choses*. C'est une espèce de plan.

— De plan pour quoi ?

— Mon père a écrit ça et l'a laissé à un endroit où je pourrais le trouver si la Society se faisait à nouveau attaquer. Ces dernières années, il a appris des choses qu'il n'a dites à personne, sur l'hypercolonie. Des manières dont on pourrait arriver à l'atteindre. À la blesser.

— Du genre ? »

Leo secoua la tête : « Il faut que je relise. Mais je peux vous dire que si on fait comme il dit, ça va être dangereux. Vous préférerez peut-être ne pas y être mêlés. »

Beth roula des yeux. « Bordel, Leo… j'y suis *déjà* mêlée.

— Je sais, et tu as raison, mais on parle d'un tout autre niveau d'engagement. J'ai aussi besoin de savoir ce que vous décidez, Thomas et toi. » Il s'adressait à Cassie. « Et même si vous voulez en être, il va falloir que je voie si c'est une bonne idée. »

Cassie eut un pressentiment. Quelque chose le lui disait dans l'expression de Leo, dans le V pincé de ses sourcils : le contenu de ces papiers l'avait effrayé tout en le remplissant d'une espèce d'espoir sombre.

Beth restait revêche et méfiante. « Tu envisages sérieusement de les emmener, eux ? Si c'est dangereux à ce point, bordel, je veux dire, sans vouloir vous vexer… » Un coup d'œil hypocrite à Cassie. « … ce sont des boulets. Elle n'a rien fait d'utile à part payer quelques repas, et lui, c'est un gamin… il ne sert à rien. »

Cassie se sentit rougir face à tant d'injustice (comme si Beth, elle, s'était rendue indispensable !), mais avant qu'elle puisse répondre, Thomas pépia : « Je ne sers *pas* à rien.

— Ah bon ? » Une note cruelle dans la voix de Beth. « T'as fait quoi d'autre que dormir ? Et pleurer de temps en temps ?

— Rien…

— Exactement.

— … rien d'autre que ce que vous m'avez demandé de faire. Je ne cherche pas à ce que les choses se passent comme je voudrais. Je ne me plains pas. » Il ajouta, les yeux fixés sur Beth : « Et je n'ai essayé d'appeler personne. »

Beth s'empourpra et se précipita sur lui — Cassie s'interposa —, mais Leo la retint en posant la main sur son épaule. « Allons, dit-il. Discutons-en. »

Cela signifiait qu'il voulait parler à Beth en privé. Aussi Cassie sortit-elle avec Thomas, leurs vestes à la main, en annonçant qu'ils allaient dîner et qu'ils seraient de retour à vingt et une heures.

Une fois sortis du café-restaurant — la serveuse les avait plus ou moins poussés dehors afin de pouvoir fermer « avant le début des réjouissances » —, Cassie prit son petit frère par la main pour gagner le parc au centre de la ville.

Le parc Henry Wallace, ainsi nommé en hommage à un ancien président, joignait la mairie à la poste centrale et commençait déjà à se remplir. Cassie le trouva joli, à sa manière modeste… même s'il se présentait sans doute sous son meilleur jour en été, quand les chênes chinquapins avaient toutes leurs feuilles et que cela embaumait l'herbe tondue. Ce soir-là, les branches squelettiques et le crépuscule créaient une atmosphère plus sombre que l'humeur de la foule. Mais il n'y avait là rien de surprenant. La fête de l'Armistice, depuis qu'elle avait remplacé Thanksgiving comme fête nationale de fin novembre, avait toujours été une manière de défier les premiers froids de l'hiver, même dans ce climat plutôt clément du sud de l'Illinois. On avait accroché des lanternes colorées autour de l'aire de jeux. Derrière un amas de tables de pique-nique, des hommes en chemise de flanelle et tablier voyant distribuaient joyeusement des hot dogs cuits sur un gril fumant. Une banderole au-dessus du kiosque à musique indiquait 1914 — ARMISTICE — 2014 et des enfants en uniforme d'écolier agitaient des drapeaux frappés de la couronne de lauriers.

Depuis 2007, Cassie nourrissait envers cette célébration des sentiments partagés. Ses cours d'histoire au lycée avaient semblé couverts d'une invisible (et littéralement indicible) ironie. Bien entendu, le « siècle de paix et de progrès » n'avait pas été aussi paisible que tout le monde se plaisait à le prétendre. La Grande Guerre et ses horreurs avaient bel et bien permis d'accoucher de toutes ces ennuyeuses mais louables défenses contre la guerre qu'étaient le Pacte du Benelux, l'Alliance européenne du charbon et de l'acier et le Traité de Rome ; elles avaient aussi permis l'apparition de générations d'hommes d'État européens dont les noms resteraient à jamais associés, dans l'esprit de Cassie, à l'odeur de craie et de retaille de crayon : Lord Lansdowne, René Plevin, Benedetto Croce. Mais il y avait eu la guerre civile russe, qui avait couvé et fermenté presque dix ans avant que le parti des Petits Propriétaires finisse par déposer la monarchie brutale et branlante de la nation. Il y avait eu les innombrables différends frontaliers qui menaçaient toujours de dégénérer… Trieste, la Sarre, la région des Sudètes. Les « purifications » ethniques qui s'étaient poursuivies malgré la signature de l'Accord européen sur les droits de l'homme. Et même quand les nations européennes s'étaient installées dans la détente, durant les années 1930 et 1940, leur réticence à abandonner leurs empires avait suscité nombre de rébellions en Afrique et en Asie. Cela n'avait été le siècle de la Paix qu'en comparaison avec les précédents.

Mais sous-jacent à tout cela, il y avait le sujet de l'hypercolonie, dont on ne pouvait parler. Durant sa dernière année de lycée, à l'occasion d'une dissertation sur les mouvements sociaux et politiques européens avant l'Armistice, Cassie avait été impressionnée par l'arrogance avec laquelle certains hommes célèbres (Hegel, Marx, Treitschke) avaient affirmé aller dans le sens de l'histoire, mot auquel ils mettaient souvent une majuscule comme si l'histoire était une force physique tout aussi prévisible et irrésistible que les marées. Le vingtième siècle ne s'en laissait pas compter. Du moins d'après les manuels. Il avait écarté l'idée naïve qu'elle possédait une *destination* intrinsèque.

Mais l'histoire était précisément ce que l'hypercolonie avait détourné à son profit. Elle s'était emparée de la viande crue et sanglante de l'histoire humaine pour la façonner conformément à ses propres intérêts. Quels qu'ils puissent être.

Cassie commençait à trouver qu'il y avait trop de monde dans le parc. Elle traversa la rue avec Thomas pour s'installer sur la grande étendue d'herbe devant la poste : on pouvait y assister au feu d'artifice sans se faire remarquer. Le ciel était à présent sombre, les premières étoiles scintillaient. Thomas frissonna et se réfugia dans les bras de Cassie. « Qu'est-ce que t'en dis ? demanda-t-elle en suivant le fil de ses pensées. Tu lui fais confiance ?

— À qui ?

— À Leo. »

Thomas réfléchit à la question. Cassie appréciait en lui cette habitude de prendre son temps pour répondre. Sa propre impulsivité lui avait valu une réputation de vivacité d'esprit, les hésitations de Thomas conduisant quant à elles certains à le croire lent… aucune de ces deux impressions n'était véritablement conforme à la réalité. Cassie parlait parfois sans réfléchir. Et son frère, soupçonnait-elle, réfléchissait souvent sans rien dire.

« Ça dépend, finit-il par répondre. Il n'est pas méchant. Il anticipe. Mais ça ne veut pas dire qu'il a toujours raison. Comme quand… tu sais.

— Quand il a tiré sur ce type, devina Cassie.

— Ouais.

— Mmm, bon… désolée que tu aies dû voir ça.

— Pourquoi est-ce que je n'aurais pas dû le voir ? »

Parce que connaître la vérité ne te rend pas toujours plus fort. « Parce que t'as douze ans, nom d'un chien.

— Mais il faut que je m'y habitue.

— Que tu t'habitues à quoi ? À ce que des gens se fassent tuer ? Quelle idée horrible ! »

Thomas la regarda avec dureté. « Tu ne crois pas que ça arrivera encore ? Je sais que Leo prenait le type pour un sim. Il n'a jamais eu l'intention de tuer une vraie personne. Mais l'agent du service des Parcs ? Peut-être que Beth lui a brisé le crâne. Et que c'était ce qu'elle *voulait* faire. Il aurait pu mourir. Il est peut-être mort, d'ailleurs… on n'en sait rien.

— On ne peut pas se laisser capturer. Sinon on perd et personne ne gagne.

— Je n'ai pas dit qu'il ne fallait *pas*. Juste que ça pourrait encore arriver. Ou quelque chose d'autre du même genre. Que ça *arrivera* sans doute encore, si on fait comme veut Leo.

— Eh bien… » Elle ne pouvait pas honnêtement dire le contraire. « Possible.

— À Buffalo, quand tout ce que j'avais à faire était de me lever le matin pour aller à l'école, mes douze ans pouvaient avoir de l'importance. Mais ils n'en ont aucune pour les sims. Ni pour l'hypercolonie. Je ne veux pas qu'on me protège, Cassie. Je veux me battre. »

Thomas était un enfant replet à peu près aussi belliqueux qu'un quaker. Les disputes avaient tendance à le faire fuir. Mais il arborait à présent une expression implacable, quasi menaçante. Il voulait *vraiment* se battre.

« J'imagine que ça ressemblait à ça quand… »

Le feu d'artifice interrompit le garçon. Une fusée jaillit en grésillant du parc pour éclater en un brocart d'étoiles argentées. Le bruit se répercuta avec la dureté d'un poing sur la façade de pierre taillée de la poste centrale.

« … quand les gens partaient à la guerre, finit Thomas. La grosse guerre, je veux dire. »

Cassie avait vu dans ses manuels des images représentant des colonnes d'hommes en uniforme marron qui avançaient le fusil en bandoulière : le départ de la Force expéditionnaire alliée pour prêter main-forte aux armées meurtries des Britanniques et des Français. Elle avait vu aussi des clichés des boueuses tranchées européennes : Ypres, Passchendaele, la Marne, lieux de massacre d'innombrables jeunes hommes par d'autres jeunes hommes tout aussi perplexes et obéissants.

« Leo n'est pas parfait, dit Thomas. Mais personne ne l'est. Son père en sait un rayon et il lui fait confiance. Donc, oui, je crois que je lui fais confiance. *Et toi ?* »

Confiance pour quoi ? Pour prendre une décision et s'y tenir jusqu'à sa conclusion nécessaire ? Pour recourir même à la violence, si nécessaire ? *Pour partir en guerre ?*

Cassie se surprit à hocher la tête. « Oui », répondit-elle.

Et avait-elle le choix, en fin de compte ? Rien que quelques jours auparavant, elle aurait pu envisager d'accepter le fardeau et les promesses de l'anonymat, vouloir se contenter d'une existence cachée, circonspecte.

Sauf qu'elle était à présent une criminelle, complice de meurtre. Les autorités avaient entendu parler d'au moins un décès. L'agent du service des Parcs, s'il avait succombé, serait la deuxième victime… et s'il n'avait *pas* succombé, il avait presque certainement décrit Leo, Cassie et Thomas aux autorités. Comme les polices locales et régionales s'échangeaient systématiquement leurs rapports par radio et par télécopie, ces signalements parviendraient à l'hypercolonie et les policiers ne seraient donc pas forcément les seuls à ouvrir l'œil. L'anonymat était désormais exclu.

Le feu d'artifice gagnait en intensité, sous les

bruyantes acclamations de la foule dans le parc. Thomas le regardait d'un air grave. *L'éclat rouge de la fusée*, se dit Cassie[1]. Les fusées : une technologie de guerre mise au service de la célébration de la paix. Certains membres de la Correspondence Society avaient cru par le passé qu'on pourrait se servir de fusées plus grandes et plus puissantes pour expédier des instruments scientifiques (ou même des êtres humains !) en orbite… voire plus loin encore, comme dans les romans de science-fiction qu'elle aimait lire de temps à autre. Mais la construction de fusées d'une taille supérieure à celle d'un jouet avait été interdite par les protocoles de désarmement signés dans la foulée de l'Armistice. Et peut-être là aussi s'agissait-il de l'hypercolonie défendant son territoire en altitude.

L'air s'emplit d'une puanteur sulfureuse de poudre brûlée. Attentive à l'heure, Cassie se leva et fit tomber les brins d'herbe marron collés à son jean au moment où l'orchestre dans le parc entamait *God Bless America*. Elle s'éloigna avec Thomas, approchant du motel par le côté nord et arboré de la rue, précaution dont elle se réjouit : une intermittente lueur bleue visible à une intersection de distance s'avéra provenir des gyrophares de deux voitures de police garées devant le motel où elle avait laissé Beth et Leo quelques heures plus tôt.

Thomas lui prit la main, ce qu'il avait obstinément refusé de faire durant tout le trajet. Cassie en profita pour le tirer dans l'ombre des arbres, où elle était à peu près certaine que nul ne les verrait. La présence de la police ne pouvait signifier qu'une chose : leurs

1. Cassie se remémore ici un passage de *The Star-Spangled Banner* (La Bannière étoilée), l'hymne national des États-Unis. (*N.d.T.*)

signalements avaient été diffusés et quelqu'un — la serveuse au restaurant, ou peut-être le réceptionniste du motel — avait alerté les autorités en les reconnaissant. Et si Leo et Beth étaient déjà arrêtés…

Mais une voix l'appela par son nom. Elle sursauta, se retourna, découvrit Leo et Beth dans l'ombre du même bosquet de chênes.

« On s'est enfuis par l'issue de secours quand on a vu les flics entrer sur le parking, expliqua le jeune homme. J'ai emporté les trucs que m'a laissés mon père. Mais presque tous nos bagages sont restés là-dedans. Avec une partie de nos papiers d'identité. Et à peu près tout notre argent liquide, à part ce que tu as sur toi. »

Cassie sentit dans son ventre une apesanteur caustique. Elle se dit que c'était ce que devait ressentir un animal acculé. « On fait quoi, maintenant, alors ?

— J'imagine qu'on commence par voler une voiture », répondit Leo.

12

Sur la route

Au milieu de notre vie… non, ce n'était pas ça.

Au milieu du chemin *de notre vie* (voilà), *je me trouvai dans une forêt* (mais ce n'était pas juste une forêt, c'était quoi ?), *une forêt* obscure *car j'avais perdu la voie droite*…

Nerissa se réveilla dans une petite chambre aux stores baissés. Dans un lit inconnu et, pour la première fois depuis sept ans, à côté du corps endormi d'Ethan. C'était peut-être pour cela qu'un extrait de *La Divine Comédie* lui revenait en mémoire tandis qu'elle reprenait tant bien que mal conscience, tirée du sommeil par la lumière du jour qui s'insinuait telle une lame de couteau par les interstices autour des stores… Elle se récitait de la poésie comme si elle poursuivait encore ses études, perdue dans des souvenirs plus agréables que ceux de la veille. *Oh mon Dieu. Hier.* Le poids écœurant de ce qu'ils avaient vu et fait.

À leur arrivée (un Motel 6 comme les autres à proximité de l'autoroute fédérale), Ethan était trop épuisé pour arriver à conduire correctement. Il avait à peine réussi à se mettre en sous-vêtements avant de s'écrouler sur le lit, où il s'était aussitôt endormi. Non moins fourbue, Nerissa s'était néanmoins obligée à prendre une douche brûlante avant de le rejoindre : elle avait besoin de se débarrasser de la puanteur, réelle ou imaginaire, du pétrole, de la suie, du sang et des feuilles vertes écrasées.

Et la journée qui commençait pourrait ne pas être meilleure. *Vois les choses en face*, s'ordonna-t-elle. La veille, le simulacre s'était crevé les yeux et elle lui avait sectionné les jambes avant de poser des garrots grossiers sur les moignons et de balancer ce qui vivait encore dans le coffre de la voiture. Elle allait à présent essayer de l'interroger. Ou l'enterrer. Ou les deux. Sans doute les deux.

L'horreur physique des événements de la veille lui avait paru à peine plus pénible que la manière dont Ethan l'avait regardée, non pas une mais plusieurs fois, le visage empreint d'une incrédulité proche de la répugnance. Comme si elle s'était comportée d'une manière qui outrepassait les limites de la décence, et peut-être était-ce le cas, mais elle avait cessé d'essayer de les tracer.

Trouver un endroit où interroger Winston Bayliss était la priorité de la matinée. Leur chambre de motel ne ferait pas l'affaire. Aussi régla-t-elle leur note à la réception et reprirent-ils la route vers l'ouest sans échanger plus de quelques mots. Ils sortirent de l'autoroute à un endroit indiqué comme réserve naturelle sur la carte d'Ethan. Il faisait froid, avec un vent qui déroulait vers l'est de massifs nuages gris. Ils se garèrent non loin de la chaussée dans un bosquet d'érables à sucre et de bouleaux jaunes. Nerissa ouvrit le coffre et Ethan l'aida à transporter Winston Bayliss à l'ombre des arbres.

Elle avait bandé les moignons du sim et posé un

pansement de fortune sur ses orbites coagulées. Elle avait recouvert les blessures par balle de bandelettes de flanelle (provenant d'une vieille chemise d'Ethan) et d'épais ruban adhésif. Elle avait enveloppé ce qu'il restait du bas de son corps dans un sac-poubelle en plastique, pour que tout ne se répande pas par terre, et c'est ainsi qu'ils le transportèrent, Nerissa le tenant par les bras, Ethan soulevant le torse enveloppé, ils marchèrent dans les fragiles feuilles mortes et enjambèrent des troncs d'arbres morts colonisés par des champignons jaunes jusqu'à parvenir à bonne distance de la route. Ils adossèrent alors Winston Bayliss le plus droit possible à un affleurement de granit moussu.

Le sim mourrait, inévitablement. Le plus surprenant était qu'il ne soit pas déjà mort. Il dégageait une odeur obscène, celle-là même dont Nerissa n'avait pas réussi à se débarrasser la veille sous la douche, une puanteur si lourde qu'elle s'imagina la peser avec une balance. Elle prit soin de rester du côté du vent.

Le simulacre parla d'une voix rauque qui ressemblait à un gargouillis humide. Il commença par demander de l'eau. Nerissa posa une bouteille en plastique à sa portée et regarda le sim la prendre à tâtons dans les feuilles mortes. Elle lui trouva l'air bizarrement naturel, dans un tel décor… comme s'il avait poussé dans les détritus du sol de la forêt, pâle comme un champignon et strié de couleurs automnales.

« Mieux vaut le laisser parler, suggéra Ethan. Qu'il dise ce qu'il a à dire. » Parce qu'il n'en dirait jamais davantage. Il se limiterait à ce qu'il voulait qu'ils entendent. Rien de plus. Rien de moins. La coercition n'aurait aucun effet sur lui.

Le simulacre répéta une partie de ce qu'il leur avait raconté la veille, sur l'hypercolonie intégrée dans une vaste écologie qui occupait plusieurs années-lumière dans l'espace. Sur ce sujet, il s'adressa surtout à Ethan, qui l'écouta d'un air neutre. La chose soutint une fois encore qu'elle faisait partie d'un système parasite ayant contaminé depuis peu l'hypercolonie pour s'emparer de son appareil de reproduction.

La reproduction, songea Nerissa : Ethan l'avait un jour qualifiée de couperet de l'évolution. Il n'y avait pas d'intelligence dans l'évolution, rien que la logique implacable de la reproduction sélective. Elle se représenta le travail de l'évolution comme une espèce de poésie aveugle et inarticulée. Qu'avait dit Charles Darwin, déjà ? *Une quantité infinie de belles et admirables formes, sorties d'un commencement si simple, n'ont pas cessé de se développer et se développent encore !... N'y a-t-il pas une véritable grandeur dans cette manière d'envisager la vie... ?*

Une grandeur ou une horreur. L'idée que l'étrangeté kaléidoscopique des systèmes biologiques pouvait se déployer sans supervision ni motivation était presque trop troublante pour qu'on puisse l'accepter.

Ethan avait écrit dans un de ses livres que « la nature savait sans savoir », et dans ses documents de la Society, il avait comparé l'hypercolonie à une fourmilière ou une termitière. La fourmilière sait se construire, produire des ouvrières, nourrir et dorloter sa reine. Sauf qu'en réalité elle ne sait rien : ce qui ressemble à un savoir n'est qu'un ensemble de règles procédurales, un gabarit chimique construit par un environnement complexe. Idem pour l'hypercolonie. Elle semblait en savoir bien davantage que les êtres humains... et même comment *manipuler* ceux-ci. Sauf que ce savoir était du même genre que celui de la fourmilière. L'hypercolonie se servait du langage sans le comprendre. Elle sécrétait des mots de la même manière qu'une abeille ouvrière sécrète de la gelée royale.

Sur sa couche de feuilles, le sim agonisant sécréta des mots dans l'air de l'automne.

Selon les critères humains, dit-il, *le cycle de vie de l'hypercolonie est extrêmement long. Mais il a une fin. Il commence et se termine en un élan reproducteur aussi bref qu'intense, une espèce d'essaimage au cours duquel elle expédie sa descendance vers des étoiles lointaines. Sur Terre, cela a commencé il y a presque dix ans.*

Depuis dix ans, avec une technologie empruntée aux humains et l'aide d'humains qui ne se rendent pas compte de ce qu'ils font, l'hypercolonie construit son moyen de reproduction sur la surface de la Terre. C'est le point culminant de sa stratégie de reproduction. La moindre menace contre son mécanisme reproducteur est pour elle une menace existentielle. D'où l'attaque contre la Correspondence Society il y a sept ans : elle visait à protéger ce mécanisme, qu'aurait mis en danger la révélation prématurée de son existence.

Pour Nerissa, c'était une manière scandaleuse de décrire une série de meurtres en passant sous silence tout le sang versé. Mais bien entendu, le sim avait depuis longtemps cessé d'en appeler à la compassion et affirmait ne pas appartenir au camp responsable du massacre.

La neige commença à tomber du ciel lourd de nuages, bourrasques dans les branches nues des arbres. Quelques petits flocons se déposèrent sur le visage du sim où ils fondirent en gouttelettes rosies par le sang séché. La créature avait la voix enrouée. Elle se tut le temps de boire quelques nouvelles gorgées d'eau.

Quand elle reprit la parole, Nerissa dut se pencher vers elle pour l'entendre.

L'hypercolonie s'est peu à peu adaptée à la vie dans le vide intersidéral, mais beaucoup d'autres organismes l'ont fait aussi. Elle a été infestée par un parasite avant ou peu après son arrivée dans le Système solaire. Pendant des siècles, le parasite, resté en sommeil, est passé inaperçu. Le début du processus de reproduction l'a réveillé.

Il ressemble à un virus : il ne peut se reproduire qu'en s'emparant du mécanisme reproducteur d'un autre organisme. Cela fait maintenant plus d'un an qu'il exploite à ses propres fins les ressources de l'hypercolonie. Le mécanisme par lequel l'hypercolonie se reproduit a été détourné. Les installations qui devaient servir à envoyer aux étoiles voisines les organismes-semence de l'hypercolonie ont fait quelque chose de très différent : elles ont créé et lancé de nouveaux paquets viraux destinés à poursuivre et infecter la progéniture vulnérable de l'hypercolonie.

Un des livres d'Ethan racontait une histoire du même genre, qui avait horrifié Nerissa. Des fourmis charpentières de Thaïlande étaient sujettes à une infection par un certain champignon. Celui-ci germait et croissait dans le corps de l'insecte, puis s'infiltrait dans son cerveau, moment auquel la fourmi se mettait à monter, comme obsédée, *folle*, jusqu'à la plus haute feuille de la plus haute branche qu'elle trouvait. Elle mourait là, créant pour le champignon qui lui sortait à présent du corps une rampe de lancement d'où ses spores pourraient se répartir sur la plus grande surface possible. Quelques-uns germeraient peut-être dans une autre fourmi charpentière, qui dans sa folie néfaste grimperait sur la plus haute feuille de la plus haute branche qu'elle trouverait…

Mais l'hypercolonie n'est pas morte, ni sans défenses. Sa stratégie ultime consiste à détruire le mécanisme reproducteur qu'elle a créé afin d'empêcher son utilisation par l'entité parasite et de protéger sa propre progéniture potentielle. Et elle veut manipuler les vestiges de la Correspondence Society pour l'amener à collaborer à cette tâche.

Eh bien, pourquoi pas ? Du point de vue des humains, le « mécanisme reproducteur » (si une telle chose existait vraiment) n'était rien de plus qu'une tumeur débilitante. Il *méritait* d'être détruit, quel que soit le camp auquel il servait dans cette céleste frénésie alimentaire.

Le sim agonisant frissonna. Ses tremblements devinrent plus proches d'une convulsion. La bouteille d'eau tomba de sa main droite, la gauche se crispant dans le vide. Il toussa, expectorant une pluie de phlegme rouge et ocre dans les feuilles et la neige fraîche autour de lui.

« Excusez-moi », dit-il.

Excusez-moi. Si vous avez des questions, vous devriez les poser tant qu'il est encore temps.

Nerissa n'en avait qu'une — Cassie faisait-elle partie de ceux qu'utiliserait l'hypercolonie ? —, mais Ethan lui passa devant et posa un genou à terre pour s'adresser au sim. On dirait qu'il lui adresse une prière, pensa Nerissa. Ou qu'il le demande en mariage. « Qui a le contrôle du mécanisme qui manipule les signaux radio, vous ou l'hypercolonie ? »

Vous désignant le parasite, le virus.

« C'est moi », murmura le sim.

(Mais il n'y a pas de *moi*, se rappela Nerissa. Il n'y a pas d'esprit. Rien qu'un processus.)

« L'hypercolonie ne peut donc plus s'en servir. Mais les deux entités peuvent produire et contrôler des simulacres ?

— Oui.

— Ils sont créés comment ? Vous avez été créé comment, vous ?

— Je suis né d'une mère humaine. »

Non, se dit Nerissa. *Impossible.*

« Le mécanisme reproducteur, vous nous direz où il est ?

— Non.

— Parce que vous voulez le protéger ?

— Oui.

— Et vous sous-entendez que *nous* pourrions vouloir le protéger.

— Oui.

— Pourquoi ferait-on ça ?

— Sa destruction serait désastreuse pour l'humanité. Pas seulement parce qu'il y aurait une panne temporaire des communications sur toute la planète, même si ce serait déjà catastrophique en soi. Les limites imposées au comportement humain ne seraient plus respectées. Les conflits pourraient dégénérer et échapper à tout contrôle. Vous savez ce que la guerre signifiait il y a un siècle. Pensez à ce qu'elle signifierait de nos jours, si on la laissait reprendre.

— Votre argument ne me paraît pas convaincant.

— Je ne m'attends pas à vous convaincre. J'espère juste que vous réfléchirez au moins aux enjeux. Plus précisément, il est tout à fait possible que, si vous n'intervenez pas, certains de vos proches se fassent tuer.

— De qui parlez-vous ? »

Le simulacre sans yeux tourna la tête vers Nerissa. « De Cassie. De Thomas. Et de beaucoup d'autres.

— Vous voulez dire que ce qu'ils font en ce moment est dangereux ? Ou que vous les tuerez si l'occasion se présente ?

— Les deux.

— Alors pourquoi diable devrions-nous vous aider ?

— Je ne vous demande pas de m'aider. Que vous choisissiez de protéger votre civilisation en général ou les gens que vous aimez en particulier, cela servira mes intérêts.

— Dites-nous où sont Thomas et Cassie, alors… vous pouvez faire ça ?

— Je ne sais pas où ils sont, mais je crois qu'ils cherchent Werner Beck. »

Nerissa ne put se retenir davantage. « *Comment* vous savez ça ? Qu'est-ce que vous savez de Cassie et Thomas, et qu'est-ce que vous savez de Werner Beck ? »

Mais le sim refusa de répondre à cette question-là.

Il mourut sous leurs yeux.

En commençant par ses parties humaines. Nerissa supposa que, épuisé par la fièvre et l'infection, le cœur de la créature avait tout simplement cessé de battre. Le sim exhala pour la dernière fois, un nuage puant d'humidité que la brise emporta aussitôt. Ses parties internes perdirent ensuite toute cohésion. Le corps se relâcha et un fluide vert se mit à couler de ses nombreuses blessures.

Nerissa aida Ethan à recouvrir les restes de feuilles mortes, non pour protéger le simulacre et encore moins par une espèce de *respect* malvenu à son égard, mais parce que tomber dessus serait désagréable et dangereux pour un randonneur ou un enfant des environs.

Les animaux s'en prendraient sûrement au cadavre. Les os seraient dispersés. À la fin de l'hiver, seuls les fourmis et les coléoptères s'intéresseraient un tant soit peu à ce qu'il en resterait. Le corps du sim pourrait aider à nourrir quelques colonies d'insectes au fond de l'humus et des troncs pourris de la forêt, ironie qui n'amusa guère Nerissa. *Il y a de la grandeur dans cette manière d'envisager la vie.* Eh bien non, pensa-t-elle. Pas vraiment.

« Il faut donc qu'on trouve Werner Beck », dit-elle à Ethan une fois de retour dans l'automobile. La neige tombait plus dru, transformant la route en une obscurité pâle et voilée. « J'imagine que tu sais où il est ?

— Dans le Missouri, d'après sa lettre. »

Celle qu'Ethan avait récupérée dans sa boîte en abandonnant la ferme. « Il avait autre chose d'utile à dire dedans ?

— Tu pourras la lire quand on trouvera où s'arrêter.

— Tout ce qu'a raconté le sim… Tu en penses quoi ? Tu en crois un seul mot ? »

Il haussa les épaules. « Il y avait peut-être du vrai. Du moins, tout ne m'a pas semblé invraisemblable. »

Nerissa se rappela une citation, quelque chose d'un philosophe grec appelé Xénophane. À l'époque, Ethan l'admirait de pouvoir ainsi ressortir des bribes de poésie et de prose de sa mémoire fourre-tout. Mais ce n'était pas un talent, plutôt une bizarrerie de la nature. Son propre petit tour de magie tape-à-l'œil. « *Si même par hasard il lui arrivait de dire la parfaite vérité, il ne le saurait pas lui-même. Tout s'appuie sur l'apparence.*

— Ouais, réagit Ethan. C'est à peu près ça. »

13

Campagne du Kansas

Cassie ne fut pas surprise par la facilité avec laquelle Leo réussit à voler une voiture. C'était un savoir-faire qu'il tenait de ses amis de Buffalo — pas ceux de la Society, les musiciens et petits malfaiteurs des quartiers est avec lesquels il traînait le week-end. C'était aussi à cause de ses fréquentations que Cassie ne l'avait jamais pris au sérieux et avait trouvé très superficielle cette fascination qu'il exerçait sur Beth. Mais à présent qu'elle était elle-même une criminelle, elle appréciait à leur juste valeur les compétences qu'il avait acquises.

La fête de l'Armistice avait attiré à Jordan Landing de nombreuses automobiles venues des fermes et routes rurales des environs, si bien qu'il n'y avait que l'embarras du choix. Leo attendit minuit passé avant de jeter son dévolu sur un modèle récent de Ford Equipoise blanc, un véhicule de taille moyenne assez répandu dans la région, garé sur le parking d'un motel à presque un kilomètre au nord sur la route principale. Sans doute le propriétaire dormait-il et n'irait-il porter plainte qu'au matin, ce qui leur donnait une avance convenable. Il cassa l'antenne radio de la voiture et s'en servit pour forcer la portière côté conducteur.

Démarrer fut plus compliqué, mais la trousse à outils présente dans la boîte à gants — jauge de pression, pince fine, tournevis à embout interchangeable — lui permit d'y arriver. Par chance, aucune de ces activités n'attira l'attention. Dieu bénisse les paisibles petites villes de cette paisible contrée ainsi que leurs habitants honnêtes et sans méfiance, pensa Cassie.

À l'aube, ils étaient trois cent cinquante kilomètres plus à l'ouest et à seulement une heure de leur destination, un atelier de réparation automobile appelé Chez Dowd, sur une partie plate de l'autoroute du Kansas entre Salina et Great Bend.

Chez Dowd, réparations et pièces détachées automobiles, disait l'enseigne.

Ce n'en était pas vraiment une, plutôt un morceau de contreplaqué blanchi avec cette inscription au pochoir orange. Il avait été cloué à ce qui ressemblait à une grange reconvertie, unique construction visible sur tout l'horizon au niveau de la sortie de l'Autoroute fédérale 156 pour une ville appelée Galatea. Ils se garèrent sur de la terre battue jonchée de pièces de moteur rouillées, non loin de la carcasse de ce que Leo affirma être une Packard 1972. Le seul mouvement perceptible était celui d'un carillon éolien en fer-blanc accroché par un support sur le côté du bâtiment en aluminium.

Quand Leo klaxonna, un homme sortit de la pénombre derrière la porte de tôle ondulée en s'essuyant les mains dans un chiffon noir de cambouis, les yeux plissés dans le soleil matinal. La trentaine, grand et maigre, avec juste un début de bedaine sous la salopette. Sa moustache et les longs cheveux châtains qui se balançaient sur son col lui donnaient l'air de sortir d'un daguerréotype de la guerre de Sécession.

Cassie descendit de voiture, Thomas à ses côtés. Elle avait la vessie terriblement pleine, même si elle tremblait rien qu'en imaginant à quoi devaient ressembler les toilettes d'un tel établissement.

L'homme s'arrêta prudemment à quelques pas de l'Equipoise. « Qu'est-ce que je peux faire pour vous, m'sieu-dames ?

— Vous êtes Eugene Dowd ? » demanda Leo.

L'homme cessa de s'essuyer les mains et fourra le chiffon dans la poche revolver de sa salopette. « Faut croire. Et vous ?

— Leo Beck. Je crois que vous connaissez mon père. »

Le visage de Dowd resta neutre. Il y eut une rafale de vent et Cassie entendit le cliquetis du carillon éolien — comme de la musique qui aurait oublié comment en être — ainsi que le grincement produit par le capot mal fermé de la Packard. « C'est votre voiture ? finit par demander Dowd.

— Pas vraiment.

— Ah. C'est ce que je craignais. Je n'aime pas trop avoir un véhicule volé chez moi. Rentrez-la à l'intérieur, qu'elle soit moins visible. Vous pouvez prouver que vous êtes qui vous dites ?

— Je crois.

— Eh bien, on va voir ça. Entrez tous.

— Il y a des toilettes ? » se sentit obligée de demander Cassie.

Eugene Dowd la regarda. « Derrière le bâtiment. Rien de folichon. »

On s'en serait douté, pensa la jeune fille.

Leo leur avait parlé d'Eugene Dowd cette nuit-là dans la voiture. Cassie lui avait demandé s'il avait appris ce nom dans les papiers cachés sous le parquet de son père.

Leo avait hoché la tête. « Le nom et c'est à peu près tout. Il me disait d'apporter la clé à Eugene Dowd, à tel endroit au Kansas. »

Subterfuge typique de la Correspondence Society. Tante Riss avait un jour décrit ce type de raisonnement comme « de la paranoïa… une parano *nécessaire*, peut-être, mais une espèce de maladie mentale quand même ». Et le père de Leo, Werner Beck, était encore plus rigoureusement paranoïaque que la plupart des membres de la Society.

« Il y avait quoi d'autre, dans ces papiers ?

— Surtout des statistiques qu'il a compilées, plus des photocopies d'articles de presse…

— Quel genre ?

— Un peu de tout. Des statistiques sur les mines chinoises ou le transport maritime dans le Pacifique. Ou l'import-export de minéraux et de terres rares. Des coupures de presse des vingt dernières années, certaines sur des morts inexpliquées. Des articles techniques. Des notes tirées de ses études de la biologie des simulacres. Des cartes.

— Des cartes d'où ?

— Argentine, Chili, Bolivie, Pérou.

— Pourquoi, il y a quoi, là-bas ? »

Leo haussa les épaules. « Je pense que c'est au cas où il lui arrive un truc, peut-être qu'un autre membre de la Society comprendrait de quoi il retourne. »

Beth avait réussi à rassembler le courage ou l'insensibilité nécessaires pour demander : « Tu crois que ton père est mort ? »

Leo garda les yeux sur la chaussée. La nuit sur l'autoroute fédérale, la prairie vide : il n'y avait rien à voir sinon, parfois, les phares des voitures qu'ils croisaient. « Il ne serait pas parti précipitamment sans raison. Mais est-il encore vivant, aucune idée. On n'a rien qui puisse nous le dire.

— Peut-être qu'Eugene Dowd saura, alors », conclut Beth.

« Avant tout, dit Dowd à Leo, je dois m'assurer que vous êtes bien qui vous dites. Vous ressemblez assez à votre vieux, d'accord, mais ce n'est pas vraiment une preuve. Vous pourriez même ne pas être humain. »

L'intérieur du garage consistait en une dalle de béton au complexe semis de taches surmonté d'un grand toit cintré. Une espèce de mezzanine courait le long d'un des murs, grossièrement divisée en pièces… peut-être Dowd vit-il là-haut, se dit Cassie en trouvant cette pensée déprimante. L'espace de travail était équipé d'outils manuels et électriques de tailles diverses, tous inconnus d'elle, ainsi que d'une table sur tréteaux, assemblage de planches épaisses à la coupe grossière. Un moteur partiellement démonté était posé dessus. Des chaînes et des poulies se balançaient depuis des poutres en hauteur. Cela sentait l'essence, mais aussi les toilettes chimiques que Beth et elle s'étaient dépêchées d'utiliser derrière le bâtiment.

Elle s'assit à côté de Leo sur un canapé déchiré en cuir qui semblait provenir d'une décharge. Beth et Thomas se glissèrent près d'eux. Eugene Dowd tira une chaise en bois qu'il enfourcha.

Il n'est pas membre de la Society, pensa Cassie. Du moins ne ressemblait-il à aucun des membres de la Society qu'elle avait croisés dans sa vie. De toute évidence, ce n'était ni un savant ni un érudit. Rien dans sa manière de parler ne laissait penser qu'il n'était pas ce dont il avait l'air : d'un mécanicien auto susceptible qui ne se laissait pas impressionner par quatre jeunes citadins arrivés sans prévenir dans son garage de campagne.

« Comment suis-je censé prouver que je suis humain ?

— Eh bien, vous pourriez vous enfoncer un couteau dans le corps histoire de voir quelle couleur en sort. Ça marche, en général.

— Très drôle.

— Ou vous pourriez me montrer une certaine clé. »

Leo se leva, fouilla dans sa poche — *Et s'il l'a perdue ?* se demanda Cassie pendant un instant terrifiant — et brandit la clé trouvée dans le coffre de son père.

« D'accord, voyons ça », dit Dowd.

Leo déposa non sans réticence l'objet dans sa paume aux plis incrustés de cambouis. Le mécanicien avait des cals sur le pouce et les ongles taillés très court.

« C'est bon ? demanda Leo.

— Pas tout à fait. On va voir si elle ouvre ce qu'elle est censée ouvrir. Suivez-moi. »

Il les conduisit au fond du garage, tira une bâche recouvrant une camionnette blanche vieille de quelques années et dépourvue de tout signe distinctif. La poussière soulevée par son geste flotta dans l'air et Cassie sentit sa gorge la chatouiller.

Dowd n'eut aucune difficulté à insérer, puis à tourner la clé dans la serrure côté conducteur. Il ouvrit la portière en grand. « Eh bien ça. Eh bien ça. »

La camionnette n'avait pas été ouverte depuis un certain temps : une odeur de renfermé et de garniture en vinyle s'en échappa. « Elle ressemble à une vieille camionnette ordinaire, dit Cassie.

— L'important, c'est ce qu'il y a à l'arrière.

— Et il y a quoi, à l'arrière ? »

Eugene Dowd mit la clé dans sa poche. « On en parlera plus tard. »

Il leur fit monter une volée de marches jusqu'au loft qui lui servait à la fois de bureau et de chambre — quelques chaises, une table, un vieux réfrigérateur, un évier, une plaque de cuisson, un matelas par terre —, où il leur demanda s'ils voulaient déjeuner. Cassie regarda l'empilement de vaisselle sale. « Ne t'inquiète pas, jeune fille, dit Dowd. Je n'ai à vous proposer que du chili en boîte et des sandwiches industriels achetés au 7-11 de Galatea. Assez récents pour que vous ne vous intoxiquiez pas, si c'est ce qui te cause souci. »

Thomas dit qu'il avait faim et Cassie dut admettre se trouver dans le même cas : elle avait assez faim pour accepter un sandwich poulet-salade, même refroidi autant qu'en était capable le poussif réfrigérateur de Dowd. Thomas, Leo et Beth prirent la même chose. Dowd leur offrit des Coca et s'ouvrit une bière. « Bon, Leo… j'imagine que tu aurais pu ouvrir la portière de cette camionnette même *sans clé*, pas vrai ?

— Je ne sais pas. Qu'est-ce que vous voulez dire ?

— Ne fais pas ton timide. Ton papa m'a dit que tu étais passé devant le tribunal pour enfants à cause d'une histoire de tentative de vol de véhicule.

— C'était stupide. Je voulais frimer.

— C'est pour ça que tu n'as récolté qu'une amende et un sermon ?

— J'imagine que mon père vous a raconté ça aussi. Il est là ?

— Ton vieux ? Non.

— Où est-il, alors ?

— Werner Beck ne me tient pas informé de ses

allées et venues, du moins pas souvent. Mais comme tu t'es pointé sans lui, ça m'étonnerait que les nouvelles soient bonnes. On m'avait dit que tu ne viendrais pas sans lui, sauf s'il arrivait quelque chose d'inattendu.

— Comment vous connaissez mon père ? Et qu'est-ce qu'elle a de si spécial, cette camionnette ?

— Eh bien, Leo, c'est une assez longue histoire. Que tu dois entendre, je suppose. C'est ton père qui est venu me trouver, à propos, et non l'inverse. Je vivais à Amarillo, c'était il y a presque dix ans. J'avais un petit studio, je joignais les deux bouts grâce au Travail fédéral et aux chèques de l'aide sociale. Ton vieux a tout simplement frappé à ma porte un jour. Il s'est présenté, il m'a dit qu'il avait lu un article sur moi dans le journal local et qu'il voulait savoir si c'était vrai.

— Si *quoi* était vrai ? »

Dowd caressa du pouce l'étiquette de sa cannette, le regard perdu dans la pénombre du garage. « Il faut que je commence par le commencement. Mais j'imagine que vous avez le temps. On va parler un peu. Ensuite on commencera à s'occuper de la voiture que tu as volée, à la rendre moins facile à identifier. Parce qu'on va bientôt devoir partir et qu'on ne tiendra pas tous dans la camionnette.

— Partir où ?

— Dans un endroit où j'espérais vraiment ne jamais retourner. Mais la vie se fout complètement de ce que vous espérez. » Il but longuement. « Vous ne trouvez pas ? »

14

Montmorency, Pennsylvanie

L'interstate 80 traversait la ville universitaire de Montmorency, en Pennsylvanie. L'Institut fédéral — l'un des établissements d'enseignement supérieur fondés par l'administration Wallace dans les années 1930 — était la plus importante entreprise de la ville, après les deux usines et la carrière de calcaire. L'agglomération était paisible dans la longue lumière de cet après-midi de fin novembre et un grand nombre des jolies maisons à ossature en bois avaient suspendu un drapeau américain à leur véranda. Il semblait faire bon vivre, à cet endroit.

Montmorency avait toutefois une autre caractéristique : c'était là où habitait feu Winston Bayliss, d'après les papiers d'identité trouvés par Ethan dans le portefeuille du sim mort.

Il avait été surpris que Nerissa suggère d'aller à l'adresse indiquée sur le permis de conduire. « Ça va nous faire un détour.

— Un petit.

— Je croyais que tu voulais retrouver Werner Beck le plus vite possible.

— Exact. Mais ça pourrait être important.

— Pourquoi ? Quel intérêt ? »

Elle haussa les épaules et détourna le regard.

« Et puis ça pourrait être dangereux, ajouta-t-il.

— Tout ce qu'on fait est *dangereux.* »

La veille au soir, plus ou moins pour la première fois, il avait parlé à Nerissa de leurs plans.

Elle avait quitté Buffalo furieuse, mais sans véritablement autre idée en tête qu'enrôler Ethan dans sa recherche de Cassie et de Thomas. Il comprenait cela. Ainsi que la culpabilité qu'elle devait ressentir. Les minutieuses précautions dont elle s'était entourée après les meurtres de 2007 avaient eu l'effet inverse, complètement inverse. Cassie et Thomas avaient pris la fuite en croyant à une nouvelle attaque de grande envergure. Conformément aux protocoles, ils étaient allés trouver le membre de la Society géographiquement le plus proche, qui se trouvait être Leo Beck. Leo avait quitté la ville (avec sa copine, une jeune femme du nom de Beth Vance), a priori pour retrouver son père. Rongée par l'idée que Cassie et Thomas pourraient la croire morte, Nerissa avait de plus raisonnablement peur qu'ils se mettent encore davantage en danger en allant trouver Werner Beck.

Ethan savait aussi qu'elle n'avait jamais apprécié cet homme. Elle l'avait rencontré deux ou trois fois à des réunions de la Society. « Même dans une communauté de paranos, avait-elle dit à l'une de ces occasions, ce type est d'une parano effrayante.

— Il a raison sur de nombreux points, avait répliqué Ethan. Et personne n'a mené de recherches plus utiles que lui.

— Il voit la Society comme l'avant-garde d'une espèce de rébellion humaine. On pourra s'estimer heureux s'il ne nous fait pas tous arrêter.

— Il est peut-être un peu cinglé. Mais il est intelligent et il dispose de gros moyens.

— Et tu crois que c'est une *bonne* combinaison ? »

Nerissa craignait donc que Cassie et Thomas se laissent influencer par Werner Beck, surtout depuis la sinistre confession du sim. Et Ethan était plus ou moins d'accord avec elle. Retrouver Cassie et Thomas, laisser Nerissa les protéger, abandonner Beck à ses propres guerres… Très bien. Ça ne lui posait aucun problème. Mais ensuite ?

Tout avait changé. On pouvait difficilement considérer le sim mort comme une source d'informations fiable, mais l'attaque de la ferme laissait penser qu'il avait au moins dit la vérité sur un point : l'hypercolonie était en proie à un conflit interne. Et les tentatives des survivants de la Society pour rester cachés avaient manifestement échoué : de toute évidence, les simulacres savaient parfaitement où les trouver. Dénicher une nouvelle cachette n'était donc pas envisageable : ils n'avaient jamais été véritablement cachés.

Par conséquent, même en supposant que Nerissa arrive à retrouver Cassie et Thomas… et ensuite ? Nerissa subvenait à ses besoins grâce à l'héritage laissé par ses parents à leur mort en 1998. Ethan avait liquidé l'ensemble de ses investissements en 2007 et s'était ensuite montré économe dans toutes ses dépenses (à part ses quelques achats d'armes et de coûteux systèmes de sécurité). Même jointes, leurs ressources restaient très modestes. Ils auraient l'un comme l'autre à trouver d'autres moyens de gagner leur vie et de se protéger (de protéger également Cassie, et Thomas) contre de futures attaques.

S'il y en avait un jour. À en croire le sim (ce qui était bien entendu impossible), l'hypercolonie agonisait. Si sa mort occasionnait une panne globale des communications, cela aurait des conséquences catastrophiques, au moins à court terme. Et même si on pouvait se remettre d'un tel désastre, il restait à savoir de quelle manière le monde fonctionnerait quand le bellicisme des humains cesserait d'être subtilement réprimé par l'hypercolonie.

Ethan et Nerissa affrontaient les mêmes problèmes et Ethan avait l'impression qu'ils pouvaient s'entraider, mais on pouvait à peine qualifier cela de plan… ce n'était rien de plus qu'une pensée mélancolique. Cela faisait sept ans qu'il n'avait plus vu cette femme avec qui il avait été marié pendant une décennie. Et même si elle restait par bien des côtés celle qu'il avait aimée et épousée, elle avait changé sur d'autres points tout aussi importants. Il ne savait plus à quoi s'attendre de sa part. Leur ancienne intimité naturelle avait disparu. Elle lui était inconnue à quatre-vingt-dix pour cent.

À l'adresse de Winston Bayliss — du moins celle qui figurait sur son permis de conduire —, on trouvait une petite maison très semblable aux autres dans la rue. Avec à l'avant, comme beaucoup d'entre elles, une terrasse couverte en bois un peu délabrée. La pelouse avait jauni et s'était raréfiée durant l'automne. Un grand panier en faux rustique, garni de géraniums ayant succombé au dernier gel, faisait office de jardin.

Nerissa ouvrit la portière avant qu'Ethan puisse dire : « Holà… où tu vas ?

— Apparemment, la maison est toujours habitée. Peut-être par le *vrai* Winston Bayliss. Je vais frapper à la porte pour voir qui va m'ouvrir.

— Ça servira à quoi ? »

Elle ne lui répondit pas et il dut se dépêcher de la

suivre, car elle remontait l'allée à grands pas déterminés. Elle grimpa sur la terrasse, sonna, puis tira la porte-moustiquaire et frappa.

J'aurais dû prendre le pistolet, songea Ethan… et s'il y avait un autre sim à l'intérieur, si la maison était une espèce de fabrique de sims ?… mais la porte s'ouvrit en grinçant sur une vieille femme aux épaules voûtées qui s'appuyait sur un déambulateur. Elle les regarda de derrière ses culs-de-bouteille. « Je me disais que c'était peut-être la thérapie ambulatoire. Sauf que non, hein ?

— Non, m'dame, confirma Nerissa sans broncher.

— Ah, bien sûr. Elle vient le mercredi. Désolée. Qu'est-ce que je peux faire pour vous, m'sieu-dame ?

— On s'est peut-être trompés d'adresse… Nous cherchons Winston Bayliss.

— Oh ! Eh bien, c'est la bonne *adresse*, mais pas la bonne *porte*. Winston a la sienne à l'arrière. Il vit au sous-sol. Il y a son propre appartement. Il l'a rénové lui-même.

— Ah… et il est chez lui, en ce moment ?

— J'ai peur que non. Il est parti à un congrès à Boca Rota jusqu'à la semaine prochaine. Un truc pour son travail, il m'a expliqué, mais je n'ai pas tout compris.

— Vous êtes sa propriétaire ? »

Elle eut un grand sourire. « Pardon, mais vous me faites rire. Non ! Je veux dire, d'accord, Winston me verse chaque mois une indemnité pour l'utilisation du sous-sol, mais je ne suis pas sa propriétaire. Je suis sa mère. Amanda Bayliss. Mme Carl Bayliss, même si Carl nous a quittés il y a cinq ans, maintenant. Vous vouliez voir Winston à quel sujet ?

— Nous sommes de la Caisse d'assurance Blue Horizon. M. Bayliss nous a contactés il y a un certain temps parce qu'il envisageait de souscrire une police chez nous. Nous espérions pouvoir lui en reparler.

— Eh bien, voilà qui ne se peut pas. »

Il faut reconnaître à Nerissa, se dit Ethan, qu'elle ne se laisse pas démonter. « Ah bon ? Et pourquoi ça ?

— Excusez-moi, mais ça me fatigue de rester debout… vous voulez entrer une minute ? Même si je ne crois pas que je vous achèterai une assurance.

— Bien sûr », dit Nerissa.

« Je vous proposerais bien du café, mais je n'en bois plus. Mon docteur me le déconseille. » Mme Bayliss fronça les sourcils. « Il y a peut-être de l'instantané dans le placard. Je peux vous mettre de l'eau à bouillir, si vous voulez.

— Merci beaucoup, m'dame, mais ce n'est pas la peine. »

Le salon de Mme Bayliss était une capsule temporelle dans laquelle aucun meuble ni objet ne semblait avoir moins de trente ans. Les photos sur les petites tables basses qui flanquaient le canapé représentaient un homme, peut-être feu Carl, et un enfant qui pourrait avoir été Winston (si celui-ci avait véritablement été enfant un jour). Les fenêtres à double vitrage avaient été fermées et les rideaux tirés, enfermant un silence dans lequel le tic-tac d'une pendule semblait ridiculement fort.

Rien ne laissait penser qu'ils ne se trouvaient pas bel et bien dans une maison habitée depuis longtemps par une vieille femme devenue veuve quelques années plus tôt. Mme Bayliss n'était pas forcément pour autant plus humaine que la créature qu'elle appelait son fils.

« Vous disiez douter que Winston envisage de s'assurer chez nous, reprit Nerissa. Puis-je vous demander pourquoi ? »

Mme Bayliss regarda Ethan. « Il vous arrive de parler, monsieur, ou vous êtes là juste pour décorer ?

— Je… suis en formation, parvint à répondre Ethan. J'interviendrai si nécessaire.

— Je me demandais juste. Bref, non. Non, je n'imagine pas Winston vouloir prendre une assurance. J'imagine que c'est une assurance-*décès* que vous vendez ? Ça nécessite en général un examen médical et Winston ne verrait pas un médecin pour tout l'or du monde. Heureusement qu'il a une santé de fer.

— Eh bien, tant mieux, dit Nerissa. J'espère que c'est aussi votre cas, madame Bayliss, même si je vois…

— Que je porte un appareil orthopédique ? C'est pour ça que la thérapie ambulatoire passe chaque semaine. Je me suis fait remplacer un genou en septembre. Arthrite. C'est merveilleux, je trouve, ce qu'on peut faire de nos jours. Ça n'a pas été une partie de plaisir pour autant, l'opération, je veux dire. La rééducation n'est pas marrante non plus. Même si j'aime beaucoup l'infirmière qui m'aide à la faire. Elle joue au dur, mais c'est un amour.

— Ce n'est donc pas de vous que Winston tient sa peur des médecins.

— Ni de son père. Mais il a toujours été comme ça. Vous comprenez pourquoi je ne l'imagine pas accepter de se faire examiner. Même petit, à l'époque où il allait à l'école… mais ça m'étonnerait que vous vouliez écouter mes histoires.

— Pas de problème. Franchement, c'est sympa de ne plus être dehors dans le froid et de bavarder un peu. Tant que vous n'en dites rien à mon superviseur. » Elle glousa et Mme Bayliss rit aimablement. « De temps en temps, on tire un nom de la mauvaise liste et on se retrouve à devoir rendre visite à quelqu'un qui a décliné notre proposition. C'est sans doute ce qui s'est passé avec Winston. J'en toucherai un mot à mon patron. On n'a rien à gagner à déranger des gens qui ne sont pas intéressés par ce qu'on a à vendre. Même si je dois dire que, pour son prix, notre contrat offre de très bonnes prestations.

— Je n'en doute pas. »

La facilité avec laquelle Nerissa proférait ces mensonges surprit Ethan. Il supposa que c'était un des talents qu'elle avait acquis depuis 2007, tout comme il avait appris à tirer.

« Les gens qui ont peur des médecins sont plus nombreux qu'on croit, dit-elle.

— Winston a dû naître comme ça. Par chance, c'était un enfant qui avait la santé. Il était peut-être un peu trop prudent. Il n'a jamais aimé faire du sport, ni quoi que ce soit d'un peu mouvementé. Mais il n'attrapait presque jamais de rhume et n'a jamais rien eu de plus grave, même s'il refusait toujours qu'on le vaccine. La seule fois où il s'est *vraiment* fait mal… eh bien, Carl et moi avons dû en souffrir davantage que lui.

— Comment ça ?

— Une voiture l'a renversé un jour qu'il rentrait de l'école à pied. Winston avait dix ans, et le chauffeur — on n'a jamais découvert qui c'était, mais je soupçonne un de ces garçons du lycée… celui d'Adlai Stevenson n'est qu'à quatre rues d'ici et il faut voir comment conduisent les garçons qui viennent d'avoir le permis — bref, Winston n'était pas gravement blessé, mais il avait pas mal d'écorchures et une fracture du bras.

— Il a dû voir un médecin, alors.

— Eh bien non… et vous pensez bien qu'on a essayé ! Je ne suis pas certaine que l'os était cassé, je n'y connais pas grand-chose, mais il ne pouvait plus se servir de son bras droit et ça faisait une bosse au-dessus du coude, avec de grosses contusions, tout le bras en était presque vert. Donc j'ai appelé le docteur, qui m'a dit de lui amener Winston, mais le temps que Carl fasse chauffer le moteur, vu qu'on était en plein hiver, Winston s'est enfui en arrachant la porte de derrière.

— Enfui ?

— Vous n'allez pas le croire, mais il a disparu *cinq jours*. Toute la ville s'est mise à sa recherche. C'est passé dans le journal. Garçon perdu dans le froid, sans doute blessé. Franchement, Carl et moi nous préparions au pire.

— Et on l'a retrouvé ?

— Même pas. Winston est revenu tout seul. Il est entré par la porte cinq jours plus tard comme si de rien n'était. Bien sûr, ça a bardé. Il nous a raconté qu'il s'était caché dans une vieille grange sur une des routes de campagne et qu'il s'était réchauffé en faisant du feu. Et quand on lui a demandé pourquoi il avait fait tout ça, et je peux vous dire qu'on le lui a demandé plus souvent qu'à notre tour, il a répondu que c'était parce qu'il ne voulait pas aller voir le docteur.

— Alors qu'il avait le bras cassé !

— Eh bien… pour sûr, on *pensait* qu'il était cassé. Mais il était guéri à son retour. Si bien qu'il avait dû juste se le fouler. Et même s'il aurait sans doute été plus sage de consulter quand même, on n'a pas insisté. Ça a l'air idiot, non ? » Elle secoua la tête. « Carl et moi n'avions pas d'autre enfant et on était sans doute un peu trop coulants avec lui. Je me dis parfois que c'est pour ça que Winston ne s'est jamais marié. On l'a tellement dorloté qu'il reste seul et célibataire. Mais comme disait mon mari, on ne peut pas faire mieux que de son mieux. Dans la vie, il n'y a pas de garanties. Même si », et elle sourit de sa plaisanterie, « même avec une bonne assurance. »

La conversation changea peu à peu de sujet, passant du fils de Mme Bayliss au temps des derniers jours, puis Nerissa jeta un coup d'œil à sa montre et dit qu'ils avaient un autre rendez-vous. Mme Bayliss les raccompagna à la porte (un peu confuse, estima Ethan, d'avoir eu la langue si bien pendue) et leur souhaita bonne continuation. « Je dirai à Winston que vous êtes passés.

— Merci.

— Vous voulez laisser une carte ou je ne sais quoi ?

— Je n'ai pas l'impression que votre fils puisse devenir un de nos clients. Quand doit-il rentrer ?

— Il m'a dit qu'il me le ferait savoir. Il n'a pas appelé depuis quelques jours. Ça ne lui ressemble pas. Mais il est sans doute en train de prendre du bon temps en Floride. La dernière fois que je l'ai vu, il était gai comme un pinson. »

Et la dernière fois que je l'ai vu, moi, ne put s'empêcher de penser Ethan, il avait les yeux crevés et il était en train de mourir allongé dans des feuilles mortes.

Nerissa fut d'humeur sombre dans la voiture, et Ethan respecta son silence pendant qu'il regagnait l'autoroute fédérale. Le soleil traversait le pare-brise avec une lumière qui éclaircissait tout.

« Mme Bayliss n'est donc pas un sim, dit-elle enfin.

— Tu veux parler de son genou.

— L'opération ou une simple radio aurait révélé la supercherie. Et elle ne faisait pas semblant. Tu as vu sa cicatrice ? »

Il ne l'avait pas vue, mais Nerissa lui raconta qu'elle l'avait aperçue quand Mme Bayliss s'était assise, au début : la jupe en coton s'était soulevée un instant, dévoilant une ligne de points de suture aussi nette qu'une voie ferrée. « De toute évidence, elle n'a pas peur des médecins, elle.

— Mais Winston, si. »

La nature et l'origine des simulacres étaient sujettes à débat depuis 2007 parmi les survivants. La plupart supposaient que les sims étaient construits sous leur forme adulte définitive. Mais cela n'avait jamais été qu'une supposition. Apparemment sans fondement. « Il nous a donc dit la vérité, reprit Ethan. Il est né d'une mère humaine.

— Il faut croire. Mais quelle idée horrible. Que Mme Bayliss ait vraiment donné naissance à cette chose, qu'elle l'ait élevée, habillée et envoyée à l'école sans jamais rien remarquer d'inhabituel, à part qu'il détestait les médecins… » Elle frissonna. « Ça fait sacrément froid dans le dos.

— Mais c'est possible. Les sims ne font pas qu'imiter plus ou moins bien les êtres humains : ils en sont des copies absolument *parfaites*, sauf dans leur structure interne. On a très envie de penser qu'en connaissant assez intimement un sim, on arriverait à détecter quelque chose d'anormal, une subtilité qui lui échappe un peu. Sauf que c'est faux. Même Mme Bayliss n'y a vu que du feu.

— Je m'imaginais sans doute que les sims étaient construits dans un but précis, l'assassinat, et qu'une fois leur mission remplie, ils… je ne sais pas, ils se desséchaient et se désagrégeaient dans le vent. Mais si elle a dit la vérité, ça signifie qu'ils peuvent passer inaperçus pendant des années. *N'importe qui* pourrait en être un.

— Pas toi. »

Elle le regarda avec attention. « Comment ça ?

— Ça date un peu, mais… la cicatrice de ton appendicectomie. »

Il fut surpris de la voir rougir. « Ah oui. Exact. Et tu as passé une radio l'hiver de ta pneumonie. On peut donc avoir confiance l'un dans l'autre.

— C'est du reste du monde qu'on ne peut pas être sûrs.

— En plus, si Mme Bayliss est humaine et a accouché d'un sim… ça marche comment ? Son mari était un sim aussi ? Remarque, ça ne fait que repousser la question à la génération précédente.

— Il n'est pas inhabituel pour une espèce de faire élever ses petits par une autre. On appelle ça du parasitisme de couvée. » D'après Bayliss, c'était d'ailleurs un parasitisme de ce genre qui se produisait à l'intérieur de l'hypercolonie.

« Mais ça *marche* comment au juste ? Comment une femme parfaitement ordinaire dans une ville parfaitement ordinaire accouche-t-elle d'un enfant non humain ? »

Ethan n'était pas en mesure de répondre.

« Et s'ils sont si parfaitement humains, on ne peut même pas être sûrs de la Correspondence Society. Vous avez toujours pris soin de ne communiquer que par courrier postal pour empêcher l'hypercolonie de savoir ce que vous vous disiez, mais si vous aviez un imposteur parmi vous ? Si un sim lisait vos monographies depuis le début ? »

Il y avait déjà réfléchi. « On n'a aucun moyen d'exclure cette possibilité. Elle est peut-être vraie. On avait beau se cacher, les sims n'ont eu aucun mal à trouver Cassie et Thomas. Ou à me trouver, moi. Et Bayliss semblait parfaitement au courant de l'étendue de *nos* connaissances sur l'hypercolonie. Mieux vaudrait donc sans doute supposer que la Society a été infiltrée.

— À qui on peut se fier, alors ? À toi, à moi…

— Ça fait deux. Et sans doute à Werner Beck.

— Beck ! cracha Nerissa avec mépris. Je ne lui ai jamais fait confiance. »

15

Garage de Dowd

Eugene Dowd avait réservé aux travaux de peinture une partie de sa grange reconvertie et Cassie l'observa non sans fascination s'occuper de la voiture volée. Son monologue incessant la fascina encore davantage, d'une manière beaucoup plus effrayante.

Il commença par enlever les plaques d'immatriculation, qu'il posa sur un coin de son établi. Il indiqua avoir l'intention de découper à la cisaille à métaux ces éléments à charge et d'enterrer les morceaux dans la cour avant leur départ. Il arracha ensuite les baguettes et moulures extérieures de la Ford, puis s'attaqua à la peinture à la ponceuse électrique. « En temps ordinaire, je décape complètement, mais on est un peu aux pièces. » Cassie comprit que ce n'était pas la première fois qu'il repeignait un véhicule, ni même sans doute un véhicule *volé*.

Quand Dowd se pencha pour poncer les flancs de la Ford, elle vit ses hanches jouer sous son jean. Les résidus de peinture tourbillonnaient autour de lui, mais il ne semblait pas s'en soucier même s'il ne portait pas de masque. Il parlait (entre deux bruyantes utilisations de ponceuse) en gardant les yeux fixés sur l'automobile, comme si Cassie, Thomas, Leo et Beth n'étaient pas vraiment là, comme s'il ne s'adressait pas à eux, mais à quelque chose d'invisible qui vivait dans le moteur.

J'étais dans une petite ville pas loin d'Amarillo, peu importe laquelle, quand Werner Beck est venu me trouver. Ça s'est passé, voyons, il y a cinq, presque six ans, maintenant.

C'est dans cette ville que j'ai grandi, mais j'en étais parti longtemps et j'y étais retourné parce que je ne savais pas où aller. J'avais vécu de petits boulots à l'étranger, surtout de menuiserie et d'électricité, mais j'en avais fini avec ça, pour des raisons auxquelles je vais venir.

Bref, j'étais de retour et au chômage. Mes parents étaient morts pendant mon absence, mais je ne l'ai appris qu'à ce moment-là. Je n'étais pas très doué pour garder le contact. La nouvelle m'a donc plutôt secoué. Même si ma famille n'en était pas vraiment une. Mon père buvait, quand il ne creusait pas des fondations, et ma mère a été esthéticienne toute sa vie. Le cancer l'a eue et mon père s'est tiré une balle peu après. Leur maison a été vendue pour payer les arriérés d'impôts. Autrement dit, à mon retour, je n'ai rien retrouvé. Moi qui voulais juste me terrer dans un coin sûr pour oublier ce que j'avais vu dans l'Atacama, je n'ai eu que des emmerdes en plus.

Je me suis loué un petit truc en périphérie et je comptais sans doute fumer de l'herbe en regardant des conneries à la télé jusqu'à ce que je n'aie plus un sou de côté, sauf qu'un jour Werner Beck a frappé à la porte. À l'époque, je n'avais pas la moindre putain d'idée de qui c'était. J'ai cru qu'il venait recouvrer une dette ou me vendre une Bible. Mais il a demandé : c'est vous, l'Eugene Dowd qui a vu des trucs bizarres au Chili l'année dernière ? J'ai voulu attraper un flingue, du coup, sauf que je n'en avais pas. Du calme, il a dit, mon sang est entièrement rouge. Et j'ai compris de quoi il parlait. Alors je l'ai fait entrer.

Évidemment, j'ai voulu savoir comment il m'avait trouvé. Il m'a expliqué qu'il avait vu un article dans le journal local. Qu'il était abonné à ce qu'on appelait un service de veille de presse. Qu'il recevait comme ça des articles parus dans des journaux de toute taille d'un bout à l'autre du pays, quand certains mots ou certaines phrases figuraient dans le texte.

Il n'a pas dit lesquels. Mais je savais de quel article il parlait. Une chronique dans le journal local, qui n'en est pas vraiment un, plutôt un ensemble de bons de réduction et de petites annonces. Eh bien, un connard qui ne savait pas comment s'occuper tenait là-dedans une chronique sur ce qu'il appelait « les personnages pittoresques » et j'avais eu le malheur de le rencontrer dans un bar à un moment où j'étais trop bourré pour mon bien… Je lui avais raconté deux ou trois trucs sur l'Atacama et il les avait mis dans son papier sur le ton de la grosse déconnade. Un loser du coin voit des hommes verts, ce genre de conneries.

Ouais, j'ai répondu à Beck, c'est ce qui m'est arrivé, du moins en partie, mais le journal n'avait pas donné mon nom, alors je répète, comment vous m'avez trouvé ? Je me suis renseigné, il a dit. Vous vous êtes donné beaucoup de mal, j'ai dit. Ouais, mais il se trouve, monsieur Dowd, que je vous crois.

Bon, il n'y avait vraiment pas grand-chose à croire dans ce papier, pour moi. J'avais soi-disant raconté qu'on trouvait des Martiens en Amérique du Sud, sauf que j'avais pas dit ça. Y avait même une chute : « J'ai demandé à mon nouveau camarade si les Martiens étaient verts, comme dans les bandes dessinées. "Oui, m'a-t-il avoué, verts comme de l'herbe… mais seulement à l'intérieur !" »

Foutrement humiliant.

Beck a vu la tête que je faisais. Écoutez, monsieur Dowd, il a dit, je ne plaisante pas. J'en sais un rayon sur les gens à l'intérieur vert. Par exemple que tuer ne leur fait pas peur. Ils ont assassiné un paquet de mes amis. Ils ont essayé de me tuer.

C'est là que j'ai compris qu'il ne plaisantait pas. Comment je sais que vous n'en êtes pas un ? j'ai demandé.

Il m'a répondu que c'était une bonne question, il a défait sa ceinture et remonté sa chemise pour me montrer une cicatrice qu'il avait depuis son opération de l'appendicite. Je lui ai demandé ce que c'était censé prouver. Il m'a répondu que l'hôpital où il s'était fait opérer se serait aperçu qu'il saignait du vert. Ensuite il a dit : Et vous ?

Je n'étais pas d'humeur à lui montrer des cicatrices, mais il a dit que ce n'était pas grave, qu'il me croyait sur parole. « Pour le moment », il a ajouté.

Ensuite on est passés aux choses sérieuses. Vu ce qu'il m'avait déjà raconté, je lui ai demandé ce qu'il voulait. Je veux entendre votre histoire, il a répondu. Ensuite, je vous raconterai la mienne.

Une fois la peinture d'origine poncée, Dowd lava la voiture à l'eau savonneuse, la sécha et la rinça à nouveau avec une solution d'essence minérale. Il recouvrit ensuite de ruban adhésif les parties qu'il voulait protéger — vitres, pare-chocs, moulures. De temps en temps, quand Dowd se taisait et ne se servait pas d'appareils électriques, Cassie entendait le vent secouer les recoins et creux du garage. L'hiver approchait. Elle n'était pas sûre de savoir à quoi il ressemblait, dans la région… sans doute pas à celui de Buffalo, où la neige paralysait parfois plusieurs jours la ville.

Dowd prit sa pause-déjeuner aussitôt la voiture prête à être repeinte. Le repas fut identique à celui de la veille : sandwichs achetés dans une supérette. Cassie observa Dowd qui en enfournait un au jambon et les miettes qui s'accumulaient sur sa moustache. Il s'aperçut qu'elle le regardait et lui adressa un sourire pas tout à fait amical. *Werner Beck lui fait confiance*, se rappela Cassie. Mais que savait-elle au juste du père de Leo ?

« Assez mangé ? » demanda Dowd, les yeux toujours fixés sur Cassie.

Elle hocha la tête.

« Vous alliez nous dire ce que vous avez raconté à mon père, rappela Leo.

— Ouais. » Dowd s'essuya la bouche avec sa manche. « Faut croire. »

Comme j'en avais marre du Texas et que je voulais voyager, je me suis retrouvé sur la Route transaméricaine… y en avait des parties toutes neuves, à l'époque, tous ces tunnels et ces ponts pour traverser le bouchon de Darién… je descendais étape par étape vers le sud depuis la région du Canal en faisant des petits boulots, surtout en menuiserie et en électricité, comme j'ai dit. Ou ce qui me tombait sous la main. Je couchais parfois à la dure, mais j'étais jeune, ça ne me gênait pas du moment que je pouvais partir quand j'en avais envie. J'allais juste vers le sud, comme une espèce d'oiseau migrateur.

J'étais à Antofagasta, c'est au Chili, quand j'ai fait la connaissance d'une entreprise néerlandaise qui travaillait dans le désert d'Atacama. Elle construisait et gérait un dépôt logistique pour une mine de cuivre, soi-disant. Elle employait surtout des gens du coin, mais elle s'était arrangée avec les syndicats pour pouvoir engager quelques étrangers, une poignée d'immigrés équatoriens et colombiens et un Américain, moi… Ça plaisait au chef d'équipe que j'aie un diplôme d'électricien américain, qui est plus ou moins ce qui se fait de mieux. Ils nous ont donc envoyés en bus à travers la cordillère de la Costa pour remonter ensuite vers l'Atacama, puis on a pris une de ces vieilles routes qui menaient autrefois aux mines de nitrate jusqu'à un endroit plat où aboutissait un petit bout du ferrocarril… le vrai désert d'altitude, sec comme du verre et avec si peu d'air qu'on voyait la lune pendant la journée.

Au bout de deux mois, on avait quatre bâtiments climatisés en service. Ça ressemblait plus à des entrepôts qu'à autre chose. Et tout était assez mystérieux. Il n'y avait pas de mines de cuivre en vue, pour ce que je pouvais en dire. Le chef d'équipe, un Hollandais, parlait espagnol et un peu allemand, mais il aimait travailler son anglais en discutant avec moi en dehors des heures de boulot, si bien que je lui ai posé la question un jour. Avec un peu de gin derrière la cravate, il était plutôt sympa. Sauf qu'il n'avait pas grand-chose à dire. On lui avait raconté que le site servait d'entrepôt pour des fournitures arrivant par route ou par rail pour la mine… qui était loin à l'est. Et non, il m'a dit, on ne la voyait pas de là, mais la nuit on voyait des fois une lumière, comme un projecteur ou, comment vous appelez ça, un de ces trucs que les cinémas allument, tu vois ce que je veux dire ? Une colonne lumineuse qui monte au-dessus du désert. Quel genre de mine se sert de ce genre de choses ? je lui ai demandé. Mais il n'en savait rien. Ce n'était pas à lui de le savoir.

Nous, je veux dire les travailleurs, on dormait dans des abris provisoires, des dortoirs en contreplaqué avec un toit en toile et le vent comme aération. Certaines nuits, quand je n'arrivais pas à dormir, je sortais essayer de voir la lumière dont m'avait parlé le chef d'équipe. Je l'ai vue une fois, une colonne lumineuse qui montait sur l'horizon, presque invisible. Elle montait tout droit. Ça a duré à peu près trois minutes. Pas vraiment impressionnante, mais elle n'avait rien à faire là.

Bref, je suis resté une fois le chantier terminé. La boîte néerlandaise avait été engagée pour gérer le dépôt qu'elle venait de construire et il lui fallait du monde pour le transport et la sécurité. Comme je n'avais rien de mieux à faire… en plus, aussi bizarre que ça paraisse, je me plaisais bien, dans ce désert. Du moins au début. J'avais l'impression que le temps passait moins vite. Les grandes villes n'arrêtent pas de vous faire courir, si vous voyez ce que je veux dire. Tandis que, dans le désert, une heure s'écoule sans que rien ne bouge, à part peut-être quelques grains de sable que le vent emporte sur les salares. *Les bassins salifères.*

Je suis devenu copain avec un type qui s'appelait Bastián, un cariste du sud du pays qui parlait anglais et affirmait avoir une grand-mère qui parlait quechua, ce qui signifiait que dalle pour moi. Un petit gars maigre, mais costaud pour sa taille. Brun. Il avait le sens de l'humour, ça me plaisait. Quand je lui ai parlé de la lumière sur l'horizon, il a souri jusqu'aux oreilles : merde, Eugene, c'est l'alicanto, qu'il a dit.

On était à l'ombre derrière les entrepôts, en train de partager une clope à un endroit où le chef d'équipe ne nous verrait pas. Et c'est quoi, un alicanto ? j'ai demandé.

Un oiseau, qu'il a dit. Il a des ailes métalliques, il vit dans les grottes et il mange de l'or et de l'argent. La nuit, ses ailes s'illuminent de toutes les couleurs.

C'est des conneries, j'ai dit.

Ouais, bien sûr, il a répondu. Ou plutôt, un mythe. Une légende. L'alicanto porte chance aux mineurs. Quand on le suit, on trouve de l'or et de l'argent. Mais il ne faut pas qu'il te voie, sinon il ne te conduit nulle part. Il te laisse mourir dans le désert.

Je ne suis pas mineur, j'ai dit. Et je ne crois pas à cette connerie d'alicanto.

Pas de problème. Moi, je ne crois pas à ta lumière.

Je lui ai donc promis que la prochaine fois que je la verrai, je le réveillerai pour la lui montrer.

Mais on s'est mis à avoir pas mal de boulot, peu de temps après. De grosses expéditions. Ça se passait comme ça : les marchandises arrivaient en camion du terminal ferroviaire. Il y avait de la nourriture, mais c'était surtout du matériel. De l'électronique, genre circuits intégrés, transformateurs, générateurs de micro-ondes. Et des gros trucs. Des machines à travailler le métal. Des pièces détachées en aluminium. Des tubes et des tuyaux. Des caisses remplies de carbure de silicium en poudre, d'après le manifeste. De l'hydrogène sous pression. Des miroirs, d'énormes miroirs. Du graphite. C'était quoi ce bordel ? Je ne suis pas spécialiste, mais depuis quand une mine de cuivre a besoin de miroirs et de graphite ?

Et puis c'était un peu bizarre : les cargaisons arrivaient du ferrocarril et les caisses restaient deux ou trois jours dans notre dépôt, puis tout un escadron de camions arrivait de l'est et on chargeait les caisses dedans. Ça ne rimait à rien. Pourquoi ne pas les livrer directement à la mine ? En plus, les conducteurs de ces camions, des mineurs de cuivre, soi-disant, ne nous parlaient jamais. Ils hochaient la tête si on leur disait bonjour, mais ils ne s'intéressaient qu'à leurs manifestes. Très peu sociables. Ils ne sortaient même jamais fumer derrière… aucun d'eux ne fumait. Des types en chemise blanche et en jean, aussi propres sur eux que ces connards de mormons. Les yeux toujours fixés sur leur planchette à pince.

J'ai fini par me dire qu'on était là pour servir de cordon sanitaire à leur opération. Vous voyez ce que je veux dire ? Pour que personne de l'extérieur n'arrive à voir la mine un jour. Ce qu'ils y faisaient restait toujours hors de vue, derrière l'horizon. Personne d'autre que nous n'était autorisé à se trouver aussi près… et nous, on ne voyait rien d'autre que ces types dans leurs camions banalisés.

Ça m'a rendu curieux.

Bastián, moins. C'était juste un boulot, pour lui, il se foutait complètement du fonctionnement de la mine. Du moins jusqu'à ce qu'une nuit, une de ces nuits sans le moindre souffle de vent, je me réveille, il devait être trois ou quatre heures du matin, et comme je n'arrivais plus à dormir, je suis sorti du dortoir respirer un peu, il faisait froid comme toujours la nuit dans l'Atacama, même en été, et la lumière brillait à nouveau, on aurait dit une chandelle sur l'horizon. Je suis donc allé réveiller Bastián. Là, je lui ai dit. Tu vois ? Le voilà, ton foutu alicanto.

Je ne sais pas ce que c'est que ce truc, a dit Bastián, et il ne plaisantait pas, pour une fois. Peut-être qu'ils font fonctionner une espèce de haut-fourneau. Mais il savait bien que non.

Je voyais que ça l'intriguait. On en a parlé de temps en temps les deux semaines qui ont suivi. Mais on était très occupés. Il y avait beaucoup d'arrivages pour la mine. Autre truc bizarre : rien ne revenait jamais dans l'autre sens. Pas de cuivre, pas de minerai, rien de brut ni de raffiné. Un jour, j'ai demandé à un des camionneurs en chemise blanche comment ça marchait. Ils avaient creusé un puits sec ou je ne sais quoi ? Il m'a regardé comme si j'étais un insecte qui s'était glissé dans sa botte pendant la nuit. Non, on n'a pas encore fini la mise en service, qu'il a dit. Tout en regardant ma chemise à l'endroit où il y avait mon nom brodé. Et en notant un truc sur son papier.

Le lendemain, le chef d'équipe m'a pris à part pour me sermonner, occupe-toi de tes oignons, fais ton boulot et laisse les chauffeurs faire le leur, bla bla bla. Si tu veux garder ton boulot, tu ferais mieux de la fermer et de cesser d'enfiler des perles. Ça ne m'a pas vraiment gêné, vu que j'en étais arrivé à un point où j'avais mis suffisamment de ma paye de côté pour continuer ma route. Et personne ne m'en voudrait, apparemment.

Il n'y aurait peut-être rien d'autre à raconter si Bastián n'était pas allé à Antofagasta passer une de ces fêtes chiliennes, j'ai oublié laquelle, celle de la Vierge, de Pierre et Paul ou de Je-ne-sais-qui, avec ses copains du port où il travaillait avant. Il en est revenu avec deux bouteilles de pisco. On n'avait pas le droit de boire au camp, mais il a soudoyé un garde. Si bien qu'un vendredi soir on s'est installés pour partager une bouteille à un endroit derrière les entrepôts où personne ne nous verrait. On s'est biturés tranquillement en se plaignant du boulot. Et puis la lumière est revenue, plus brillante, cette fois. Comme un câble tendu entre le désert et les étoiles. Et on a eu je ne sais comment l'idée stupide de prendre une des Toyota du parc automobile pour partir vers l'est, au moins un peu, juste pour voir si on pouvait se faire une idée de ce qui se passait.

Vous savez ce qu'on dit de la curiosité, hein ? C'est un putain de vilain défaut.

Eugene Dowd interrompit son monologue pour se mettre à repeindre la Ford au pistolet. Le bruit du compresseur et la puanteur de la peinture chassèrent Cassie à l'extérieur. Thomas était captivé par ce que Dowd faisait sur la voiture et Cassie accepta de le laisser regarder du moment qu'il restait derrière la porte en verre du bureau à l'étage… Un ventilateur serti dans le mur du garage évacuait la majeure partie du nuage d'uréthane, mais Cassie ne voulait pas qu'il en respire du tout. Beth se porta volontaire pour rester avec lui là où elle pouvait regarder Dowd, elle aussi. Cassie avait remarqué qu'elle ne cessait de le regarder depuis leur arrivée et que Dowd lui avait retourné, avec intérêt, chacun de ses fréquents coups d'œil.

Dehors, le ciel était dégagé et la température plutôt douce pour décembre. Cassie passa devant le bruyant carillon éolien de Dowd en contournant le garage jusqu'à un lopin de terre battue, à l'abri du vent, où on avait installé deux antiques chaises de jardin. Elle eut la surprise de trouver Leo en train de lire sur l'une d'elles.

De lire un livre. *Le Pêcheur et l'Araignée*, celui écrit par l'oncle de Cassie. Elle regarda avec incrédulité la couverture jaune abîmée. « C'est le *mien*, Leo… où tu l'as pris ? »

Il tressaillit, leva les yeux. « Salut, Cassie.

— Le bouquin, rappela-t-elle d'un ton ferme.

— Oh. Désolé. Ouais, c'est le tien. Je l'ai attrapé en quittant la chambre d'hôtel à Jordan Landing. »

Cassie pensait l'ouvrage perdu. Elle ne savait pas si elle devait être reconnaissante à Leo de l'avoir sauvé ou furieuse qu'il n'ait pas pris la peine de le lui rendre.

Il ajouta, un peu penaud : « Je ne pensais pas que ça te gênerait… »

Elle se posa sur la fragile assise en toile de la seconde chaise. Elle s'imagina passer à travers, rester le cul coincé entre les montants en aluminium. Voilà qui serait charmant. « Non. Je veux dire, je ne crois pas que ça me gêne. Mais je tiens à le récupérer. Tu le lis vraiment ? »

Il haussa un sourcil. « Oui, c'est bien moi et je suis en train de le lire. Ça t'étonne ?

— Je ne sais pas trop. C'est juste que je ne t'aurais jamais imaginé…

— Du genre à lire des livres ? »

Franchement, non, même si elle était moins surprise qu'elle l'aurait été par le passé. Le doigt de Leo indiquait à quel endroit il avait interrompu sa lecture. Il en était plus ou moins à la moitié. « Et alors, qu'est-ce que t'en penses ?

— C'est le bouquin de ton oncle, pas vrai ?

— Oui.

— Sur les insectes.

— Il les a étudiés.

— Mais en fait, ça parle de l'hypercolonie. »

Elle fut contente qu'il l'ait compris. « En quelque sorte, ouais. »

Il leva la tête vers le ciel. « Je pensais à la manière dont on nous racontait ça à l'école. La grande découverte. Marconi faisant rebondir des signaux depuis Terre-Neuve jusqu'en France. La *couche radio-propagatrice.* »

Cassie hocha la tête.

« Mais c'est vivant. Et c'est de ça que ton oncle parle là-dedans, entre les lignes, du moins. L'hypercolonie est une espèce de ruche. »

C'était une idée qui avait longtemps causé des difficultés à Cassie. Elle pouvait comprendre que l'hypercolonie était un nuage diffus composé de minuscules cellules qui entourait la Terre, chacune fonctionnant comme un neurone dans une espèce de cerveau. Un énorme cerveau bizarre autour de la Terre. Ça, d'accord, ça allait. Il interceptait les signaux radio de l'humanité, les analysait et les modifiait très légèrement avant de les renvoyer, et les gens trouvaient ça utile.

Tout cela était banal pour la Society. Et puisque l'hypercolonie était une espèce de cerveau, Cassie comprenait qu'elle pourrait être intelligente. Il *fallait* qu'elle le soit, vu ce qu'elle faisait. Certains des premiers théoriciens de la Society avaient même essayé d'entrer en contact avec elle : par l'intermédiaire de signaux diffusés sur des fréquences inutilisées, ils avaient expédié des formules mathématiques simples ou même des questions en anglais élémentaire en espérant recevoir une réponse. Ils n'en avaient reçu aucune.

Grâce aux mathématiciens et aux cybernéticiens de la Society, et en large partie à son oncle, on avait fini par comprendre que l'hypercolonie fonctionnait sans la moindre volonté consciente. Elle ne savait rien ni sur elle-même ni sur son environnement, tout comme une carotte ne comprend ni le concept d'agriculture biologique ni la couleur orange. Elle ne faisait que vivre et croître, exploitant sans réfléchir les ressources à sa disposition : vide, roche, lumière du soleil, autres êtres vivants. Ses pouvoirs approchaient à certains égards ceux d'un dieu, mais d'un dieu insecte : sans esprit et potentiellement mortel. L'oncle de Cassie s'en était aperçu, et même s'il ne pouvait parler nommément de l'hypercolonie dans son livre, Leo avait raison : c'était entre les lignes, page après page.

Il la regarda d'un air maussade : « On pourrait trouver difficile de détester quelque chose d'impossible à voir et à toucher. Mais non. Je déteste *vraiment* cette saloperie. Je la déteste autant que mon père. Vu ce qu'on sait, la seule chose honorable à faire d'après lui était de déclarer la guerre.

— C'est ce qu'on a fait, non, d'une certaine manière ?

— Plus que *d'une certaine manière*. L'homme sur lequel j'ai tiré… c'était une victime de guerre. Comme tous les morts de 2007 et tous ceux du mois dernier. »

Bien entendu, Leo ne pouvait toujours pas s'empêcher de penser à l'homme qu'il avait abattu. Cassie non plus. Elle se disait que l'acte était pardonnable même si une telle défense ne tiendrait jamais dans un tribunal. Elle acceptait sa part de responsabilité et savait qu'à la place de Leo elle n'aurait peut-être pas agi différemment. Le souvenir restait malgré tout trop pénible. Le sang, leur tentative de se débarrasser furtivement du corps. Et en fin de compte, même si la responsabilité était partagée, c'était Leo qui avait tiré.

Il regarda le livre qu'il tenait à la main, le tendit à Cassie. Elle secoua la tête. « Finis-le, si tu veux.

— Tu as déjà rencontré ton oncle ?

— Plusieurs fois. Avant 2007. Mais je ne me souviens pas bien de lui. L'oncle Ethan et tante Riss venaient parfois nous voir, à l'époque où je vivais avec mes parents. C'était juste un type discret qui souriait beaucoup et ne disait pas grand-chose. » Et puisque Leo en avait parlé le premier, elle se permit d'aborder un point délicat. « Mon oncle était plutôt proche de ton père. D'après tante Riss, Werner Beck était plus ou moins le chef de la Correspondence Society.

— Je parie qu'elle n'a pas dit *que* ça.

— Eh bien…

— T'inquiète, Cassie. Je sais que mon père a des ennemis.

— Je ne suis pas sûre qu'on puisse parler d'*ennemi*. Elle le disait brillant. » C'était vrai, mais elle l'avait aussi qualifié d'*arrogant* et de *narcissique*.

« Il n'a pas peur de dire aux gens ce qu'il faut qu'ils sachent, même s'ils ne veulent rien entendre.

— Il t'a écrit, pas vrai ?

— Une fois par mois. De longues lettres. Ma véritable éducation, comme il disait.

— Comment ça se fait que vous ne viviez pas ensemble ?

— Après 2007, il s'est dit que je ne serais jamais en sécurité avec lui. Il m'a envoyé habiter chez un de ses cousins à Cincinnati, un couple marié, sans enfants, qui ne savait rien de la Society. Il les payait généreusement pour prendre soin de moi. Ils m'ont installé dans une chambre d'amis et inscrit à l'école. Des gens très bien, mais qui ne voulaient pas vraiment de moi… et moi, je ne voulais pas vraiment vivre chez eux. Si bien que dès que j'ai été majeur, je suis parti en bus à Buffalo prendre un boulot de plongeur. Je savais que je trouverais des survivants qui pourraient m'aider, à Buffalo. Mon père m'a parlé de ta tante et des gens avec qui elle était en relation, il m'a dit comment les contacter. Il n'approuvait pas vraiment, mais je pense qu'il comprenait.

— Mais on n'était pas ce que tu espérais ?

— Eh bien… Tu sais ce que mon père disait de la Society ? Que c'était un club au lieu d'être une armée. »

Il n'avait pas forcément tort. « Ça a changé en 2007, répondit Cassie.

— Non, pas en mieux. Les meurtres cherchaient manifestement à pousser la Society à se cacher, et ils y sont arrivés. On s'est aplatis comme des chiens. Pour citer mon père. Et c'est ce que j'ai trouvé à Buffalo, une bande de chiens battus… » Il lui jeta un coup d'œil qui paraissait à la fois penaud et provocateur. « En tout cas, c'est l'impression que ça donnait. Ne fais rien d'imprudent. Chuchote. Porte le deuil, mais ne te mets pas en colère.

— Certains d'entre nous se sont mis en colère, Leo. Même si ça ne se voyait pas. Certains d'entre nous ont toujours été en colère.

— Ouais, sans doute. » Il remua les jambes, ce qui fit craquer la vieille chaise. Rien d'autre ne troublait le silence, à part le carillon éolien malmené par le vent. « Bref, qu'est-ce que je pourrais dire ? Mon père a survécu à 2007. Je n'étais pas orphelin. Je pouvais difficilement me plaindre à quelqu'un comme…

— Comme moi ?

— À quelqu'un qui a vu ce que tu as vu. »

Oui, c'est vrai, se dit Cassie. Elle avait eu un aperçu indélébile des corps sans vie et ensanglantés de ses parents avant que tante Riss lui couvre les yeux et l'éloigne. On ne pouvait pas *voir* ce genre de choses. Mais qu'est-ce que cela vous valait ? Rien que des cauchemars et de la culpabilité. Une tristesse tenace à laquelle elle n'arrivait jamais à échapper vraiment.

Mais aussi de la colère. *On n'a jamais manqué de colère.* « Bon, on est dans le même bateau, maintenant.

— On est orphelins, tu veux dire ? jeta vivement Leo.

— Non, je…

— Je ne suis pas sûr qu'il soit mort. Mais de toute manière, s'il m'a envoyé ici, c'est qu'il voulait que je finisse ce qu'il a commencé.

— Tu crois vraiment qu'Eugene Dowd peut nous y aider ?

— Dowd semble penser qu'on est là pour l'aider, *lui*. Mais mon père lui faisait confiance.

— Confiance pour faire quoi ?

— J'imagine qu'on le découvrira quand il finira de nous raconter son histoire. »

16

Sur la route

Quelque part dans l'Ohio, alors qu'ils passaient à l'ouest de Columbus, les événements des jours précédents prirent un poids insupportable pour Nerissa. Le souffle soudain court, elle demanda à Ethan d'arrêter la voiture. Il n'avait pas fini de freiner qu'elle sortit pour tomber à genoux à côté d'un fossé de drainage rempli de mauvaises herbes. Un cercle lui serrait la poitrine comme un tonneau. La tête lui pesait. Le soleil brillait avec brutalité, les camions passaient avec un grand bruit cruel. Les mains dans l'herbe jaune, elle se pencha en avant pour vomir les restes de son petit déjeuner.

Une fois le spasme passé, elle ferma les yeux et respira à petites gorgées l'air froid de décembre. Sous ses paupières se forma une immense obscurité bizarrement réconfortante. Elle ne bougea plus avant de sentir la main d'Ethan sur son épaule. « Riss ? Ça va ? »

Non, manifestement. Mais au sens où il l'entendait… eh bien, elle se remettait. « Aide-moi à me relever, Ethan, tu veux bien ? »

Elle s'appuya sur lui jusqu'à ce que son vertige disparaisse. Ils retournèrent alors à la voiture, où elle se rinça la bouche à la bouteille avant de recracher l'eau sur le bas-côté.

L'absence de signe avant-coureur était étrange. Ce qu'elle ressentait n'avait rien à voir avec le souvenir de la mort affreuse du sim. Ni même avec l'atroce conclusion qu'elle avait tirée de sa discussion avec Mme Bayliss : un organisme extraterrestre pouvait prendre place dans le ventre d'une femme. Elle était uniquement sortie à la hâte et les genoux flageolants de la voiture parce qu'elle avait pensé à sa nièce et à son neveu, Cassie et Thomas, sans amis, vulnérables et la croyant morte.

Si cette pensée n'avait rien de vraiment *nouveau*, Nerissa l'avait gardée à distance prudente dans la frénésie des jours précédents. Mais le temps qui passait, ou bien ce voyage dans une confortable voiture réchauffée par le soleil, lui avait fait baisser sa garde.

Elle s'autorisa une nouvelle gorgée d'eau tandis qu'Ethan se réintroduisait dans la circulation. Deux dix-huit-roues passèrent à toute vitesse, seigneurs de l'autoroute en cet après-midi froid d'un jour de semaine. Elle se mit à penser aux auditions de 2007, juste après le massacre. Une commission d'assistants de la Protection sociale des services de santé avait évalué l'aptitude de Nerissa à s'occuper de son neveu et de sa nièce devenus orphelins. Nerissa avait attesté vouloir leur fournir un nouveau foyer, promis de leur laisser recevoir toute la thérapie et tout l'accompagnement dont ils pourraient avoir besoin. Déclaration et promesse faites avec sincérité, sans la moindre réserve, même si elle n'était absolument pas certaine de ce que ces assistants appelaient son « potentiel parental ». Le tribunal avait fini par exprimer, dans la capacité de Nerissa à élever deux gamins, davantage de confiance qu'elle n'en ressentait elle-même.

Elle avait toujours admiré le dévouement de sa sœur

à ses enfants, il lui avait même parfois fait envie, mais elle n'avait jamais envisagé pour autant de devenir mère, sinon comme une chose qu'on imagine vaguement faire un jour ou l'autre. Sa carrière et ses ennuis avec Ethan avaient rendu la question caduque. Puis, tout soudain, elle se retrouva responsable de deux enfants traumatisés. Elle avait pris un congé sans solde à l'université après les meurtres et savait qu'y retourner la transformerait en cible de choix pour les tueurs, s'ils revenaient. Une nouvelle ville, la responsabilité de Cassie et de Thomas, la menace impénétrable qui pesait sur eux tous, sans parler de son propre fardeau de souvenirs traumatisants… il lui était arrivé de se réveiller en sueur la nuit, certaine qu'elle ne pouvait *rien* gérer de tout cela : sa nièce et son neveu la mépriseraient, elle sombrerait dans la misère, tous trois seraient massacrés dans leur sommeil.

Mais cela ne s'était pas déroulé ainsi. Cassie et Thomas avaient peu à peu réussi à s'adapter. Des mois durant, Cassie s'était bouché les oreilles à la moindre mention de ses parents ; elle avait été collante, rechignant même à aller seule à l'école. Mais elle avait petit à petit repris confiance en elle. Nerissa aussi. C'était comme si elles avaient appris un tour de magie silencieux : comment puiser de la force l'une dans l'autre en étant ensuite plus fortes l'une et l'autre. Thomas, bien que plus jeune, s'était remis encore plus rapidement. Il y avait bien sûr eu des moments difficiles, des crises de larmes ou de colère subites et injustifiées, des exigences d'être ramené dans sa *vraie* maison et à sa *vraie* mère… mais Thomas s'était laissé consoler dans les bras de sa sœur, puis, plus tard, dans ceux de Nerissa. Elle se souvint de la première fois qu'il s'était précipité en pleurs dans son giron. La chaleur et le poids surprenants du petit garçon contre elle, l'humidité laissée sur son épaule par les larmes qu'il versait.

Les protéger était devenu la base de son existence. Il ne lui restait plus que cela après qu'on lui avait tant pris. Et c'était un travail pour lequel, s'aperçut-elle avec surprise, elle possédait un certain talent.

Mais elle avait échoué, en fin de compte. Elle s'était absentée de chez elle la nuit du retour des sims. Et pour des raisons purement égoïstes. Une soirée au théâtre avec John Vance, le père de Beth, un des célibataires de la Society, veuf depuis 2007. Ils avaient assisté à une représentation de *La Nuit des rois* au Performing Arts Center. Puis bu quelques verres chez John. Puis étaient passés au lit, sûre quant à elle que Cassie pouvait veiller sur Thomas, qu'il était bon pour celle-ci de se sentir maîtresse des lieux de temps en temps, de commencer à assumer des responsabilités d'adulte… entre autres justifications égoïstes.

Tu as laissé ta vigilance se relâcher, se reprocha Nerissa. Elle s'était sentie suffisamment en sécurité pour laisser remonter un peu d'amertume refoulée… amertume de ne pouvoir refuser d'honorer des obligations dont elle n'avait jamais voulu, d'avoir été reléguée à un rôle secondaire dans la vie de ces enfants au lieu de jouer le premier dans la sienne. Elle avait choisi de tromper sa solitude en compagnie d'un homme pour qui elle ne ressentait qu'une affection passagère. Résultat : Cassie et Thomas avaient disparu. Ils n'étaient pas morts (*oh mon Dieu, je vous en prie, non*), mais elle ne savait où avec le fils arrogant de Werner Beck et la fille maussade de John Vance… en route, selon toute probabilité, vers un des refuges mis en place par Werner Beck. À supposer que Beck lui-même ne se soit pas fait tuer. Les sims s'étaient montrés plus stricts dans leur sélection, cette fois-ci, mais Beck ne pouvait que figurer parmi leurs cibles prioritaires. Parce qu'il était, comme l'avait toujours dit Ethan, le cœur de la Society. Son principal ressort, sa force motrice. Son membre le plus enthousiaste et le plus dangereux.

Le ruban de l'autoroute quitta l'Ohio pour l'Indiana. Au crépuscule, le ciel s'était dégagé et la température avait baissé. Dans les environs d'Indianapolis, ils passèrent devant une radio locale dont l'antenne de transmission, braquée telle une fleur métallique sur le méridien, murmurait à la radiosphère ce qu'elle-même murmurerait en retour aux comtés et faubourgs voisins… voire au monde entier, avec un signal d'une puissance suffisante.

Ethan se brancha à temps dessus pour capter un bulletin d'informations. Le monde se dirigeait vers un Noël tendu et peu commun. En Afrique du Nord, les forces du général Othmani avaient cerné et anéanti une brigade de soldats de la paix envoyée par la Société des Nations. En Europe, une conférence sur la crise des Balkans n'avait pu aboutir à un accord. Et on signalait des échanges de tirs d'artillerie entre la Communauté de Russie et l'Alliance panasiatique qui se disputaient un port pétrolier sur la mer d'Okhostk.

Aucune de ces crises mineures n'était inhabituelle en soi, mais elles formaient un ensemble de mauvais augure. « Je me demande parfois si cette paix qu'ils nous ont donnée ne commence pas à se désagréger, dit Ethan.

— Ils nous l'ont imposée, plutôt que donnée. Et je ne suis pas sûre qu'on devrait parler de paix. »

Pax formicae, pensa-t-elle. La paix de la fourmilière.

« Si Bayliss ne nous a pas débité que des mensonges… si l'hypercolonie est contaminée et en guerre contre elle-même… ça va forcément influencer sa manière de gérer le monde.

— Ou bien tout sera réglé avant le Nouvel An. » Nerissa haussa les épaules. « Impossible de le savoir. »

Il y eut ensuite les nouvelles régionales et locales. Le corps législatif de l'Indiana avait voté une rallonge budgétaire. La Farm Alliance menaçait de boycotter la Bourse aux grains du Midwest si les prix ne se stabilisaient pas. La police d'État participait à la recherche de quatre jeunes gens impliqués dans une affaire d'agression mortelle. Le temps serait dégagé et la température conforme aux normales saisonnières pendant quelques jours.

« Si on conduit toute la nuit, dit Ethan en coupant la radio, je crois qu'on peut arriver chez Werner au matin. »

Elle avait rencontré pour la première fois Werner Beck à une réunion de la Correspondence Society à Boston avant les massacres de 2007. Bien que brève, cette rencontre avait donné à Nerissa une mauvaise image de la Society et contribué à la dégradation de ses rapports avec Ethan.

Conformément à ses principes paranoïaques, la CS se composait en réalité de deux organisations. La plupart de ses membres étaient des universitaires ou des scientifiques qui se servaient du fichier d'adresses pour diffuser des idées mal considérées voire fantaisistes liées à leurs recherches. Pour ceux-là, la Society n'était rien de plus qu'un équivalent universitaire des francs-maçons ou des shriners : un club théoriquement secret, utile pour contacter d'autres professionnels. Ils n'étaient pas tenus de croire sérieusement que la radiosphère était un être vivant.

Ceux qui prenaient cette idée au sérieux appartenaient plus probablement au cercle restreint, soit moins de 500 membres, employés partout dans le monde par des universités ou des centres de recherche, et mis en présence dans le cadre de leurs activités professionnelles de preuves qu'ils ne pouvaient ni publier sans danger, ni ignorer en toute honnêteté. Ethan, par exemple, était resté un de ces universitaires du cercle extérieur jusqu'à ce qu'il travaille sur les carottes de glace antarctique. Il avait communiqué une partie de ses résultats à Werner Beck, qui l'avait incité à isoler la poussière chondritique découverte dans ses échantillons. C'était Werner Beck qui l'avait recruté dans le cercle restreint.

Ce dernier n'organisait pas de conférences au sens conventionnel du terme, mais se réunissait officieusement toutes les quelques années à un endroit ou à un autre de la planète. Cette année-là, Beck avait réservé des chambres dans un motel de Framingham, près de Boston. Il n'était pas nécessaire de louer des salles de réunion : les huit membres de la Society qui participeraient à cette réunion (quatre hommes venant des États-Unis, un du Danemark et deux de Chine, ainsi qu'une femme arrivée de France) tiendraient aisément dans la même chambre d'hôtel. Chaque délégué devait faire un exposé trop sensible pour le cercle extérieur. Ethan parlerait de son travail avec les carottes de glace, Beck des cultures qu'il avait réussi à produire à partir des extractions d'Ethan.

Celui-ci avait présenté Nerissa à Beck dans le café-restaurant du motel. Elle s'était attendue à une espèce de grand homme. Ce qu'il était peut-être, mais seulement au figuré : il ne dépassait pas en taille le mètre soixante-huit de Nerissa. Il avait les cheveux bruns et se dégarnissait. Il portait la barbe : cinq millimètres de poils uniformes et taillés avec un soin qui évoquait l'art topiaire. Vêtu avec décontraction d'un jean impeccable et d'une chemise blanche au col ouvert, il semblait, contrairement à la plupart des autres participants, fréquenter les salles de sport : il avait des épaules larges et des biceps épais.

On remarquait surtout son regard, qui n'avait rien de nerveux ni d'indécis. Il le plongea dans les yeux de Nerissa avec une franchise qui la mit un peu mal à l'aise. Puis sourit. « Vous devez être madame Iverson. »

Comme à son habitude, Ethan avait oublié de la présenter. « Nerissa, dit-elle. Salut.

— Werner Beck. » Il lui serra vivement la main quelques instants avant de se tourner vers Ethan. « À notre dernière rencontre, tu étais célibataire. Tu t'es bien débrouillé.

— Merci », répondit Ethan… avec un tout petit peu trop d'obséquiosité, trouva Nerissa.

« Il est assez inhabituel d'emmener un conjoint à une de nos réunions.

— On est tous les deux plus ou moins en congé sabbatique. Du moins, en vacances. On part à Hawaï après le week-end. Deux semaines à Turtle Bay.

— Charmant. Bref, bienvenue, Ethan. On a beaucoup de choses à se dire. Madame Iverson, j'espère que vous ne vous sentez pas délaissée. Mais Boston est une grande ville : je ne doute pas que vous trouverez à vous occuper. »

C'était une manière, peu courtoise, de la congédier. Nerissa ravala une réponse condescendante. Elle avait espéré qu'Ethan prenne sa défense, mais il n'eut d'autre réaction qu'un rire nerveux. « Riss connaît plutôt bien la région : elle a vécu à Boston la plus grande partie de sa vie.

— Je n'en doute pas. Bref, notre première présentation est à treize heures : Wickramasinghe nous fera un exposé sur des inclusions organiques dans les fragments de météorites. Une excellente introduction à *ton* travail. » Les yeux de Beck se posèrent à nouveau sur Nerissa. « Enchanté d'avoir fait votre connaissance, madame Iverson, j'espère vous revoir bientôt.

— Eh bien ? » demanda Ethan quand Beck se fut éloigné de leur table.

Elle haussa les épaules. « Il prend soin de sa personne.

— C'est l'impression qu'il te laisse ? Qu'il prend soin de lui ?

— Un peu mielleux. » *Puisque tu insistes.*

« Il essaye juste de faire bonne impression.

— Sur la présence inattendue du conjoint ?

— Tu n'es pas fair-play. »

Peut-être pas. La Society, lui avait dit Ethan, ne stipulait rien de très précis sur la quantité d'informations que ses membres pouvaient partager avec leur famille. Mais chacun comprenait qu'on pouvait nuire à sa carrière en ne tenant pas suffisamment sa langue… c'était pour cette raison que la CS avait été créée, au départ. Et la majeure partie de ce qu'avait appris le cercle restreint aurait semblé bizarre ou même irrationnel en dehors de celui-ci. Nerissa comprit qu'elle devrait prendre garde aux endroits où elle mettait les pieds, peut-être plus particulièrement dans les parages d'un acteur incontournable comme Werner Beck.

Mais elle n'appréciait pas d'être traitée en intruse. Ou pire, en espionne éventuelle. Comme si elle avait quelque chose à *fiche* de ce dont ces gens discutaient dans leurs réunions. Comme si leurs idées lui paraîtraient un jour davantage que des théories dérangeantes et on ne peut plus hypothétiques.

« De toute manière, l'important, ce sont ses idées, dit Ethan. Et c'est un bon chercheur. Depuis la mort de sa femme, il y a quelques années, il n'a plus que son travail. Et il a les moyens de s'y consacrer entièrement.

— Il est veuf ?

— Il élève seul son fils. »

Elle laissa Ethan changer de sujet. Ils parlèrent de ce qu'ils prévoyaient de faire à Oahu. Nerissa imagina une chambre au mobilier en bambou, une brise, le bruit de l'océan au loin. Et s'imagina elle-même sur une terrasse ombragée, un verre à la main (quelque chose avec du gin et un petit parasol dedans), histoire d'étouffer les pensées qui continuaient à lui venir sur les forces qui influençaient les événements de l'humanité.

Le samedi, elle flâna dans les librairies d'occasion du vieux Boston. Elle trouvait les librairies apaisantes, surtout celles spécialisées dans les livres anciens… l'odeur de vieille encre, l'acoustique feutrée. Elle voulait quelque chose d'intelligent mais de pas trop difficile et finit par choisir une deuxième édition abîmée d'un Raymond Chandler, *Fais pas ta rosière !* De retour au motel, elle s'appropria une table près de la vitrine du bar et entama sa lecture. Elle n'avait pas terminé le premier chapitre quand elle sentit quelqu'un approcher. Une femme dans la quarantaine, semblait-il, qui tenait un verre à la main et clignait des yeux derrière des lunettes à l'épaisseur impressionnante. « Vous êtes la femme d'Ethan, pas vrai ? »

Nerissa hocha la tête avec circonspection.

« C'est bien ce que je me disais. Je vous ai vue avec

Ethan et Beck l'autre jour. » Elle avait une petite voix (*comme un oiseau*, se dit Nerissa) et un accent français. « Amélie. Amélie Fournier. Je fais partie de… bon, de vous savez quoi. De la Society. Ça vous dérange si je m'assois à votre table ? Vous préférez peut-être rester seule…

— Non, je vous en prie. Je m'appelle Nerissa. »

Amélie prit place sur une chaise. « Merci. Je sèche la réunion. C'est bien comme ça qu'on dit, sécher ? Je m'aperçois que je n'arrive pas à regarder trop longtemps dans l'abîme.

— L'abîme ?

— Les profondeurs du ciel, je veux dire. Et ce qui y vit. » Amélie plissa le visage, expression qui ne ressemblait pas exactement à un sourire. « Bien entendu, je ne sais pas trop ce qu'Ethan vous a raconté au juste sur tout ça…

— Mon mari et moi n'avons pas de secrets l'un pour l'autre.

— Vraiment ? Voilà qui ne serait pas banal. Mais bien entendu, je ne devrais pas parler de ces choses-là du tout. M. Beck m'en voudrait beaucoup. Mais je me suis rendu compte que je m'en fichais un peu. J'en ai assez de M. Beck. Je préfère la compagnie des gens peu enthousiastes. J'entends par là des gens moins fortement partisans. M. Beck se voit comme un guerrier. À ses yeux, aucun d'entre nous ne fait un soldat satisfaisant. Certains d'entre nous n'ont pas envie d'être soldats du tout, à son plus grand dégoût. Je suis désolée, vous aimeriez qu'on parle d'autre chose ? Je peux être assommante quand je bois. À ce qu'il paraît.

— Pas du tout. C'est rafraîchissant d'avoir un autre point de vue.

— Par opposition à celui de votre mari ?

— Il a pour M. Beck légèrement plus d'estime que vous.

— Oui, je suis en minorité. Je l'admets. Je pense qu'il y a des vérités que M. Beck ignore, malheureusement.

— Lesquelles, par exemple ? »

Amélie hésita. Elle passa une main dans ses cheveux, coupés dans un style que Nerissa n'avait jamais rencontré : on aurait dit des ailes sombres et luisantes. « Chacun des participants à notre réunion représente une discipline donnée. Dans mon cas, l'astronomie. Je suis astronome. Vous avez déjà regardé dans un télescope, Nerissa ?

— Une fois ou deux.

— Les télescopes optiques sont dépassés. De nos jours, on observe le ciel à des longueurs d'ondes invisibles. Ou avec des plaques photographiques. L'œil nu n'est pas fiable, pour l'observation. Mais j'ai été élevée par un passionné d'astronomie. En Normandie, dans l'ouest du pays. Mon père y possédait une grande propriété. Des terres cultivées. Loin des grandes villes. Avec un ciel noir, la nuit. Les étoiles étaient constamment présentes. Elles m'ont fascinée, tout comme elles fascinaient mon père. Il trouvait une certaine noblesse à l'acte de regarder dans un télescope. Nous autres humains sommes de petits animaux sur une planète insignifiante, mais quand nous regardons le ciel… quand nous comprenons que les étoiles sont des soleils lointains… nous commençons à appréhender un univers entier.

« Enfant, ça m'a captivée. Bien entendu, j'ai envisagé la possibilité que d'autres mondes orbitent autour de ces soleils lointains. Peut-être des mondes habités. Des planètes avec des civilisations comme la nôtre, par exemple, mais plus primitives ou plus avancées. Rêveries d'enfant, mais même un scientifique peut avoir ce genre d'idées.

« Une fois adulte, j'ai découvert qu'une carrière dans l'astronomie moderne était plus terre à terre que je m'y attendais. Mon projet de troisième cycle consistait à étudier la couche propagatrice, la radiosphère, à l'aide d'interférométrie haute fréquence. Mon travail a rencontré certaines résistances. J'avais du mal à obtenir de l'aide ou du temps de recherche sur la plus grande parabole. Je vous passe les détails... Une collègue titulaire dans une autre université est tombée sur mon travail et m'a présentée à la Correspondence Society. » Amélie eut un sourire contrit. « J'ai compris beaucoup de choses.

— Vous croyez ce qu'ils vous ont dit ? Vous croyez que la radiosphère est vivante ?

— On m'a fourni les preuves et laissée en tirer mes propres conclusions. Vous n'y croyez pas, vous ?

— Je ne suis pas scientifique. On doit pouvoir dire qu'Ethan m'a convaincue. Que sa *conviction* l'a fait.

— La vie, la vie d'un autre monde, et presque à portée de main. Au début, ce n'était qu'une supposition, mais les preuves sont à présent irréfutables. En partie grâce au travail de votre mari. Les petites graines incrustées dans les prélèvements de glace ancienne. Pensez-y, une espèce de légère neige de vie extraterrestre, très diffuse, qui tombe doucement du ciel et s'accumule au fil des siècles. Et pas morte, mais encore vivante, d'une certaine manière. Nous sommes enfermés dans un *organisme* qui facilite nos communications et nous pousse, en tant qu'espèce, dans une certaine direction. »

Nous gère comme un troupeau, avait dit un jour Ethan, *comme font certaines fourmis avec les pucerons.*

« C'est une vérité merveilleuse, terrifiante et très désagréable à entendre. » Amélie fit en direction du ciel — ou plutôt du plafond — un geste qui manqua expédier son verre sur le sol. « Depuis quelques années, on se console en se disant que la relation entre nous et cette entité est *symbiotique*. Vous connaissez ce mot ? Mutuellement profitable. Elle préserve et accroît la paix dans le monde, et en échange… ah, ce qu'elle prend en échange est matière à débat. Mais M. Beck est plus pessimiste. Il soupçonne cette relation d'être purement parasitaire. Ce que l'hypercolonie veut, elle finira par le prendre. Elle se mêle de nos affaires dans un but purement égoïste. Si elle ne veut pas qu'on se fasse la guerre, c'est pour éviter que nous mettions au point les armes qui pourraient servir à nous défendre.

— Vous pensez que c'est le cas ?

— Je n'en sais rien. Les preuves sont controversées. Mais pensez à ce que ça implique, si M. Beck a raison. Il y a une forme de vie distribuée dans l'espace galactique, et elle dépend pour sa survie de l'exploitation de civilisations comme la nôtre. Qu'est-ce que ça signifie ?

— Je suppose… eh bien, que ça veut dire que les civilisations comme la nôtre sont assez courantes.

— Oui, peut-être. Du moins assez pour avoir joué un rôle dans l'évolution de cette entité. De cette entité *parasite*. Cette entité parasite *qui prospère*. Le parasite est là, tout autour de nous… » Amélie se pencha au point que Nerissa sentit son haleine alcoolisée. « Mais *où sont ses victimes précédentes* ? Où sont ces autres civilisations comme la nôtre ? Pourquoi ne nous ont-elles pas prévenus ? Pourquoi ne sont-elles pas là pour nous aider ?

— Je n'en sais rien. Peut-être que ce n'est pas possible pour elles, peut-être qu'elles s'en fichent…

— Ou peut-être que le prédateur, après avoir dévoré sa victime, n'en laisse qu'un cadavre. »

La climatisation du bar était un peu trop forte. Nerissa frissonna.

Amélie hocha la tête. « Vous comprenez, je crois. Et c'est pour ça que je ne prends plus aucun plaisir à regarder dans un télescope, comme autrefois où il y avait toutes ces merveilleuses possibilités. Maintenant, quand je regarde les étoiles, je pense plutôt *mort*. Tuerie. Nature aux crocs et aux griffes rouges.

— Les crocs et la griffe ensanglantés », corrigea Nerissa. Consciemment ou non, Amélie citait Tennyson. Un passage sur « l'homme », cette abstraction victorienne, *Qui croyait trouver en Dieu l'amour en vérité/ Et en l'amour l'ultime loi de la Création — / Malgré que la Nature, les crocs et la griffe ensanglantés/Par la rapine, protestât à grands cris contre sa croyance —*

— "Les crocs et la griffe ensanglantés." Exactement.

— Et vous reprochez à Beck d'avoir changé votre manière de voir le ciel.

— Ah, non, ce n'est pas *ça* que je lui reproche. » Amélie eut un sourire amer. « Non, je reproche à M. Beck de me faire des avances très grossières quand nous sommes seuls dans sa chambre et de dénigrer ensuite mes travaux parce que je les ai repoussées. Mais il est comme ça. » Elle se leva soudain et sa chaise vacilla. « Je pense que M. Beck se fait tout autant d'illusions que le reste d'entre nous. Il caresse simplement une illusion plus militante. Prenez garde à votre mari, Nerissa. Je veux dire, surveillez-le. Protégez-le. Parce qu'il a l'air terriblement impressionné par les idées de M. Beck. Et je pense que les idées de M. Beck sont franchement dangereuses. »

Nerissa revit Werner Beck ce week-end-là, pendant le dîner collectif à la fin de la conférence. Toute discussion technique était bannie pendant le repas, qui se voulait une soirée de socialisation, même si Nerissa était la seule femme à table : Amélie Fournier avait pris le premier vol pour l'aéroport Louis-Blériot de Paris.

La conversation fut superficielle et souvent embarrassée. Peut-être cela n'avait-il pas été une bonne idée d'interdire le seul sujet de discussion que tous ces gens avaient en commun. Que leur restait-il ? Les livres, le cinéma, la politique, les futilités. Nerissa parla peu et laissa son esprit battre la campagne, mais fut impressionnée par la domination évidente de Beck sur le groupe. Il n'était pas censé y avoir de hiérarchie dans la Correspondence Society et Beck n'y avait aucun statut officiel, mais c'était lui qui demandait les menus, lui qui tranchait les petits différends, lui qui avait organisé le dîner, d'ailleurs.

Et ce fut lui qui le déclara terminé dès qu'on eut débarrassé les assiettes à dessert. Il tendit la main à Nerissa quand elle partit avec Ethan. « J'ai été ravi de vous rencontrer, madame Iverson. » Sa poignée de main était ferme et son sourire irradiait une confiance absolue. Elle parvint à sourire aussi, mais d'une manière qui manquait peut-être de conviction.

Plus tard, dans leur chambre, elle fit part à Ethan des propos d'Amélie sur Beck.

Ethan fronça les sourcils. « Il doit y avoir un malentendu.

— Amélie semblait formelle sur ce qui s'est passé.

— Ce qu'elle a fait sur les échos par micro-ondes manquait plutôt de consistance. Les remarques de Beck durant la discussion n'ont pas été très flatteuses sur le sujet, mais je ne pense pas qu'il ait dit quoi que ce soit d'injuste. C'est son travail à lui qui a fait l'effet d'une bombe, à la conférence. Il a réussi à détecter des mécanismes de signalisation dans les cellules chondritiques qu'il avait en culture.

— Et c'est important ?

— Comme prélever un bout de ciel et l'observer au microscope. Si nous comprenons de quelle manière ces cellules communiquent, on devrait pouvoir surveiller cette communication ou même la perturber. Enfin, si on veut.

— Et sur les avances qu'il lui a faites ?

— Bon, il en a vraiment fait ? Il a peut-être eu une parole déplacée et elle a dramatisé, tu sais, par jalousie professionnelle…

— Elle mentait, tu veux dire ?

— Allons, Riss ! Pas forcément, mais… » Il haussa les épaules d'un geste impatient. « Et il n'y a pas grand mal. Je ne sais même pas pourquoi on en discute. Elle a produit un travail banal qui a reçu l'attention qu'il méritait et elle n'a pas apprécié. Peut-être Beck ne s'est-il pas conduit en parfait gentleman, mais c'est vraiment important ? »

Tiens-en compte, au moins, se dit-elle. Ne rejette pas la possibilité par loyauté envers Beck. Ne lui trouve pas d'excuses uniquement parce que ses recherches sont impressionnantes. Mais elle garda toutes ses pensées pour elle et se contenta de froncer les sourcils en se détournant.

La dispute jeta une ombre sur leurs vacances. Oahu était aussi beau que prévu. Ils randonnèrent dans Mokulēia, passèrent des heures délicieuses à prendre le soleil sur le sable blanc de la plage de l'hôtel. Mais Nerissa avait vu un aspect d'Ethan (et de la Society) qu'elle n'aimait pas et qu'elle n'arrivait pas tout à fait à ignorer. Et même si les étoiles étaient ravissantes sur la North Shore, les paroles d'Amélie la hantaient. *Malgré que la nature, les crocs et la griffe ensanglantés/ Par la rapine, protestât à grands cris contre sa croyance* — Et contre Amélie elle-même, semblait-il. Elle avait été une des premières victimes des assassinats de 2007.

« Riss, réveille-toi. »

Un instant, elle se crut encore à Hawaï. Mais non. Elle s'était endormie dans la voiture. Elle cligna des yeux, vit une aube grise très peu tropicale. Quand elle se redressa, chacune de ses articulations protesta de son côté.

Ethan s'était garé devant un petit pavillon dans une rue poussiéreuse non loin d'un passage à niveau. Elle ouvrit la bouche pour demander où ils étaient, puis s'aperçut qu'elle n'en avait pas besoin. C'était un des nombreux « refuges » de Werner Beck, l'adresse qu'il avait donnée à Ethan dans le courrier récupéré en abandonnant la ferme. *L'activité de la radiosphère semble augmenter*, avait-il écrit, *prends toutes les précautions, tu peux me joindre à cette adresse.*

Et voilà que Werner Beck lui-même sortait du pavillon et descendait les marches de la véranda. Nerissa ne le trouva guère changé depuis leur dernière rencontre, quelques années auparavant. Il se tenait toujours droit comme un militaire, même si ses cheveux et sa barbe grisonnaient. Il portait un ample pantalon kaki et une chemise de flanelle rouge non boutonnée. Et il tenait un fusil de chasse, mais eut un sourire crispé quand Ethan descendit sa vitre.

Faites qu'ils soient là, se dit Nerissa. *Faites qu'ils soient à l'intérieur, Cassie et Thomas, et le fils de Beck, Leo. Qu'ils soient en train de nous regarder par la fenêtre. Qu'ils se précipitent dehors en me voyant.* Elle ouvrit sa portière. Descendit de voiture. Ethan fit de même.

« Vous feriez mieux d'entrer », dit Werner.

Et de la maison rien ne sortit. Il n'y avait qu'une lumière pâle, une véranda déserte, une porte immobile, le silence inoccupé.

17

Garage de Dowd

Grâce au pistolet à peinture d'Eugene Dowd, la voiture blanche volée par Leo était désormais bleu métallisé. Avec ses fenêtres et ses baguettes encore masquées, elle semblait presque factice, pour Cassie : on aurait dit un trompe-l'œil, un tour de magie sur le point d'être dévoilé. Dowd dit qu'il s'occuperait du polissage et de la finition transparente le lendemain matin… le temps manquait pour faire mieux, et tout ce travail ne servait qu'à faire changer d'aspect à la voiture. Une rapide couche de peinture et de nouvelles plaques, il ne pouvait pas mieux. Ensuite, il faudrait qu'ils prennent la route.

Cassie voulait bien entendu qu'il finisse son histoire sur le Chili, sur le désert qu'il appelait l'Atacama et les lumières qu'il y avait vues. Mais Dowd n'était pas d'humeur. Demain, dit-il. Il parlait mieux avec les mains occupées. En attendant, il allait partir en camion faire des courses à Salina, est-ce que quelqu'un voulait l'accompagner ?

Beth se porta aussitôt volontaire. Dowd hocha la tête et sortit du garage avec elle.

Cassie, Leo et Thomas montèrent dans son bureau, où le crépuscule illuminait d'orange la fenêtre crasseuse. Ils avaient trop faim pour attendre le retour de Dowd et de Beth, aussi dînèrent-ils de ce qu'il restait dans le réfrigérateur. Leo alluma le petit transistor. Celui-ci diffusait surtout de la musique de Noël, puisque c'était la prochaine grande fête au calendrier. Le tintement des cloches et les arrangements choraux égayèrent un certain temps l'atmosphère, mais une fois la nuit tombée, la musique se mit à sembler aussi triste et lointaine que le signal d'un navire en mer. Cassie se demanda si elle célébrerait à nouveau Noël un jour. Tante Riss n'avait pas été particulièrement portée sur la religion, mais chaque mois de décembre elle montait dans l'appartement un pin minuscule qu'elle installait dans une cuvette en tôle posée sur un drap blanc, où les aiguilles qui tombaient formeraient des amas épineux. L'appartement devait être vide, à présent, avec la boîte aux lettres qui débordait et des rappels de loyer dans le courrier, de la nourriture en train de pourrir dans le réfrigérateur et une atmosphère stagnante avec de la poussière qui se déposait peu à peu.

Leo éteignit la radio. Thomas regardait d'un air morose par la fenêtre. « Dommage que je n'aie rien à lire », dit-il.

Cassie était d'accord. Même un magazine aurait mieux valu, mais ils n'en avaient trouvé aucun chez Dowd. « On a seulement un livre de l'oncle Ethan et Leo est prems dessus.

— Je peux le lire à voix haute », proposa celui-ci.

Cassie dut étouffer un rire en comprenant qu'il ne plaisantait pas. Leo le gros fumeur en train de leur lire un ouvrage de vulgarisation, elle trouvait cela comique. Mais c'était gentil de sa part. (Et maintenant qu'elle y pensait, depuis combien de temps ne l'avait-elle pas vu allumer une cigarette ? Il avait dû terminer son dernier paquet, et il n'avait pas demandé à Beth de lui en rapporter.)

Thomas sembla intrigué. « Pour de vrai ?

— Ouais, bien sûr. » Leo lança un sourire éclatant à Thomas, puis ouvrit le livre au début du premier chapitre. « *Prenons un pêcheur… disons jeune, propriétaire d'un petit bateau et qui tresse lui-même ses filets…* »

Lu de la voix sonore et étonnamment assurée de Leo, l'essai d'Ethan Iverson ressemblait davantage à une histoire. Les yeux fixés sur son visage, Cassie nota l'attention qu'il prêtait au texte, la manière dont il relevait la tête pour rester en contact visuel avec Thomas, qui se penchait en avant d'un air manifestement intéressé. C'est un acte charitable, se dit-elle. Un geste désintéressé. Il semblait y avoir en Leo Beck un homme que Cassie pourrait respecter.

Dowd et Beth revinrent à minuit passé, tous deux un peu ivres. Dowd déposa un carton de boîtes de conserve près de la porte et monta quelques denrées périssables dans le réfrigérateur de son bureau. « Des provisions pour la route. » Il ressortit avant que Cassie ait le temps de lui poser la question qui s'imposait : *la route ? On va où ?*

Tout comme Leo et Thomas, elle avait déjà déroulé son sac de couchage par terre dans le bureau. « Tu es la plus près, tu veux bien éteindre ? demanda Leo.

— D'accord, mais si Beth monte se coucher ?

— Elle se débrouillera. »

D'en bas leur parvint un rire trépidant.

Quelques kilomètres plus loin sur la route, qui n'en était pas vraiment une, plutôt de la terre battue et du gravier que le vent avait recouverts de sable, on s'est rendu compte qu'on faisait une bêtise, Bastián et moi.

Le matin s'était levé, froid, avec quelques flocons de neige tombant mollement d'une épaisse couche de nuages. Dans le garage, cela sentait l'uréthane, la bière éventée et l'huile de moteur. Dowd avait ôté les rubans de masquage et monté l'Equipoise sur le pont : il inspectait les pneus et le châssis au cas où il faudrait rouler par mauvais temps. En allant où au juste, il ne l'avait toujours pas dit.

Une bêtise parce qu'on ne savait pas dans quoi on allait se fourrer et parce qu'on était à peu près sûrs de se faire virer. Mais ça n'avait pas d'importance. On était dans une de ces situations où on en a tout simplement rien à foutre. Rien à foutre du boulot et de la direction. La paye était correcte, mais vivre dans un dortoir au milieu du désert le plus sec du monde, n'avoir que les salares *et la cordillère à regarder toute la journée, ça rend un peu cinglé, quelque part. Je ne sais pas pour Bastián, mais moi, j'étais prêt à retourner dans des endroits vraiment habités. À voir quelque chose de vertical, pour changer. À parler à une femme qui n'était pas contremaître ou cariste.*

On a donc continué sur la route même une fois à court de pisco. Bastián s'est mis à parler de l'extraction du cuivre. Il m'a raconté qu'un de ses cousins avait travaillé à Chuquicamata et Escondida. Une chose est sûre, qu'il a dit, ces gens là-bas n'extraient pas de cuivre. C'est impossible sans eau et il n'y avait ni rivière ni nappe aquifère. De grandes citernes étaient passées par nos installations, mais il en aurait fallu davantage pour extraire sérieusement du minerai. Et s'ils l'extrayaient par lixiviation en tas, il y aurait eu de grosses expéditions d'acide sulfurique ou de produits chimiques de ce genre-là. Bordel, on aurait déjà dû voir les digues à résidus. Ou au moins les sentir. Parce qu'on approchait.

On a plutôt vu des détritus de toutes sortes au bord de la route. C'est comme ça, dans le désert : rien ne pourrit, ne se retrouve couvert de végétation ou ne s'enfonce dans la terre. Quand on jette quelque chose, il reste là où il est. On a dépassé des petits tas de tuyaux en aluminium cassés, de bouts de métal, de pièces détachées brisées, de morceaux de verre coloré et d'isolateurs en porcelaine fendus, des saloperies comme ça. Il était minuit passé, il y avait une demi-lune dans le ciel et toutes sortes d'étoiles, si bien que ça avait l'air plutôt étrange, genre martien, si vous voyez ce que je veux dire… ces tas de déchets avec des fers à béton et des poutrelles métalliques qui en sortaient. Certains montaient à pas loin de deux mètres, puis à trois mètres, et on a fini par se retrouver entre deux murailles de déchets. Bastián a ralenti, il commençait à avoir l'air inquiet. Eugene, il me dit, ce n'est pas une exploitation normale. Sans dec', je réponds.

Je ne veux pas qu'on me trouve ici, il dit. Je ne sais pas ce que font ces gens-là, mais ils n'ont pas envie d'avoir de la visite. Eh bien, je dis, sans doute à cause du pisco, je suis venu voir ce qui se passe et j'ai pas l'intention de renoncer.

D'accord, mais à pied, il me répond. La Toyota fait trop de bruit.

OK. Alors on descend de voiture et on escalade un talus surtout composé de déchets industriels. On glisse sur des feuilles de plastique et on s'agrippe aux fers à béton comme à des branches d'arbre, on devait faire plus de bruit que si on avait continué à rouler, en fin de compte. Mais le hasard a fait que Bastián avait choisi un bon endroit pour s'arrêter, parce que d'en haut on voyait toute l'installation.

Si on peut l'appeler comme ça. Le complexe. Peu importe. C'est pas une mine, dit Bastián. Bordel, je réponds, ça saute pas qu'un peu aux yeux.

C'était un bout de désert de la taille d'une petite ville, avec ces talus de déchets tout autour, ça faisait comme une cuvette. La plupart des bâtiments étaient de longs hangars, avec un toit de tôle, des murs en contreplaqué ou en parpaings, sans rien de marqué dessus. Au milieu, il y avait une tour, pas très grande et plutôt trapue, qui soutenait ce qui ressemblait à dix ou douze grands miroirs disposés comme les pétales d'une fleur. On voyait que c'était des miroirs parce qu'ils reflétaient les lumières des bâtiments et des étoiles. Ça avait vraiment l'air d'un truc industriel. Autour, il y avait une série de pompes, de réservoirs sous pression avec Dieu sait quoi dedans et de gros câbles électriques, tout ça occupant la surface d'un terrain de football. C'était de là que venait la lumière, celle qu'on avait vue là-bas au dépôt où on bossait.

« Comment vous saviez qu'elle venait de là ? » interrompit soudain Thomas. Dowd lui lança un regard genre ferme-ta-gueule et se tut quelques instants. Cassie entoura les épaules de son petit frère d'un bras protecteur.

On le savait parce qu'elle s'est allumée sous nos yeux. On a failli en tomber du talus. Non qu'elle faisait du bruit ni rien, on entendait juste un compresseur quelque part sous terre. Mais brillante, *alors ça ! Il m'a peut-être fallu trente secondes pour ne plus être aveuglé. Bastián a baissé la tête, mais moi, je ne pouvais pas m'empêcher de jeter des coups d'œil. Le rayon lumineux montait tout droit, et il ne se diffusait pas comme un projo, il s'élevait droit comme un crayon à perte de vue. L'air a commencé à avoir une odeur électrique, comme du métal brûlant ou de l'isolant en train de cramer.*

Bastián a dit d'une petite voix dégoûtée qu'il voulait retourner à la Toyota et rentrer. Et j'ai trouvé que c'était une bonne idée. Parce que, avec toute cette lumière, on n'était pas discrets du tout, et en plus... je voyais des trucs bouger. Approcher. Regarde, je dis.

C'est des gens en bas, il répond. À ce qu'on croyait, en tout cas. Avec cette lumière éblouissante et les ombres, on avait du mal à dire. Vu comme ils se déplaçaient, ça pouvait être des animaux. Des gros. Donc. Viens, il dit, foutons le camp. Alors on dévale le côté à l'ombre du talus de déchets, en n'y voyant pas grand-chose, en trébuchant sur les trucs. Je me suis coupé sur une plaque de métal sans m'en apercevoir. J'ai toujours la cicatrice... vous voyez ?

Dowd souleva son tee-shirt pour montrer son torse. La cicatrice faisait un angle droit avec ses côtes, pâle ligne irrégulière.

Ensuite Bastián dit stop, j'entends quelque chose. Alors on ne bouge plus. Comme le vent s'était levé, j'entendais des morceaux de revêtement de toiture et de plastique déchiré s'agiter dans les déchets, en plus des bruits industriels qui venaient du complexe, ce compresseur ou je ne sais quoi qui faisait comme un tambour, et par-dessus tout ça, et c'est de ça dont parlait Bastián, une espèce de grattement, un peu comme si un chien fouillait dans les ordures. C'était de plus en plus fort. Bastián lève les yeux vers le sommet du talus et il a une espèce de hoquet, alors je regarde aussi et je vois un, euh, une chose là-haut...

« Qu'est-ce que vous voulez dire ? demanda Leo. Quel genre de chose ? »

Dowd regarda distraitement la clé dynamométrique qu'il venait de prendre.

Mmh, bonne question. Je ne sais pas comment l'appe-

ler autrement. Ça ressemblait à la fois à un grand singe, à une araignée et à un couteau suisse.

Thomas glapit un rire qui devait surtout à la nervosité. Dowd ne réagit pas.

Ça bougeait comme une araignée ou un crabe. Avec grosso merdo le même nombre de pattes. Mais ça se courbait par le milieu, je veux dire que ça avait une espèce de taille, avec des bras au-dessus, mais pas de mains… plutôt des espèces d'outils, des lames, des pinces et des conneries comme ça. Ça avait aussi une tête, qui était sa seule chose d'humain. Bon, ce n'était pas exactement une tête humaine, mais y avait des yeux et une bouche.

La chose descend donc notre côté du talus en se dirigeant droit sur Bastián. Qui commence à chercher du regard de quoi se défendre. Il essaye de prendre un morceau de fer à béton qui dépasse, mais c'est trop enfoncé, il tire dessus de toutes ses forces et ne le lâche qu'une fois la chose juste au-dessus de lui. Il essaye alors de reculer, mais il est sur une pente, il n'est pas assez rapide et la chose… eh bien, en gros, elle l'a tout simplement mis en morceaux. En trois petits mouvements. Schlak schlak schlak. Trois morceaux de Bastián ont roulé en laissant des traînées de sang.

Le truc s'approche ensuite de moi, mais j'avais eu un peu plus de temps pour me préparer. Ou alors j'ai juste eu de la chance… la tige de lucite que j'ai arrachée des débris avait à peu près la taille et le poids d'une batte de base-ball. La chose avait des grandes pattes avec des doigts, des lames ou des griffes rapides comme l'éclair, j'ai deux autres cicatrices que je pourrais vous montrer, mais faudrait que je tombe le pantalon… Bref, j'ai réussi à enfoncer la tige dans la tête de la chose, peut-être pas assez pour la tuer, j'en sais rien, mais peut-être que si, elle est tombée comme une marionnette à qui on a coupé tous les fils et j'ai entrepris de foutre le camp.

Je suis arrivé à la Toyota. J'ai fait demi-tour n'importe comment et, dès que j'ai été dans la bonne direction, j'ai vu cinq ou six autres de ces choses approcher dans le rétroviseur. J'ai écrasé si fort ce putain d'accélérateur que j'ai failli valdinguer dans le décor. Ça a soulevé un gros nuage de poussière et de sable, comme un écran de fumée dans la lumière brillante.

Je vois ensuite quelque chose devant moi, et cette fois, au moins, c'est un être humain, un type en jean et chemise blanche au milieu de la route qui me fait signe de m'arrêter. C'était presque rassurant, sauf que le type a un pistolet à la ceinture et qu'il commence à dégainer. Je veux dire, pour moi, il avait l'air d'un vigile de supermarché. Mais j'allais faire quoi, obéir ? Alors j'écrase l'accélérateur une nouvelle fois.

Le type avait l'air étrangement calme et je le voyais très bien dans cette lumière bizarre essayer de braquer le pistolet avant que la Toyota l'atteigne. Comme si c'était une course entre elle et son pistolet. La bagnole a gagné. Je l'ai percuté de plein fouet.

Ce qui a vraiment failli me tuer. Ça vous est déjà arrivé, en voiture, de rentrer dans un gros animal genre cerf ? Y avait pas d'airbags, dans la Toyota. Ni de ceintures de sécurité. Si mes jambes n'étaient pas restées bloquées sous le volant, ma tête aurait traversé le pare-brise. Mais là, je me suis juste méchamment cogné au tableau de bord. J'ai perdu le contrôle. Le véhicule a basculé sur deux roues et failli se retourner. Il a monté la moitié du talus avant que je réussisse à le maîtriser. Il avait un gros creux à l'avant et le moteur faisait le bruit d'une scie circulaire avec une lame tordue.

Mais ce putain de vigile de supermarché était mort. Je

le savais parce qu'il était en purée sur tout le pare-brise. Il avait en quelque sorte explosé sous le choc en laissant des saloperies vertes partout. J'ai même dû mettre les essuie-glaces pour y voir. Des taches rouges et jaunes, ouais, comme du sang et de la graisse corporelle, j'imagine, mais surtout du vert… j'imagine que vous savez de quoi je parle.

« C'était un simulacre », crut bon de dire Thomas.

Ouais, un sim. Mais évidemment, j'en savais rien, à l'époque. C'était juste un truc bizarre de plus. J'étais poursuivi par des araignées avec des lames à la place des mains, Bastián était mort, le vigile de supermarché était plein de morve, et moi, tout ce que je voulais, c'était me tirer de ce putain de désert, n'importe où. J'ai gardé le pied sur l'accélérateur même quand de la fumée a commencé à sortir du capot. Du moment que les roues tournaient. Les yeux toujours dans le rétroviseur.

Ils ont assez vite éteint cette grande colonne de lumière. Alors j'ai coupé les phares et continué à rouler à la lueur de la lune, juste pour être moins visible. Je pensais qu'on me poursuivrait, mais non. Du moins, pas tout de suite. Alors je me suis dit : bon, je vais où, maintenant ? Je retourne au dépôt ? Je dis à un contremaître que j'ai bousillé un véhicule de société et, ah oui, j'oubliais, Bastián s'est fait découper en trois morceaux par un crabe géant ?

Comme il n'y avait personne derrière moi sur la route, pour ce que j'en voyais — et dans l'Atacama, on voit loin, même la nuit —, je me suis arrêté pour évaluer les dégâts et réfléchir à ce que je pouvais faire. J'ai enlevé ma chemise et je me la suis nouée sur la poitrine pour arrêter le saignement. Ça sautait aux yeux que la Toyota ne tiendrait plus le coup très longtemps. Elle fumait encore alors que j'avais coupé le moteur. Je suis allé ouvrir le coffre. J'ai trouvé dedans une roue de secours, qui ne me servirait à rien, une clé en croix qui ne me servirait pas plus et un cric. Un cric avec un levier en métal détachable, et comme c'était mieux que rien, je l'ai pris. J'aurais préféré un couteau. Ou même un cutter. N'importe quoi. Mais je n'avais que ce levier de cric.

J'ai poussé la Toyota hors de la route, face aux salants, j'ai démarré le moteur — ça n'a pas été facile —, mis la transmission au point mort, coincé la clé en croix sur l'accélérateur, passé la première et sauté dehors. La Toyota est partie dans le désert en léger virage et serait sans doute revenue droit sur moi si le moteur n'avait pas calé deux cents mètres plus loin dans les salants. Le moteur a pris feu. Ça a vite fait de grandes flammes. J'ai espéré qu'on croirait que j'étais sorti de la route, ou même que j'avais brûlé vif dans la voiture. Du moins, vu de loin. Je me suis ensuite accroupi derrière le petit talus de terre et de cailloux au bord de la route, il n'y avait que ça pour se cacher et ce n'était pas grand-chose.

J'essayais toujours de trouver un plan. La lune n'allait pas tarder à se coucher et on était à une heure de l'aube. Face à d'autres vigiles de supermarché, je pensais avoir une petite chance, mais si des trucs-araignées se pointaient par la route, autant me trancher la gorge avant qu'ils me rendent ce service… et à ce moment-là j'ai vu des phares au loin.

C'était rien qu'un camion. Un 4×4 Ford avec des arceaux de sécurité et un plateau à l'arrière. Il a ralenti, sans doute parce que son conducteur voyait la Toyota dévorée par les flammes plus loin sur les salants. Il s'est arrêté à quelques mètres de ma cachette. Apparemment, il y avait deux types à l'intérieur. Un est sorti. C'était un vigile de supermarché :

mêmes vêtements, même pistolet à la ceinture. Une torche électrique dans la main droite. Il a balayé le gravier de la route avec le faisceau pour voir les traces de pneus à l'endroit où la Toyota avait tourné dans le salar. *Chaque pas qu'il faisait le rapprochait de moi.*

Alors j'ai profité qu'il regardait par terre pour me précipiter sur lui. Je n'avais que l'effet de surprise pour moi. Il m'a vu, bien entendu. Il a lâché sa torche. Voulu prendre son flingue. Mais je l'ai frappé avec le levier du cric avant même qu'il touche l'étui. Il a esquivé très vite, mais j'ai quand même réussi à l'étourdir un peu. Si bien que je l'ai frappé encore, un grand coup sur la tempe, et il s'est écrasé par terre comme un sac de sable. Je suis tombé à genoux pour lui prendre son pistolet.

Je ne m'y connaissais pas trop en armes à feu, à l'époque, mais je m'étais déjà servi plusieurs fois du vieux .45 de mon paternel. Donc j'ai ôté le cran de sécurité en priant pour que cette saloperie soit chargée, parce que le deuxième type était en train de débouler du camion et on pouvait dire qu'il était armé et dangereux. Je tire une première fois, ma balle traverse le pare-brise. Raté. Ma deuxième balle atteint le type à l'épaule et le fait tourner sur lui-même. Je suis debout, je cours, lui, il essaye encore de lever son arme alors que son bras ne fonctionne plus trop, je lui tire dessus une troisième fois, en pleine tête, boum, il tombe.

Une autre balle dans la tête à chacun, juste pour être sûr. Ça fait couler du sang et un liquide visqueux vert sur mes chaussures.

Ensuite, je prends leur camion et je roule. Réservoir plein, véhicule fiable, et j'ai tellement d'adrénaline dans les veines que je commence à me sentir plutôt content de moi, finalement. Je vois d'autres phares dans le rétroviseur, mais j'ai beaucoup d'avance. Je passe à toute bringue devant le dépôt où on travaillait, Bastián et moi, et le temps que le jour se lève, je suis à mi-chemin de Pedro de Atacama et, si quelqu'un me suit, il est beaucoup trop loin pour que je le voie.

À San Pedro, j'ai trouvé un type qui ne posait pas de questions pour échanger le camion Ford contre sa petite Hudson de merde vieille de dix ans, pour une raison ou pour une autre, on en voyait un paquet dans l'Atacama, quelqu'un avait dû ouvrir une concession un jour… une voiture complètement quelconque qui a réussi à me conduire jusqu'à Antofagasta avant que la transmission lâche. J'ai fait profil bas un certain temps, en bossant de jour au puerto *jusqu'à ce que je puisse me payer un billet d'avion pour les US. Une fois rentré au pays, j'ai passé genre une année à essayer de chasser toute cette merde de mon esprit à coups de Jack Daniel's plus Coca, doucement sur le Coca, jusqu'à ce que j'ouvre ma grande gueule devant ce chroniqueur. Après quoi Werner Beck a débarqué et m'a plus ou moins expliqué les choses.*

Voilà mon histoire.

« Mais ça n'explique pas tout, se plaignit Leo.

— Qu'est-ce que t'as besoin qu'on t'explique ?

— La lumière dans le désert ? Les choses-araignées ?

— Tu devrais demander tout ça à ton père, Leo. Si jamais tu le revois un jour.

— Et puis, qu'est-ce qu'il y a de si important, à l'arrière de votre camionnette ?

— Ça aussi, ton père aurait dû t'en parler. » Dowd eut un grand sourire qui dévoila des dents de travers. « On pourrait dire que c'est une arme secrète. Ou une *partie* d'arme secrète.

— Et vous n'arrêtez pas de dire qu'on va prendre la route. Pour aller où ?

— Il faut vraiment que tu poses la question ? »

Leo secoua la tête. « C'est une histoire de dingue. »

Dowd sourit encore plus largement. « Amen, mon frère. Je ne vais pas dire le contraire. »

18

Joplin, Missouri

Ethan se soucia en premier chef de Nerissa, horriblement déçue que Cassie, Thomas et Leo ne soient pas venus au refuge de Werner Beck.

Ethan était déçu aussi, bien entendu. Mais Riss sembla perdre toute la formidable énergie qui l'animait depuis plusieurs jours. Elle parut vieillir soudain de plusieurs années et prit avec Beck un ton irascible et grincheux. « Mais ils sont *où*, alors… est-ce que vous en avez la *moindre* idée ? »

Beck les conduisit à une table en pin toute simple dans la cuisine de sa petite maison toute simple. « Asseyez-vous.

— Et Leo ! C'est votre *fils*, bon Dieu ! vous n'arrivez pas à le retrouver, autrement dit ?

— Nous avions prévu de quoi parer à cette éventualité.

— Comment ça ? Qu'est-ce que vous voulez dire ?

— Si Leo suit mes instructions, on devrait arriver à le rejoindre. Et si Cassie et… Comment s'appelle le garçon ? »

Nerissa lui décocha un regard venimeux. « *Thomas*.

— Si Cassie et Thomas l'accompagnent, cela vous donnera l'occasion de les mettre à l'abri. Mais de toute évidence, madame Iverson, je n'ai aucune certitude sur l'endroit où est l'un ou l'autre de ces enfants pour le moment. Je ne peux pas les faire apparaître d'un claquement de doigts. Il faut vous montrer patiente.

— Vous voulez bien expliquer ?

— Je m'inquiète autant pour Leo que vous pour votre neveu et votre nièce, et je ferai tout mon possible pour garantir leur sécurité. La situation est complexe et je ne demande pas mieux que d'en discuter, mais en attendant vous aimeriez peut-être prendre une douche et enfiler des vêtements propres, non ? Sans vouloir vous vexer, vous semblez en avoir besoin. Je nous préparerai un repas chaud dès que vous aurez pris un peu de repos. Ça vous convient ? »

Nerissa soupira et hocha la tête, preuve de son épuisement. Beck lui indiqua le chemin de la salle de bains.

« Je comprends pourquoi tu l'as amenée, dit-il quand elle fut sortie. Mais franchement, c'est un peu délicat. »

Ethan ne voulait pas entrer dans ce débat, du moins pas pour le moment. « Combien de maisons tu possèdes, Werner ?

— Suffisamment. Ce ne sont que des outils. Des armes de guerre, on pourrait dire.

— Tu as eu la visite des sims, pas vrai ?

— Je suis parti de ma maison dans l'Illinois avec quelques minutes d'avance sur eux. J'y étais resté trop longtemps, de toute manière… je me doutais qu'elle n'était plus sûre. J'étais prêt et mes bagages aussi. Ils ne m'ont pas vu partir. »

Ethan entendait des conjectures sur Beck et — surtout — sa fortune depuis des années quand ce dernier se confia à lui. La rumeur voulait qu'il ait breveté une invention utile. Ou hérité de sa richesse dans les années

1990. Ou qu'il ait des contacts dans la pègre. Ou tout cela à la fois.

Force était de constater qu'il disposait à la fois de gros moyens et de relations bien placées. C'était lui qui avait organisé et financé les rassemblements annuels des membres de la Society. Lui qui avait subventionné les principaux projets de recherche quand les institutions universitaires revenaient sur leurs financements et lui qui, après les meurtres de 2007, avait aidé les survivants et leurs familles, en leur fournissant de l'argent liquide et, en cas de besoin, des biens qu'ils n'auraient pu se procurer sans lui : de nouveaux noms, numéros de sécurité sociale et passeports.

Sans parler de sa réserve apparemment inépuisable de planques, propriétés lui appartenant mais qu'il laissait vacantes afin que lui-même ou d'autres puissent changer de logement au pied levé. Plusieurs membres de la Society avaient traité Beck de paranoïaque, peut-être à raison. Mais au moins, songea Ethan, c'était une parano *qui avait des moyens*.

« Le problème, lança Beck, c'est que tu es plus ou moins entré dans une zone d'hostilités.

— La guerre est venue à nous. Et c'est toi qui m'as donné cette adresse, Werner.

— Parce qu'il faut qu'on reste en contact. Mais je ne m'attendais pas à te voir débarquer.

— Ça semblait le plus logique, vu que Cassie et Thomas voyagent avec Leo.

— Je comprends. Mais la situation est plus compliquée que tu ne l'imagines. J'ai travaillé avec des gens qui ne font pas partie de la Society. Elle n'a jamais été qu'un des aspects de cette guerre, Ethan. Tu peux la considérer comme une espèce de service de renseignements qui rassemble des données sur l'ennemi. C'est un travail utile. Mais les guerres doivent être livrées. Et par des soldats plutôt que par des savants. »

Ethan se cala contre le dossier de sa chaise tandis que Beck se relevait pour préparer du café. La cafetière électrique sur le comptoir de faux marbre semblait avoir été achetée la veille. Ce qui était peut-être bien le cas. La maison elle-même gardait une odeur d'inoccupé, sentait le manque d'aération et les produits chimiques dégagés par les meubles et les tapis dont personne ne se servait. Ethan vit un instant Beck comme un animal furtif qui se cachait dans des constructions abandonnées. L'homme parut pourtant d'une efficacité toute militaire quand il remplit le réservoir de la cafetière et lâcha un filtre dans son panier. Il avait cinquante ans, d'après Ethan, peut-être davantage, mais il aurait pu être un sergent instructeur blanchi sous le harnais qui arrivait toujours à marcher aussi longtemps et faire deux fois plus de pompes que n'importe quelle recrue. « Tu n'as jamais été satisfait par la Society », dit Ethan. Les lettres que Beck lui avait écrites dégoulinaient d'ailleurs si souvent de mépris pour ses collègues qu'Ethan se demandait parfois pourquoi Beck se souciait encore d'eux.

« Eh bien, je ne lui fais pas vraiment de reproches. On n'avait guère que des suppositions. Avant que tu déniches ces inclusions dans les carottes de glace, on n'avait en réalité que des données anormales, des antécédents de persécutions académiques et une mine d'hypothèses. La Society a fait le rapprochement et il en est sorti cette idée franchement *absurde* que la couche radio-propagatrice était aussi un organisme vivant. Venu d'ailleurs. Des profondeurs de l'espace. Même avant 2007, personne n'osait le dire tout haut. Quelques-uns des vieux lions ont pris ça au sérieux

— Fermi, Dyson, Hoyle —, mais même eux n'ont jamais envisagé de faire quoi que ce soit.

— Qu'est-ce qu'ils pouvaient faire, de toute manière ?

— Je répète que je ne leur reproche rien. On apprend à passer inaperçu. Très bien. Mais on aurait peut-être intérêt à regarder les choses en face. Et depuis 2007, on y a été obligés plusieurs fois. » Des gouttes de café commencèrent à tomber du filtre dans le pot avec un bruit de métronome. « Moi, du moins. Tu veux quelque chose de plus fort que du lait, dans ton café ? Tu as l'air d'en avoir besoin.

— Non merci. » Ethan se racla la gorge. « Je viens de passer sept ans dans un chalet au fond des bois du Vermont. Ça compte, comme choses regardées en face ?

— Tu as tué des sims, tu disais ? »

Il avait commencé à raconter à Beck ce qui s'était passé à la ferme. « Quatre en tout.

— Très bien. Tu as fait ce que tu avais à faire. Mais c'est de la légitime défense. Tu prévoyais la prochaine attaque, mais pas plus loin.

— J'ai réussi à survivre.

— D'accord, mais… et maintenant ? Tu fais quoi ? Tu te trouves une nouvelle cachette ? Plus profond dans les bois ? »

Ethan haussa les épaules.

« Je ne voulais pas m'en tenir à ça, dit Beck. Ces sept dernières années, je suis entré en contact avec des personnes extérieures à la Society, des gens qui ont eu directement affaire à l'hypercolonie ou à des sims.

— Je ne savais pas que ça existait.

— Tu crois que les scientifiques et les savants sont les seuls à pouvoir tirer une conclusion ou tomber sur quelque chose de dangereux ? Réfléchis-y. J'ai des raisons de croire que les sims constituent une minuscule fraction, nettement moins d'un millionième, de la population humaine. Mais il existe au moins quelques médecins et quelques coroners qui ont examiné des corps bizarres. Des agents de police témoins de décès troublants. Et beaucoup de gens qui ont obtenu des réponses menaçantes ou peu satisfaisantes aux questions délicates qu'ils ont posées. Je me suis fixé pour tâche de les découvrir.

— Comment ?

— De toutes sortes de manières. Les journaux locaux et ceux des petites villes sont bien utiles. Ils publient des nouvelles locales avant qu'elles puissent être filtrées par la radiosphère, vu que le sujet arrive directement en composition. Les agences de presse ne reprendraient jamais un article sur un accident de la circulation ayant laissé plein de matière verte sur la chaussée, ou alors il se perdrait en route… mais souvent, les journaux locaux le publient.

— Tu traques donc les articles du genre incroyable-mais-vrai dans les journaux ruraux ?

— Bien plus que ça. J'ai des correspondants sur trois continents. J'ai pu monter un réseau dont chaque membre comprend à quoi nous avons affaire… le comprend viscéralement, pas seulement en théorie, et se tient prêt à passer à l'action.

— Quel genre d'action ?

— Tout être vivant est vulnérable, Ethan. Même l'hypercolonie.

— Tu penses vraiment avoir découvert un moyen de lui faire du mal ?

— Si c'était impossible, elle n'aurait jamais déployé autant d'énergie à essayer de nous en faire à *nous*.

— Vous vous rendez compte de ce que vous dites, là ? »

Surpris, Ethan releva les yeux. Nerissa se tenait à la porte de la cuisine, vêtue de propre, une serviette de toilette à la main. Beck s'empourpra un peu, les lèvres pincées, sous le coup d'une irritation qu'il réprima aussitôt. « J'espère que vous vous sentez mieux, madame Iverson. Qu'est-ce que je dis là, selon vous ?

— Que vous l'avez provoquée… l'hypercolonie, je veux dire. Elle n'a pas seulement peur de ce qu'on pourrait savoir, elle a peur aussi de ce que vous pourriez faire avec.

— Dans ce cas, j'espère que ses peurs sont totalement justifiées.

— Et les gens qui sont morts ?

— Ce n'est pas moi qui les ai tués.

— Vous avez même impliqué votre fils là-dedans.

— Je pouvais difficilement l'exempter.

— Et Thomas et Cassie ?

— Comprenez-moi bien : je les veux hors de danger tout autant que vous. Votre nièce et votre neveu ne me sont d'aucune utilité. »

Ethan laissa Nerissa raconter l'histoire du sim Winston Bayliss : ce qu'il avait dit, de quelle manière il était mort et surtout ce qu'ils avaient découvert en allant chez lui à Montmorency. « Comme Mme Bayliss a été opérée récemment, elle devait être humaine. Mais son fils était un sim. Comment est-ce possible ? Vous savez quelque chose là-dessus ? »

Beck garda si longtemps le silence qu'Ethan se demanda s'il refusait de répondre. « Je peux vous montrer des études récentes, dit-il enfin. À toi aussi, Ethan. Tu ne les as pas vues, celles-là. Venez. »

Ils suivirent Beck dans le petit salon de la petite maison et le regardèrent fouiller dans un carton d'archives caché derrière le canapé. Il en sortit une enveloppe de papier kraft qu'il posa sur la table basse. Ethan et Nerissa s'assirent tandis que Beck tirait une chaise. « Je dois vous avertir que certaines photographies sont très crues. »

L'enveloppe contenait les recherches d'un vétérinaire anglais du nom de Wyndham qui, selon Beck, avait cultivé des cellules pseudochondritiques pour étudier leur interaction avec les tissus vivants. Il avait équipé à cet effet un laboratoire de cages contenant des souris blanches et quelques animaux de plus grande taille.

Il avait commencé par mettre en contact les cellules extraterrestres avec des cultivars de levure, de moisissures et de bactéries, sans le moindre résultat probant. Des échantillons de tissus prélevés sur des métazoaires furent un peu plus réactifs, mais les cultures ne tardèrent pas à se scléroser.

Quand il injecta directement les cellules pseudochondritiques à une souris vivante, celle-ci succomba vite aux multiples tumeurs agressives qui se déclarèrent simultanément. (On trouvait dans le dossier la photographie d'une souris euthanasiée en cours de dissection : les tumeurs présentes un peu partout dans son corps ressemblaient pour Ethan à des framboises couvertes de sang.) Mais quand il administra à ses rongeurs les mêmes cellules en préparation aérosol — il les plaça dans une chambre hermétique en leur laissant respirer des spores sèches extraites, cela ne sembla avoir aucun effet négatif sur eux au fil des semaines et même des mois.

Non qu'ils n'aient pas changé. Les dissections de Wyndham révélèrent que les cellules étrangères avaient migré dans le système reproducteur des souris. Les gamètes mâles et femelles étaient considérablement modifiés. Sous le microscope (il y avait là aussi une photo, montrant heureusement moins de viscères), les cellules haploïdes semblaient plus grosses et contenir de nouvelles et inhabituelles organelles. « Mais le véritable effet significatif, indiqua Beck, s'est produit sur la génération suivante. »

Un autre cliché de dissection… plutôt répugnant. Nerissa recula en lâchant une exclamation dégoûtée. Ethan eut le cœur soulevé : cela lui rappelait ce qu'il avait vu après l'attaque de sa ferme.

Là encore, la souris morte était ouverte. Elle renfermait ce qui ressemblait à un jeu complet d'organes internes, de taille réduite et placés aux limites de l'abdomen. La cavité était majoritairement occupée par une masse verte gélatineuse, dont une partie déjà liquéfiée commençait à s'écouler au moment de la prise de vue. De fins appendices en sortaient pour se glisser à l'intérieur des organes, qui n'avaient rien d'anormal par ailleurs, ou entre ceux-ci. Une dissection partielle du crâne révélait une sphère creuse de matière neuronale entourant le même noyau gélatineux vert.

« Bon Dieu, assez ! » s'écria Nerissa avec une grimace.

Beck rassembla les clichés. « Il semble que les sims soient créés de la manière suivante : des cellules pseudochondritiques tombent de la masse orbitale de l'hypercolonie, la plupart ne survivant pas à l'entrée dans notre atmosphère. Ce qu'on en retrouve dans les carottes de glace nous permet d'estimer le nombre moyen de spores qui atteint chaque année la surface de la Terre. Une fraction minime de ces spores se retrouve forcément inhalée par des animaux ou des êtres humains. En supposant qu'en absorber une seule suffit à modifier tous vos gamètes, et étant donné la densité et la répartition des adultes humains fertiles sur le globe, il ne peut y avoir plus de deux ou trois cents sims dans toute l'Amérique du Nord… peut-être quatre mille en tout sur Terre. Ainsi qu'une population d'animaux modifiés, sans doute sans importance, mais mieux vaut ne pas les oublier.

— Et les sims…, demanda Ethan, ils sont fertiles ?

— Donnent-ils naissance à d'autres sims ? Non. Bien que parfaitement capables de relations sexuelles, les souris de Wyndham étaient génétiquement stériles. Tout comme ses chiens et autres mammifères supérieurs. Là aussi, j'ai des photos…

— *Non*, coupa Nerissa.

— Wyndham refusait de travailler avec des primates, mais nous avons toutes les raisons de croire que le résultat aurait été le même.

— Et à part ça, les animaux étaient normaux ?

— Normaux sur les plans fonctionnel comme comportemental. Impossible de faire la différence sans ouvrir au scalpel.

— Mme Bayliss ne nous a donc pas menti, dit Nerissa. Elle a vraiment donné naissance à cette *chose*. »

Beck sortit deux autres clichés de ses dossiers. Ethan constata avec soulagement qu'il s'agissait de photomicrographies et non de dissections. « Nous en avons appris davantage sur l'action des spores au niveau cellulaire… Ça devrait t'intéresser, Ethan. »

La personne à l'origine de ces images avait dû pouvoir se servir d'appareils très perfectionnés, peut-être d'un de ces nouveaux microscopes électroniques à balayage, technologie qui avait vu le jour peu avant qu'Ethan commence à isoler des spécimens dans les carottes de glace. « C'est une petite usine très occupée, dit Beck. Mais bien obligé, n'est-ce pas, pour faire ce dont ces choses sont capables. Certains de ses composants chimiques nous sont bien connus. Les molécules qu'on appelle "génétiques" : azote, carbone, phosphore. Purines, pyrimidines. Plus de l'arsenic et des traces de métaux. Mais ce qu'on remarque surtout, c'est le degré d'*organisation* à l'intérieur de la cellule. Ces étranges structures filamenteuses, vous les voyez ? Des fils de carbone conducteur, repliés de manière fractale dans une sous-membrane, avec des extensions dendritiques qui semblent affecter d'une façon ou d'une autre toutes les parties de la cellule...

— On n'est pas tous biologistes, interrompit Nerissa. Si vous voulez que je comprenne, il va falloir employer des termes moins savants.

— Les détails sont moins importants que la fonction. Pensez à ce que font ces cellules. Elles voyagent sur des distances énormes dans le vide de l'espace. Elles se reproduisent, du moins à ce qu'on suppose, en absorbant des minéraux et des oligo-éléments présents dans la roche ou la glace à la surface des astéroïdes, des comètes ou des planétésimaux. Elles le font à des températures très inférieures à celle du point de congélation de l'eau et sans autre force motrice qu'une vague lumière d'étoile et une chimie catalytique lente. Elles communiquent sur des distances prodigieuses en générant des microrafales d'énergie radioélectrique à bande étroite. Ce qui est déjà remarquable. Mais elles font encore plus impressionnant : celles que nous connaissons se sont dirigées vers le soleil pour occuper une orbite stable autour de la Terre. Les travaux d'Ethan laissent penser qu'elles sont là depuis 40 000 ans, peut-être davantage. Et une fois en nombre suffisant, elles se sont mises à fonctionner en réseau cohérent. Vous comprenez ce que ça signifie, madame Iverson ?

— Très vaguement.

— Leur intercommunication est devenue complexe. L'interaction des cellules pseudochondritiques ressemble beaucoup à celle des cellules cérébrales. Et dès que nous, l'humanité, avons commencé à générer nos propres signaux radio, ce qu'on appelle la radiosphère a commencé à fonctionner comme un grand émetteur-récepteur distribué, en relayant nos ondes tout autour du globe, mais aussi en *analysant* ces signaux, se transformant ainsi en ordinateur analytique bien plus perfectionné que tout ce que nous avons jamais rêvé de construire.

— Mais alors, c'est une forme de vie ou des machines ?

— Au niveau chimique, toute créature vivante peut être vue comme une machine. Nous n'avons aucune preuve que quelqu'un ait *construit* ces objets, mais c'est possible. Le scénario le plus probable : ils se sont développés sur une très longue période et ont peu à peu acquis leurs caractéristiques actuelles. Au niveau cellulaire, ils sont d'une complexité gigantesque mais, plus important, le réseau qu'ils forment est lui-même une entité unitaire. L'hypercolonie. La ruche, pour reprendre la description d'Ethan. C'est elle qui a appris à comprendre et manipuler la société humaine, et c'est elle qu'il faut détruire. »

Si c'était un tant soit peu possible. Ethan examina les photomicrographies. Les cybernéticiens avaient estimé qu'une seule de ces minuscules cellules calculait plus rapidement et plus ingénieusement que les plus gros ordinateurs à transistors utilisés par les compagnies d'assurance ou le fisc. Les physiciens de la Society pensaient que cela se produisait à un niveau fondamental, profond de la réalité… le niveau du « quantum », terme qu'Ethan ne comprenait pas tout à fait. Mais une question plus urgente le contrariait. « Pourquoi est-ce que je n'avais jamais vu ces photos ?

— Pourquoi les aurais-tu vues ?

— Eh bien, la Society…

— Ethan, *ce n'est pas l'œuvre de la Society*. Wyndham est un chercheur indépendant. C'est moi qui ai financé ses travaux.

— J'aurais aimé les voir malgré tout.

— J'ai choisi de limiter la diffusion de cette information.

— Pourquoi ?

— Pour la protéger. N'est-ce pas évident ? Pendant des années, nous avons supposé que les précautions prises par la Society suffisaient à empêcher l'hypercolonie de voir ce sur quoi on travaillait. On se trompait terriblement, comme l'ont montré les événements de 2007. Nous n'avions aucun secret pour elle et n'en avons sans doute jamais eu. La seule conclusion que je peux en tirer est que la Society elle-même a été corrompue et infiltrée.

— Tu as donc monté un autre cercle de chercheurs.

— Plusieurs, et avec des pare-feu entre eux. Si un des cercles est compromis, les autres ne risquent rien. Et alors que la Society était grosso modo un club de savants frustrés, mes gens sont plus motivés.

— Pourquoi, qu'est-ce qui les motive ?

— La colère. Et la peur. »

Beck leur promit à nouveau de les emmener à son rendez-vous avec Leo (qu'on pouvait supposer accompagné de Cassie et de Thomas). Mais il refusa de se montrer plus explicite, se limitant à parler d'« un long voyage ». Nerissa continua d'insister, ce qui n'égaya en rien le dîner, après quoi Ethan et elle se retirèrent à l'étage dans la chambre.

Celle-ci n'était pas moins austère que les autres pièces de cette maison à peine habitée. Un lit à une place, des rideaux en mousseline à la fenêtre, une couche de poussière sur le parquet non moquetté.

« Il est fou, dit Nerissa.

— Il a eu raison par le passé.

— Je remarque que tu ne nies pas.

— Qu'il soit parano serait si difficile à comprendre ? Vu la vie qu'il a eue ?

— Une vie ridiculement privilégiée. Il a hérité de ses millions. »

C'était exact, mais aussi, pour ce qu'en savait Ethan, plus compliqué que cela. Oui, les parents de Beck étaient riches. Mais son père avait immigré de Pologne dans les années 1960 avec un diplôme d'ingénieur, une expérience dans l'usine Nagórski à Starachowice et l'ambition de travailler dans l'aviation. Quelques années plus tard, il détenait trois brevets modérément rentables et possédait à Portland une petite usine qui fabriquait des pièces détachées pour Boeing. Il avait épousé une Américaine décédée d'un cancer du pancréas après avoir mis au monde leur seul enfant, Werner, et ne s'était jamais remarié.

Le père de Beck était de nature économe et avait élevé son fils de cette manière. Il mourut à cinquante-sept ans en lui laissant des placements d'une diversité extraordinaire, la propriété à 100 % d'une compagnie prospère sur le point d'être introduite en Bourse et une éthique de travail à peine moins exigeante que les disciplines pratiquées par les moines tibétains.

Devenir riche n'avait pas détourné Beck de sa carrière universitaire, qu'il avait menée avec la même intensité de Spartiate. Quand il avait découvert la Correspondence Society, il avait aussitôt consacré une partie de sa fortune au financement de travaux de recherche clandestins. Et s'il estimait que sa générosité lui donnait droit à une certaine considération, un rôle un peu central dans une organisation décentralisée, comment lui donner tort ?

En 1990, Beck épousa une ancienne élève qui lui donna un seul enfant, Leo, et n'entretint que de lointains rapports avec la Society. Elle mourut dans un accident de la circulation alors que Leo était encore petit. Ce décès avait dû traumatiser Werner, mais il ne s'agissait là que d'une supposition d'Ethan : Beck n'avait jamais parlé de ses sentiments et avait même toujours semblé réticent à évoquer cette perte. C'était toutefois après celle-ci que Beck avait cessé toute relation avec le monde universitaire traditionnel pour se consacrer aux seules affaires de la Society.

« Et c'est uniquement parce que Beck t'a raconté tout ça que tu le sais, fit remarquer Nerissa. Il a peut-être menti.

— Pourquoi mentirait-il ? » Son argent était réel, pensa Ethan. Ses travaux aussi.

« Il n'est peut-être pas cliniquement paranoïaque, mais il est presque certainement narcissique. Il a besoin de se sentir spécial, comme s'il accomplissait un destin grandiose. Les mauvais jours, il a sans doute conscience de sa propre insuffisance.

— Et tu fondes ce diagnostic sur quoi, au juste ?

— Bon Dieu, Ethan, réfléchis un peu ! Il veut qu'on croie qu'il mène une guerre clandestine, qu'il a un noyau de soldats secrets, qu'il a découvert les faiblesses de l'hypercolonie…

— C'est peut-être vrai.

— Ça n'a pas *l'air* vrai. Ça n'a pas même l'air *probable*. Tu veux dire que tu le trouves complètement sain d'esprit ?

— Non. Mais je ne suis pas sûr qu'aucun de nous le soit. »

Il ne leur restait plus qu'à dormir. Ethan ouvrit les draps, se mit en sous-vêtements et s'allongea. Nerissa se pelotonna à côté de lui avant d'arranger les couvertures. Quelques minutes plus tard, elle ronflait doucement.

Ils s'étaient habitués à partager un lit durant le voyage. Les circonstances n'avaient rien de véritablement érotique. Mais cela leur rappelait un peu qu'ils n'avaient jamais divorcé officiellement. Bien que séparé dans les faits, sinon aux yeux de la loi, il se tenait allongé aux côtés de son épouse légitime et il n'aurait pas ressenti la même gêne auprès d'une inconnue. Il ne pouvait refouler tous les souvenirs que Nerissa ravivait. Elle avait changé, en sept ans. Mais elle avait toujours la même odeur et il se figura soudain qu'elle devait avoir aussi le même goût… sa bouche, sa peau… mieux valait ne pas y penser.

Il se tourna de l'autre côté, vers la fenêtre. Nerissa avait ouvert les rideaux avant de se coucher, comme à son habitude. Elle disait à l'époque qu'elle se sentait moins enfermée quand elle pouvait voir le ciel. C'était apparemment toujours le cas. Mais Ethan ne voyait que le noir et quelques vagues étoiles. Bien entendu, son vieil ennemi était lui aussi là-haut, observateur acharné et éthéré, toujours aussi énigmatique et paradoxalement fascinant. Ethan détestait-il l'hypercolonie autant que Beck affirmait la détester ? Oui, bien entendu. Elle l'avait privé de tout ce qui comptait pour lui. Elle était impitoyablement, inlassablement létale.

La différence, c'était qu'il savait qu'elle ne le détestait pas de son côté. Il croyait l'hypercolonie incapable de cette émotion comme de toute autre. Elle avait la létalité magnifiquement indifférente d'un champignon vénéneux ou d'un insecte venimeux.

Il la détestait, mais il la respectait. Peut-être même l'admirait-il.

Aiderait-il Beck à l'anéantir, si c'était possible ? Oui. Et s'ils y parvenaient, ce qui était peu probable, il s'en réjouirait. Mais contrairement à Beck, et à Nerissa, il regretterait aussi la disparition d'un extraordinaire être vivant.

Et peut-être cela faisait-il de lui un bien improbable soldat. Et peut-être Beck le savait-il depuis le début.

19

Sur la route

Ils partirent à deux véhicules, Eugene Dowd conduisant la camionnette blanche et Leo la Ford repeinte. Cassie et Thomas choisirent de monter avec Leo, Beth ne surprit personne en préférant voyager avec Dowd.

Cassie observa la manière de conduire de Leo. Il prit garde à ne pas perdre la camionnette de vue pendant tout le trajet qui, au sortir de Salina, les fit traverser Great Bend, Dodge City et le nord-ouest du Texas pour aller s'enfoncer dans les terres arides, toujours sous un ciel terne de décembre. Quand Dowd s'arrêtait pour remplir le réservoir ou passer aux toilettes, Leo venait stationner derrière lui. Quand Dowd prenait un peu trop d'avance, Leo accélérait pour revenir à une distance confortable. Il restait aussi farouchement concentré qu'un animal en chasse.

Elle se demanda d'abord si c'était à cause de Beth… autrement dit, s'il était jaloux. Même si leur couple n'était plus aussi proche depuis Buffalo, Leo pouvait en vouloir à Dowd de faire des avances à sa copine. Dowd s'y était empressé avec une telle jubilation qu'on aurait dit que la divine providence lui livrait la jeune fille dans un paquet-cadeau.

Mais Leo se souciait plus probablement du matériel à l'arrière de la camionnette. Peut-être parce que celui-ci avait semblé si fragile et si incomplet, en tant qu'arme. Peut-être parce qu'ils ne disposaient véritablement d'aucune autre arme.

L'autoroute, large et bien entretenue, était l'un des fleurons fédéraux depuis sa construction sous l'administration Voorhis, plus d'un demi-siècle auparavant. Son ruban sombre traversait le désert, créant des oasis argentées aux endroits où l'air surchauffé reflétait le ciel.

À la nuit tombée, ils s'arrêtèrent sur un terrain de camping public dans l'Arizona. La soirée était fraîche, et même froide, une fois les étoiles apparues, mais ils allumèrent un feu dans le cercle de pierres prévu à cet effet et firent griller les hot dogs qu'ils avaient achetés dans une supérette près de Tucumcari. Dowd s'était procuré un pack de six bières qu'il partagea avec Beth. Il ne cessait de parler, mais jamais de choses sérieuses, et entonna au bout de quelques cannettes des chansons country en encourageant Beth à chanter les refrains avec lui. Il la prit ensuite par l'épaule pour la conduire vers la tente qu'il avait plantée. Beth lança à Leo un coup d'œil exultant, mais celui-ci refusa de croiser son regard.

Cassie aida Thomas à se coucher dans la voiture — un duvet sur la banquette arrière, les fenêtres entrouvertes pour laisser entrer un peu d'air —, puis alla s'asseoir à côté de Leo qui remuait les dernières braises. « Dowd est un gros con », lui dit-elle.

Il haussa les épaules. « Je suppose qu'il a son utilité. Mon père lui faisait confiance. Du moins, dans une certaine mesure. »

Dowd leur avait annoncé que, selon lui, le père de

Leo était toujours vivant et qu'ils le retrouveraient quelque part au Mexique ou encore plus au sud. C'était ce que prévoyait le plan, en tout cas. Le plan conclu de gré à gré deux ans auparavant entre Werner Beck et lui, le plan qu'il suivait depuis l'arrivée de Leo.

Cassie s'efforça de ne pas entendre les bruits, légers mais caractéristiques, qui s'échappaient de la tente où Dowd et Beth faisaient l'amour. Elle espéra que Leo ne la voyait pas rougir. Pour faire la conversation, ou tout au moins détourner l'attention, elle se mit à parler de sa famille — celle du début, avant 2007 — et de la maison dans laquelle ils habitaient, raconta le peu dont elle se souvenait de ce monde ancien et fragile. Leo semblait disposé à l'écouter. Il avait même l'air intéressé. Et quand Cassie se tut, il remua les cendres du foyer en disant : « J'avais cinq ans quand ma mère est morte. Dans un accident de voiture. J'ai survécu, pas elle. Le problème, c'est que je ne me souviens même pas à quoi elle ressemblait. Bon, j'ai vu des photos. Je me souviens des photos. Mais de son visage qui me regarde, ce genre de trucs ? Pas même en rêve. »

Cassie hocha la tête et se rapprocha de lui.

Elle partagea sa tente, cette nuit-là… en tout bien tout honneur, mais elle avait conscience de son long corps qui se retournait près d'elle dans l'autre sac de couchage, elle sentait sa chaleur et son odeur sous la toile.

Elle pensa à la défection de Beth. Qu'elle soit passée à Dowd n'était pas vraiment surprenant : comme tous les gamins de la Society, elle se sentait extrêmement vulnérable. Peut-être cela expliquait-il pourquoi elle avait toujours été attirée par des types à l'air puissant ou protecteur. Comme Leo, sans doute, à l'époque où il fauchait des voitures et fréquentait des petits malfaiteurs. Mais Dowd, plus âgé, ayant vu davantage de pays, était plus convaincant comme personnage dangereux.

Peu après minuit, Cassie se glissa dehors pour satisfaire un besoin naturel à même le sable derrière une borne kilométrique. L'autoroute était vide et un grand silence régnait sur le désert. Un croissant de lune s'appuyait aux contreforts à l'ouest. Au Mexique, pensa-t-elle. Ou encore plus au sud. Un rendez-vous avec le père de Leo. Et ensuite ?

Au matin, ils traversèrent le fleuve Colorado à Topock et poursuivirent vers l'ouest, en direction de ce que Dowd appelait « une boîte aux lettres morte » quelque part à Los Angeles. Cassie trouva le désert étrangement paisible. Cela tenait au soleil, à l'autorité solennelle de sa lumière. À Barstow, ils s'arrêtèrent au bord de la route dans une boutique où les lézards vert pomme d'un terrarium laissèrent Thomas bouche bée. Ils traversèrent les monts San Gabriel, se retrouvèrent dans le bassin de Los Angeles, avec au loin la ville blanche de gneiss et de marbre. « C'est là qu'ils font les films », dit Thomas, et oui, répondit Cassie, Hollywood n'était pas loin, ni les grandes usines où on fabriquait les avions commerciaux, comme ceux que son petit frère désignait avec excitation dans le ciel dégagé : des appareils à six moteurs à hélices qui arrivaient ou partaient de l'aéroport international de Los Angeles, et même quelques-uns des nouveaux avions de ligne à réaction. Il s'avéra que la boîte aux lettres morte était un box loué dans une entreprise de stockage à Vernon, et qu'il n'y avait à y récupérer qu'un jeu de permis d'exporter et de documents de transport couvrant le contenu de la camionnette… mais ce n'était pas grave, d'après Dowd, ils trouveraient d'autres boîtes en chemin, peut-être avec des nouvelles du père de Leo. Ils partirent cette fois vers le sud, longeant des fermes prospères et des oliveraies, croisant des panneaux de signalisation en anglais, mais aussi en espagnol et en japonais, passant sous d'énormes aqueducs fédéraux ou à côté de complexes de logements pour saisonniers, leurs façades en stuc décorées aux couleurs de l'arc-en-ciel. Que resterait-il de tout cela, se demanda Cassie, si la machine au fond de la camionnette de Dowd faisait ce qu'il croyait ? Parce que, comme toute action bonne et nécessaire, la destruction de l'hypercolonie pourrait avoir des conséquences inattendues.

Mais elle pensa à la dernière fois qu'elle avait vu ses parents. Assassinés sans avoir commis le moindre crime, sinon celui de détenir des informations qu'ils n'avaient pas le droit de détenir. Sa propre existence bouleversée, l'avenir de Thomas incertain… Elle ne recherchait pas la vengeance (même si, oui, elle la recherchait aussi), mais la justice. Sauf que la justice avait un prix. Fatalement. Un prix que d'autres allaient peut-être devoir payer.

À la radio, les stations locales passaient des *villancicos* : des chants de Noël. *Los peces en el río. Hoy en la tierra.* Devant eux, tandis que s'allongeaient les ombres, la camionnette de Dowd ralentit. La frontière n'était plus très loin et il fallait trouver un endroit où passer la nuit.

Dans son garage au Kansas, Dowd avait grand ouvert l'arrière de la poussiéreuse camionnette blanche avec un sourire d'imprésario. L'espace métallique clos et aveugle contenait quelque chose qui avait plus ou

moins la taille d'une malle de voyage et ressemblait, pour Cassie, à un équipement radio câblé à la main.
« C'est tout ? demanda Leo.

— Tu ne sais pas ce que c'est, répondit Dowd. Je ne comprends pas moi-même. Mais ça me vient de ton papa. Il a fait beaucoup pour moi. Il a acheté ce garage pour que j'y travaille et y vive. Sans rien lui payer, du moment que j'acceptais de devenir soldat le moment venu. Il m'a remis ce matériel pas plus tard que l'été dernier. Gardez ça ici, qu'il m'a dit. Et, le moment venu, apportez-le-moi à Antofagasta. Le moment venu, ce serait celui de ton arrivée. Il est temps de partir.

— D'accord, dit Leo d'un air dubitatif. Ça fait quoi ?

— Tout seul, rien du tout. C'est un morceau d'un truc plus gros. Vous n'êtes pas le seul soldat de cette armée, m'a dit ton papa. D'autres viendront, avec d'autres équipements. C'est comme un puzzle. Mieux vaut que vous n'en sachiez rien. On ne peut révéler ce qu'on ne sait pas. Mais c'est une arme… un morceau d'arme. Il a été très clair là-dessus.

— Ça n'y ressemble pas.

— Je me fie à son jugement, dit Dowd avec un petit sourire narquois. Pas toi ? »

Ils prirent deux chambres dans un motel de Chula Vista où des palmiers nains se dressaient comme des portiers en livrée entre la piscine et la route. Une pour Dowd et Beth, l'autre pour Cassie, Leo et Thomas.

Le garçon dormit sur un lit pliant près de la porte. Cassie et Leo se partagèrent le lit à deux places. Par chance, Thomas avait le sommeil profond, et Leo alluma tout bas la radio de la chambre pour couvrir les autres bruits. *Noche de paz*, murmura un chœur. *Todo duerme en derredor.*

C'était la première fois qu'ils s'embrassaient. La première fois qu'elle touchait Leo, qu'elle le laissait la toucher. Une exploration, se dit-elle. L'exploration de Leo. Sa bouche avait un goût de cannelle et de fumée. Ses mains, découvrit-elle, étaient généreuses et habiles.

Le lendemain matin, ils se réunirent dans la chambre de Dowd pour organiser leur traversée de la frontière.

« J'ai des papiers d'identité et un permis commercial pour le transport de matériel radio, dit-il. Donc, moi, je suis paré. Vous avez tous des papiers qui n'ont pas encore servi, utilisez-les aujourd'hui. Beth peut monter avec moi. Mais passer la frontière dans un véhicule volé est trop dangereux, même repeint et avec de nouvelles plaques. On va donc s'en débarrasser et vous irez en car de San Diego à Tijuana. On se retrouve à la gare routière sur Avenida Revolución. Leo, tu as toujours ce pistolet avec lequel tu as descendu un type ? »

Leo le regarda avec froideur. Beth avait dû lui raconter. « Oui.

— Donne-le-moi. »

Leo ne bougea pas, même si ses yeux se posèrent un instant sur le sac marin vert avec lequel il voyageait depuis Buffalo.

« Allons, dit Dowd. Tu vas faire quoi, passer la frontière avec un flingue dans tes bagages ? C'est complètement idiot. Donne-le-moi, on va le balancer avec la voiture.

— Et si j'ai besoin de me protéger ? »

Beth était debout à côté de Dowd, une main possessive sur son bras. « Tu devrais écouter Eugene. Il s'y connaît, là-dessus. »

Leo se renfrogna, mais sortit le pistolet qu'il tendit à Dowd. Celui-ci vérifia le cran de sûreté avant de fourrer l'arme dans la ceinture de son jean.

« Autre chose, dit Dowd. Je sais que ton papa t'a donné mon adresse au Texas, et à moi, il m'a dit de veiller sur toi si tu te pointais. Pas de problème, ça fait partie du marché. Mais il n'a rien dit ni pour *elle* », Cassie, « ni pour *lui* », Thomas. « Et ça ne m'enchante pas de devoir m'occuper de gamins pendant le voyage. Surtout qu'on a des milliers de kilomètres de Transaméricaine à faire.

— Ils n'ont pas besoin que vous vous occupiez d'eux, répondit Leo. Ils sont avec moi.

— Eh bien, partir sans eux est dangereux aussi, vu que ce sont des criminels recherchés par la police. Je suppose qu'on pourrait les descendre. » Il sourit pour montrer qu'il plaisantait. « Mais une fois au Mexique, tu devrais peut-être les installer dans une petite hacienda avec de quoi vivre en attendant. Ce serait moins dangereux pour tout le monde.

— Non ! s'écria Thomas avant que Leo puisse répondre.

— Je ne t'ai pas demandé ton avis, dit Dowd.

— Ils sont avec moi, répéta Leo, au moins jusqu'à ce que je puisse parler à mon père.

— Ouais, bon. » Dowd haussa les épaules. « La prochaine boîte aux lettres est à Mazatlán. J'imagine qu'ils peuvent suivre le mouvement jusque-là. Mais ensuite, ça devient du sérieux. Tout le monde a bien compris ? »

Tout le monde avait bien compris.

Au poste-frontière de San Ysidro, un douanier pétri d'ennui passa dans l'allée du car Greyhound pour poser des questions décousues aux voyageurs tout en vérifiant leur identité. Cassie et Thomas étaient assis côte à côte : ils se faisaient passer pour un frère et une sœur allant rendre visite à leur oncle à Rosarito. L'homme jeta un vague coup d'œil à leurs papiers — ce n'était qu'une formalité depuis l'Accord sur les passeports communs — avant de passer à quelqu'un d'autre. Ni Cassie, ni Thomas, ni Leo, assis quelques rangs plus loin, ne semblèrent éveiller ses soupçons.

Le bus resta encore un peu à l'arrêt dans un nuage de gaz d'échappement de diesel, puis repartit en grommelant. Cassie écouta les passagers bavarder en espagnol tandis qu'il passait sous la barrière et traversait les eaux marron de la Tijuana. « Toi vas à Rosarito ? » lui demanda une femme quand le bus s'arrêta à la gare routière sur Avenida Revolución. « J'ai entendu toi dire. »

Cassie se leva pour descendre, la main de Thomas dans la sienne. « À Rosarito, oui.

— Très beau ! *¡ Feliz navidad !* »

Non, pas à Rosarito, pensa-t-elle. Ce n'est pas notre destination. On va à Antofagasta, au Chili. On va dans le désert d'Atacama. On va à la fin du monde.

20

Joplin, Missouri

« On arrivera peut-être à les intercepter à Sinaloa, dit Werner Beck. À défaut, on les retrouvera à Antofagasta. »

Il leur avait raconté le Chili, les installations construites a priori par l'hypercolonie dans le désert d'Atacama et les faisceaux de lumière intense. Lui-même n'avait rien vu de tout cela, mais il avait discuté avec un témoin oculaire et de nombreux indices corroboraient ce témoignage, fournis par les manifestes d'expédition, les fournisseurs de pièces industrielles et de terres rares, les lacunes inexplicables dans les itinéraires des avions de ligne qui joignaient le Chili à la Bolivie ou au Brésil. Beck avait étudié tout cela.

Les installations dans le désert, soutenait-il, constituaient le mécanisme reproducteur de l'hypercolonie. Si on frappait là, on frappait la bête au cœur. *Du moins dans les couilles*, pensa Nerissa.

Ethan sembla convaincu. Nerissa ne l'était pas, mais peu importait. Du moment que cela pouvait lui donner une chance de prendre enfin Thomas et Cassie dans ses bras et de les protéger des rêves militants de Beck.

Ethan alla prendre sa douche, les laissant seuls dans la cuisine. Nerissa posa à Beck une question qui la troublait : le sim Winston Bayliss avait parlé d'un parasite à l'œuvre dans l'hypercolonie, secouée selon lui par un conflit interne. Était-ce possible ? Et sinon, pourquoi des sims d'un autre groupe s'en étaient-ils pris à Bayliss dans la ferme d'Ethan ?

« C'est possible, répondit Beck. Certains signes le laissent penser.

— Lesquels ?

— Toutes les cultures tirées des carottes glaciaires d'Ethan sont identiques et compatibles. Mais nous avons développé des souches plus récentes et les deux échantillons se disputent parfois les ressources *in vitro* jusqu'à ce qu'il n'en reste qu'un. Mais j'hésite à en tirer la moindre conclusion.

— Pourtant, ce qu'a dit Bayliss…

— On ne peut se fier à rien de ce que raconte un sim, madame Iverson. Et tout l'art de la guerre est fondé sur la duperie.

— Vous citez Sun Tzu.

— Sans doute. Bien entendu, ce qui émane de l'hypercolonie n'est même pas un mensonge *conscient*. »

L'esprit fébrile de Nerissa lui fournit une autre citation, celle-ci tirée de *Vie de Samuel Johnson* de Boswell : *Mais s'il pense vraiment qu'il n'y a aucune différence entre le vice et la vertu, ma foi, Monsieur, nous ferons bien de compter nos cuillers quand il sortira de chez nous.* « Il y a donc peut-être bien en ce moment une espèce de conflit interne.

— Bien sûr, mais on n'a aucun moyen de le savoir. »

Ethan entra, habillé et sa valise à la main. « Prêt à partir. »

Ils attendirent que Beck brûle l'un après l'autre tous ses dossiers dans la cheminée du salon, y compris les épouvantables photographies de Wyndham. Il ne fallait rien laisser qui pourrait tomber entre les mains de l'ennemi.

Beck tint le volant pendant les deux cent quarante kilomètres qui les séparaient de l'aéroport international de Kansas City. Il gara la voiture sur un parking longue durée, où personne ne s'y intéresserait avant au moins trois semaines. Il acheta ensuite dans l'aérogare trois places à bord du prochain vol pour Mazatlán.

Peu après le coucher du soleil, un appareil étincelant à six hélices les hissa dans le ciel nocturne. Nerissa, qui n'arrivait pas à dormir, profita de sa place près du hublot pour regarder les villes des grandes plaines passer sous les ailes comme des cartes lumineuses d'un monde dans lequel elle ne pouvait plus habiter et que ses compagnons de voyage avaient juré de démolir. Elle surprit plusieurs fois Beck en train de l'examiner d'un air qu'elle n'arrivait pas tout à fait à déchiffrer… suspicion ? Curiosité ? On aurait dit qu'il se demandait quelle motivation secrète elle pourrait bien dissimuler.

Sauf que ses motivations n'avaient rien, absolument rien de secret. Que Beck fasse la guerre à une abstraction hostile, et qu'Ethan se joigne à lui s'il le voulait. Elle les suivrait de loin sur cette voie. Elle-même menait une guerre différente, pour une cause différente. Et peut-être que Beck comprenait cette vérité sur elle. Peut-être était-ce pour cela qu'il lui faisait si peur.

21

Mazatlán

Eugene Dowd supportait mal que les fêtes mexicaines l'empêchent depuis trois jours d'aller relever la boîte aux lettres morte.

Mazatlán était une jolie ville dont le concept de « douce nuit » échappait malheureusement aux habitants. La veille de Noël, les fêtes de rue avaient failli le rendre sourd : groupes de musique, feux d'artifice, foules bruyantes dans le Mercado, et après cela tout fermait pour Noël. Avant de repartir pour Antofagasta, Eugene devait aller dans une rue secondaire à proximité du Centro Histórico relever une certaine boîte numérotée à l'intérieur d'un magasin ordinaire de service de boîtes aux lettres. Mais le commerce n'avait pas ouvert une seule minute, n'offrant à la vue qu'une porte verrouillée et un panneau en carton avec les mots CERRADO POR NAVIDAD écrits au crayon vert dessus.

Aussi Eugene restait-il enfermé dans un hôtel touristique de trois étages avec Beth, Leo Beck et ce qu'il continuait à considérer comme deux enfants, Cassie et Thomas (Cassie n'était guère plus jeune que Beth, mais avec son visage plat et sa silhouette quelconque, elle ne ressemblait pas pour lui à une adulte). Il partageait sa chambre avec Beth, qui l'aidait à tuer le temps, mais il commençait déjà à lui trouver moins de charme : elle lui collait tout le temps aux basques, s'effrayait pour un rien et était beaucoup moins intelligente qu'elle aimait le faire croire.

Le troisième jour, les commerces de Mazatlán rouvrirent enfin. Eugene quitta l'hôtel à dix heures du matin et, suivi par Leo Beck, se dirigea à pied vers le quartier historique. Il aurait préféré y aller seul, mais Leo, dont l'hostilité mal dissimulée à son égard était sans doute proportionnelle à la vitesse avec laquelle Beth l'avait plaqué, avait insisté pour l'accompagner. Et comme c'était le fils de Werner — mieux valait ne pas faire l'erreur de l'oublier —, Eugene avait accepté à contrecœur.

On voyait beaucoup de *pulmonias* dans les rues, ces taxis-voiturettes de golf typiques de Mazatlán, la plupart entrant ou sortant de la Zona Dorada avec des touristes à bord. Le ciel était d'un bleu parfait au-dessus des façades de brique et de stuc, la température de 21 °C continuait à grimper petit à petit. La journée était si agréable qu'elle invitait à la détente, ce dont Eugene se garda bien. Tout ce qu'il avait vu et fait dans l'Atacama, ainsi que les exposés de Werner Beck sur la nature de ce qu'il appelait l'hypercolonie, avait constitué son éducation sur la manière dont fonctionnait le monde. Pour toutes les conneries hypocrites racontées au lycée sur le siècle de la Paix, le masque était tombé : elles étaient aussi artificielles qu'une scène de la Nativité en plastique et aussi creuses qu'une piñata fendue. Le monde était paisible comme une étudiante ivre morte dans une fête sur le campus : c'était la paix qui permettait de baiser plus facilement. Ces gamins avec qui il voyageait, ils disaient le savoir, mais le savaient-ils vraiment ? Non. Pas de la même manière que *lui*.

Ils allaient pénétrer dans la rue du magasin quand Leo attrapa Eugene par le bras. « Eh, attendez…

— Quoi ? »

Leo s'était immobilisé pour observer les touristes et les habitants sur l'avenue. Eugene détestait se faire remarquer, surtout dans un endroit inconnu où il avait tous les sens aux aguets, et déjà les passants tendaient instinctivement le cou pour voir ce qui laissait bouche bée ce *turista* nerveux. Il regretta que Leo n'ait pas hérité même d'une fraction de la prudence de son père.

« J'ai cru voir quelqu'un, dit Leo d'une voix à présent un rien penaude.

— Ah ouais ? Qui ?

— Je ne sais pas. Un visage. Un visage *qui me disait quelque chose.*

— Comment ça ? Quelqu'un que tu connais ?

— Non. Je ne crois pas. » Leo haussa les épaules, manifestement embarrassé. « Personne sur qui je pourrais mettre un nom. J'ai juste une impression genre j'ai déjà vu ce type-là quelque part.

— Un type ?

— Un Américain, je dirais. Pas très bronzé. Quarante ou cinquante ans.

— D'accord. Je prends ça en considération. » Sans doute cela ne voulait-il rien dire. Sans doute Leo était-il tout simplement nerveux. Mais Eugene portait une arme — celle qu'il avait prise à Leo avant de traverser la frontière et qu'il avait pu introduire au Mexique dans un compartiment secret du tableau de bord de la camionnette. Le pistolet était attaché à sa ceinture dans une espèce de harnais fabriqué avec des lambeaux d'une vieille chemise et dissimulé sous le tee-shirt XL enfilé précisément dans ce but, mais son poids ne se faisait pas oublier.

C'est son père qui lui avait appris à tirer. Fermiers depuis plusieurs générations, les Dowd connaissaient bien les fusils, mais le père d'Eugene s'était aussi pris de passion pour les pistolets et avait longtemps pratiqué le tir sur cible. Il possédait un antique colt, dûment déclaré, qu'il chérissait et avec lequel il finit par se supprimer une fois la mère d'Eugene vaincue par le cancer du pancréas. C'était le chagrin, et non le colt, qu'Eugene tenait responsable de ce suicide. Cette arme avait pour lui une valeur sentimentale et il aurait aimé en hériter, mais il se trouvait au Chili quand son père s'en était servi pour pratiquer un trou gros comme une pièce de cinquante cents dans sa tempe gauche et le revolver avait été remis à la police afin qu'elle en dispose légalement. Eugene n'avait même pas de permis de port d'arme, pour le moment. Il en avait demandé un à Amarillo, mais il avait trop de délits de conduite en état d'ivresse sur son casier, à l'époque. Les lois sur la possession d'arme étaient strictes à un point agaçant, même au Texas.

Il faut dire qu'Eugene était revenu plutôt paumé de l'Atacama. Comment se remettre de ce qu'il avait vécu dans le désert chilien ? Découvrir à son retour que ses deux parents étaient morts, sa mère du cancer et son père d'une auto-euthanasie au calibre .45, n'avait fait qu'aggraver le problème. Eugene avait eu l'impression pendant un temps que son destin consistait à se saouler régulièrement et à claquer ses indemnités de chômage dans un camping-car Fleetwood d'occasion, ce qui, chose dérangeante, *lui convenait*. C'est l'arrivée inopinée de Werner Beck qui avait tout changé. Ou plutôt, même si le volontarisme de Beck était revigorant, la perspective de *passer à l'action*, de repenser les mystères de l'Atacama comme une attaque personnelle et d'envisager la revanche. La perspective de retourner au

Chili, non comme victime mais comme soldat. Entouré d'autres soldats et avec une arme appropriée à la main. Car Beck avait aussi promis cela : il y aurait une arme, une à laquelle seuls les hommes à l'intérieur vert et les araignées à visage humain seraient vulnérables.

Il quitta l'*avenida* pour pénétrer dans la *calle* plus étroite de la boutique de boîtes aux lettres. Les commerces y prospéraient : portants à vêtements et tables surchargées encombraient le trottoir pour les touristes qui avaient raté la concentration d'établissements similaires dans la Zona Dorada. Encore ébranlé par ce que venait de lui dire Leo, Eugene avança d'un pas prudent en jetant des coups d'œil aux devantures comme s'il hésitait entre l'achat d'un collier en coquillages et celui d'une carte postale. Les vitrines étaient utiles, leurs reflets permettant d'examiner discrètement les passants. Leo se dandina avec impatience tandis qu'il se livrait à cette observation méthodique, mais cela ne le gênait pas, c'était un comportement plausible de la part d'un jeune homme qu'on avait, disons, forcé à venir aux commissions au lieu de le laisser aller à la plage. Sur l'autre trottoir, quelques mètres plus loin, il n'y avait plus trace du panneau CERRADO sur la porte du magasin.

Eugene allait se désintéresser de ces reflets quand il aperçut quelqu'un en train de fendre la foule des touristes avec une détermination et une assurance suspectes.

L'homme portait un jean, une chemise en denim aux manches relevées, une casquette de base-ball des Diablos Rojos tachée de sueur et des lunettes à monture noire. Rien de tout cela ne le différenciait vraiment des autres autochtones croisés par Eugene. C'était sa trajectoire — une ligne droite passant par Leo Beck — et son langage corporel qui lui donnèrent l'alerte. Ainsi, bien entendu, que la manière dont il gardait le bras droit le long du corps. « Leo.

— Quoi ?

— Leo, tu devrais peut-être… oh *merde* ! »

C'était un long couteau que l'homme cachait sous son aisselle. Il le sortit et se mit à courir, réduisant à une vitesse inquiétante la distance qui les séparait encore de lui. Eugene pivota en cherchant son pistolet sous son tee-shirt.

Leo continuait à le regarder. De sa main libre, Eugene le poussa. Par chance, le gamin fit un faux pas sur sa gauche et évita ainsi de se faire ouvrir le ventre par le mouvement de taille que son agresseur entamait avec le couteau. Eugene parvint à extraire le pistolet de son pantalon et en ôta la sécurité juste au moment où l'homme à la casquette de base-ball se tournait vers lui. La pointe de la lame l'atteignit, un coup oblique qui rebondit sur l'os de sa hanche et donna l'impression d'un doigt glacé. Eugene braqua son arme et pressa la détente.

Il n'avait jamais tiré sur un homme, les créatures dans l'Atacama n'étant pas réellement humaines. Il regarda le pistolet comme s'il venait de surgir d'une autre dimension. Il sentit les effets du recul dans son poignet. Il prit conscience de la panique qui se répandait dans la foule, les cris étouffés ou non, les gens qui se mettaient à tanguer en se heurtant les uns aux autres comme des quilles déséquilibrées.

Il baissa ensuite les yeux sur l'homme qu'il venait d'abattre : au sang que celui-ci perdait sur le trottoir se mêlait un fluide vert à l'odeur d'engrais de jardin.

Eugene n'avait *toujours pas* tué d'êtres humains.

« Cours », ordonna-t-il à Leo.

Ils se fondirent sans mal dans la foule paniquée. Eugene glissa le pistolet dans sa ceinture et se fraya un chemin dans un cercle de badauds à la bouche béant d'horreur, s'assura que Leo le suivait et se mit à courir. Ils devinrent alors impossibles à distinguer d'une dizaine d'autres touristes qui avaient réagi au coup de feu et à la vue du sang vert/rouge du sim en voulant quitter les lieux le plus vite possible pour trouver un endroit plus sûr. Après quelques changements de direction spontanés et par conséquent utilement aléatoires, Eugene ralentit pour reprendre son souffle. La blessure infligée par le sim était gênante et de plus en plus douloureuse, mais pour le moment son jean étanchait la plaie et ne laissait rien couler de compromettant. Il constata par une prudente exploration visuelle des alentours qu'ils n'avaient aucun *policía* aux trousses, même si de nombreuses sirènes se faisaient entendre au loin.

Par chance, à l'hôtel, Beth et les deux gamins tuaient le temps dans le restaurant au rez-de-chaussée ; il n'eut pas besoin d'aller à leur recherche, juste de les raccompagner dans leurs chambres en leur ordonnant de faire leurs bagages. Il fallait désormais partir le plus vite possible. La boîte aux lettres morte, quelles que soient les instructions que Werner Beck avait pu y laisser, était compromise et par conséquent inaccessible. La procédure convenue dans pareil cas consistait à honorer le rendez-vous à Antofagasta. Peut-être ce plan avait-il été modifié et peut-être Beck s'était-il servi de la boîte aux lettres pour l'en informer, mais comme disait la mère d'Eugene, *les peut-être ne remplissent pas ton assiette*.

Eugene se mit en caleçon. La lame du sim avait tracé

une belle entaille. Celle-ci était toutefois superficielle et il laissa Cassie la recouvrir de gaze, ce qu'elle fit en se penchant avec les yeux d'un animal sauvage pris dans les phares d'une voiture, mais ses mains ne tremblèrent pas et elle ne broncha pas à la vue du sang. Il avait commencé à comprendre qu'elle était peut-être plus fiable que Beth et que son aspect un peu batracien dissimulait de réelles qualités humaines. Rien de vraiment surprenant, donc, que Leo ait commencé à la sauter sitôt largué par Beth.

Sans doute aurait-il été plus sage de poser quelques points, même improvisés avec une aiguille stérilisée et du fil de couture. Mais le temps manquait. Il valait nettement mieux reprendre la route. Après avoir pansé Eugene, Cassie se mit à ses bagages, en hésitant sur le contenu de son sac marin comme si le fait que sa lingerie soit pliée ou non avait une quelconque importance. « Fourre donc tout dans ce putain de sac ! » jeta Eugene. Ne comprenait-elle donc pas la signification de ce qui venait de se passer ? Le sim mort savait qu'Eugene et les autres étaient à Mazatlán et où tendre son embuscade. Bien que peu nombreux et isolés, lui avait dit un jour Beck, les sims étaient intelligents et suivaient une stratégie, aussi y en avait-il peut-être d'autres dans les environs… peut-être, pour ce qu'il en savait, y en avait-il toute une armée en train de converger sur l'hôtel.

« Non, attends », dit Leo, ce qui fit bouillir Eugene encore davantage.

Leo regardait dans le sac de Cassie. Il y plongea la main pour en ressortir ce qu'elle venait d'y mettre : un livre.

« Dans la rue, quand j'ai cru reconnaître quelqu'un…
— Ouais ? Quoi ? »

Leo brandit le livre. *Le Pêcheur et l'Araignée*. Aucun pêcheur sur la couverture sale et froissée, mais une araignée : une représentation impressionniste de ce qu'Eugene supposa être une veuve noire, vu le sablier rouge sur son abdomen. Leo retourna l'ouvrage en montrant le quatrième de couverture à Eugene. Y figurait en bas à gauche une photographie noir et blanc de l'auteur, Ethan Iverson, un parent de Cassie : un type mince à l'épaisse couronne de cheveux gris.

« C'est de là que je le connaissais, expliqua Leo. C'est le type que j'ai vu avant qu'on se fasse attaquer. »

Cassie étouffa un cri. « Il est là ? L'oncle Ethan *est là* ?

— *Finis ton sac*, bordel, dit Eugene. S'il était là, il est sans doute en route pour Antofagasta, maintenant. Tout comme nous.

— Mais on devrait essayer de le retrouver !

— On devrait plutôt continuer à se conformer au plan, oui. »

Cassie le fusilla du regard avant de céder et de se remettre à fourrer des vêtements dans son bagage.

Intraitable petite conne, se dit Eugene. Elle était plus sûre d'elle qu'elle le laissait voir. Il faudrait qu'il la garde à l'œil.

22

Mazatlán, Mexique/Antofagasta, Chili

« Ils étaient là ? » voulut savoir Nerissa.

Elle parlait de Cassie et de Thomas. Ethan venait de rentrer et racontait qu'il traînait un peu pour observer la circulation dans la rue de la boîte aux lettres morte avant de s'y engager quand il avait entendu claquer un coup de feu. Il s'était frayé un chemin dans la foule jusqu'à un sim qui agonisait en répandant des fluides sur le trottoir d'une boutique pour touristes, mais n'avait pas assisté à l'agression elle-même. « Je ne sais pas qui était impliqué », dit-il.

Cassie avait-elle pu se trouver là ? Nerissa n'arrivait pas à imaginer sa nièce un pistolet à la main, mais le garçon avec qui elle avait quitté Buffalo, Leo Beck, était sans doute assez irresponsable pour en porter un. « On fait quoi, alors ?

— On continue », décréta Werner Beck avant qu'Ethan puisse répondre.

Ils continuèrent donc. Parce que Beck l'avait dit. Même si, selon Nerissa, Werner Beck était subrepticement fou.

Elle faisait preuve d'une patience maussade, coopérait avec Beck parce qu'il avait de quoi payer le voyage et un plan grâce auquel elle retrouverait peut-être Cassie et Thomas. Ou du moins le fils de Beck, Leo. Peut-être chacune de ses actions l'éloignait-elle encore davantage de son neveu et sa nièce, mais il se pouvait également (c'était même *probable*, espérait-elle) qu'elle avait commencé à les rattraper… d'où sa patience.

Tout ce calme étudié faillit cependant voler en éclats quand elle entendit Ethan raconter le sim abattu. Elle voulut se précipiter dans la rue pour chercher Cassie et Thomas en criant leurs noms, mais se retint de tout acte impulsif et stupide de ce genre. Parce que, sur ce point, du moins, Beck avait sans doute raison. La meilleure solution consistait à se rendre au rendez-vous à Antofagasta. Puisque telle était la destination de Leo. À supposer qu'aucun sim ne s'en mêle. À supposer que Cassie et Thomas survivent au voyage.

Et ensuite ? Une pensée la glaça. Et si, par l'intermédiaire de Leo, une partie de la folie de Werner Beck avait contaminé sa nièce ?

Car c'était bel et bien de la folie… chaque jour qui passait l'en convainquait davantage.

Beck acheta des places sur un vol commercial à destination de Santiago, avec une correspondance pour Antofagasta. Leurs papiers furent superficiellement examinés à l'aéroport, où ils finirent par embarquer dans un quadrimoteur Fanaero United luisant qui grimpa dans le ciel dégagé avant de virer sur l'aile vers le sud.

Nerissa avait très envie de discuter de ses peurs avec Ethan, mais ils n'avaient été que très rarement seuls depuis leur arrivée chez Werner Beck. Elle sentait qu'Ethan ne faisait plus autant confiance à Beck depuis qu'il le voyait tous les jours de près. « Ce n'est pas l'homme que j'ai connu il y a dix ans, avait-il reconnu au cours d'un de leurs rares moments de solitude. Mais personne d'autre n'a ses connaissances ni ce genre d'influence. »

Peut-être, mais à quoi Beck était-il parvenu au juste ? Il parlait d'un réseau mondial de chercheurs et de proto-soldats, tous fin prêts à affronter l'hypercolonie et à détruire ses infrastructures dans le désert d'Atacama… voilà qui était merveilleux, peut-être même *plausible*, à la rigueur, mais les détails étaient d'une rareté suspecte. Beck avait cité comme exemple de chercheur Wyndham en Angleterre et comme exemple de soldat Eugene Dowd, le compagnon de voyage supposé de Leo, Thomas et Cassie. Sauf que cela ne constituait pas vraiment une armée. Et qu'une attaque même victorieuse du site d'Atacama infligerait des dégâts matériels à l'hypercolonie n'était que pure spéculation de sa part. Il pouvait exister d'autres installations similaires dans le monde. Beck affirmait que non, mais éludait toute demande d'explication.

Il avait donné généreusement de son argent au fil des ans, mais d'après Ethan il en avait plus ou moins hérité : tout ce que Beck avait fait lui-même, c'était créer un réseau de sociétés-écrans et de comptes fictifs lui permettant de gérer ses revenus sans laisser de piste électronique trop visible. Elle se demandait d'ailleurs dans quelle mesure ce flux financier était vraiment fiable. La planque de Beck était un peu miteuse et lui-même s'habillait en général d'un pantalon en denim et d'une veste en tweed.

Rien de tout cela n'était signe de folie, mais comment interpréter son style de conversation (affecté et condescendant), sa monomanie, l'attention obsessionnelle qu'il portait aux menus détails de la confidentialité et de la sécurité ? Toutes les familles des victimes de 2007 partageaient plus ou moins ces traits de caractère, mais au moins avaient-elles essayé de se construire une existence hors des frontières de cette nécessaire paranoïa. Beck se trouvait complètement à l'intérieur de celles-ci. Même Ethan, malgré son isolement presque aussi total dans sa ferme du Vermont, était parvenu à conserver sa santé mentale… peut-être parce qu'il était assez objectif pour douter de celle-ci. Beck ne se permettait jamais ce genre de doutes indignes d'un homme.

Là se trouvait le nœud du problème. Beck était imperméable au doute. Il croyait à son armée de disciples, à son ennemi implacable, à sa stratégie imbattable, et contester l'un ou l'autre de ces éléments était non seulement stupide mais, à ses yeux, une trahison trop odieuse pour être pardonnable.

Ethan, qui sommeillait près du hublot, avait demandé à Nerissa de ne pas le réveiller. L'hôtesse servit le repas tandis que l'appareil longeait la côte pacifique du Panama, mais comme c'était un repas typique de compagnie aérienne, Ethan ne manquait pas grand-chose. La manière dont Beck mangeait intrigua Nerissa : il ôtait le papier aluminium qui recouvrait son plateau, le pliait en trois et recommençait l'opération avec l'emballage des couverts. Toutes les quatre bouchées, il portait à ses lèvres sa tasse de café noir pas plus grosse qu'un dé à coudre. Elle se mit à compter. Quatre bouchées. Une gorgée. Quatre bouchées. Une gorgée. C'était métronomique.

« Qu'est-ce que vous regardez, madame Iverson ? »

Elle sursauta comme une écolière prise en faute. « Rien… désolée. »

Il jeta un coup d'œil au plateau de Nerissa, transformé en amoncellement d'emballages déchirés et de nourriture non terminée. « L'hôtesse devrait bientôt passer nous débarrasser. »

Elle se força à sourire en espérant mettre ainsi un terme à la conversation. Le regard de Beck remonta jusqu'à son visage, mais son expression dégoûtée ne changea qu'à peine. « Puisque nous avons un moment, puis-je vous dire quelque chose ?

— Bien sûr.

— Je veux vous en parler sans tourner autour du pot. Sans prendre de gants. Parce que de toute évidence, vous n'êtes pas convaincue par ce que je veux faire au Chili.

— Je ne dirais pas…

— Vous-même voulez seulement récupérer votre nièce et votre neveu. Ce qui ne me pose aucun problème. Vous n'êtes pas un soldat, Cassie et Thomas non plus. Et s'ils sont avec Leo, ils ne font que le gêner. Vous ne pourrez sans doute pas être plus utile qu'en les ramenant aux États-Unis. »

Réveille-toi, Ethan ! pensa-t-elle. Mais il ne bougea pas. L'avion rencontra une turbulence et elle tendit la main vers sa tasse de café pour l'empêcher de tomber.

« Mais vous vous trompez sur ce que nous faisons dans l'Atacama. D'autres ont exprimé des réserves du même ordre. Même s'ils reviennent moins souvent depuis 2007, j'ai entendu un nombre incalculable de fois des arguments en faveur du compromis… l'idée selon laquelle l'hypercolonie nous a donné quelque chose de précieux en échange de son dérisoire détournement de ressources. Selon laquelle s'en mêler menacerait les deux camps et même la paix mondiale. Je dois dire que c'est une attitude indigne.

— J'ai vu ma sœur et mon beau-frère assassinés. Je ne suis pas très disposée à pardonner ça. » Où était passée l'hôtesse ? L'avion tout entier semblait à présent enveloppé dans une espèce de coma d'après-midi au soleil.

« Je sais. Mais vous vous êtes demandé, n'est-ce pas, ce que nous risquions de perdre si j'arrivais à mes fins ? »

Elle s'était évidemment posé la question. Si l'hypercolonie avait bel et bien modelé le monde comme un potier l'argile humide sur son tour, si elle avait bel et bien réussi à produire de la prospérité avec de la pauvreté et à transformer en refrain entraînant la dissonance des voix humaines du monde… Alors oui : « Je m'interroge sur les conséquences, forcément.

— De la manière dont je vois les choses, l'humanité sera forcée de prendre son avenir en main.

— Pour le meilleur ou pour le pire.

— Tous ceux d'entre nous qui ont survécu à 2007 portent un lourd fardeau. Les gens autour de nous peuvent continuer à vivre normalement alors que nous avons cette connaissance épouvantable sur le dos. On essaye donc de faire face. On fait ce qu'on a à faire. Vous avez choisi de rester à l'écart, de vous occuper des enfants pendant que d'autres combattaient. Libre à vous, c'est un bon choix, un choix utile. Mais en tant que civile, les *conséquences* de ce que nous faisons ne vous regardent pas. Il faut que vous laissiez la guerre aux soldats. »

À l'aéroport de Pudahuel, ils attendirent leur correspondance en sirotant un verre : eau minérale pour Beck, bière pour Ethan, rhum-coca pour Nerissa. Cette dernière passa l'heure à suivre un journal télévisé en anglais sur le poste installé derrière le bar de la salle d'attente.

Le contrôle de l'hypercolonie s'effritait-il déjà, comme l'avait laissé entendre Winston Bayliss ? D'autres troupes et hélicoptères de combat russes comme japonais avaient été envoyés à Magadan, sur la mer d'Okhotsk. Elle vit des bâtiments de brique s'écrouler sous l'action des mortiers. De telles éruptions sporadiques étaient en général étouffées dans l'œuf, mais peut-être en irait-il autrement avec celle-ci. Les tentatives d'intimidation diplomatiques s'intensifiaient encore et la Société des Nations semblait incapable d'intervenir. Des murs effondrés, des corps brisés : était-ce à cela que ressemblerait le monde dans cinq, dix ou cinquante ans ?

Elle glissa un nouveau coup d'œil sur Beck. Il faut bien reconnaître, songea-t-elle, qu'il se montre habile et persuasif quand il vend son projet. Si nuisible et malhonnête que pouvait être sa vision du monde, il avait réussi à y convertir nombre de personnes intelligentes, y compris Ethan, semblait-il.

En d'autres termes, c'était un leader-né. Mais peut-être la paix du dernier siècle s'expliquait-elle par l'absence imposée de leaders-nés. Et en cas de destruction de l'hypercolonie, ceux-ci resurgiraient… nos Napoléons, pensa-t-elle. Nos Césars. Nos terribles et légitimes dirigeants.

Un petit monomoteur les conduisit de Santiago à Antofagasta et, quand il entama sa descente vers la piste de Cerro Moreno, Nerissa vit pour la première fois la chaîne côtière qui longeait le désert de sel d'Atacama.

L'endroit le plus sec sur Terre. Plus de 100 000 kilomètres carrés de sable, de sel et d'anciens débris pyroclastiques. Un endroit parfait pour un observatoire, s'il y avait eu des gens pour en financer un, tant le ciel y était invariablement dégagé.

C'était là (à en croire Beck) que l'hypercolonie avait bâti sa zone de reproduction. Nerissa essaya d'imaginer cette entité, d'y penser sans peur ni haine. Peut-être de la manière dont y pensait Ethan : comme à un organisme très ancien et très complexe. Intelligent, d'après Beck et lui, mais sans conscience de sa propre existence. Il ne pensait pas, pour le dire en termes humains, il *calculait*. Il ressemblait aux ordinateurs dont se servaient les compagnies d'eau ou d'électricité, mais infiniment plus subtil, programmé par son évolution d'une longueur incroyable.

Et là, dans l'Atacama, il avait réuni les moyens de se transmettre à d'autres mondes lointains. Peut-être avec des fusées, comme celles qui figuraient sur les romans de science-fiction que Cassie glissait dans son cartable, ou avec quelque chose de mieux. Qui avait à voir avec des faisceaux lumineux. Et dont la construction ne pouvait se faire qu'avec les ressources d'une culture technologiquement avancée.

En le regardant de cette manière, l'hypercolonie n'était pas vraiment un ennemi, du moins dans le sens d'adversaire conscient et malveillant. Et peut-être était-ce ce que Beck n'avait pas réussi à comprendre. Il n'y avait pas davantage de malveillance dans l'hypercolonie que dans un désastre naturel… et ce n'est même pas forcément un désastre, songea Nerissa, à part pour ceux d'entre nous qui, tels des enfants têtus, fourrons les doigts dans la létalité du nid de frelons.

Antofagasta était une ville industrielle très active. Au nord, la fumée des raffineries de cuivre et des cimenteries gravait des lignes parallèles dans le ciel ;

un port énorme occupait l'essentiel de la rade. Nerissa, Ethan et Beck prirent un taxi à l'aéroport pour gagner une maison de quatre pièces, mitoyenne des deux côtés, juste à côté de la zone hôtelière.

Le temps de défaire leurs bagages, la nuit était tombée. Ethan alluma la télé et un bulletin d'informations de la Televisión Nacional répéta ce que Nerissa savait déjà sur les combats à Magadan. Elle traversa la rue pour aller acheter, avec une partie des pesos qu'ils s'étaient procurés à l'aéroport, quelques produits alimentaires de base dans un minuscule magasin Lider. De retour dans la cuisine, elle prépara un repas pour trois, du poisson et des légumes frits dont elle ne prit en fin de compte qu'une très maigre portion. Son manque d'appétit depuis Buffalo lui avait déjà fait perdre quelques kilos.

Aucun signe de l'armée que Beck affirmait en train de l'attendre. Ni messages mystérieux, ni partisans au visage dissimulé qui frappaient à la porte. Quand elle l'interrogea sur ce point, Beck répondit qu'il contacterait « certaines personnes » le lendemain. Et Nerissa se retint prudemment de rouler les yeux.

Elle partagea une chambre avec Ethan. C'était d'autant plus troublant que ce pouvait être une de leurs dernières nuits ensemble. À plus ou moins brève échéance, Ethan partirait au milieu de l'Atacama, Sancho Panza du don Quichotte-Beck tandis qu'elle-même, avec un peu de chance, serait de retour aux États-Unis avec sa nièce et son neveu. Elle ne le reverrait peut-être plus, même s'il survivait. Elle voulait qu'il survive, bien entendu, mais ne voulait-elle pas davantage ? Que pouvait-on sauver des ruines de leur mariage ? S'ils étaient ensemble dans des circonstances moins extrêmes, si on leur donnait le temps de se redécouvrir après sept ans de séparation… qu'est-ce qui était envisageable ?

Il ouvrit les rideaux et prépara le lit. Nerissa répéta une partie des propos tenus par Beck dans l'avion et demanda sans ménagements à Ethan s'il croyait encore à son plan.

Ethan fronça les sourcils. Même ce petit geste était d'une familiarité obsédante. Les rides aux coins des yeux. Le pli en V entre ses sourcils. « Je crois qu'il peut marcher.

— Tu gobes tout ce truc sur les ondes radio, alors ? » Nerissa ne comprenait l'idée que dans ses grandes lignes, mais Beck affirmait avoir isolé les fréquences clés qu'utilisait le nuage orbital de l'hypercolonie pour communiquer. Il croyait pouvoir perturber ces signaux… non pas sur toute la planète, mais localement, sur le site d'Atacama. Ce qui l'isolerait de l'hypercolonie orbitale et aurait pour conséquence ultime de faire perdre connaissance aux simulacres des environs, peut-être même de les tuer. À ce qu'il disait.

« Beck n'est pas le seul à avoir travaillé là-dessus. S'il peut empêcher assez longtemps toute activité du site, alors, ouais, on pourra entrer l'endommager. Difficile de dire combien de temps ça fera effet. Tout dépend de la théorie que tu adoptes quant au cycle de vie de l'hypercolonie.

— Et donc, même si ça marche, il ne se produira peut-être rien.

— Je suis à peu près certain qu'il se produira *quelque chose*.

— Mais l'hypercolonie a peut-être des moyens de défense.

— C'est possible aussi.

— Tu crois malgré tout que ça vaut le coup d'essayer ? »

Il haussa les épaules.

Allongée dans le lit, épuisée mais incapable de trouver le sommeil, elle se souvint d'une vidéo qu'il lui avait montrée des années plus tôt. Un film amateur, en fait, tourné par un de ses étudiants durant un voyage de recherche au Japon. Ethan travaillait avec un nid de frelons géants, aussi appelés « tueurs de yacks »… une espèce responsable de quarante décès par an en moyenne. Situé dans une forêt proche d'une communauté sédentaire de la préfecture de Kanagawa, ce nid serait détruit une fois qu'Ethan en aurait prélevé quelques individus. L'entomologiste s'en était approché vêtu d'habits protecteurs fermés avec autant de soin qu'une combinaison de plongée. Derrière la visière en plastique, on voyait son visage tendu mais sans peur, et chacun de ses mouvements était calculé, délibéré. *Respectueux* était le mot qui venait à l'esprit.

Le nid s'aperçut de sa présence et y réagit. Des dizaines d'insectes jaillirent droit sur lui. La caméra hésita mais ne recula pas ; deux autres étudiants paniquèrent et s'enfuirent. Pas Ethan. Il continua son travail malgré les frelons gros comme le poing qui s'amassaient sur sa visière pour essayer d'atteindre son visage avec la létalité désintéressée d'un auteur d'attentat suicide. Et une fois son prélèvement effectué, il empoisonna le nid avec la même efficacité impersonnelle.

Elle s'éveilla une heure avant l'aube au milieu d'un rêve horrible : Ethan était retourné au Japon, mais les frelons avaient la taille d'un être humain et le visage de Winston Bayliss. Elle se trouva (*je me trouvai dans une forêt obscure car j'avais perdu la voie droite*) convaincue d'avoir entendu un bruit suspect, mais quand elle s'approcha de la fenêtre, elle ne vit personne dans la ruelle derrière la maison, rien qu'un chat en train de fouiller un amoncellement de déchets. « N'y va pas », dit-elle.

Elle ne savait pas trop si elle avait l'intention de le réveiller. Elle l'entendit se retourner dans le lit.

« N'y va pas. Si tu ne vois pas que ce truc est complètement dingue, c'est uniquement parce qu'on baigne dans des trucs dingues depuis des années. Beck délire. Il n'y a pas d'armée. Il ne sait pas ce qu'il y a là-bas dans le désert, ni d'où ça vient, ni ce que ça veut, ni de quelle manière ça peut te faire du mal. N'y va pas. »

Les lumières d'Antofagasta qui entraient par la fenêtre suffisaient pour voir sa tête sur l'oreiller, les yeux fermés. Elle supposa qu'il dormait, mais fut surprise de l'entendre dire : « Reviens te coucher.

— Ethan ? »

Il ne bougea pas. Il n'était peut-être pas tout à fait réveillé. « Je n'ai pas le choix, Riss. » Il avait la voix pâteuse, ses mots ressemblaient à un soupir prolongé. « Il faut que je le fasse. On ne peut rien faire d'autre. Reviens te coucher. »

Les oreilles dressées, le chat disparut dans la ruelle à la poursuite de quelque chose d'invisible. Aucun autre mouvement. L'atmosphère elle-même semblait stérile et vide. *Alors je rentrerai par mes propres moyens*, pensa-t-elle.

23

Traversée de l'équateur

Ils prirent l'autoroute dans deux véhicules : la camionnette blanche d'Eugene Dowd, dans laquelle Beth lui tenait compagnie, et une Ford Concourse bleu ciel qu'il avait promis à l'agence de location de restituer à la succursale de Valparaiso. Cassie et Leo se relayèrent au volant de celle-ci, en vérifiant à l'occasion dans le rétroviseur que personne ne les suivait.

La Transaméricaine était un modèle de réussite du Marché commun panaméricain. Elle traversait certains des paysages les plus accidentés et les plus beaux de l'hémisphère, merveille de technologie multinationale qui rivalisait avec le tunnel sous la Manche, le pont Danyang-Kunshan ou les tours de désalinisation jordaniennes. Dans d'autres circonstances, peut-être Cassie aurait-elle pris du plaisir à ce voyage. En l'occurrence, ses relations avec Leo Beck le rendaient au moins supportable.

S'était-elle adaptée à Leo ou lui à elle ? Elle avait toutefois l'impression qu'il n'y avait pas de compromis dans ce qui se développait entre eux, mais une simple succession de découvertes surprenantes. Cassie avait déjà fréquenté des garçons, à titre expérimental, préférait-elle se dire. Bon, deux garçons. Il y avait eu Rudy Sawicki, un camarade de lycée, un surdoué en mathématiques avec des problèmes de peau qui se montrait néanmoins gentil et doucement lubrique durant leurs tête-à-tête. Mais comme il n'était pas de la Society, leur relation avait succombé sous le poids de vérités impossibles à dire. Il y avait aussi eu Emmanuel Fisher, que tout le monde appelait Manny : lui était de la Society et ils s'étaient vus tous les week-ends pendant un an. Mais plus leur intimité grandissait, plus il se sentait autorisé à prendre des décisions à sa place ou à ne pas respecter celles qu'elle avait prises. Un jour, après une dispute idiote sur les devoirs d'école, il avait traité Cassie de salope et jeté si violemment son exemplaire des *Hauts de Hurlevent* contre le mur que le dos du livre s'était cassé, ce qui avait valu à Cassie des remontrances quand elle l'avait rendu à la documentaliste du lycée. D'un commun accord, ils n'étaient plus sortis ensemble ensuite.

De loin, Leo Beck avait paru ressembler à n'importe quel garçon nerveux et gros fumeur de la Society. Beth ne devait pas l'avoir imaginé autrement. (Cassie avait envie de se demander ce que *Leo* avait vu en *Beth*, mais cela aurait été mesquin.) Elle avait donc été surprise de découvrir que Leo lisait beaucoup, tout comme de voir avec quelle facilité il communiquait avec Thomas. Au lit, au cours des rares mais précieuses occasions que le voyage leur donna de s'y trouver ensemble, Leo s'était montré doux quand elle le voulait doux et d'une ardeur passionnée exactement au bon moment… et d'agréable compagnie ensuite. Auprès de lui, Cassie dormait à poings fermés, même dans une pièce sombre d'un pays inconnu. Quand elle fermait les yeux, il l'embrassait sur l'oreille ou le front en murmurant : « Bonne nuit. » Des mots simples et rassurants. Elle les adorait. *À toi aussi*, pensait-elle. *Bonne nuit, Leo.*

La Transaméricaine traversa la péninsule de Darién côté Pacifique. Cassie vit souvent la route sinuer devant eux, ruban d'acier surélevé quand il fallait franchir marais, gorges ou escarpements rocheux, mais sur le plan technique, les tunnels paraissaient encore plus impressionnants, qui tranchaient net comme une balle de pistolet dans d'énormes falaises. Midi approchait quand Dowd signala son intention de s'arrêter sur la prochaine aire, qui se trouva être un large espace au bord de la route avec une cafétéria, quatre pompes GASOLINA SIN PLOMO, une boutique de souvenirs et une vue qui égalait tout ce que Cassie avait pu voir dans les vieux *National Geographic* de tante Riss.

Leo et elle avaient passé l'essentiel de la matinée à discuter du livre de l'oncle Ethan, *Le Pêcheur et l'Araignée*. Leo était persuadé que c'était le visage d'Ethan Iverson qu'il avait reconnu à Mazatlán et Cassie avait très envie de le croire. Si l'oncle Ethan était à Mazatlán, s'il était allé à la boîte aux lettres morte dans laquelle Eugene Dowd devait récupérer d'éventuelles instructions ou explications complémentaires, cela signifiait qu'il avait survécu à la dernière attaque dont avait été victime la Society, peut-être même qu'il essayait de retrouver Cassie et Thomas. Ce qui pouvait aussi vouloir dire qu'il y avait d'*autres* survivants, parmi lesquels pourrait même figurer tante Riss. Aussi Thomas et elle faisaient-ils bien d'accompagner Dowd à Antofagasta : le père de Leo y serait vraiment, à défaut quelqu'un de la Society, peut-être son oncle.

Leo voulut en savoir davantage sur l'oncle Ethan, mais Cassie ne put lui dire grand-chose. Elle le connaissait surtout par ses livres. Leo avait apprécié *Le Pêcheur et l'Araignée*, qu'il trouvait « vachement intéressant ». Il avait beaucoup réfléchi aux questions soulevées par l'ouvrage. « J'ai étudié d'assez près le côté technique en me servant de toutes les monographies que m'envoyait mon père, dit-il. Bon, j'ai toujours su que l'hypercolonie était vivante. Mais avant de lire le bouquin de ton oncle, je ne m'étais jamais demandé à quoi ça ressemblait *d'être* l'hypercolonie.

— Je suis à peu près sûre que ça ne ressemble à rien, répondit Cassie. C'est comme demander à quoi ça ressemble d'être un interrupteur. Ou si un virus est heureux d'envahir une cellule.

— L'évolution remplissant une page blanche. Comme dit ton oncle. Tu crois qu'il a raison, là-dessus ? »

Elle n'était pas scientifique, mais les monographies entreposées par tante Riss dans son placard lui avaient appris deux ou trois choses. « Les signaux générés par les cellules de l'hypercolonie sont plutôt rudimentaires, à ce qu'il paraît.

— On peut en dire autant d'une cellule du cerveau. Mais si on en relie un nombre suffisant, on obtient un être humain capable de penser et de ressentir.

— Ouais, mais c'est un genre différent de ce qu'ils appellent *connectivité*. Les mathématiciens pensent que mon oncle a raison, que l'hypercolonie fonctionne dans ce qui s'appelle un mode de ruche.

— Mais ils pourraient se tromper. »

En science, une vérité n'était que temporaire et toute théorie était sujette à correction, donc oui, bien entendu, ils *pourraient* se tromper. Mais Cassie n'avait rien vu de probant dans ce sens.

« Un organisme comme l'hypercolonie, reprit Leo, quand tu penses à la manière dont il est censé s'étaler dans l'espace et manipuler les civilisations, quand tu imagines comme il doit être foutrement *vieux*... tu n'as pas envie de pouvoir lui parler, des fois ? De lui poser une question ?

— C'est impossible. Même si on *pouvait* lui parler, on n'apprendrait rien. Il ne te dirait que ce qu'il voudrait que tu entendes. Ou non, même pas, il produirait des mots qui, dans un certain modèle de résultats possibles, en donnerait un qui augmente ses chances de se reproduire.

— Moi aussi, je fais ça, dit Leo avec un petit sourire. De temps en temps.

— Gros malin. De toute manière, on ne va pas lui parler, on va le tuer.

— Je sais. Ce n'est pas comme si j'avais de la compassion pour cette saloperie. Va savoir combien de personnes elle a assassinées. » Il lui jeta un rapide coup d'œil. « Autre chose. On n'a pas seulement besoin de le tuer, on a besoin de savoir comment tuer n'importe quelle chose *dans son genre*. Parce que le ciel est une espèce de forêt et que personne n'a jamais entendu parler d'une forêt ne contenant qu'un seul arbre, il me semble. Ou qu'une seule fourmilière. Ou qu'un seul loup. »

Eugene Dowd ouvrit le capot de la camionnette et tira la jauge à huile, qu'il examina avec soin. Il s'essuya les mains sur un chiffon sale et alla acheter un bidon d'huile au pompiste. Cassie suivit Beth dans la boutique de souvenirs qui jouxtait le restaurant.

Beth farfouilla dans un tas de chapeaux-souvenirs, en grande partie composé de casquettes de base-ball marquées TAPÓN DEL DARIÉN ou J'AI TRAVERSÉ LE BOUCHON DE DARIÉN. Cassie comprit pourquoi quand Beth en essaya une : elle avait un bleu sur le front, juste sous les cheveux.

« C'est Eugene qui t'a fait ça ? »

Ils s'étaient tous rendu compte que Dowd se montrait de plus en plus maussade et méprisant avec elle. Cassie était à peu près sûre qu'elle se dépêcherait de nier et l'enverrait ensuite cordialement se faire foutre. Beth eut une moue aigre et Cassie se prépara à des paroles hostiles. Mais la moue se transforma en soupir. « Autant le reconnaître. Ouais, c'est lui.

— Qu'est-ce qui s'est passé ?

— Je ne sais pas. Mes règles sont arrivées. J'imagine qu'il ne trouve pas ça pratique. » Beth reposa la casquette. « Tu veux sortir une minute ? Pendant qu'il tripote le moteur ? »

Elles allèrent jusqu'au mur de pierres qui empêchait les touristes de tomber dans un précipice au-dessus du Pacifique. En bas, dans les embruns des vagues, les mouettes cherchaient des coquillages parmi les gros rochers bordés de sel.

Beth s'appuya au mur. « Les gens disent que j'aime les coléreux. Pour ce qui est des mecs, je veux dire. Et je n'ai jamais su comment prendre ça. Ça me donne l'air, je sais pas, d'une salope ou d'une idiote. Mais ce n'est pas les coléreux que j'aime, plutôt les mecs qui savent qui ils sont et ce qu'ils veulent. Qui croient à ce qu'ils croient, point. Parce que c'est rassurant. Parce que si on prend un peu de recul, tout ce truc de la Society a l'air plutôt dingue. Et vachement effrayant. Quant à aller dans le désert tuer ce machin avec une espèce de matériel radio… c'est *complètement* dément. Tu comprends ce que je veux dire ?

— J'imagine.

— Tu vois, tu es différente. Tu es à l'extérieur de ce qui se passe, tu le regardes se passer et ça ne te pose pas de problème…

— Peut-être un peu quand même.

— Leo avait les couilles d'aller dans les quartiers sud piquer des bagnoles avec ses copains. Rempli des idées de son père sur l'hypercolonie et sur le moyen de la tuer. J'ai voulu me *baigner* dans tout ce courage, bordel. Mais il faut croire qu'il te trouve plus intéressante que moi. Ce bon vieux raton laveur de Cassie Iverson. Parce que tu as ta manière à toi d'être courageuse, hein ? Sous ton apparence ringarde. *Qui se ressemble s'assemble*, disait ma mère.

— Eugene t'attirait ?

— La quintessence de la confiance stupide en soi ! Il a tué quelques sims et il veut en tuer encore. Mais tu sais ce que j'ai appris, ces derniers temps, sur tous ces garçons et ces hommes si courageux ? Ils sont moins sûrs d'eux qu'ils veulent te faire croire. »

Cassie hocha la tête. « Bon, en un sens, tu as raison : tout ce truc de la Society est dingue, oui. Mais il se trouve qu'il est vrai.

— Les "Martiens", mon père les appelait. Il trouvait que "simulacres" faisait prétentieux. Bien sûr, il savait qu'ils ne venaient pas de Mars. J'imagine, du moins. Franchement, je crois qu'il s'en fichait comme de sa première chemise. C'est ma mère qui appartenait à la Society… mon père était juste le type qu'elle avait épousé. Elle ne lui en parlait pas trop et lui n'a jamais pris tout ça au sérieux avant qu'elle se fasse buter. Ensuite, il avait beau détester la Society, il avait besoin de son aide financière. Avant 2007, il gagnait un peu d'argent comme agent immobilier indépendant, mais c'est ma mère qui payait les factures. Elle était chercheuse en chimie. »

Alice Vance. Tante Riss en avait parlé. Elle travaillait pour une compagnie pharmaceutique, mais aussi un peu, clandestinement, pour la Society.

« Putains de sim, avant, j'aurais voulu que… » Beth toucha la contusion sur son front, la massa du bout des doigts. « C'est horrible à dire, mais avant, j'aurais voulu que les sims le prennent lui, à la place de ma mère. Lui : mon père, je veux dire. Mais *à la place*, hein ? Pas *en plus*… Ça, je ne l'ai jamais voulu.

— Ça arrive à tout le monde, de souhaiter des horreurs.

— N'essaye pas de me réconforter, Cassie. Je ne suis pas sûre de pouvoir le supporter.

— Tu n'es pas obligée de voyager avec Eugene, aujourd'hui. Je peux persuader Leo d'échanger.

— Pas la peine, merci. Je connais la musique : je ne le provoquerai pas. Bref, ne parle pas de tout ça à Leo. J'aurais jamais dû ouvrir ma putain de grande gueule. D'accord ?

— OK.

— On devrait y retourner. »

Cassie regarda par-dessus son épaule : Eugene leur faisait signe de revenir, impatient. Beth surprit à nouveau Cassie en lui prenant et lui serrant la main. « Je crois que le vrai soldat, c'est Leo.

— Possible.

— Tu ne trouves pas étrange qu'on puisse vouloir quelqu'un au point de le faire fuir ? Les gens sont vachement paumés. Tu crois que l'hypercolonie sait ça, sur nous ? »

Cassie haussa les épaules.

D'un coup de pied, Beth envoya un caillou en direction du parking. « Question idiote. Bien sûr qu'elle le sait. »

En Équateur, près de Quito, une colonne en pierre au bord de l'autoroute marquait la position approximative de l'équateur. Dowd ne s'arrêta pas et Cassie ne lui en tint pas rigueur : ce n'était qu'une ligne imaginaire. Mais une traversée malgré tout, un rappel de la distance qui la séparait désormais de tout ce qui était connu et prévisible. Ce soir-là, dans une nouvelle chambre de motel (mais pas tout à fait « anonyme », car chacune lui semblait présenter une différence mémorable : celle-ci se distinguait par son ancienne carte de la province de Pichincha encadrée au mur et par ses rideaux de mousseline d'un vert brillant), alors que Leo dormait près d'elle, elle se demanda s'ils n'avaient pas franchi une autre ligne imaginaire, plus importante.

Dowd avait tenu à avoir une chambre pour lui tout seul. Beth avait eu l'étonnante générosité de proposer de partager la sienne avec Thomas, ce qui permit à Cassie et Leo de s'aimer avec beaucoup d'ardeur et, pour la première fois, sans inhibition… cela fut en même temps d'une grande douceur. Comme une porte qu'on ouvrait sur une forêt, riche de pluie et de verdure toujours plus haute. Et à présent que Leo dormait à ses côtés, Cassie se posait une question : était-elle tombée amoureuse ?

Parce qu'elle en avait l'impression. Son corps avait explosé quelques petites minutes auparavant en un orgasme si intense qu'il avait sans doute atteint une certaine magnitude sur l'échelle de Richter, aussi n'était-elle peut-être pas véritablement objective. Se pouvait-il qu'elle arrive à partager davantage qu'un épouvantable voyage en voiture et quelques horribles souvenirs avec l'homme qui respirait doucement contre elle… tandis que la lune se reflétait dans une goutte de sueur, venant peut-être de Cassie, perdue dans le duvet clair sur sa poitrine ?

Eh bien, peut-être.

À supposer que Leo ressente la même chose.

À supposer qu'il ne se fasse pas tuer dans la bataille que Werner Beck cherchait le moyen de livrer contre l'hypercolonie dans le désert d'Atacama.

Elle retourna son oreiller pour poser sa tête sur le côté frais. Leo remua le temps de lui enlacer la taille. « Bonne nuit. »

À toi aussi, pensa-t-elle.

Ils descendirent ensuite dans les terres sèches, plus de trois mille kilomètres d'autoroute sans s'éloigner de la côte. Il fallut d'autres nuits dans des motels ou des *albergues* exiguës, d'autres journées de conduite monotone pour atteindre la frontière entre le Pérou et le Chili.

Le matin de leur dernier jour de voyage — ils approchaient déjà des limites nord du grand désert d'Atacama —, Eugene Dowd sortit un plan d'Antofagasta qu'il avait récupéré dans une station-service et l'étala sur la table du petit déjeuner, qu'une *camarera* mal réveillée venait de débarrasser de leurs assiettes et tasses vides. Il entoura trois intersections proches l'une de l'autre dans le centre-ville. Puis écrivit trois adresses sur une serviette qu'il tendit à Leo. « La première, c'est là où on retrouve ton père. Les deux autres, là où on se replie si la première est compromise ou qu'on n'y trouve personne. Garde ça au cas où il m'arrive un truc. Quelques règles : on ne va pas juste aller se garer en faisant coucou. On passe devant en voiture pour reconnaître les lieux et si on ne voit rien de suspect, on se gare et un de nous approche seul du bâtiment. Vous avez tous compris ? »

Thomas surprit sa sœur en prenant la parole : « Et

si, en allant à tous ces endroits, on n'y trouve jamais personne ? »

Dowd lui sourit méchamment. « Eh bien, dans ce cas, j'imagine qu'on est baisés jusqu'au trognon. »

Ils arrivèrent en ville par le nord, où les raffineries traitaient le minerai livré par rail de l'Atacama, leurs cheminées hautes comme des gratte-ciel libérant des gaz chimiques qui s'introduisirent dans l'automobile et mirent les larmes aux yeux de Cassie. Elle supposa que ces usines étaient des « moteurs de prospérité », comme son professeur d'instruction civique au lycée avait appelé un jour celles de South Buffalo et Lackawanna. D'horribles moteurs qui sentaient mauvais. Elle se demanda si tout Antofagasta était à cette aune.

Il se trouvait que non : ils traversèrent ensuite un quartier limitrophe de logements sociaux peints de couleurs vives et se retrouvèrent sur de larges avenues avec des tours de bureaux en verre, puis dans des rues résidentielles plus étroites, où petites pelouses et jardins aux couleurs tapageuses avaient bénéficié d'un arrosage généreux. Ils virent à l'ouest les grues du port pivoter en tandem, ballet de géants aux membres raides.

Leo, Thomas et elle avaient discuté à intervalles irréguliers toute la matinée et tous trois se turent en approchant du premier point de rendez-vous. Leo suivait toujours la camionnette blanche de Dowd. Cassie se retint d'écraser le nez contre la vitre quand ils passèrent devant l'adresse en question. Elle ne vit rien qui sortait de l'ordinaire — ce qui valait mieux, non ? —, rien qu'un vieil immeuble aux murs en stuc et aux balcons en fer forgé qui jouxtait un parking couvert en béton. Malgré tout, son cœur battit plus fort.

Leo roula derrière Dowd jusqu'à un centre commercial, trois rues plus loin, où ils se garèrent. Ils revinrent à pied par le même itinéraire, jusqu'à ce que Dowd les fasse s'arrêter. « Je vais frapper. Vous, vous observez. » Il parlait comme s'il avait un clou enfoncé dans la gorge.

Cassie attendit avec Beth, Leo et Thomas sur le trottoir d'en face, près d'une épicerie à l'entrée d'une ruelle. Dowd leur avait dit de « se comporter de manière naturelle et de ne pas attirer l'attention », mais Cassie ne put s'empêcher de regarder fixement la porte vers laquelle il se dirigeait. Il frappa rapidement et attendit une réaction, la main droite sur la hanche au cas où il aurait besoin de son pistolet.

La porte s'ouvrit et Cassie vit un visage sortir de l'ombre… un homme d'un certain âge, qu'elle ne connaissait pas, mais qui ne pouvait être que Werner Beck, puisque Dowd redressa les épaules et fit bel et bien un salut militaire.

« Mon père », souffla Leo.

Un second visage apparut derrière lui et ce fut au tour de Cassie d'avoir le souffle coupé. Tante Riss !

Sans réfléchir, elle se précipita de l'autre côté de la rue. Il n'y avait pas beaucoup de circulation, mais une automobile dut faire une embardée, klaxon hurlant, pour l'éviter. Alors qu'elle courait vers la porte, Cassie ne put s'empêcher de se rappeler ce qu'elle avait vu de la fenêtre de la cuisine cette nuit-là à Buffalo, quand le sim s'était fait écraser sur Liberty Street : quelle étrange ironie, si elle mourait de la même manière… mais cette désagréable pensée lui passa tandis qu'elle achevait sa course en bondissant littéralement dans les bras de sa tante.

Elle n'eut qu'à peine conscience de l'arrivée des trois

autres derrière elle, de Thomas qui se joignait à leur étreinte, des sanglots qu'elle n'arrivait pas à retenir. Il lui fallut plusieurs minutes pour parvenir à se dégager et à s'essuyer les yeux sur sa manche.

Elle s'aperçut que Werner Beck la regardait d'un air dur. « Ce n'est pas très malin, de traverser une rue en courant comme ça. »

Elle l'ignora. « L'oncle Ethan est là ? demanda-t-elle.

— Plus maintenant, répondit tante Riss. Il a dû partir. »

TROISIÈME PARTIE

Les derniers jours du paradis

Qu'est-ce au juste que l'intelligence ? La question peut paraître simple. Nous savons, ou croyons savoir, à quoi ressemble notre propre forme d'intelligence. Après tout, nous nous en servons tous les jours.

Mais il en existe d'autres. Celle de la ruche, par exemple… le comportement complexe qu'on observe quand des organismes dépourvus d'intelligence individuelle réagissent à leur environnement selon quelques règles comportementales simples. Ou celle inhérente à l'ensemble de l'écosystème. Au fil du temps, l'évolution a créé des entités aussi diverses que des crinoïdes, des champignons, des phoques communs et des singes hurleurs, le tout sans but prédéterminé et sans penser un seul instant à ce qu'elle faisait. On pourrait même en déduire que cette forme d'intelligence sans pensée est plus puissante et plus patiente que la nôtre.

Quelles sont les limites de l'intelligence sans esprit ? Ou alors, question encore plus troublante, une intelligence sans esprit pourrait-elle réussir à imiter celle d'un esprit ? Une entité (un organisme, une ruche, un écosystème) pourrait-elle apprendre à parler une langue humaine, peut-être même nous faire croire qu'elle est comme nous et nous amener à la laisser nous exploiter pour ses propres besoins ?

Une telle entité n'aurait pas vraiment conscience de sa propre existence. Elle n'aurait pas cette vie intérieure dont nous avons discuté dans un chapitre précédent. Mais avec un échantillon suffisamment large de comportement humain à imiter, il est presque certain qu'elle arriverait à nous dissimuler ces carences-là.

Pourquoi une entité de ce genre voudrait-elle nous abuser ? Peut-être ne le voudrait-elle pas. Mais le mimétisme est une stratégie classique pour prendre l'avantage sur les espèces concurrentes. On peut espérer que la question reste à jamais hypothétique. La possibilité existe malgré tout bel et bien.

Ethan IVERSON,
Le Pêcheur et l'Araignée

24

Antofagasta, Chili

Plus tard — quand chacun des deux groupes eut raconté ce qui lui était arrivé, que des suppositions erronées eurent été corrigées et de pénibles vérités partagées —, Nerissa demanda à Cassie de l'aider à coucher Thomas.

« Je peux y aller tout seul », protesta l'intéressé, mais pour la forme : en son for intérieur, il sembla soulagé quand Nerissa l'emmena à l'étage. Elle le fit entrer dans la chambre qu'elle avait partagée avec Ethan, sépara les lits à une place, un pour Thomas, l'autre pour Cassie. En ce qui la concernait, elle comptait étaler une couverture sur la moquette pour dormir près de la porte, à la manière d'un chien de garde.

Cassie n'émit aucune objection, mais parut un peu contrariée d'être reléguée dans la même pièce que son petit frère. L'ayant vue échanger des regards avec le fils de Beck, Leo, Nerissa avait une petite idée de ce qui s'était passé entre eux depuis leur départ de Buffalo. Elle trouvait cela fâcheux mais guère surprenant et s'abstint de juger. Laisser Cassie et Leo dormir dans la même chambre n'était toutefois pas vraiment pratique, sans compter que Werner Beck aurait mis son veto.

Nerissa se souvenait de Leo comme d'un adolescent

belliqueux avec un penchant regrettable pour la délinquance, mais peut-être avait-il changé. Ou peut-être son agressivité avait-elle été une réaction compréhensible à son statut de fils de Werner Beck. Comme le laissait penser la gêne entre ces deux-là. En tout cas, elle aurait cru Leo plutôt attiré par des filles comme Beth Vance. Qui semblait toutefois le trouver moins séduisant qu'Eugene Dowd, le mécanicien quasi analphabète enrôlé par Beck dans ses « guerriers ».

Au moins contrairement au reste de la prétendue armée de Beck, Dowd s'était présenté pour participer aux combats.

À peine Thomas eut-il la tête sur l'oreiller que ses yeux se fermèrent et que sa respiration se fit plus profonde. Nerissa le borda. Devant la fenêtre à la balustrade de fer forgé, Cassie regardait la ruelle poussiéreuse et le camion des éboueurs qui y gémissait dans la chaleur. « Il faut qu'on vous rapatrie aux States, maintenant, Thomas et toi. »

Cassie ferma les rideaux. « Vraiment ? C'est vraiment sans danger ? Après ce qui est arrivé avec l'homme qu'on a tué…

— L'homme que *Leo* a tué », l'interrompit sa tante. Cette partie-là de leur récit l'avait fait grincer des dents, mais elle l'avait traitée malgré tout. « Il n'y aura aucun problème juridique. Si tout s'est passé comme tu le dis, rien de concret ne peut vous relier à ce crime, Thomas et toi.

— Sauf le type qui nous a vus… celui que Beth a blessé.

— La police aura au mieux une vague description. Et même si, d'une manière ou d'une autre, elle s'en prenait *vraiment* à vous, ce ne serait pas difficile de mettre au point un alibi. Mais vous n'en aurez pas besoin.

— Si les sims nous retrouvent, la police sera le cadet de nos soucis. »

Elle avait malheureusement raison. « Mais ce n'est pas à vous qu'ils en veulent. Vous courez beaucoup plus de risques ici qu'à Buffalo.

— Non. » Cassie secoua la tête. « Tu te trompes. C'était pour moi qu'ils venaient. Le sim qui s'est fait écraser sur Liberty Street, c'était moi qu'il cherchait.

— Tu n'en sais rien. Peut-être qu'il venait pour moi, peut-être que c'était une ruse, une feinte, ou même un moyen d'atteindre Beck en passant par toi et par Leo.

— Je l'ai vu me regarder de la rue. Il savait que j'étais là. »

Elle ne semblait pas vouloir envisager une autre possibilité et la discussion la perturbait de plus en plus. « D'accord, Cassie, mais de toute manière on ne peut rien faire, à part prendre soin de notre mieux les uns des autres. Toi, moi, Thomas…

— Et l'oncle Ethan ?

— Peut-être. Il est dans…

— Je sais. Dans le désert, il cherche un endroit où le père de Leo et ses soldats pourront se retrouver. » (*Tous ses soldats imaginaires*, pensa Nerissa.) « On va attendre qu'il revienne ?

— J'aimerais bien. Mais on n'a pas forcément le temps. Il faut qu'on prenne l'avion le plus vite possible.

— Pourquoi ?

— Pour ne pas continuer à mettre Thomas en danger, déjà. Ce n'est pas juste.

— Leo reste.

— Je ne suis pas responsable de Leo. Ce qu'il fait ne regarde que lui et son père. »

C'est Beck qui avait eu l'idée d'envoyer Ethan à San Pedro de Atacama.

D'après lui, le plan était simple : d'abord conduire une source radio mobile et un générateur de signal à portée effective des installations de l'Atacama, ensuite empêcher celles-ci de fonctionner en interférant avec leurs communications internes et externes, enfin les détruire pendant que ses occupants ne pouvaient pas réagir. Beck affirmait disposer d'études de laboratoire prouvant que ce plan fonctionnerait. Il avait en lui une foi messianique… que Nerissa pensait absolument injustifiée.

Mais Ethan estimait l'idée plausible et, sur la suggestion de Beck, il avait accepté de partir à San Pedro de Atacama chercher un endroit où un camion plein d'équipement radio, un chargement similaire de matériel incendiaire et l'armée prétendument forte de cinquante hommes pourraient se rassembler pour lancer l'attaque.

Il était parti l'avant-veille. Comme il aurait été suicidaire de téléphoner pour donner des nouvelles, il n'y avait aucun moyen de savoir s'il avait réussi ou non. Et son absence l'empêchait de voir les derniers signes montrant que le plan de Beck était bancal, voire carrément délirant.

Le générateur de signal, conçu par Beck lui-même, était arrivé à l'arrière de la camionnette d'Eugene Dowd, mais le matériel d'amplification et de diffusion commandé à Valparaiso n'avait pas été livré… ni même expédié, d'après le transporteur : le vendeur avait déposé le bilan. Beck fit la tête tout un après-midi, puis déclara à Nerissa qu'il pouvait se débrouiller avec de l'équipement standard disponible chez un autre fournisseur… Il faudrait toutefois l'acheter et l'acheminer discrètement, ce qui retarderait encore l'attaque d'au moins quelques jours.

Il y avait aussi le problème de son armée. Cinquante hommes, avait-il affirmé. C'était davantage un peloton qu'une armée. Cinquante hommes capables, recrutés sur trois continents, à loger dans cinq planques réparties dans Antofagasta. Mais aux dernières nouvelles, aucun de ces soi-disant volontaires n'avait réussi à quitter son pays natal. Pour les remplacer, Beck avait réussi à recruter une dizaine de dockers sans emploi au local syndical sur les quais. Ces hommes croyaient être embauchés pour convoyer de l'alcool dans un entrepôt clandestin à San Pedro de Atacama, et s'ils s'avéreraient utiles pour les opérations de manutention, Beck lui-même ne voyait pas en eux des combattants.

Aucune importance, soutenait-il. Du moment que l'équipement radio et le matériel incendiaire étaient livrés dans le désert, quelques hommes, voire seulement trois ou quatre, suffiraient à mener l'attaque à bien. Si tout se passait comme prévu.

C'était sur ce plan qu'Ethan avait parié son existence.

Au rez-de-chaussée, Nerissa trouva Beth Vance seule dans la salle commune qui jouxtait la cuisine. Elle n'avait pas encore assimilé que son père était toujours vivant.

Un sim seul et sans armes avait abordé John Vance le jour où Cassie et Thomas s'étaient enfuis de Buffalo. Ils avaient vu qu'on sortait un cadavre de l'immeuble où habitaient Beth et son père, mais il s'agissait des restes du sim : John avait préféré lui tirer dessus plutôt qu'engager la conversation. Il se cachait depuis, Nerissa ignorait où, mais quelqu'un à Buffalo pourrait lui permettre de renouer le contact avec Beth quand ils rentreraient.

La jeune femme leva les yeux vers Nerissa, le visage impénétrable. « Tu étais avec mon père quand il a tué le sim ?

— On pourra en parler demain.

— Je préférerais tout de suite.

— D'accord. Comme tu veux. La réponse est non : j'étais déjà repartie chez moi.

— Mais tu as passé la nuit ?

— Oui.

— Je le savais. Il m'avait dit qu'il voyait quelqu'un. Mais pas qui. » Elle jeta un nouveau coup d'œil à Nerissa avant de détourner le regard. « Ce n'était pas la première fois. Sauf qu'il ne sort pas avec des femmes de la Society, d'habitude. En général, il ne sort qu'une fois avec une femme. C'est pour ça que j'étais chez Leo, d'ailleurs. Mon père se fichait de l'endroit où je passais le week-end, du moment que ce n'était pas chez nous.

— Possible. Et possible que j'aie fait une erreur en sortant avec lui. Mais je suis sûre qu'il s'inquiète pour toi.

— Pas suffisamment pour partir à ma recherche. Comme tu l'as fait pour Cassie et Thomas.

— Ce n'est pas comparable. Il ne sait rien de Werner Beck ni de Leo. Ton père ne s'est jamais intéressé aux activités de la Society. »

Paradoxalement, c'était une des raisons pour lesquelles elle avait accepté de passer la nuit avec lui. Comme John, elle n'aurait jamais connu la Society sans son mariage, comme lui, la manière dont elle leur avait gâché la vie continuait à la mettre en colère.

« Ouais, c'est vrai, dit Beth. Il n'aime déjà pas que

j'aille aux réunions de survivants. Sans doute qu'on n'aurait pas eu le moindre rapport avec la Society s'il n'avait pas eu besoin de l'allocation. Elle n'était pas très élevée, mais elle changeait la donne. Il te *plaît*, mon père ?

— On est amis, mais je pense que ça n'allait nulle part.

— Il n'est pas ton genre, hein ?

— On n'était peut-être tout simplement pas ce qu'on croyait être.

— Il est vraiment chiant, des fois. Je ne retournerai pas chez lui.

— Quoi ?

— Ne prends pas l'air stupéfait comme ça. Je le connais mieux que toi. Je rentrerai aux States, mais pas pour vivre avec lui.

— Mais pourquoi ?

— Il ne m'a jamais, tu sais, *touchée* ni rien. Mais il aime regarder. Et dire des choses. »

Nerissa mit quelques secondes à trouver des mots. « Je suis désolée.

— T'inquiète. Les gens ne sont pas toujours ce qu'on croit. Mais j'imagine que tu le sais. »

Nerissa dormit par à-coups près de la porte de la chambre : elle sursautait à chaque bruit que produisait la maison en négociant avec la fraîcheur de la nuit. Et, ayant enfin sombré dans un sommeil plus profond, elle se réveilla honteusement en retard. Il fallait qu'elle parle à Beck des dispositions à prendre pour son retour aux États-Unis… elle était bien déterminée à ne pas passer une nuit de plus sous ce toit, elle logerait à l'hôtel avec les gamins si nécessaire… mais le temps qu'elle s'habille et qu'elle descende, Beck était déjà sorti avec

Leo faire une course. Ils reviendraient avant le dîner, lui indiqua Cassie.

Midi arriva. Derrière les fenêtres, l'air lui-même semblait pâle et brûlant. Beth broyait du noir dans la pénombre de la salle commune en compagnie d'un Eugene Dowd tout aussi maussade. Assise dans la cuisine, Cassie regarda Nerissa réchauffer des empanadas précuits achetés au magasin d'en face. Elle voulut discuter de ce que le sim Winston Bayliss avait dit dans la ferme d'Ethan, de cette éventualité que l'hypercolonie ait été infectée par une entité rivale. Était-ce possible ? Peut-être, répondit Nerissa. Beck avait affirmé détenir quelques éléments de preuve. Mais la parole de l'hypercolonie avait tout autant de valeur que celle du diable. Rien de ce qu'elle racontait n'était digne de confiance.

« Mais quand même, si c'est vrai, ça pourrait nous aider.

— J'en doute, Cassie. Ça ne ferait que rendre les sims plus imprévisibles. » Et plus dangereux, comme un animal blessé et acculé. Elle repensa à Ethan, en ce troisième jour de son voyage dans le désert.

Beck et Leo revinrent dans la chaleur lourde de la fin d'après-midi. Beck entra avec les épaules en arrière et la tête penchée à un angle prétentieux, visiblement ravi de lui-même. « Nous nous sommes procuré un petit camion rempli de matériel incendiaire, annonça-t-il à Dowd. On peut partir dès que le matériel radio est prêt. »

Nerissa en fut un peu surprise : rien d'autre dans le plan de Beck ne s'était déroulé aussi facilement. Mais acheter des explosifs au marché noir dans une ville qui subvenait aux besoins d'une importante industrie d'extraction de minerai ne posait peut-être pas d'énormes difficultés.

Contrairement à son père, Leo arborait une expression sombre pleine de mépris. « Montre-leur ce que tu as acheté d'autre », dit-il d'une voix sans timbre.

Son père lui décocha un regard hostile, puis ouvrit le sac qu'il tenait dans la main droite.

Il contenait une boîte en plastique blanc sans aucune inscription. Beck la posa sur la table de la cuisine pour ôter le couvercle. À l'intérieur, une protection en mousse sur mesure entourait une seringue graduée en verre et une dizaine d'aiguilles dans des sachets stériles en papier.

« Je vais vous expliquer », dit Beck.

25

San Pedro de Atacama

Ethan entra dans San Pedro de Atacama à l'aube et coupa le chauffage de l'automobile au moment où le soleil se détachait de l'horizon. Il se sentait fatigué et la tête lui tournait, probablement à cause de l'altitude. Le plateau d'Atacama était presque à 2 400 mètres au-dessus du niveau de la mer. À une dangereuse proximité des étoiles.

Et d'autres choses. Le gouvernement chilien décourageait le tourisme dans l'Atacama et, d'après Beck, les lignes aériennes commerciales contournaient délibérément cette partie du désert. (L'hypercolonie était parvenue à ce résultat, supposait-il, en utilisant sa boîte à outils habituelle : appels téléphoniques et messages radio discrètement et imperceptiblement modifiés ou redirigés, décisions d'importance apparemment secondaire ayant par effet domino la répercussion voulue, jamais d'intervention trop directe pour sembler suspecte ou laisser des traces manifestes...) La mine de cuivre de Chuquicamata, au nord-ouest, était la seule véritable industrie de la région. Le terminal ferroviaire et les entrepôts en périphérie servaient surtout à Chuquicamata et à quelques mines de moindre importance. La ville elle-même était un pueblo d'environ 1 500 habitants permanents, et il fut tout de suite évident que, si les soldats de Beck pouvaient passer inaperçus sur la route, ils seraient impossibles à loger discrètement à San Pedro de Atacama. Le seul hôtel, un bâtiment d'adobe à trois niveaux, comptait une douzaine de petites chambres réparties autour d'une cour centrale pourvue d'une fontaine en béton tarie. Ethan affirma au réceptionniste qu'il venait voir la Valle de la Luna.

« *¿ Es usted un geólogo ?*

— *Soy un geólogo por cuenta propia* », répondit-il en laissant l'homme imaginer en quoi pouvait consister un géologue à son compte. Il signa le registre sous un faux nom.

Il dormit plus longtemps qu'il n'en avait eu l'intention, rêvant d'un passage sur la guêpe glyptapanteles dans un de ses livres. Cette espèce pond ses œufs dans le corps de chenilles arpenteuses et ses larves fraîchement écloses se nourrissent de l'insecte en vie… comportement parasitaire typique, avec pour désagréable particularité que les larves, quand elles détectent l'approche d'un possible prédateur, provoquent chez leur hôte des convulsions de douleur. Obligée de simuler l'agressivité, leur victime défend ainsi ses meurtrières alors même qu'elles sont en train de la dévorer. Dans son rêve, Ethan n'agissait pas, mais regardait sans émotion aucune le cycle se répéter encore et encore. Ce n'est qu'en se réveillant qu'il fut pris d'horreur.

À mauvais escient, se dit-il sous la douche. Sa compassion était de l'anthropomorphisme, une projection. La chenille n'était guère qu'un moteur protéinique qui se conformait à une suite de comportements prédéterminés. Un robot de chair. *Tout comme moi*, sauf que dans l'espèce à laquelle appartenait Ethan, l'évolution avait produit un moi conscient à base de chimie et d'imprévu. *Je ressens, donc j'ai en horreur.*

Il avait gâché malgré lui la majeure partie de la journée au lit, aussi comptait-il utiliser au mieux le temps qu'il lui restait. Le soir commençait à tomber quand il traversa la ville pour en gagner la périphérie industrielle, avec ses entrepôts et ses stations de carburant, ses voies de triage près desquelles les conteneurs et les citernes de propane, serrés les uns contre les autres, semblaient les yourtes abandonnées de géants nomades. En s'arrêtant quelques instants sur la route, il vit des mécaniciens s'occuper d'un aiguillage récalcitrant à la lueur de lampes à halogénure lumineuses comme de petits soleils.

Difficile de ne pas céder au découragement. Ce que voulait faire Beck était d'une portée considérable et il y avait tant de manières que cela tourne mal. Impossible de savoir combien d'agents (humains ou sims) l'hypercolonie avait placés à San Pedro de Atacama, ni ce qu'elle avait déjà découvert ou deviné du plan de Beck. Mais peut-être ces doutes faisaient-ils simplement partie de ce qu'Ethan commençait à reconnaître comme un début de dépression, les loups du désespoir refermant leur cercle sur lui. Il ne put s'empêcher de penser à Nerissa : entre eux, une porte longtemps close s'était rouverte et il l'avait laissée se fermer à nouveau. Tout cela pour quoi ? Cette manifestation insensée d'arrogance de l'humanité ?

Il conduisit sans destination précise et ne s'aperçut qu'une fois à de nombreux kilomètres de la ville qu'il suivait la route décrite par Beck, celle conduisant à la zone de reproduction de l'hypercolonie. Qui se trouvait environ quatre-vingts kilomètres plus loin dans le désert et dont Ethan n'avait pas l'intention de s'approcher vraiment davantage. Mais il n'y avait personne sur la route et rouler lui faisait du bien. Une demi-lune veillait tel un dieu attentif sur les salants. Ethan était invulnérable dans sa tristesse. Il laissa l'asphalte continuer à défiler sous ses roues.

Il s'arrêta sur le bas-côté quand il se rendit compte qu'il avait ajouté presque vingt-cinq kilomètres au compteur. Il faisait froid, aussi brancha-t-il le chauffage en se remémorant une fois de plus qu'il se trouvait sur le haut plateau de Puna de Atacama et que seule une fine couche d'atmosphère le séparait du vide de l'espace. Il chercha sur l'horizon la colonne lumineuse décrite par Beck, mais ne vit s'y produire que la lente rotation des étoiles.

Il frissonna et fit demi-tour. La circulation avait été rare, quelques camions et remorques à plate-forme surbaissée qui l'avaient croisé dans un grondement, mais des phares apparurent dans son rétroviseur alors qu'il repartait. Deux pick-up blancs banalisés : le premier, imité peu après par le second, remonta à sa hauteur avant de le dépasser à toute allure. Ethan regarda avec soulagement leurs feux arrière décroître au loin.

Ils n'étaient pas venus pour lui. Mais l'endroit n'était pas sûr. Ethan quitta la route des yeux le temps de sortir de la boîte à gants le pistolet chargé que Beck s'était procuré et lui avait fait emporter. Il posa l'arme sur le siège passager, sans intention de s'en servir, mais cela le rassurait qu'elle soit à portée de main.

Il repensa à son rêve, aux larves de glyptapanteles qui faisaient se contorsionner frénétiquement leur hôte. L'analogie en valait une autre pour ce qui était en train de se produire, à en croire Winston Bayliss : l'hypercolonie, qui élevait ses petits dans la nutritive chaleur de la culture humaine, avait été attaquée par un prédateur concurrent et tout aussi étranger qu'elle à l'humanité. Le prédateur comme sa proie essayaient d'utiliser des êtres humains dans leur combat. Et si tout cela était vrai, quels intérêts servirait la guerre de Beck ? Mais prendre cette question au sérieux signifiait s'abstenir de faire quoi que ce soit… une espèce de paralysie induite, et peut-être s'agissait-il *justement* du résultat espéré par l'hypercolonie.

Nous voyons dans un miroir, obscurément, comme disait Nerissa. Une citation biblique. Du Nouveau Testament, si la mémoire d'Ethan était bonne. Dans la lettre aux Corinthiens ? Nerissa aurait su.

Dans le verre sombre de son rétroviseur, il vit d'autres phares approcher rapidement. Il eut beau peser un peu plus sur l'accélérateur, ils continuèrent à gagner du terrain.

Nous voyons dans un miroir, obscurément… Je n'ai à présent qu'une connaissance partielle, mais je connaîtrai un jour comme je suis connu… Il y avait quelque chose devant lui sur la route éclairée par la lune, mais dans l'ombre d'une émergence verticale de granit. Il ralentit jusqu'à bien distinguer l'obstacle, qu'il mit du temps à reconnaître : c'était les pick-up qui l'avaient dépassé, un sur chaque file, tous deux pointés à présent dans sa direction, tous deux immobiles et sans aucune lumière. Ils allumèrent leurs phares au moment où, d'un coup de volant, il allait passer sur le bas-côté. Aveuglé, il fut obligé d'écraser le frein pour ne pas sortir de la route.

Il parvint à s'arrêter. Le pistolet glissa du siège et tomba par terre. Il le cherchait à tâtons quand un homme tapa sur sa vitre avec une torche électrique. « Professeur Iverson ? »

Les doigts d'Ethan se refermèrent sur la crosse. Il se redressa. L'homme, en chemise de travail et jean, était coiffé d'une casquette de base-ball. Il avait le visage terne et ses yeux reflétaient la lumière de la lune. Ethan lui tira dessus à travers la vitre.

Le verre de sécurité explosa en une pluie de fragments. Le temps qu'Ethan rouvre les yeux, l'homme — le *sim* — était tombé hors de vue. Mais l'odeur de matière verte se mêlait à la puanteur de poudre brûlée, étourdissant Ethan de souvenirs de chlorophylle, de vinaigre, de pain moisi et de feuilles écrasées...

Les phares qui le suivaient appartenaient à deux autres pick-up identiques. Ils s'arrêtèrent en dérapant derrière lui, ce qui lui barra le passage avant qu'il puisse enclencher la marche arrière. Il ne pouvait plus à présent se déplacer qu'à pied. Il sortit gauchement côté passager en haletant dans l'atmosphère raréfiée.

Une autre silhouette humaine se précipita dans sa direction. Ethan se tourna vers elle en pressant la détente. La balle pénétra les chairs avec un bruit humide, mais sans infliger de blessures critiques. Le sim saisit Ethan au-dessus du poignet droit, chercha d'une torsion à lui faire lâcher le pistolet. Deux autres sims sortirent de l'obscurité et le plaquèrent sur le côté de sa voiture. Il se débattit en vain, attendit le coup de feu qui le tuerait.

Il n'y en eut pas. Un autre sim approcha, celui-ci ressemblait à une femme de couleur à la constitution fluette. Il portait la même tenue jean-chemise de travail que les mâles, avait les cheveux rentrés sous une casquette identique. Il enjamba avec soin le corps de son collègue.

« Professeur Iverson, mes excuses pour ce qui s'est passé à l'instant. Nous ne voulons ni vous effrayer ni vous faire de mal. Juste vous parler. » Le sim sortit une paire de menottes de sa ceinture. « Mes excuses aussi pour ça. Veuillez mettre les mains dans le dos. »

26

Antofagasta

Cassie, Thomas et Beth entrèrent dans la cuisine, le regard fixé sur la seringue et les aiguilles posées sur la table. Nerissa avait envie d'en faire autant, mais s'obligea à détourner les yeux. « Vous comptez vous en servir pour quoi ?

— Du calme. » Le visage impassible de Beck dégageait comme toujours une autorité naturelle, avec ses muscles contractés et ses yeux froidement évaluateurs. « J'ai besoin de procéder à un test. Ce n'est pas difficile à comprendre. Puis-je m'expliquer ? »

T'as sacrément intérêt ! Elle attendit qu'il continue.

« Après la première série d'agressions, j'ai eu l'occasion d'autopsier un simulacre. Un sim, c'est grosso modo un corps humain autour d'un noyau de matière verte. Elle est plus concentrée dans le crâne et le tronc, mais elle va jusque dans les mains et les pieds. On peut en aspirer une petite quantité en introduisant une aiguille hypodermique dans le mollet d'un sim. Sur un être humain, ça ne récupère que quelques gouttes de sang, moins que vous en donnez pour une analyse chez le médecin.

— Il n'est *pas question*, dit Nerissa, que vous enfonciez une aiguille dans mon corps ou dans celui des enfants dont j'ai la responsabilité.

— J'ai bien peur d'y être obligé. Ethan et Leo ont failli tomber dans une embuscade à Mazatlán alors que très peu d'entre nous connaissaient l'emplacement de cette boîte aux lettres. Avant qu'on parte dans l'Atacama, ou que vous preniez l'avion pour les États-Unis, j'ai besoin de m'assurer que personne ici présent n'a informé l'hypercolonie de nos plans.

— Quoi ? Vous pensez que je suis un sim, *moi* ? Ou Cassie ? Ou votre propre fils ?

— Je ne le *pense* pas et je n'accuse personne de quoi que ce soit. Il me faut juste une certitude. Vous ne trouvez pas qu'un léger désagrément en vaut la peine ? L'idée me vient de vous, madame Iverson.

— De moi !

— De ce que vous m'avez raconté sur votre entretien avec la mère du sim en Pennsylvanie. La gestation des sims se produisant dans des hôtes humains, que nous ayons tous un passé familial irréprochable ne signifie rien.

— La Correspondence Society nous connaît tous aussi depuis longtemps. Ça ne compte pas ?

— Bien sûr que si, mais pas de la manière dont vous le pensez. Les chercheurs de la Society travaillent avec des cultures de cellules depuis qu'Ethan a isolé les échantillons de l'Antarctique. Nous en avons produit de grandes quantités, en prenant ce qui nous semblait des précautions raisonnables vu qu'il ne semblait y avoir aucun risque d'infection. Mais nous nous trompions sur ce point. Nous avons presque certainement été exposés. Nous pouvons tous avoir été contaminés, et avoir contaminé ensuite notre famille.

— Ethan et moi n'avons pas d'enfants.

— Non. Mais votre sœur en a eu. »

Nerissa vit Cassie écarquiller les yeux en comprenant le sous-entendu. Thomas avait seulement l'air perplexe.

« Pas question, répéta Nerissa en prenant sa nièce et son neveu par la main. Cassie, monte faire tes bagages et aider ton frère avec les siens. On s'en va.

— Je ne peux pas vous y autoriser, dit Beck.

— Vous croyez pouvoir nous en empêcher ?

— Eugene, la porte. »

Un petit sourire aux lèvres, Dowd alla bloquer le passage. Il remonta sa chemise pour montrer le pistolet enfoncé dans la ceinture de son jean, geste que Nerissa trouva à la fois grotesquement théâtral et démesurément menaçant, à vous donner la chair de poule. « Quoi, il va nous *tirer dessus* ?

— J'espère que non, cela va sans dire. Ce n'est absolument pas nécessaire. Mais nous sommes en guerre, que vous le vouliez ou non. Formulez des objections, mais ayez l'obligeance de coopérer. Nous parlons d'un désagrément passager. Faites-le une bonne fois pour toutes. Eugene vous conduira ensuite à l'aéroport avec les enfants et vous pourrez oublier toute cette histoire.

— C'est pour ça que vous avez éloigné Ethan ? Il ne vous aurait jamais laissé faire.

— Vous pouvez me regarder effectuer d'abord le test sur moi-même, si vous voulez. »

Nerissa pensa à Eugene devant la porte. D'après ce qu'elle avait vu et entendu de son comportement avec Beth, il n'avait pas de cœur et pouvait se montrer violent. Mais elle ne croyait pas qu'il tirerait sur une femme désarmée. *Sauf s'il pense que je refuse le test parce que je ne suis pas humaine.* Dowd avait tué des sims dans le désert, d'après Beck. Et il avait hâte d'en tuer d'autres. Cela valait-il la peine, le cas échéant, de mettre sa conviction à l'épreuve ?

Elle aurait aimé avoir encore un peu de temps pour réfléchir, mais déjà Beck tendait la main vers les aiguilles jetables.

« Tante Riss ? » appela Cassie.

Leo s'avança.

« S'il faut vraiment que tu le fasses, dit-il à son père, tu peux commencer par moi. »

Beck emporta la seringue, les aiguilles, un flacon d'alcool isopropylique et un paquet de pansements adhésifs dans une petite pièce à l'arrière, pièce sans doute destinée au rangement et qu'on avait meublée d'un bureau en bois et de deux chaises. Une porte étroite, verrouillée, donnait sur la ruelle derrière la maison. Il n'y avait aucune fenêtre. Un tube fluorescent au plafond dispensait une lumière pâle et incertaine.

Beck s'assit derrière le bureau et fit signe à son fils de prendre place en face de lui. Il aurait préféré commencer par cette Iverson, puisqu'elle constituait le principal obstacle. Mais comme Leo s'était porté volontaire, il passerait le premier. Il sortit un pistolet du tiroir supérieur gauche, s'assura qu'il était chargé et prêt à servir avant de le poser à côté de la seringue.

Leo regarda l'arme, puis son père et à nouveau le pistolet. « Tu *plaisantes* ou quoi ?

— Avant de commencer, je voudrais te poser une question. As-tu couché avec Cassie Iverson ? »

Leo le regarda en face sans répondre.

« À ce stade, tu as le droit de me dire que ça ne me regarde pas.

— Ça ne te regarde pas.

— Je pose la question parce que tu pourrais être partagé, en ce moment. Tu veux protéger Cassie. Rien de plus naturel. Sauf qu'elle n'a pas besoin de ta protection. Il n'y a aucun danger. Je vais te montrer. Tu vas voir comment ça se passe. Tu pourras peut-être m'aider quand on le fera aux autres. »

Beck recula sa chaise pour remonter sa jambe de pantalon. Il imbiba d'alcool un tissu avec lequel il tamponna une surface de peau blafarde sur son mollet gauche.

« Le corps d'un sim doit sembler parfaitement humain, y compris en cas de blessures légères du genre bosses, égratignures et autres. Voilà pourquoi les plus grandes quantités de matière verte sont à l'abri dans le crâne et le torse. Il y en a moins dans les membres. Ça fait une espèce de poche autour des os de la jambe, par exemple. Si bien que l'aiguille… » Il en sortit une de son paquet, la vissa sur la seringue, ôta le capuchon. « … doit aller jusqu'à l'os. »

Il s'enfonça l'aiguille stérile dans la jambe. Ce fut douloureux, mais supportable. « Comme la matière verte est protégée par une membrane là où elle s'interface avec la graisse et les muscles humains, je dois être sûr de bien crever la poche, s'il y en a une. Pour ça, il faut appliquer une certaine pression. » Il poussa jusqu'à sentir le grattement électrique de l'aiguille contre son tibia. « Si tu veux être sûr que je ne triche pas, tu peux faire le reste toi-même… tire le piston pour aspirer un peu de sang…

— Non, s'étrangla Leo.

— Alors je vais m'en charger. » Il laissa monter dans le corps de la seringue quelques gouttes d'un sang rouge tout à fait humain, puis ressortit l'aiguille. Un peu de sang perla sur la peau. Il l'essuya et posa un pansement. « Et voilà. D'accord ? Quand on en aura fini, toi et moi, tu pourras raconter comme c'est simple à ta copine et à son inquiète de tante.

— Peut-être, mais…

— À ton tour, maintenant, l'interrompit son père. Remonte ton pantalon.

— Tu penses vraiment… je veux dire, tu crois sincèrement que j'en suis *un* ? »

Beck lâcha l'aiguille usagée dans une corbeille à papier et en sortit une neuve de son emballage. « Je ne le fais pas parce que je soupçonne quelqu'un de quoi que ce soit. Je préférerais me fier à mon instinct. Mais c'est comme ça que des gens se font tuer. Et si les sims viennent au monde en parasitant le ventre d'une femme…

— Tu crois que j'ai parasité le ventre de ma *mère* ? »

Beck s'immobilisa, la seringue à la main, pour regarder son fils dans les yeux. « Non. Bien sûr que non. Mais il faut qu'on soit sûrs.

— Tu ne ferais pas ça si elle était encore vivante. Si elle était encore de ce monde, tu ne serais peut-être pas devenu si foutrement dingue.

— C'est une réponse décevante. »

Beck n'aurait jamais toléré pareille insulte de n'importe qui d'autre. Et elle était ridicule : Mina n'avait jamais eu ce genre d'influence sur lui. Beck l'avait épousée encore étudiant, peu après avoir été présenté à la Correspondence Society. S'il l'avait aimée un jour — comme il le croyait —, le mépris de Mina pour ce qu'il faisait avait ébranlé et finalement détruit cet amour. Ils avaient envisagé de divorcer, mais elle avait trouvé la mort avant qu'ils puissent le faire. Sa voiture avait dévalé le remblai abrupt d'une autoroute californienne et percuté un robuste épicéa, dont une branche avait d'abord traversé le pare-brise, puis la voûte rose pâle de la gorge de Mina.

Beck repensait à cet accident, depuis quelque temps.

Des années durant, il s'était efforcé de l'oublier, mais les récents événements n'avaient pu que soulever certaines questions. Leo avait cinq ans au moment de l'accident. « Tu te souviens du jour où elle est morte ?

— Pas vraiment.

— Tu étais avec elle.

— Pas dans la voiture. »

Non, du moins quand l'accident s'était produit. D'après les reconstitutions de la police d'État, basées sur le témoignage d'un Leo en larmes, Mina s'était arrêtée sur le bas-côté pour qu'il puisse faire pipi. (La prochaine aire de repos se trouvait encore à plusieurs kilomètres et jamais Mina n'aurait incité Leo à se retenir jusque-là : elle estimait que ses besoins devaient être satisfaits sitôt exprimés.) Leo s'était enfoncé dans les fourrés et s'efforçait sans doute d'ouvrir sa braguette quand un seize-roues de transport prenant un virage serré à une vitesse excessive avait donné un coup de klaxon.

Il était passé largement à côté de la voiture, mais Mina, de constitution nerveuse et certainement surprise, semblait avoir embrayé pour essayer d'éloigner encore davantage sa voiture de la chaussée. Peut-être avait-elle appuyé trop fort sur l'accélérateur, ou peut-être regardait-elle par-dessus son épaule et non devant elle. Toujours était-il que la voiture avait pris de la vitesse et glissé sur l'herbe humide jusqu'au bord du remblai, où elle avait basculé. En arrivant sur les lieux, la police avait trouvé Leo debout dans les buissons, le jean empestant l'urine et le visage strié de larmes. On s'était occupé de son état de choc avant de laisser son père le ramener à leur domicile.

« Tu te rappelles où elle t'emmenait, ce jour-là ?

— Non. Et je n'arrive pas à croire qu'on parle de ça.

— Elle te conduisait chez le docteur.

— Je n'étais pas malade.

— Je sais bien. Je l'avais dit à Mina. Mais elle ne me croyait pas. »

Leo avait été un petit garçon robuste, mais que sa mère ne cessait de considérer comme fragile et en danger. Ce jour-là, c'était en juillet, elle s'inquiétait d'une bosse sur la jambe de Leo contusionnée lors d'un saut de clôture dans le jardin d'un ami. Leur médecin de famille avait diagnostiqué un simple hématome et indiqué que la tuméfaction disparaîtrait en quelques jours, mais Mina avait réussi à le persuader de leur prendre rendez-vous pour une radio à l'hôpital régional. L'accident avait eu lieu alors qu'elle y emmenait Leo.

« Je sais que je n'ai pas particulièrement été un bon père. » Durant les neuf années entre la disparition de Mina et les meurtres de 2007, Beck avait vêtu, nourri et éduqué son fils de son mieux. Mais il n'était pas dans sa nature d'être un parent nourricier. Ses méthodes avaient été strictement pédagogiques. « Je t'ai toujours fait confiance. Là n'est pas la question. Mais il faut qu'on fasse ce test sur toi, Leo. Comme sur tout le monde.

— Tu crois que j'aurais pu *tuer ma mère* ? »

Beck ne savait pas trop comment Leo aurait pu s'y prendre, à cinq ans, étant donné les circonstances. Mais personne d'autre n'avait vu ce qui s'était vraiment passé. « Il faut juste que tu remontes ta jambe de pantalon. J'ai besoin de voir une goutte de sang. Rien d'autre. »

Leo regarda son père, la seringue dans sa main, le pistolet sur le bureau. « Bordel, je ne sais plus qui tu es. Peut-être que je ne l'ai jamais su. »

Cassie rejoignit tante Riss sur le canapé situé face à la porte devant laquelle Eugene Dowd montait la garde. Assise jambes croisées sur la moquette, Beth feuilletait un magazine people hispanophone à côté de Thomas qui broyait du noir.

Cassie avait besoin de confier à sa tante ce qu'elle ressentait pour Leo. Elle était sur le point de prendre une décision à laquelle tante Riss s'opposerait presque certainement et elle voulait que celle-ci la comprenne, à défaut de l'approuver. Beaucoup de choses lui faisaient peur, pour le moment, mais elle craignait surtout de passer pour ingrate ou sans cœur aux yeux de celle qui avait parcouru des milliers de kilomètres pour la retrouver. « Se porter volontaire pour passer le premier, dit-elle, c'est le genre de comportement auquel j'ai appris à m'attendre de la part de Leo…

— On gagne un peu de temps, l'interrompit tante Riss, mais ça ne nous avance pas vraiment. Pas tant qu'Eugene bloque la porte. On pourrait peut-être monter pour s'enfuir par une fenêtre ou par le balcon… mais je ne suis pas sûre que Thomas y arriverait sans tomber.

— Aucune importance. Je ferai ce test. Si Leo n'est pas blessé, je veux dire. S'il dit que ça va.

— Leo fait peut-être confiance à son père, moi, non. Et je ne suis pas certaine de faire confiance à Leo.

— Je le connais mieux que toi.

— Écoute, Cassie. Je sais que tu as été proche de lui ces dernières semaines. Mais c'est le fils de son père. Il faut que tu veilles à tes propres intérêts.

— C'est ce que je fais.

— Peut-être qu'une fois de retour aux States…

— Je ne rentre pas. Pas sans Leo. Sauf s'il le veut. »

Voilà, c'était dit. Tout au moins, elle avait balbutié un résumé succinct et imprécis de ce qu'elle avait eu l'intention de dire. Il y avait tant d'autres choses. Toutes les preuves irréfutables qu'elle avait emmagasinées dans son cœur et son esprit, mais ne pourrait jamais partager.

Après un long silence, tante Riss demanda : « Qu'est-ce que tu sais au juste sur Leo Beck, Cassie ? Moi, je sais seulement qu'il est loyal à son père. Et qu'il a tué un innocent. »

Mais Leo n'était *pas* loyal à son père, pas de la manière servile qu'elle sous-entendait. Quant à l'homme qu'il avait tué, cela s'expliquait par la peur et la situation désespérée, non par la malveillance et l'imprudence. Tante Riss n'avait rien vu du chagrin et de la culpabilité de Leo. C'était Cassie qui avait serré la tête de Leo sur son épaule, tard un soir dans une chambre d'hôtel du Panama, Cassie qui lui avait caressé les cheveux pendant qu'il avouait souffrir terriblement d'avoir causé cette mort, Cassie qui avait entendu sa confession (« Je regrette tellement, putain, *tellement* ») et senti ses larmes lui couler sur la peau. « Je sais que je tiens à lui. Et qu'il tient à moi. Et je sais ce qu'on a traversé ensemble. »

Tante Riss sembla plus triste que fâchée. « Cassie, je… »

Elle se tut : on frappait à la porte d'entrée. Eugene Dowd se redressa d'un coup. La main sur son pistolet, il intima d'un geste silence aux autres. Il n'y avait pas de judas à la porte et le visiteur se trouvait dans l'angle mort de la fenêtre la plus proche. Quelques secondes s'écoulèrent avant qu'on frappe à nouveau, cette fois avec insistance.

« Bon, dit Dowd, *vous quatre* », son doigt désigna

successivement Beth, Thomas, Cassie et tante Riss, « montez *tout de suite* là-haut. Je vous ferai signe quand vous ne risquerez rien en redescendant. *Go !* »

Beth resta interdite. Tante Riss se leva en prenant la main de Thomas et se retourna au pied de l'escalier. « Cassie… Viens !

— Non. » Elle se dirigeait déjà vers la pièce dans laquelle Leo et son père procédaient au test.

« Cassie, je t'en *prie.* » Tante Riss n'attendit pas pour autant et monta rapidement les marches en tirant un Thomas perplexe et effrayé.

« Je fais partie de l'administration portuaire, annonça derrière la porte une voix masculine à l'accent chilien. Il faut que je parle à Werner Beck de toute urgence. » D'autres coups frénétiques sur le battant.

Dowd l'entrouvrit de quelques millimètres pour jeter un coup d'œil à l'extérieur, la main effleurant toujours la crosse de son arme. « Montrez-moi vos papiers. »

La porte pivota brutalement vers l'intérieur, expédiant le mécanicien au sol.

Beck se rendit compte qu'il n'était pas parfaitement préparé à cette impasse avec son fils. Leo ne bougeait pas, furieux, et pour le moment Beck ne pouvait que lui rendre son regard. « Il faut que tu le fasses », dit-il, surpris par l'espèce de gémissement peiné dans sa voix, « sinon… » Sinon quoi ?

Des bruits dans la pièce voisine détournèrent son attention : des coups à la porte, des voix étouffées. Puis le fracas d'une entrée en force et d'autres cris. Beck lâcha la seringue pour s'emparer du pistolet posé sur le bureau. Mais Leo réagit plus vite que lui et, d'un bond, empoigna l'arme.

Un coup de feu claqua dans l'autre pièce, puis il

y eut un vacarme beaucoup plus proche quand la porte qui donnait sur la ruelle à l'arrière, enfoncée, alla rebondir sur le chambranle. Beck vit Leo braquer le pistolet sur l'intrus, un homme en civil porteur de ce qui ressemblait à une arme automatique. Leo tira avant que celui-ci puisse choisir une cible. L'homme tomba en arrière et Beck sentit la familière puanteur d'engrais des fluides de sim. Il regarda Leo achever d'une balle dans la tête le sim, qui cessa de se tortiller. *Aucune hésitation*, se surprit-il à penser, admiratif du sang-froid de son fils. C'était une réaction bien plus probante que n'importe quel test avec une aiguille.

Un autre coup de feu dans l'autre pièce, puis un troisième. « Donne-moi le pistolet », dit Beck.

Leo se tourna vers lui, l'arme à la main. Il parut à Beck d'un calme presque surnaturel, sans peur ni colère. Beck tendit la main. Leo ne baissa pas le canon.

La première balle fit à Beck l'effet d'un coup dans les côtes qui le repoussait en arrière. Il se retrouva par terre, le souffle coupé, abasourdi. Leo se pencha sur lui, toujours sans la moindre expression sur le visage. La main de Beck tomba sur la seringue qu'il avait lâchée. Il s'étonna lui-même en l'enfonçant violemment dans la cuisse de Leo.

D'une nouvelle balle, Leo anéantit toute pensée.

La peur emplissait Cassie tout entière. Elle grondait dans ses oreilles comme le crissement d'une scie électrique. La jeune fille poursuivit son mouvement, mais sans y penser, comme si un marionnettiste maladroit avait pris le contrôle de ses membres. Les événements se transformèrent en une suite d'images fixes projetée sous ses paupières.

Dowd par terre, qui bloque avec ses jambes la porte d'entrée poussée par un inconnu qui cherche à entrer…

Cassie avança d'un pas supplémentaire vers la pièce dans laquelle se trouvait Leo.

Tante Riss qui hurle le nom de Cassie tout en disparaissant au premier étage, Thomas en remorque qui regarde par-dessus son épaule, les yeux écarquillés et la bouche comme un O stupéfait…

Encore un pas.

Dowd qui lève son pistolet et tire : des éclats de bois et un bruit comme un coup dans la tête, mais l'inconnu continue à essayer d'entrer de force tandis que Dowd se relève le plus vite possible et braque à nouveau son arme…

Un pas.

Beth qui s'oblige à se lever et s'approche les jambes en coton de l'escalier, le visage figé de terreur, masque de dents et d'yeux…

Un pas.

Un bruit différent en provenance de la pièce où est Leo, un choc sourd et un coup de feu…

Cela signifiait qu'on attaquait aussi la maison par la ruelle, mais elle ne s'arrêta pas : ses pieds, ses jambes, son marionnettiste invisible voulaient tous la conduire à Leo.

Dowd qui tire une troisième fois, l'inconnu qui s'écroule sur la porte en répandant de la matière rouge et verte, mais cela ne fait qu'ouvrir en grand le battant. Dowd qui crie à Cassie et Beth : « À terre ! »

Cassie ne se jeta pas sur le sol.

Dowd qui regarde dehors : « Merde, y en a un *autre* ! »

Encore deux pas, qui la mirent quasiment sur le seuil de l'autre pièce.

Dowd qui tire sur une cible invisible pour Cassie, puis recule en trébuchant, une balle venant de traverser d'abord la porte, ensuite son corps. Un deuxième inconnu qui enjambe le corps du sim, un homme d'apparence ordinaire qui n'a même pas l'air en colère, il vaque tout simplement à ses mortelles occupations…

Beth touchée alors qu'elle agrippe la rampe de l'escalier, Beth qui bascule sur les marches la tête ouverte comme un melon, et du rouge en jaillit…

Furieux et agonisant sur la moquette trempée de sang, Dowd qui lâche un ultime coup de feu, sa balle atteint le sim qui se plie en deux…

… tandis que Cassie entrait dans la pièce où Leo et Werner Beck étaient allés procéder à leur test sanguin, épreuve qui avait changé de nature. La vision de Cassie était troublée et bizarrement *bruyante*, mais elle vit Leo debout (*toujours vivant !*) près du corps de son père et du cadavre puant d'un sim. Il avait une expression stupéfaite et ses yeux brillaient de peur ou de chagrin, mais il tendit sa main libre à Cassie, désignant frénétiquement de l'autre la ruelle avec le canon du pistolet. Les coups de feu l'avaient presque rendue sourde et ils résonnaient encore dans sa tête, mais elle le vit articuler les mots : *viens avec moi*.

Elle saisit la main tendue par Leo, qui l'attira dans la ruelle derrière la maison.

27

L'Atacama

C'est peut-être parce qu'il s'attendait à mourir d'un instant à l'autre qu'Ethan se sentit envahi par un vide néfaste. Toutes les précautions qu'il n'avait cessé de prendre, tous les ridicules protocoles paranoïaques auxquels il s'était consciencieusement conformé tant d'années durant ne lui avaient servi à rien, en fin de compte. Il se retrouvait désarmé à la merci de l'entité qui gouvernait le monde. Il avait perdu jusqu'à la capacité de penser correctement.

Ils l'avaient fait monter à bord d'un des pick-up, à côté du sim femelle qui l'avait menotté. Ethan le voyait mieux à la lueur du tableau de bord : le sim avait de courts cheveux bruns et la peau couleur café. La chose jeta à son prisonnier un coup d'œil plein de gêne et de sollicitude au moment où ils faisaient demi-tour pour se joindre au convoi : les quatre véhicules s'éloignaient à présent de San Pedro de Atacama et se dirigeaient vers les installations de reproduction au fond du désert. L'expression du sim, tout comme ses paroles et ses mouvements, était bien entendu un mensonge délibéré.

Ethan se demanda ce qu'on lui voulait. Et pourquoi on le gardait en vie.

« On veut juste vous parler », répéta le sim.

Malgré sa bouche sèche comme les dépôts salins qu'ils traversaient, Ethan parvint à demander : « À quoi bon ?

— Je comprends l'objection que vous soulevez. Vous avez raison. Rien ne vous incite à croire un tant soit peu ce que nous disons. Mais nous n'avons pas que des paroles pour vous, professeur Iverson. Nous pouvons vous montrer ce que nous sommes, ce que nous avancerons est démontrable. Le scientifique en vous y est peut-être sensible. »

Il tourna la tête vers la fenêtre sans répondre. Vers le désert sous la lune, vers le salar spectral, vers son propre et navrant reflet.

« Elle n'aurait pas marché, reprit le sim. L'arme de Werner Beck. Elle peut empêcher la transmission de signaux cellulaires dans des cultures isolées de matière verte, d'accord. Mais nos corps sont plus résistants que cela. Nous pouvons fonctionner pendant de longues périodes sans contact avec l'hypercolonie orbitale. Ce qu'il appelle "guerre" n'aurait été qu'un coup d'épée dans l'eau. Je pense que, d'une certaine manière, vous le savez, professeur Iverson. »

C'étaient des ruses, non des faits. Peut-être avait-il en effet douté de Beck. Peut-être un simple coup d'épée dans l'eau lui avait-il en effet paru plus attirant que de se cacher jusqu'à la fin de ses jours. Et alors ? Pourquoi jouer ce jeu ? « S'il n'est pas une menace pour vous, de quoi avez-vous peur ?

— Qu'est-ce qui vous fait croire que nous avons peur ?

— Beaucoup de gens bien sont morts de votre fait.

— Non, pas de *notre* fait. Vous avez oublié ce que vous a raconté Winston Bayliss ? Il y a deux entités qui se disputent le contrôle de l'hypercolonie. Nous ne sommes pas celle qui a tué vos amis en 2007. Nous sommes d'une nature différente et poursuivons d'autres buts. Puis-je m'expliquer ? »

Ethan posa la tête contre la vitre. Il faisait bon, dans l'habitacle, mais il sentait la fraîcheur de la nuit derrière le verre.

« Nous pourrons en parler plus tard, reprit le simulacre. Mais j'insiste sur ce point : vous ne courez aucun danger. » Il sourit. « Vous êtes davantage en sécurité que vous ne le croyez, professeur Iverson. »

La route tranchait l'horizon comme tirée au cordeau. Les dernières constructions humaines que vit Ethan furent un groupe d'entrepôts et d'abris à machineries avec des toits en tôle : ce devait être ceux où avait travaillé Dowd, le larbin de Beck. Tout cela disparut progressivement dans le rétroviseur, telle une tache passagère sur la pureté du désert.

Ethan remua pour essayer de soulager ses mains menottées. Il ne voulait pas y penser. Entreprendre l'inventaire de son impuissance inviterait à la panique. Il préférait cette indifférence engourdie. Il n'imaginait rien de plus terrifiant que la possibilité de l'espoir.

Il se recroquevilla un peu sur son siège quand leur destination apparut sur la courbure de l'horizon. Une colline, un monticule… dans l'obscurité, et de loin, cela ressemblait affreusement à une fourmilière ou à une termitière. Il ne s'aperçut qu'une fois plus près, au moment où le convoi ralentissait, qu'il s'agissait en réalité d'un talus de six mètres de haut constitué de déblais d'excavation et de déchets industriels, talus dans lequel on avait pratiqué un passage. Le ciel à l'ouest s'éclaircissait, à présent, et Ethan trouva le tas de débris (des tôles, des armatures à béton, du câble isolant et des pièces de machine inutilisés ou mis au rebut) à la fois bizarrement banal et complètement non humain, signe de prodigalité quand on voyait ce qui avait été jeté, mais aussi de parcimonie puisque tout cela avait été réutilisé comme barrière contre le vent et autres menaces.

« Vous devez bien être un minimum curieux de ce que nous faisons ici, dit le sim. En tant que savant, je veux dire. De scientifique. »

Peut-être avait-il été auparavant capable d'une telle curiosité. Ce n'était plus le cas. Le sim essayait de l'appâter pour provoquer un dialogue, mais Ethan ne mordit pas à l'hameçon. Il observa la route devant eux en essayant de parvenir à l'indifférence d'un appareil photo.

Quand le pick-up arriva au sommet d'une pente et passa de l'autre côté du talus, Ethan découvrit la totalité de la zone : une énorme installation industrielle dans un cratère de débris. Il ne put s'empêcher d'être impressionné, notamment par la taille. Une ville américaine aurait pu tenir tout entière dans cet espace… par exemple une de ces petites villes de l'Ohio que Nerissa et lui avaient traversées seulement quelques semaines plus tôt. Sauf que ce n'était pas un endroit habité par des humains. Les routes goudronnées se croisaient à angle droit avec une précision inhumaine, chacune bordée de structures en béton anonymes semblables à des bunkers ou des hangars d'aérodrome, chaque intersection baignant dans la lumière crue de réverbères. Quelques-uns de ces édifices libéraient des panaches de fumée noire. « Des ateliers d'usinage, expliqua le sim en suivant son regard. Ce dont nous avons besoin et que nous ne pouvons pas faire venir, nous le fabriquons sur place. »

Au milieu de ce quadrillage, une immense construction de verre et de métal reflétait la lueur du ciel — l'aube allait poindre — comme une sculpture impressionniste de tournesol. Ethan essaya d'évaluer sa taille en la rapportant aux silhouettes qui évoluaient à proximité : elle avait *au moins* celle d'un stade olympique. Il n'avait aucune idée de son utilité et le sim ne fournit aucune explication.

Le pick-up pénétra dans la zone. Ethan constata avec surprise que les rues étaient très fréquentées. Si tous les ouvriers qui circulaient entre les bâtiments étaient des sims, Beck avait certainement sous-estimé leur population totale. Il vit aussi des animaux. Difficiles à identifier dans la lumière incertaine, mais qui se déplaçaient tout près du sol avec une démarche de crabe…

« N'ayez crainte, professeur Iverson. »

Il eut peur malgré tout, car ces animaux n'en étaient *pas*. Quand leur véhicule en dépassa un à moins d'un mètre, Ethan vit un corps couvert de fourrure qui se déplaçait sans aucune difficulté sur quatre pattes aux articulations bizarres et dont le thorax relevé accueillait une troisième paire de membres — des bras — munis de mains à longs doigts… quant à la tête, elle n'était pas tout à fait *humaine* et ressemblait davantage à une caricature parcheminée, avec des yeux vides et une fente souriante en guise de bouche…

La chose trottinait en traînant une ombre qui évoquait une tache de Rorschach.

« Ils ne présentent aucun danger pour vous, assura le sim. Vous voulez que je vous dise ce que c'est ? »

Le silence d'Ethan valut consentement.

« En un sens, ce ne sont guère que des souvenirs. En utilisant ce terme comme vous l'avez fait dans votre livre, *Le Pêcheur et l'Araignée*. Vous vous souvenez de ce que vous disiez sur les termites d'Afrique ? "Elles n'ont aucune capacité mémorielle, mais le nid se souvient. Ses souvenirs sont écrits dans le génome de sa population, inscrits là par le passé évolutionnaire du nid." L'hypercolonie se souvient de la même manière et ses souvenirs remontent encore plus loin. Elle a interagi avec beaucoup d'espèces conscientes sur de nombreuses planètes. Avec l'une d'elles, il y a peut-être des millions d'années, elle a appris à imiter des créatures comme celles-là. Elle peut maintenant en créer à volonté. Ainsi que d'autres très différentes, mais celles-ci sont les seules adaptées à la chimie et l'atmosphère de cette planète. Elles sont utiles… elles peuvent manipuler des petits objets avec autant d'efficacité que les humains, elles peuvent servir de gardes ou de soldats moyennant de légères modifications et elles sont particulièrement douées pour les travaux de construction en escalade. »

Des sims d'une espèce différente, se dit Ethan. Mais non, c'était en fait la *même* espèce — l'hypercolonie — qui imitait un hôte différent. « Ils viennent d'ici ? ne put-il s'empêcher de demander.

— Oui.

— Comment ?

— Nous les enfantons. Tout comme nous nous donnons naissance. Vous avez eu l'intuition qu'un sim pouvait grandir dans le ventre d'une femme par un processus similaire à une contamination. C'est exact. Winston Bayliss est venu au monde de cette manière. Mais la plupart des sims femmes ont un système reproducteur qui fonctionne à la perfection. Je suis née ici, d'une mère comme moi. Mon corps peut donner naissance à d'autres sims, ou à une de ces créatures à six membres. Beaucoup des sims ici présents se consacrent à la production d'ouvriers de remplacement.

— Je trouve ça dégoûtant.

— Le pêcheur trouve l'araignée dégoûtante, alors qu'elle se sert tout comme lui d'une espèce de filet pour se procurer sa nourriture. Mais vous êtes capable d'une meilleure compréhension.

— Vraiment ?

— Bien entendu. »

Ethan avait été attiré par la ruse dans une conversation inutile. Inutile de son point de vue, en tout cas. Il ne comprenait toujours pas pourquoi on l'avait gardé en vie ni pourquoi on lui confiait ces vérités dérangeantes, si toutefois c'étaient des vérités.

« Pour le moment, il faut que vous mangiez et que vous vous reposiez. Je vous enlèverai ces menottes dès que nous serons en lieu sûr. Je ne doute pas qu'elles soient désagréables. »

Leur véhicule passa sur une rampe d'acier brossé et pénétra par une ouverture voûtée dans un tunnel souterrain. L'éclairage devant eux était complètement artificiel, les parois grises en béton brut. Des couloirs latéraux conduisaient à de larges espaces lumineux dans lesquels des sims humains ou à six membres se déplaçaient en groupes pour s'occuper de machines. Ethan tendit le cou pour voir disparaître derrière lui le ciel de l'aube.

Ils le mirent dans une petite chambre qui contenait uniquement un plafonnier, un lit de camp, un matelas et des WC rudimentaires. Le sim femelle revint peu après le temps de lui donner un bol rempli d'un mélange graisseux de bœuf et de légumes… de la nourriture de sims, supposa Ethan, celle qu'ils étaient obligés de manger à cause de leurs corps quasi humains. Il en avala quelques bouchées avant de s'allonger sur le lit de camp. C'était comestible, mais… drogué, peut-être ? Ou bien tombait-il de sommeil à cause du choc et de la fatigue ?

Quand il rouvrit les yeux, il fut incapable de déterminer combien de temps s'était écoulé. Il ne faisait ni chaud ni froid dans la pièce. Ce pouvait être la nuit. Ou le jour. Le reste de ragoût s'était figé dans son bol. Il se vida la vessie. Au moment où il refermait sa braguette, le sim femelle déverrouilla la porte et entra.

Ethan l'examina une nouvelle fois : elle ressemblait à une jeune femme délibérément amicale en jean et chemise blanche. À part ceux à six membres, il n'avait vu dans ces installations aucun sim vêtu autrement. Il se demanda comment ils se fournissaient… commandaient-ils des vêtements en gros chez un commerçant de Santiago ? Cinq cents chemises blanches en coton, à livrer à un endroit qui ne figurait pas sur les cartes ?

« Dites-moi juste ce que vous voulez », lança-t-il avant qu'elle puisse prendre la parole. *Et finissons-en.* L'inévitable demande. L'inévitable refus. Ce qui arrivait ensuite.

« C'est précisément ce que je compte faire », dit-elle.

Dit-*il*, le sim, mais Ethan en avait assez de se corriger : la créature était fonctionnellement femelle, à défaut d'être humaine. « Vous avez un nom ? »

Elle lui jeta un coup d'œil. « Non. Vous préféreriez que j'en aie un ?

— Non. »

Il se dit qu'il n'y avait rien d'étonnant à ce qu'elle ait cité *Le Pêcheur et l'Araignée*. L'hypercolonie avait appris l'heuristique de la langue humaine d'abord grâce aux premiers sims qu'elle avait déployés sur la surface de la planète, ensuite en captant et en analysant des communications électroniques. Il fallait croire qu'un sim avait lu son livre. Mais il n'avait pu le *comprendre*, et l'hypercolonie non plus : il n'y avait pas de moi centralisé pour cela, rien que l'application d'algorithmes complexes et rigoureux.

Ce qui signifiait que l'hypercolonie était à la fois plus et moins intelligente qu'un être humain. Si elle lui avait envoyé un sim jeune qui présentait bien, c'était pour lui inspirer confiance. Et ce sim citait son livre parce que l'hypercolonie espérait ainsi lui inspirer encore davantage confiance. Quant à la franchise désarmante dont ce sim femelle semblait faire preuve, en admettant par exemple ne pas avoir de nom humain, il s'agissait là encore d'une manœuvre stratégique.

L'hypercolonie pouvait déchiffrer son langage corporel, déceler ses modes de pensée et calculer ses réactions les plus probables, mais ne pouvait savoir avec certitude ce qu'il allait dire ou faire. Au fond, elle misait sur sa prédictibilité. Aussi Ethan décida-t-il de ne pas dévoiler son jeu. De ne rien dire de compromettant, de n'afficher aucune émotion, de ne rien prévoir. Et, si le moment d'agir se présentait, d'agir sur le coup de l'inspiration.

La sim l'accompagna jusqu'à un véhicule stationné dans le couloir en béton devant sa cellule. Cette galerie était assez large pour permettre aux camionnettes, aux petits pick-up et à un certain nombre de voiturettes biplaces de circuler dans les deux sens. Les piétons, au corps humain ou à six membres, se pressaient le long des murs. La plupart de ceux à corps humain étaient de jeunes adultes des deux sexes : on ne voyait parmi eux qu'un petit nombre d'adolescents et de vigoureux seniors. Ethan supposa qu'on logeait ailleurs les très jeunes et qu'on chargeait les plus âgés d'un travail moins difficile, puis qu'on finissait par les autoriser à mourir. (Il pensa à la légère fumée noire qui montait de certains bunkers de la zone.) Ni les sims humains ni ceux d'apparence extraterrestre ne faisaient attention à lui ou ne parlaient entre eux. Seul le grondement des moteurs résonnait dans le couloir.

Pas de menottes, ce jour-là : on le laissa s'installer les mains libres dans la voiturette. Il aurait pu s'enfuir, s'il avait voulu. Mais il ne serait pas allé très loin.

« Werner Beck appelle cet endroit des installations de reproduction, dit la sim. Ce n'est pas tout à fait exact. L'hypercolonie est là depuis des siècles, durant lesquels elle n'a cessé de *procréer*, et par là je veux dire reproduire des cellules individuelles ou donner naissance à des simulacres. Si vous préférez une métaphore entomologique, il serait plus correct de dire que ce qui se passe ici dans l'Atacama est une espèce d'*essaimage*. »

Elle embraya. Elle avait de petites mains très propres. Tous les sims ont l'air propre, ici, remarqua Ethan. Il s'imagina des douches communes, mille barres de savon identiques.

« L'hypercolonie a colonisé de nombreux mondes habités sur une durée immense. Je ne sais ni combien de mondes, ni pendant combien d'années. Certaines parties de son passé sont dissimulées. Votre représentation de l'hypercolonie est exacte : elle ne peut pas se connaître de la manière dont un humain se connaît. Mais elle contient des descriptions d'elle-même formulées par d'autres espèces. Par exemple, l'une d'elles suppose que l'hypercolonie est le résultat de l'évolution d'organismes autoréplicants qui se sont adaptés à l'environnement de l'espace interplanétaire. Dans de nombreuses autres, elle agit en symbiose avec des civilisations qui construisent des machines. Peut-être a-t-elle été en partie conçue par l'une de ces civilisations... en d'autres termes, elle pourrait être un cultivar qui s'est échappé dans la nature. Et elle est souvent décrite comme fondamentalement bienfaisante. Elle prévient ou minimise les problèmes dont souffrent inévitablement ses civilisations partenaires : guerre, pauvreté superflue, superstition insupportable. »

Elle mêla la voiturette à la circulation. Ethan se retrouva les yeux posés sur un énième pick-up Ford blanc, avec un espace vierge à l'emplacement de la plaque minéralogique. Des ventilateurs au-dessus de leurs têtes évacuaient les gaz d'échappement. « Essaimez, alors. Résolvez le problème.

— Mais c'est ça que vous ne comprenez pas : l'hypercolonie d'origine a *déjà* essaimé. Elle a réussi à lancer une multitude de réplicateurs fertiles sur des trajectoires conduisant à des étoiles proches. C'était son ultime acte marquant. Ce qu'il reste de la ruche est faible et agonisant. Vulnérable à l'infection par d'autres organismes, tout comme un animal vieillissant l'est à des attaques virales et bactériologiques. »

Le couloir commença à monter doucement. Ethan se demanda s'il reverrait le ciel avant de mourir.

« Il existe, répartie dans la galaxie, toute une écologie d'organismes de ce genre qui sont attirés par la chaleur et les ressources des étoiles jeunes. L'hypercolonie n'était que l'un d'eux et elle est à présent épuisée. Elle *veut* mourir.

— Faites donc.

— Vous ne comprenez toujours pas. Ce que vous

voyez, l'entité que je représente, n'est pas l'hypercolonie telle qu'elle était au départ. Considérez-nous comme les nouveaux gérants. Il y a plus de trois ans que nous avons mis la main sur la plupart des fonctions essentielles de l'hypercolonie.

— Vous l'avez parasitée.

— Exactement. Nous avons parasité la ruche agonisante. Nous avons pris le contrôle de son mécanisme de reproduction et nous nous en servons pour notre propre reproduction. Nous fabriquons nos propres réplicateurs. Nous les envoyons aux trousses de l'essaim. Nous infectons de nouvelles colonies partout où elles se développent. C'est ainsi que fonctionne *notre* cycle de reproduction. Et il nous faut plus de temps pour le mener à bien. »

Y avait-il un seul mot de vrai dans tout cela ? Ce que le sim avait raconté était assurément possible : Ethan pouvait citer de mémoire d'innombrables exemples de modèles similaires dans le monde invertébré.

« Je sais bien que vous ne me croyez pas vraiment. Mais vous pouvez voir le mécanisme vous-même. Je peux vous montrer comment il fonctionne.

— Pour quoi faire ?

— Franchement, parce que nous avons besoin de votre aide.

— Bien sûr, oui.

— Je ne plaisante pas. Nous espérons vous convaincre de nous aider.

— Si je vous comprends bien, vous voulez prolonger la vie de la colonie afin de vous en servir pour vos propres besoins. Pourquoi je vous aiderais à faire ça ?

— Si vous y réfléchissez, vous connaissez peut-être déjà la réponse à cette question. »

28

Antofagasta/l'Atacama

Il n'y avait personne dans la ruelle. Une enfilade de petits commerces masquait le soleil de fin d'après-midi, si bien que leurs misérables portes de derrière et leur peinture écaillée baignaient dans une ombre de plus en plus épaisse. Leo jeta un coup d'œil de chaque côté, puis tira Cassie vers la gauche. Elle le suivit sans un mot, en lui serrant la main si fort qu'elle devait lui faire mal. Le bruit le plus insignifiant, comme celui de ses chaussures sur l'asphalte ou celui d'une poubelle qu'elle frôlait de la hanche, semblait à la fois assourdi et beaucoup trop fort, comme une explosion qu'on entend sous l'eau.

Elle n'arrivait pas à penser. Pourquoi n'y arrivait-elle pas ? Elle n'avait plus dans la tête qu'une succession de brèves images retraçant les minutes précédentes. Ses pensées semblaient des oiseaux emportés par le vent au-dessus de l'océan : ils sont affolés et épuisés, mais ne peuvent se poser nulle part.

Leo s'engouffra dans le bâtiment adjacent à la maison, un parking couvert. Cassie remarqua qu'il se déplaçait avec détermination, qu'il la tirait vers des escaliers en explorant du regard la forêt de piliers en béton, la main le long de la cuisse pour dissimuler le pistolet avec son corps. Elle vit sur son jean les taches de matière rouge et verte laissées par le sim mort. Il sentait la sueur, la poudre brûlée et les feuilles écrasées. Elle resta tout près de lui quand il gravit rapidement les marches en colimaçon, même si elle avait du mal à reprendre son souffle.

Ils arrivèrent au troisième et dernier étage, à ciel ouvert. Le vent entre les rangées des voitures en stationnement avait une légère odeur d'essence. Dans le ciel d'un bleu surréaliste, le soleil allait bientôt se coucher. Leo tenait toujours la main de Cassie, ou vice versa, et il la tira jusqu'à un véhicule donné, une camionnette sans aucune inscription qu'elle reconnut avec un temps de retard comme celle louée et utilisée par Werner Beck. Leo lâcha Cassie et sortit des clés de sa poche.

« Où est-ce qu'on va ? réussit à demander la jeune fille.

— Monte. » Il lui ouvrit la portière passager.

« Non… attends. *Attends !* Tante Riss et Thomas…

— Qu'est-ce qu'ils ont ?

— Ils sont restés dans la maison ! » Du moins y étaient-ils quelques instants auparavant. Elle essaya de faire le tri dans le mélange d'images violentes auquel se réduisaient ses souvenirs. Tante Riss et Thomas se réfugiant à l'étage. Beth Vance morte derrière eux dans l'escalier. Eugene Dowd, mort lui aussi, non sans avoir tué deux sims qui cherchaient à entrer. « Ils sont toujours vivants ! En tout cas, ils l'étaient quand je suis partie. Il faut les aider !

— Non.

— Mais…

— *Non*, Cassie. S'ils sont en vie, tout ira bien pour eux. Écoute. » Il pencha la tête. « *Écoute*. Tu entends ? »

Il n'y eut d'abord qu'un bourdonnement dans ses oreilles, comme un réveille-matin impossible à éteindre. Lui parvint ensuite, d'abord vague, puis de plus en plus net, le yodle d'une sirène.

« Dans deux ou trois minutes, la maison grouillera de policiers. Ta tante et ton frère peuvent se débrouiller tout seuls…

— Ils vont se faire arrêter !

— Peut-être, mais ils seront vivants. Retourner dans la maison ne les aidera pas et on ne leur rendra pas service en laissant une camionnette pleine de dynamite garée à côté. Alors monte. S'il te plaît, Cassie. Monte dans la camionnette. »

Elle voulut obéir. Elle essaya de passer la portière. Mais ses jambes la trahirent. Non par lâcheté, mais par faiblesse physique. Elle faillit s'effondrer, parvint à rester à genoux, flageolante. C'était foutrement humiliant.

« Tu es en état de choc. Attends, je vais t'aider. »

Comme la tête lui tournait, elle laissa Leo la prendre par la taille et la pousser sur le siège passager. Il lui boucla sa ceinture. Quand leurs regards se croisèrent, elle dit : « Je n'ai pas peur.

— Je sais. Je le sais parfaitement. »

Elle n'avait pas peur, mais ne pouvait s'empêcher de sentir de tout son corps que quelque chose n'était pas normal.

Elle n'eut que vaguement conscience de rouler dans la ville quand Leo sortit la camionnette du parking. Le soir tombait, le ciel fondait au noir, les feux de circulation apparaissaient comme de lumineuses fleurs nocturnes. Ils croisèrent trois voitures de police et une ambulance, sirènes hurlantes. Cassie se laissa aller sur l'appuie-tête et ferma les yeux, effrayée sans raison pour sa tante et son frère. Elle ne pouvait rien pour eux. Étaient-ils toujours en vie ? Iraient-ils vraiment en prison ? Les Chiliens réservaient-ils meilleur accueil qu'une cellule à des enfants comme Thomas et à des femmes comme tante Riss ?

Ces pensées cédèrent la place à des visions fragmentaires qui n'étaient pas tout à fait des rêves, et quand elle rouvrit les yeux, ils avaient quitté la ville et roulaient sur une grande route vide taillée dans un canyon rocheux. Il faisait froid dans l'habitacle, à présent. Et la puanteur persistait. La puanteur de la violence les avait suivis. L'odeur de sang, de matière verte et de poudre noire. Elle eut envie de prendre un bain. « Où est-ce qu'on va ? »

Leo répondit lentement, peut-être à contrecœur : « Dans l'Atacama. »

Cassie se redressa. « Le désert ?

— Le désert, ouais.

— *Pourquoi ?* »

Il garda les yeux fixés sur la chaussée. « Où aller, sinon ? Que faire d'autre ? On n'a pas de passeports. Ni d'argent. On ne peut pas quitter le pays ni rester en ville. Mon père aurait pu nous aider, mais il est mort. On n'a pas d'autre arme que celle derrière nous. Environ cinq cents kilos de dynamite, des détonateurs et une machine qui pourrait nous aider à nous en servir. Et ton oncle est à San Pedro. »

Cassie s'efforça d'assimiler tout cela. Elle ne savait vraiment du plan de Werner Beck que ce que tante Riss lui en avait dit, et tante Riss lui avait aussi fait part de son scepticisme. Elle se souvint de la description par Dowd des installations de l'hypercolonie dans le désert, avec les sentinelles à pattes d'araignée et les colonnes de lumière mystérieuse. « On va se faire tuer.

— Possible. Probable. Je n'en sais rien.

— J'ai soif. »

Leo montra la portière : une bouteille de Fanta à demi pleine y reposait dans le porte-gobelet depuis un trajet précédent. Cassie dévissa le bouchon et prit une grande gorgée. Bien qu'éventée et gluante, la boisson lui humidifia la bouche.

« Il faut que je le fasse, dit Leo. Et ça pourrait marcher. S'il n'y avait aucune chance, ils n'auraient pas envoyé des sims nous tuer. En plus, j'en ai marre de fuir, Cassie. Je ne veux plus m'enfuir. » Il lui jeta un coup d'œil. « Si tu veux, tu peux quitter le navire quand on arrivera à San Pedro.

— Et je ferais quoi ?

— Aucune idée. Du stop jusqu'à Antofagasta ou peut-être jusqu'à Santiago. Et ensuite… j'en sais rien.

— Moi non plus. Et j'en ai marre de fuir aussi.

— Plutôt courageux. »

Sauf que non. Elle n'était pas du tout courageuse. Elle ne gravitait même pas autour du courage. Mais ça lui plaisait qu'il la voie ainsi.

Trois heures après Antofagasta, la route cessa de monter. Cassie avait succombé à l'épuisement : elle sombrait par moments dans un sommeil métallique sans rêves, n'ouvrant les yeux que le temps de voir les collines arides et les camions de minerai qui les croisaient comme des Léviathan illuminés par la lune. Ses pensées tournaient en rond, répétant les atrocités survenues durant la journée (*Eugene Dowd, Werner Beck, la pauvre Beth la cervelle répandue sur l'escalier*). Elle s'efforça de chasser ces pensées. Et quand elle échoua, elle leva les yeux vers les étoiles du désert.

L'odeur devenait insupportable. « On peut ouvrir un peu ?

— Il fait froid, dehors. » Leo entrouvrit toutefois obligeamment sa fenêtre de deux ou trois centimètres. Il avait raison : le désert avait abandonné toute sa chaleur au ciel et il entrait un air propre mais glacial. « Bon, ça suffit. » Il remonta sa vitre. La puanteur resurgit, indomptable. Celle de la matière verte. Du sang de sim.

La main droite de Leo abandonna le volant pour se poser sur sa cuisse. « Tu es blessé ? demanda-t-elle.

— Non. »

Mais quand il releva la main, celle-ci était humide.

« Si. Tu es blessé.

— Non, Cassie. »

Cette odeur. Comme du vinaigre et des feuilles, l'odeur qu'elle avait sur les mains quand, enfant, elle ôtait les pucerons des rosiers de sa mère. Une idée commença à germer dans son esprit, si horrible qu'elle eut soudain la nausée.

« Leo.

— Quoi ?

— Tu peux t'arrêter ? Il faut que je fasse pipi.

— Tu veux que je stoppe ?

— Range-toi juste sur le côté. C'est plutôt urgent. »

Elle n'aimait plus du tout la manière dont il la regardait, à présent, attentive, imperturbable. « Si tu le dis. Pas de problème. »

La camionnette ralentit et se déporta vers la droite. Il n'y avait rien, dehors, à part une immensité de collines pâles et irrégulières. Aucune circulation, dans un sens comme dans l'autre. De l'air glacé et ce ciel à nu. Une lune montante.

Les roues mordirent sur le gravier de l'accotement.

Cassie n'attendit pas que la camionnette s'immobilise. Elle actionna la poignée et poussa la portière, déboucla à tâtons sa ceinture de sécurité en se préparant à sauter.

Mais dès qu'elle banda ses muscles, elle sentit la main de Leo sur son bras. Il la serrait à lui faire mal. Elle se tourna vers lui, dévastée par une terrible intuition, et ne vit rien dans les yeux de Leo, rien qui lui parût humain.

29

L'Atacama

La sim escorta Ethan dans la salle où, dit-elle, la ruche accomplissait les premières étapes de son essaimage. Pour Ethan, cela ressemblait à une usine ordinaire : un grand espace bas de plafond, rempli du bruit des machines et éclairé par des rangées bourdonnantes de tubes au néon.

Il s'était attendu à quelque chose qui sortait de manière plus flagrante de l'ordinaire, mais à y réfléchir, une telle banalité était logique. Comme l'hypercolonie exploitait la technologie humaine, sa zone de reproduction ressemblait à une usine. Et en était bel et bien une, qui produisait des hypercolonies naissantes… ou les organismes qui les parasiteraient.

Des files de simulacres au travail s'ouvrirent devant la voiturette comme les eaux de la mer. Ethan fut pris à la gorge par la puanteur de la matière verte, la quintessence de l'hypercolonie, un amalgame toxique de foin fraîchement coupé, d'ammoniaque et d'acide acétique. « L'hypercolonie assemble ici ce que vous pourriez appeler des vaisseaux spatiaux, expliqua la sim, même si chacun d'eux pourrait tenir dans votre main : il s'agit d'un noyau dense de cellules vivantes à l'intérieur d'une coque qui l'empêche de s'éparpiller, le protège des rayonnements et le dirige vers une étoile donnée pendant un voyage de plusieurs milliers d'années. Arrivées dans un système solaire hospitalier, les cellules sont libérées pour qu'elles fassent ce qu'elles font naturellement : utiliser les ressources en carbone et en glace des corps orbitaux pour produire des millions, puis des milliards de copies d'elles-mêmes. Ces cellules-filles se rassemblent ensuite en une orbite diffuse autour de n'importe quelle planète rocheuse et aquatique sur laquelle l'évolution pourrait produire des formes de vie complexes. Si une civilisation adéquate apparaît, elles s'en servent alors pour reproduire le cycle. »

Elle me raconte cela, se dit Ethan, pour me prouver indirectement leur puissance. C'est une manière de dire : *Nous n'avons rien à craindre de vous. Vous ne pouvez pas nous nuire même en sachant cela.* Mais c'était aussi une tentative d'être compris, et peut-être davantage... quand même pas d'être plaint ? Ces créatures pouvaient-elles vraiment s'attendre à de la *compassion* de sa part alors qu'il avait pu évaluer le coût de leur cycle de vie en nombre de morts parmi ses proches et amis ?

« Mais *nous ne sommes pas la colonie*, insista la sim. Vous avez écrit dans *Le Pêcheur et l'Araignée* que le parasite est toujours un organisme plus simple que son hôte, ne serait-ce que parce qu'il n'a pas besoin de copier la fonction qu'il s'approprie. Cela vaut aussi pour nous. Les cellules que nous rassemblons dans ces vaisseaux ne sont pas conçues pour se reproduire sur la surface d'astéroïdes ou de planétésimaux, mais pour se lier aux cellules de la colonie déjà présentes et usurper leur fonction. »

Nous ne sommes pas les entités qui ont assassiné vos amis et votre famille, en d'autres termes, ce que Winston Bayliss avait dit aussi. Ethan ne pouvait ni accepter ni rejeter une telle affirmation, qui pouvait être vraie ou fausse.

« Nous avons donc une relation parasitaire avec la colonie. Mais nous héritons aussi de sa symbiose avec les cultures animales et de ses moyens de reproduction. Voilà pourquoi nous avons besoin de prolonger son existence de quelques années. Ce serait de plus bénéfique pour vous, pour votre famille et pour la civilisation humaine. »

Ethan ne pensait pas que son scepticisme échapperait à la sim.

« Vous avez écrit un jour que le succès de la symbiose venait de son efficacité énergétique. Dans une relation symbiotique, un organisme dépend de l'autre pour une fonction qu'il est incapable d'effectuer lui-même. Vous avez parfaitement raison. Seule, la colonie ne peut extraire ou raffiner du minerai, ni construire les outils dont elle a besoin pour se propager. Et l'espèce humaine, comme la plupart de ses semblables, refrène difficilement ses tendances autodestructrices. Ensemble, elles arrivent à faire ce qu'aucune des deux ne parvient à faire de son côté. »

La voiturette arriva au bout de l'atelier de montage et entra dans un autre couloir anonyme, celui-ci en pente forte. L'insupportable puanteur de matière verte diminua. Ethan perçut une bouffée de fraîcheur, mêlée à un courant d'air humide qui montait du dédale.

« Cette installation est littéralement indispensable à l'hypercolonie que nous contrôlons à présent. Si elle subissait des dégâts irréparables, la colonie tout entière cesserait de fonctionner. Pas petit à petit, mais aussitôt et à jamais. Il faut que vous réfléchissiez aux répercussions que cela aurait. »

Leur véhicule prit un tournant, et comme ils approchaient de la surface, Ethan vit une partie du ciel. Il faisait nuit à nouveau. Il se sentit déçu, sans véritable raison, de ne pouvoir sentir une dernière fois le soleil sur son visage avant de mourir. Car il allait mourir, bien entendu. On lui en avait trop dit. On ne le laisserait pas retrouver le monde humain avec de telles informations. Il ne pouvait que présumer que la colonie le tuerait quand elle finirait par comprendre qu'il ne se laisserait ni menacer ni acheter.

Ils atteignirent la surface non loin de la structure florale au cœur de l'installation. Un pilier central soutenait une dizaine de pétales métalliques parfaitement polis : une tulipe de verre et d'acier vue à hauteur de fourmi. Des simulacres humains grouillaient au pied, Ethan crut distinguer aussi quelques créatures à six membres en train d'évoluer dans la dentelle métallique autour des pétales, marins dans le gréement d'un voilier de cauchemar.

Il frissonna dans l'air nocturne. La sim ouvrit un compartiment sous le siège, sortit deux coupe-vent en plastique, donna l'un à Ethan et enfila l'autre. Le froid ne gênait pas les sims : pourquoi s'embêtait-elle avec ça ? Sans doute, se dit Ethan, parce que frissonner était une perte d'énergie physique assez facile à éviter.

Elle conduisit la voiturette encore plus haut. Il allait apparemment se produire quelque chose auquel elle voulait qu'il assiste. Elle s'arrêta dans un endroit dégagé presque aussi haut que le talus d'enceinte, à proximité d'une tractopelle abandonnée et à moitié désossée dont le bras et la pelle restaient levés en un salut figé. Le lotus d'acier se dressait un peu plus loin, éclairé par en dessous, la lune se reflétant sur ses parties supérieures.

La sim jeta à Ethan ce que celui-ci supposa vouloir être un regard pénétrant. « La Correspondence Society est parvenue à une compréhension à peu près correcte de la relation entre l'hypercolonie et la société humaine.

Mais vous ne vous êtes jamais vraiment demandé ce qui se passerait si cette relation prenait fin. »

Inexact. Au cours de ses sept années dans un trou perdu du Vermont, Ethan y avait beaucoup réfléchi. Bien entendu, les conséquences pourraient être désastreuses. À long terme, l'humanité se laisserait à nouveau aller à son penchant affiché pour les guerres meurtrières. À court terme, il y aurait une longue panne du réseau de communications, catastrophe qui affecterait les fonctions vitales de chacune des nations terrestres.

« La guerre est une possibilité, évidemment, dit-elle. Vous avez déduit que la colonie était intervenue dans le moindre conflit latent depuis la Grande Guerre. Déduction exacte. Il me faudrait repasser toute l'histoire en revue pour démontrer à quel point l'humanité aurait pu mal tourner au cours du dernier siècle. Encore maintenant, avec les Russes et les Japonais qui se disputent des ports pétroliers dans la mer d'Okhotsk. Aucun des deux camps ne peut prendre l'avantage dans ce conflit, justement parce que nous manipulons les communications électroniques alors même que les belligérants s'efforcent de les crypter. Nous faussons la balance, pourrait-on dire. Mais supposez que nous cessions d'intervenir. Les échanges sporadiques de tirs d'artillerie pourraient facilement dégénérer en guerre officielle. Qui menacerait les expéditions marchandes. Les nations voisines seraient entraînées dans les hostilités. Un des camps finirait par l'emporter. Mais à quel prix ? Des vies et des ressources sacrifiées, une méfiance mutuelle qui susciterait d'autres conflits encore plus sanglants. La violence est le grand attracteur de l'histoire de l'humanité, professeur Iverson. Une force presque aussi irrésistible que la gravité. Une autre possibilité est que la colonie renonce peu à peu à son influence, ce qui pourrait donner une chance à des institutions comme la Société des Nations d'éviter les conséquences les plus terribles. Mais si la colonie meurt ce soir, un bain de sang à grande échelle est inévitable, à la fois à court et à long terme. »

Possible. Probable. Qui pouvait le dire ? Ethan eut envie de lui répondre qu'elle perdait son temps.

Il fut distrait par une vibration qui semblait souterraine, un grondement sismique, un gémissement métallique aigu.

« Ce sont les génératrices qui montent en puissance. Vous allez assister au lancement d'un vaisseau de semence. Regardez : on voit le vaisseau au centre de l'antenne directionnelle. » Elle parlait d'une capsule en forme de gland posée au milieu des pétales. « Il est propulsé par un faisceau de lumière cohérente dirigé sur la partie réfléchissante située sous le vaisseau, ce qui crée un gaz surchauffé, un plasma. Pas besoin de fusée ou quoi que ce soit d'aussi grossier. Le faisceau ne peut soulever que des cargaisons relativement légères, mais la nôtre n'est pas énorme. C'est entre autres pour éviter qu'il soit diffusé par l'hygrométrie que nos lancements ont lieu dans l'Atacama, où l'atmosphère est ténue et aride. Vous aurez besoin de ça, professeur Iverson. »

Elle lui tendait une paire de lunettes protectrices aux verres noirs, comme un masque de soudeur. Juste avant de les chausser, il vit des dizaines de simulacres évacuer les environs de ce qu'elle avait appelé l'antenne directionnelle. Les lunettes commencèrent par le rendre aveugle, puis la fleur de verre et d'acier se mit à luire, les emplissant de teintes ambre cendré.

Le bruit lui parvint avec retard, mais il fut soudain et effroyable. Un tonnerre qui ne cessait pas. Le vaisseau sembla flotter pendant une fraction de seconde, puis jaillit vers le ciel sur une colonne de lumière furibonde.

Tout se termina très vite. Le vaisseau devint étincelle, braise, et disparut comme avalé par le ciel. Le faisceau s'éteignit.

Ethan ôta les lunettes. Un vent sec traversa la voiturette sans vitres. Il frissonna.

« Vous avez froid ? » demanda la sim.

Non, pas particulièrement. Mais le spectacle lui avait rappelé à qui il parlait : cette créature près de lui était un vernis humain sur quelque chose de très vieux, de formique, qui ne ressentait aucune émotion… Il ne put s'empêcher de regarder au loin le talus qui entourait les installations. Il n'en reverrait jamais l'autre côté. Il mourrait ici, enterré avec les peaux dont se débarrasseraient les monstres.

Ce n'était pas le froid. Seulement la fatigue.

« Nous allons redescendre, annonça le simulacre. Il fait plus chaud en bas. »

Elle reconduisit la voiturette dans le labyrinthe sous l'antenne directionnelle, dans les couloirs et pièces bien éclairés où l'activité ne cessait jamais, pour revenir à la cellule d'Ethan. Elle lui parla encore des conséquences de la destruction de la colonie, mais il l'entendit à peine. Il avait fait l'erreur de penser à Nerissa.

« Si plus aucune communication électronique n'est possible, les services d'urgence seront paralysés. Les populations urbaines vont paniquer. Les communications seront peut-être rétablies à l'aide de transmetteurs et de répéteurs au sol, mais sans doute pas avant des années. Pendant ce temps-là, il y aura beaucoup, beaucoup de morts inutiles. Et ce n'est pas à *nous* que vous pourrez les reprocher. Nous voulons continuer à œuvrer pour la paix dans le monde.

— Votre paix. » Comment Nerissa avait-elle appelé cela ? La *pax formicae*.

« La nôtre, la vôtre, y a-t-il vraiment une différence ?

— Oui.

— Même aux dépens de vies humaines ? »

Pendant sept ans, Ethan avait considéré que son mariage appartenait à un passé révolu. Les semaines précédentes, cruellement, lui avaient donné une raison de vivre. Désormais perdue, bien entendu. Gâchée.

« Et il y aurait des conséquences pour votre famille. »

Il abandonna tout semblant d'indifférence. « Qu'est-ce que vous voulez dire ? demanda-t-il en la regardant dans les yeux.

— On va vous donner le choix. Je vous demande de bien réfléchir à celui-ci. Faire le mauvais aurait des répercussions tragiques sur les gens que vous aimez.

— Vous me menacez ?

— Vous avez un jour opposé le pêcheur et l'araignée : tous deux nourrissent leur progéniture, mais contrairement à l'araignée, le pêcheur aime ses enfants. Je ne vous demande pas de compatir avec elle, mais de choisir le pêcheur. »

La sim parla quelques minutes de plus avec calme et gravité. Elle ferma ensuite les yeux. Son corps se relâcha complètement, ses jambes se dérobèrent et elle s'effondra sur le sol.

Ethan n'entendit soudain plus aucun bruit dans le couloir devant sa cellule. Les bruits de pas et de moteur cessèrent. La ventilation murmurait, les tubes au néon bourdonnaient au plafond. Tout le reste n'était que silence.

30

L'Atacama

Cassie se débattit, décocha des coups de pied dans les jambes et des coups de poing dans le visage, s'efforça de s'agripper à quelque chose pour s'extraire de la camionnette. Elle réussit à mettre le nez de Leo en sang — le liquide rouge vif sorti de son enveloppe humaine lui dégoulina sur la lèvre supérieure —, mais il parvint à la plaquer au siège, à se mettre à califourchon sur ses jambes en grognant entre ses dents tachées de sang.

Il était vigoureux. Il referma et verrouilla la portière côté passager. D'une main, il ouvrit la boîte à gants, qui contenait un rouleau d'épais ruban adhésif et un couteau de chasse dans un étui en cuir. Il se servit du ruban adhésif pour immobiliser d'abord les poignets, ensuite les chevilles de Cassie, puis tendit le plus possible la ceinture de sécurité et en entoura l'attache d'une autre longueur de ruban adhésif, ainsi la jeune fille ne pourrait-elle la défaire même si elle arrivait à se libérer les mains.

Elle hurla et cria pendant ces opérations. Mais il était tard et ils se trouvaient au milieu d'un désert d'altitude. Un camion-citerne les croisa pendant qu'elle se débattait — elle vit le mot COPEC en lettres orange passé sur le flanc —, mais il ne s'arrêta pas, ne ralentit même pas.

Une fois Cassie attachée, Leo reprit la route. La jeune fille cessa de hurler pour l'injurier à voix basse. Il ne réagit pas et elle se lassa vite. Elle avait la gorge à vif et la bouche horriblement sèche. Elle essaya de dégager ses mains du ruban adhésif, même si cela lui donnait l'impression de s'arracher la peau des poignets.

« Arrête, dit Leo. Tu vas te faire mal. »

Elle essaya de s'obliger à réfléchir. D'imaginer un moyen de se sortir de ce mauvais pas. De surmonter cette humiliation qui l'étouffait, aussi intense que la puanteur de matière verte. Elle supposa que c'était le père de Leo qui, en enfonçant une aiguille dans le corps de Leo, avait mis au jour la pestilentielle vérité.

Elle aurait dû le savoir. C'était sa faute à elle. Pendant des années, elle était restée à distance prudente des gens, des gens « ordinaires » qui n'avaient jamais vu ce qu'elle avait vu, qui étaient trop sincèrement innocents pour arriver même à rêver à de telles choses. Elle savait ce qui restait tapi dans les ombres du monde.

Mais elle avait fini par baisser la garde. Elle s'était donnée à Leo. Et la chose qu'elle s'était laissé aller à aimer était une monstruosité : non, un *monstre* au sens propre. Elle ressentit le besoin presque insupportablement impérieux de lui faire du mal ou de s'enfuir, mais parvint à se retenir pour le regarder. Pour regarder son visage, absolument impassible à présent qu'il ne quittait plus la route des yeux. Si la théorie de tante Riss était correcte (et elle l'était, bien entendu), cette créature s'était construite dans le ventre d'une femme (*je ne suis pas la première qu'elle a violentée)* en procédant aux ajustements nécessaires pour que son enveloppe humaine ne soit pas une copie parthénogénétique de son hôte, un chromosome ici, un autre là… avec comme résultat final cet objet en apparence masculin, l'architecture et l'aménagement de son crâne, les pommettes hautes, la peau marquée d'acné et les yeux doux dissimulant un dégoûtant noyau de matière verte là où aurait dû se trouver un cerveau ; chaque geste, mot, contact (*elle m'a* TOUCHÉE, *bon Dieu,* J'AI LAISSÉ CETTE CHOSE ME TOUCHER) dicté par les signaux d'une ruche invisible.

« Il faut que je vomisse, réussit-elle à articuler.

— Il faut que tu écoutes ce que je vais te raconter. »

Sa voix semblait différente, à présent. Plus froide, plus plate. Évidemment. Il avait tombé le masque. Ou en avait mis un autre. « JE VAIS VOMIR !

— Eh bien, fais-le. Par terre entre tes jambes. Et tout de suite, parce que si tu continues à me casser les oreilles pour rien, je te bâillonne au scotch. »

Elle vomit sur le sol, non pour lui obéir, mais parce qu'elle ne put s'en empêcher. N'ayant rien mangé depuis un certain temps, elle ne rendit qu'un peu de liquide aigre marron.

Cela l'aida toutefois à mettre de l'ordre dans ses pensées. Elle eut l'impression de flotter un peu au-dessus de son corps endolori.

« Tu sais ce que je suis, dit la chose-Leo. Tu t'attends à ce que je te mente. Mais je n'essaye pas de te convaincre de quoi que ce soit. À ce stade, ce que je veux n'a aucune importance. »

Leo avait été les yeux et les oreilles de l'hypercolonie à l'intérieur de la Correspondence Society, il connaissait même les secrets de Werner Beck. Il aurait pu tuer n'importe lequel d'entre eux, les tuer tous, à n'importe quel moment. Cassie se demanda pourquoi il ne l'avait pas fait.

« Cette camionnette est bourrée d'explosifs industriels. De la dynamite du genre qui sert dans les mines. L'invention de mon père…

— Ce n'est pas ton père. Tu n'as jamais eu de père.

— Son invention est un fantasme inutile, mais la dynamite est bien réelle… Il faut que tu saches t'en servir. Écoute-moi. Je vais te dire à quoi ressemble une amorce, comment la fixer à un bâton de dynamite et comment la mettre à feu. Je n'ai pas le temps de répéter, alors fais bien attention. Il faudra que tu te souviennes de tout.

— Tu dois être cinglé. »

Mais la créature continua à parler.

Cassie avait repéré le couteau, qui ne cessait d'attirer son regard. Un grand couteau d'environ vingt-cinq centimètres dans un étui en cuir. La chose-Leo l'avait glissé sous sa jambe gauche, à un endroit du siège où Cassie aurait eu du mal à l'attraper même avec les mains libres.

La chose-Leo indiqua comment sertir et déclencher un détonateur. Cassie se demanda pourquoi il lui expliquait tout cela.

« Mais faire sauter des explosifs ne suffit pas. Pour qu'ils provoquent vraiment des dégâts, il faut savoir où les poser. Il faut réfléchir aux autres substances incendiaires présentes dans les environs, aux flammes qui vont suivre et à la manière dont ça va brûler. »

Ces affirmations comptaient-elles comme des mensonges ? Parce que les simulacres étaient des menteurs : elle l'avait appris de la Society et c'était implicite dans chacune des pages du livre de son oncle. Enfin, pas exactement des *menteurs*, la vérité les laissait tout simplement indifférents, ils n'avaient aucune notion de ce que c'était. « Qu'est-ce que tu me demandes de faire sauter ?

— Tu ne serais pas là si tu étais idiote. J'aurais pu prendre Beth, mais tu es plus maline et plus courageuse. Tu crois qu'on va où ? »

Elle sentit monter une nouvelle bouffée de haine brûlante. « Dans ce putain de désert !

— Mais où exactement ?

— Comment veux-tu que je le sache ?

— Nous allons aux installations de reproduction. »

L'endroit qu'avait décrit Eugene Dowd. Elle ne s'était pas autorisée à y penser. C'était trop épouvantable. Elle essaya de se défaire de la ceinture de sécurité, de lancer ses mains liées et entravées vers la poignée de la portière.

« *Arrête.* Calme-toi. Réfléchis, Cassie. Tu te rappelles quand ta tante a parlé de deux types de sims, deux entités qui se disputent le contrôle de l'hypercolonie ? »

Des inspirations profondes. Elle ferma les yeux. Inutile de gâcher ses forces. Ou ce qu'il en restait. Elle hocha la tête.

« Je veux détruire ces installations. Peu importe pourquoi. Mais je ne peux pas y arriver seul. Ni même y arriver du tout. Je peux juste te donner une chance, à *toi.* »

Elle attendit qu'il continue. Des mensonges, mais peut-être pourrait-elle découvrir en eux quelque chose d'utile, un moyen de manigancer une évasion.

« Tu sais ce que je suis, répéta la chose-Leo. Je ne me limite pas à ce corps. Je suis plus vaste. Et plus vieux que tu ne peux l'imaginer, Cassie. Et aussi plus faible qu'avant, je me fais dévorer de l'intérieur. Il est grand temps pour moi de mourir. Je veux mourir. Et que tu m'aides à le faire. Ce n'est pas ce que tu veux, toi aussi ? »

Sa voix évoquait la route sous les pneus ou bien l'atmosphère ténue qui défilait derrière les vitres. Elle faisait penser à la lune blanche en train de se lever et aux petits bassins des *salares*. Elle sonnait comme les étoiles.

À l'endroit où la grande route atteignait le terminal ferroviaire, avec son enchevêtrement de wagons de marchandises et de zones de triage clôturées, Leo bifurqua sur une deux-voies plus étroite qui s'éloignait de San Pedro de Atacama et tranchait comme un couteau dans le désert vide. Il avait recommencé à parler de dynamite et de détonateurs. L'attention de Cassie connaissait des hauts et des bas. Mots et syllabes résonnaient dans sa tête comme une poésie délirante.

En s'obligeant à ouvrir les yeux, elle découvrit que le temps avait passé, même si le ciel était encore noir. Cette nuit éternelle. Ses mains engourdies la démangeaient. Son corps lui faisait mal. Est-ce qu'elle sortait d'un cauchemar ? Non. Elle en *vivait* un.

Elle secoua la tête pour se remettre les idées en place. La puanteur du sang sim s'était intensifiée au point qu'elle la percevait moins comme une odeur que comme un poids dans l'air. La jambe de la chose-Leo était sombre d'humidité.

L'asphalte devint gravier et elle vit devant eux sous la lune un énorme monticule, une muraille de terre et de débris que Cassie reconnut, avec une espèce de peur anesthésiée, comme la zone de reproduction décrite par Eugene Dowd. Des silhouettes au loin évoluaient sur le rebord, obscures devant le ciel bleu-noir. Certaines sur deux, d'autres sur quatre pattes.

« Plus que quelques minutes », dit la chose-Leo.

Il dégaina le couteau et se pencha vers Cassie. Elle

évita de croiser son regard, se concentra sur la lame. Celle-ci brillait, lisse et cruellement affûtée, bougeait de concert avec le bras de Leo comme le dard avec la queue du scorpion.

De sa main libre, il saisit les poignets entravés de la jeune fille. « Tu te souviens de ce que je t'ai dit ? Réveille-toi, Cassie, *réveille-toi*, c'est important. »

Elle secoua la tête en un geste d'incompréhension.

« Je ne peux pas leur faire de mal, dit Leo. Il reste très peu de moi. Mais je peux les *arrêter*. Les *endormir*. Ce qui m'endormira aussi. Toute créature vivante assujettie aux protocoles de l'hypercolonie cessera de fonctionner. Pendant un petit moment. Pas plus ! Tu seras seule. Donc, à toi de voir. Tu sais quoi faire, pas vrai ? Fais-le. Et vite. »

Était-ce le même Leo qui lui avait caressé les cheveux dans le lit d'une chambre de motel au cours de leur long voyage sur l'épine dorsale des Amériques ? Le même qui l'avait embrassée en lui souhaitant bonne nuit ? *Bonne nuit, Cassie.*

Il glissa la lame entre ses jambes, coupa le ruban adhésif qui lui immobilisait les chevilles. Elle lui regarda l'arrière du crâne pendant ce temps-là, les petits cheveux collés par la sueur et la saleté de la route, la nuque vulnérable. Elle songea à donner des coups de pied, mais ne put rassembler la force nécessaire.

Au loin, sur le talus, les créatures à deux ou quatre pattes commencèrent à descendre vers la camionnette immobile. Elles avançaient avec grâce et détermination à une vitesse inquiétante. Quand elles passèrent dans l'ombre de la colline, elles parurent disparaître complètement.

Leo se recula pour la regarder. « Je vais te détacher les mains. Ne bouge pas. »

Elle ne bougea pas. Il lui immobilisa les bras avec son corps et sectionna d'un seul mouvement les épaisseurs de ruban adhésif. Cassie sentit les mains lui brûler quand le sang se remit à circuler à l'intérieur. Elle était toujours attachée au siège.

Leo jeta un coup d'œil à la route : les sims couraient, approchaient, avançaient dans la lueur des phares comme à cheval sur une vague de lumière. Ceux à six membres évoquèrent à Cassie d'énormes crabes qui hachaient l'air de leurs pinces.

Leo retourna le couteau qu'il empoigna par la lame. Cassie vit un trait de sang apparaître sur la peau entre le pouce et l'index. Il lui présentait le manche. Elle baissa les yeux dessus.

« Prends-le, dit-il.

— Hein ?

— Prends-le ! Prends-le, Cassie ! Prends-le ! »

Elle saisit le couteau, serra le manche à deux mains et, le cœur battant à tout rompre, braqua la pointe vers Leo.

« Libère-toi de la ceinture de sécurité, maintenant. »

Sans le quitter des yeux, elle tâtonna à la recherche de la ceinture. Elle l'écarta de ses hanches et scia. Mèche par mèche, la ceinture céda.

« Souviens-toi de ce que je t'ai dit », rappela la chose-Leo.

Aussitôt, sa bouche se détendit et son menton bascula sur sa poitrine. Il s'affaissa contre la portière conducteur au moment où Cassie tranchait les derniers brins de ceinture.

Elle s'écarta aussitôt le plus possible, la lame pointée sur le corps inerte de Leo. Était-ce une ruse ? Il avait les yeux ouverts, mais le regard fixe. Il semblait captivé par le plafond de la camionnette.

Elle jeta un coup d'œil sur la route. À quelques mètres du capot, les sims qui approchaient étaient tombés aussi. Ils gisaient immobiles dans la lumière dure des phares.

Elle se tourna à nouveau vers Leo. Respirait-il ? Elle observa sa poitrine. Sa chemise de travail bleue et tachée se soulevait à un rythme lent mais perceptible. Bien qu'inconscient, il était toujours vivant.

Il est grand temps pour moi de mourir, avait-il dit.

Elle ouvrit la portière pour pouvoir fuir en cas de besoin. Une bourrasque de vent la balaya. Elle inspira de l'air glacé.

Elle se pencha sur le corps inconscient de Leo, plongea le regard dans ses yeux qui ne voyaient pas. Il avait les pupilles comme deux sous noirs. Sous la puanteur du sang sim, elle percevait l'odeur piquante et humaine de sa sueur. Celle qu'il avait quand il se tenait au-dessus d'elle dans le lit en s'appuyant sur les bras, le dos cambré avec une tension parfaite. Cette odeur de terreau au soleil.

Elle posa le couteau sur son cou, entre la pomme d'Adam et le V de la clavicule. Elle voyait là un léger battement. La pointe piqua la peau pâle et fit monter une goutte de sang d'un rouge irréprochable.

Bonne nuit.

Des deux mains, elle fit peser son poids sur le manche du couteau.

Elle poussa le corps de Leo à l'extérieur de la camionnette avant de prendre sa place au volant. La flaque de sang sur les garnitures en vinyle tacha son jean et ajouta sa puanteur cuivrée aux odeurs qui flottaient dans l'habitacle. Elle embraya, avança lentement. Elle contourna les sims inertes sur la route. Ceux d'apparence humaine ressemblaient à des gens évanouis ou endormis. Les autres, avec leurs six membres — terminés soit par des pinces pointues, soit par de petites mains aux doigts fins —, à des monstres de foire bricolés avec de la cire et des dépouilles animales.

Au sommet du talus — elle voyait les installations en bas, les bunkers, les cheminées et l'étrange structure métallique placée au milieu comme une fleur géante —, le courage faillit lui manquer. Même avec les explosifs dans la camionnette, comment arriverait-elle à endommager quelque chose d'aussi énorme ? Leo lui avait indiqué où et comment faire sauter la dynamite, mais sa mémoire bégayait, défaillait, et Cassie se méfiait de tout ce qu'il avait dit. Elle ne pouvait pas continuer.

Il ne lui restait que son inertie, et c'est grâce à celle-ci que la camionnette descendit dans la ville sim, Cassie se limitant à appuyer à l'occasion sur le frein. Le quadrillage des routes était linéaire et méticuleux, chaque intersection illuminée par un éclairage artificiel. Il y avait des sims partout, gisant là où ils s'étaient effondrés… Ils n'étaient pas morts, se souvint-elle, simplement endormis, et ils se réveilleraient tôt ou tard. Cela pouvait se produire à tout moment. Elle roula sur quelques-uns d'entre eux. Ils éclatèrent comme des fruits trop mûrs.

Elle avança droit sur la fleur en acier au milieu des installations. Toute une ville existait en dessous, avait dit Leo : une ville souterraine dans laquelle elle ne pouvait imaginer entrer.

Elle approchait d'un passage voûté dépourvu d'indications qui donnait sur une pente descendante quand elle discerna du mouvement dans le faisceau des phares. Elle écrasa le frein. La suspension s'enfonça d'un coup et l'arrière du véhicule chassa à droite.

Elle scruta l'obscurité. Le mouvement au loin devint une forme, une ombre chinoise qui agitait les bras, continuait à avancer et se transformait en silhouette humaine. Un sim… mais non. Ce n'était *pas* un sim.

Elle le reconnut grâce à la photographie qu'elle examinait chaque fois qu'elle lisait *Le Pêcheur et l'Araignée*. C'était l'oncle Ethan.

Il ne sembla pas surpris de la voir et elle-même était trop abasourdie pour que sa présence lui semble suspecte. Elle ouvrit la portière passager afin qu'il puisse monter à bord. Si la puanteur du sang et de la matière verte le choqua, il n'en montra rien. Elle eut envie de le serrer dans ses bras, mais elle était toute gluante du sang de sim. Soulagée, stupéfaite, elle commença à raconter en bredouillant l'attaque à Antofagasta.

Elle s'attendait à ce qu'il l'interrompe pour l'interroger ou s'expliquer. Il n'en fit rien et son expression effrayante finit par réduire Cassie au silence. Ce vide aux yeux de chouette : apitoiement, peur ou pire encore ? Elle eut l'idée de lui demander ce qui lui était arrivé dans la ville souterraine des simulacres.

Il semblait avoir du mal à parler. « Cassie, finit-il par dire, comment tu t'es retrouvée ici ?

— C'est Leo qui m'a amenée », ne réussit-elle qu'à répondre. Elle leva une main ensanglantée, paume vers le haut, comme si cela expliquait tout.

« Tu sais ce que c'est, ici ?

— Oui !

— Qu'est-ce que tu viens faire ?

— Réduire cet endroit en cendres ! C'est ce que tu veux aussi, non ? »

Bizarrement, il mit longtemps à répondre.

« Tout a un prix, dit-il.

— De quoi tu parles ?

— Ce que nous faisons ici a des conséquences ailleurs. Ce que nous détruisons ici n'est pas tout ce que nous détruisons. »

S'adressait-il seulement à elle ? La joie des retrouvailles commença à se racornir en une espèce de peur. Sa main gauche quitta le volant pour se poser sur le manche du couteau, toujours couvert du sang de Leo. Cassie pouvait-elle seulement être certaine que son oncle Ethan était un humain ? « J'ai ce camion plein de dynamite et Leo a dit qu'il fallait absolument s'en servir de la bonne manière… il m'a dit à quels endroits la placer, mais je ne me souviens pas bien — c'est difficile de se souvenir —, en plus, je ne sais pas s'il disait la vérité…

— Je peux te montrer les endroits. Ceux où ils gardent leur carburant, où ils produisent leur courant, où ils font grandir leurs choses. On peut tout brûler. Tout ce qui est important.

— Tu vas vraiment m'aider ? »

Son regard se porta derrière la vitre mouchetée de sang, comme s'il regardait très loin. « On va s'aider l'un l'autre. »

31

Antofagasta

Nerissa tira Thomas vers le premier étage de la maison de Werner Beck. Elle l'empêcha de redescendre se jeter dans la bataille, soit pour protéger sa sœur, soit pour prouver qu'il n'avait pas peur… Il se serait mis en danger dans un cas comme dans l'autre, mais Nerissa avait assez de force pour le serrer contre elle et l'obliger à monter jusqu'au palier. Elle ne se retourna qu'une seule fois, en entendant un coup de feu, vit Beth Vance s'effondrer sur les marches avec du sang qui jaillissait de son crâne ouvert. Elle espéra que Thomas n'avait rien vu, mais elle n'en était pas sûre : il opposa soudain moins de résistance quand elle le poussa dans une chambre en claquant la porte derrière eux.

Cette chambre disposait d'une salle de bains attenante dans laquelle ils se réfugièrent, l'oreille tendue aux bruits de l'intrusion. L'instinct héroïque qui s'était emparé de Thomas avait disparu. Le garçon alla se blottir, bras serrés autour des genoux, dans l'interstice entre les WC et la baignoire. Nerissa s'appuya à la porte, douloureusement consciente que leur cachette n'en était absolument pas une, mais un cul-de-sac qui deviendrait cercueil si les sims parvenaient à se rendre maîtres des lieux.

Après s'être multipliés, les coups de feu cessèrent toutefois. Elle jeta un coup d'œil à sa montre. Elle essaya de contrôler sa respiration. Elle dit à Thomas de faire le moins de bruit possible. Elle garda l'œil fixé sur l'aiguille des minutes. Cinq s'écoulèrent sans qu'elle entende rien, à part le craquement de la charpente dans la fraîcheur naissante de la fin d'après-midi. Sept minutes. Dix. Elle perçut au loin le hululement des sirènes de police.

Elle se risqua à ouvrir la porte de la salle de bains. La fin de journée avait rempli la chambre d'ombres. « Reste là », ordonna-t-elle à Thomas, qui la suivit néanmoins dans le couloir.

Aucun bruit en bas. Elle prit le risque énorme d'appeler Cassie à haute voix. Une réponse, même très faible, lui aurait fait affronter les marches éclaboussées de sang. Mais elle n'en eut aucune. Si Cassie en avait réchappé, elle devait déjà avoir pris la fuite. C'était la seule chose sensée à faire. Les sirènes de police s'étaient nettement rapprochées.

Les sims étaient arrivés par la porte d'entrée et les coups de feu devaient avoir attiré du monde dans la rue : fuir par-devant serait impossible. Dans la chambre, une porte-fenêtre donnait sur un balcon minuscule au-dessus de la ruelle : Nerissa passa la tête dehors pour se faire une idée. C'était assez haut… mais en s'accrochant par les mains de l'autre côté de la balustrade en fer forgé, cela devrait aller. Elle pourrait ensuite aider Thomas.

Elle lui expliqua son plan. Il avait le visage d'une pâleur de parchemin et l'air abasourdi, mais il hocha la tête comme s'il comprenait.

Elle vérifia qu'elle avait bien son portefeuille, dans lequel elle conservait des papiers d'identité authentiques ou non ainsi qu'une réserve de dollars américains et de pesos chiliens. La ruelle ne resterait sans doute pas longtemps déserte. Nerissa passa derrière la balustrade, se suspendit aux piquets ornementaux en métal et lâcha prise. Elle se tordit la cheville en se réceptionnant sur le trottoir. La douleur la transperça du mollet à la hanche, mais elle s'obligea à se relever. « À toi », lança-t-elle à Thomas.

Il la regarda du balcon, le visage crispé par la peur et le doute.

« Je t'attraperai si tu tombes. Tu me fais confiance ? »

Le garçon hocha la tête.

« Très bien. Viens… Il faut se dépêcher. »

Il tomba dans ses bras et elle sentit sa cheville se dérober à nouveau. Tous deux s'effondrèrent sur le trottoir crasseux, mais sans mal.

« Tiens-toi à moi », dit-elle en se relevant.

Thomas glissa sa main brûlante de fièvre dans la paume de sa tante. Nerissa s'éloignait en boitillant quand un aide serveur du restaurant situé trois maisons plus loin sortit dans la ruelle : « *¿ Estás bien ? ¿ Necesita ayuda ?*

— *Estamos bien, gracias* », cria-t-elle par-dessus son épaule juste avant de tourner au coin.

Ils prirent un bus urbain dans le quartier des affaires d'Antofagasta, en descendirent quand Nerissa repéra un Holiday Inn qui semblait accueillir une clientèle américaine. Ses mains égratignées et son jean déchiré lui valurent des coups d'œil en coin du personnel dans le hall, mais les billets qu'elle déposa sur le comptoir de la réception prévinrent toute question embarrassante.

Une fois dans leur chambre, elle débarbouilla Thomas — qui se laissa faire en la regardant d'un air impassible — et l'incita à s'allonger. Il obtempéra sans une plainte ni un mot.

Elle alluma le téléviseur, baissa le volume et tira une chaise devant l'écran. Elle se méfiait toujours autant de la télévision et de la radio, mais ne disposait d'aucune autre source d'informations. TVN ouvrit son journal local du soir par un reportage sur l'attaque, présentée comme une affaire de meurtre multiple pouvant être liée à la drogue. La police rechignait à divulguer le nombre de victimes, sûrement à cause de la nature problématique des cadavres des sims. Il y avait eu, précisa le bulletin, « trois victimes confirmées, deux hommes et une femme ». Si la femme était Beth Vance, les deux hommes devaient être Eugene Dowd et Leo ou Werner Beck.

Ce qui voulait dire que Cassie s'était enfuie. Nerissa avait enfin un espoir auquel s'accrocher. Même si cela signifiait aussi qu'elle ne reverrait peut-être plus jamais sa nièce. Celle-ci pourrait essayer de rentrer aux États-Unis, où elle retrouverait peut-être le cercle de survivants de Buffalo, mais ce n'était pas certain. Peut-être valait-il mieux qu'elle n'en fasse rien.

Nerissa se releva, mangea et fit manger à Thomas ce qu'elle trouva dans le minibar (chocolat, biscuits salés, jus d'orange), consola le garçon d'une voix douce, finit par le coucher et le border. Elle revint ensuite devant le poste, à l'affût de nouvelles informations. Il n'y en eut aucune. À minuit passé, le journal céda la place à un film hollywoodien doublé sorti plusieurs décennies auparavant.

Les pensées de Nerissa commençaient à ne plus avoir ni queue ni tête. Elle était épuisée mais, davantage que de la fatigue et du désespoir, elle sentait en elle comme un vide croissant. Elle se dit qu'elle ferait mieux d'aller au lit, mais se relever lui semblait au-dessus de ses forces. Elle préféra se recroqueviller davantage encore sur la chaise et laisser ses paupières se fermer. L'étrange espagnol précipité des voix doublées devint bruit. *Le silence est profond comme l'Éternité ; la parole superficielle comme le temps.* De qui était-ce ? De Samuel Johnson, se dit-elle. Non, de Thomas Carlyle. Elle ne se souvenait pas.

32

L'Atacama

Cassie s'écarta pour laisser son oncle examiner le contenu de la camionnette. Elle s'efforça de ne pas penser aux sims sur le sol autour d'elle, inanimés mais toujours vivants. La tour de lancement se dressait au-dessus d'elle comme une fleur nocturne. Un vent glacé traversait les installations, soulevant des trombes de poussière miniatures dans les rues. Elle frissonna.

Ethan sortit du camion l'appareil à radio-interférences de Werner Beck, appareil qu'il mit de côté en le qualifiant de « réalisation inutile d'un vœu pieux ». Par-dessus son épaule, Cassie vit des piles de ce qui ressemblait à des lingots de plomb dans du papier sulfurisé rouge. « Suffisant pour provoquer des dégâts, dit son oncle. Mais on n'a que trois jeux de minuteurs et de piles.

— C'est grave ?

— On peut placer des charges dans la chambre de reproduction, la zone des génératrices et sous le mécanisme de lancement.

— Ça suffira ?

— J'espère. »

Il remonta dans la camionnette — cette fois au volant et sans paraître se soucier du mélange de sang et de matière verte —, fit signe à Cassie de le rejoindre. *Non*, pensa-t-elle. Revenir dans cet endroit puant où la chose-Leo s'était vidée de son sang ? Impossible. Ses pieds la firent néanmoins avancer. Une espèce d'instinct stupide qui ne pouvait pas être du courage l'obligea à grimper à bord. Elle se retint de se boucher les oreilles quand l'oncle Ethan démarra. Elle prit soin de ne pas regarder le ciel nocturne disparaître derrière elle.

Ce que l'oncle Ethan appelait « chambre de reproduction » se trouvait au bout d'une longue descente dans un dédale d'autres pentes et couloirs du même genre. À plusieurs reprises, des véhicules immobilisés ou des corps entassés leur bloquèrent le passage. L'oncle Ethan acquit une certaine habileté à faire rouler les premiers à l'écart ; Cassie l'aida deux fois à tirer sur le côté des sims inertes. Surtout des sims humains, mais aussi quelques-uns des autres. Des bizarres. Les membres couverts d'une fourrure dense et humide, ils dégageaient une odeur chimique évoquant la térébenthine. Ceux aux petites mains à six doigts étaient désagréables à regarder, mais moins que ceux qui avaient des pinces comme des ouvre-boîtes.

La chambre de reproduction fit penser Cassie à une immense salle de soins cruellement impersonnelle. Il y avait de longues rangées de lits, souvent encore occupés par des sims femmes visiblement enceintes, le long de files de ce qui devait être des couveuses mécaniques. Leurs parois en verre étaient recouvertes de condensation, mais Cassie distingua à travers des silhouettes déformées de nourrissons. Certains semblaient humains, d'autres non. Tous respiraient. Pire, *respiraient à l'unisson*.

L'oncle Ethan empila environ un tiers des blocs

incendiaires près de la série de couveuses. Il sertit et inséra des amorces, déroula les câbles jusqu'à l'allumeur, mais hésita sur la durée à programmer.

« Le minuteur est relié au détonateur électrique, indiqua Cassie. La chose-Leo m'a dit comment le faire fonctionner. »

L'oncle Ethan lui jeta un coup d'œil incisif. « Ah bon ?

— Il m'a dit que c'était ce qu'il voulait. Qu'il voulait mourir. Enfin, *l'hypercolonie*. Ou ce qu'il en restait... la part-Leo de l'hypercolonie. »

Elle répéta le peu dont elle se souvenait de ce que Leo voulait lui faire retenir sur les explosifs. « Il disait vouloir qu'on détruise cet endroit parce qu'une espèce de parasite en avait pris le contrôle. C'est vrai ?

— Possible.

— Mais ça signifie que Leo, ou la chose-Leo, faisait partie de l'hypercolonie d'origine.

— Oui.

— Qu'il est ce qui a tué mes parents.

— Oui.

— Pourtant, on fait comme il veut.

— Pour nos raisons à nous, Cassie.

— Il se sert de nous, tout comme l'hypercolonie l'a toujours fait. »

L'oncle Ethan torsada un fil qu'il connecta à une cosse. « Aucune importance. Si on les tue, on les tue tous. Les uns comme les autres. » Il lui montra le minuteur, qui évoquait un assemblage hétéroclite d'articles de quincaillerie. « Soixante minutes. Note l'heure et garde l'œil sur ta montre. Je ferai pareil avec la mienne. »

Si on a soixante minutes.

Ils remontèrent dans la camionnette.

La zone des génératrices était encore plus bas dans le complexe, à un endroit où flottait dans l'atmosphère chaude une odeur métallique que les bruyants ventilateurs n'arrivaient pas à dissiper. La pièce centrale était un bol inversé grand comme un stade de football américain, isolé à l'aide de béton cellulaire et bondé d'un assemblage déconcertant de racks de matériel, de canalisations, de génératrices et de pompes hydrauliques. L'oncle Ethan commença par entasser des briques incendiaires près d'une énorme citerne marquée PROPANO en lettres d'imprimerie orange. Il travaillait méthodiquement, presque comme un robot, et Cassie l'aida en lui tendant les pavés d'explosif qu'elle sortait de la camionnette. Elle essayait de ne penser ni au poids de la terre au-dessus de sa tête, ni aux minutes qui défilaient comme si chacune était précieuse et perdue. Elle se demanda ce qui se passerait après l'explosion. Tous les sims du monde tomberaient-ils raides morts ? Combien de familles découvriraient qu'un fils, une sœur, une mère ou un grand-père avait été quelque chose d'inhumain… qu'ils avaient aimé un mensonge écœurant ?

L'oncle Ethan eut du mal avec le détonateur. De la sueur gouttait de son front sur le béton poussiéreux. Le voyant du minuteur finit par s'allumer. L'oncle Ethan jeta un coup d'œil à sa montre et demanda à Cassie de consulter la sienne. Ils convinrent qu'ils étaient partis de la crèche depuis vingt-huit minutes. Il programma le minuteur à trente-deux minutes.

Ils remontèrent, cette fois sans avoir à dégager sims ou véhicules de leur passage. C'était une bonne chose que l'oncle Ethan ait su localiser les points vulnérables de l'installation. Mais cela soulevait une autre question. Une que Cassie avait presque peur de poser : « Comment t'es arrivé là ? »

Il ne quitta pas des yeux le couloir devant eux. « Quoi ?

— Avant que tu me trouves. Avant que j'arrive. Comment t'es venu là ? Tu faisais quoi ?

— Ils m'ont capturé sur la route, j'étais prisonnier.

— Mais pourquoi ils ne t'ont pas tué ?

— Ils m'ont dit qu'ils voulaient que je les aide.

— À quoi, à les *protéger* ?

— Ils ne voulaient pas que je fasse ce qu'on est en train de faire.

— Et ils s'imaginaient que tu serais *d'accord* pour ne pas le faire ?

— Ils ont pensé qu'il y avait une chance, je suppose.

— *Pourquoi ?* Ils t'ont menacé ? Ils t'ont promis un truc ? »

L'oncle Ethan continua à conduire sans répondre. Ils retrouvèrent le ciel nocturne. La fleur de verre et d'acier du mécanisme de lancement, la bordure de cratère en déchets industriels, les sims inconscients et le vent abrasif.

L'oncle Ethan gara la camionnette chargée des dernières briques explosives au pied de la tour de lancement, directement sous les énormes pétales chromés. « On les met à l'intérieur ? » Au niveau du sol, la tour semblait uniformément compacte. « Il n'y a pas de porte.

— Et on n'a pas le temps. »

Cassie leva son bracelet-montre vers le plafonnier de la cabine. L'oncle Ethan avait raison. Il ne restait que dix minutes avant l'explosion des charges au sous-sol, ce qui ne suffirait pas pour brancher le troisième minuteur et se mettre à l'abri. « On fait quoi, alors ?

— On trouve un véhicule vide pour ficher le camp. »

Ils abandonnèrent la camionnette. Un des pick-up blancs omniprésents était stationné à quelques mètres de là. L'oncle Ethan en sortit le corps flasque d'un sim avant de démarrer.

Cassie prit place sur le siège passager pendant que son oncle retournait à la camionnette dévisser le bouchon du réservoir. Il ôta ensuite sa chemise, en tordit une manche qu'il imbiba d'essence, puis ouvrit le capot pour fourrer la chemise dans le compartiment moteur. Elle comprit qu'il voulait mettre le feu à la camionnette afin que la dynamite explose sans détonateur. Ensuite, il hésita.

Pas d'allumettes, se dit Cassie. *Pas de briquet*. L'oncle Ethan ne fumait pas. Eugene Dowd aurait eu un briquet sur lui. S'il n'avait pas été abattu à Antofagasta.

L'oncle Ethan débrancha un câble de l'allumage et s'en servit pour produire une étincelle près du tissu gorgé d'essence… une fois, deux, jusqu'à ce qu'une grande flamme jaune jaillisse dans les ténèbres. Il recula en toussant.

Cassie jeta un coup d'œil à sa montre au moment où il se mettait au volant. Moins de cinq minutes. Ça suffirait. L'oncle Ethan embraya et ils partirent. Ils se trouvaient à peu près à mi-chemin du talus de déchets quand les sims commencèrent à se relever.

Tous ensemble, comme dans une sorte de chorégraphie, de ballet cauchemardesque, les sims se remirent debout et partirent en courant vers la tour de lancement. L'oncle Ethan dut faire une embardée pour en éviter un groupe. Le pick-up chassa et cala ; l'oncle Ethan jura en essayant de redémarrer. Un des sims à six pattes bondit sur le plateau de leur véhicule pour repartir aussitôt d'un autre bond, les laissant osciller sur la suspension. *On va se faire tuer*, songea Cassie.

Mais les sims étaient trop pressés d'arriver à la tour pour leur prêter attention. Ils avaient le visage calme et indifférent… *ils ne font plus semblant d'être humains*. Elle se retourna, constata avec horreur qu'ils convergeaient sur la camionnette pour essayer d'en étouffer les flammes en se jetant dessus. Mais le feu faisait rage et ils s'embrasaient aussitôt, que ce soit leurs vêtements, leurs membres, leur peau humaine et extraterrestre ou leur matière verte à l'intérieur.

L'oncle Ethan parvint à relancer le moteur. Cassie consulta sa montre. « C'est l'heure.

— Je sais.

— Il ne se passe rien. »

Il ne répondit pas.

« Ils ont peut-être désarmé les détonateurs.

— Je sais, Cassie.

— Mais… »

Elle sentit l'explosion avant de l'entendre. Le sol tressauta et lança un nuage de poussière vers le ciel. La détonation fut étouffée et prolongée, comme le tonnerre. Une deuxième explosion suivit. Des sirènes hurlèrent dans toute l'enceinte, puis se turent. Les lampadaires clignotèrent, s'éteignirent. L'obscurité soudaine dissimula tout, sauf les flammes qui ondulaient sur la camionnette derrière eux. Le vent emporta peu à peu la poussière, ce qui permit à la lumière qui arrivait par l'est dans le ciel d'éclairer la route suivie par l'oncle Ethan.

Ils parvinrent au talus au moment où les flammes

atteignaient les dernières charges incendiaires. Cassie vit l'explosion : des étoiles filantes d'un blanc aveuglant, suivies d'une onde de choc qui secoua le pick-up. L'oncle Ethan freina. « Baisse la tête.

— Pourquoi ?

— Les éclats. »

Des fragments de métal et de verre tombèrent sur le toit. Quelque chose de plus gros heurta le pare-brise avant de rouler au sol en fumant. Les yeux bien fermés, Cassie agrippa la main de son oncle jusqu'à la fin de l'averse de débris.

Derrière eux, la tour de lancement se dressait au pied de volutes de fumée de plus en plus épaisses. Ses pétales chromés étaient tordus, l'un manquait, elle en vit un autre se briser et s'effondrer. Et tous les sims étaient tombés à nouveau. Le ciel était assez clair, à présent, pour qu'elle voie les corps, dont beaucoup amassés (elle pensa à des feuilles mortes en automne) au pied de la tour de lancement. Il n'y en avait pas plus de quelques-uns sur le talus, mais l'un d'eux s'était écroulé assez près du pick-up. Elle vit avec surprise son oncle descendre pour franchir les quelques mètres de déchets et de gravier qui les séparaient du corps immobile.

Elle se précipita à sa suite et resta derrière son épaule tandis qu'il s'agenouillait en posant la main sur la gorge du sim, à la recherche d'un pouls.

« Il est mort ?

— Pas encore. »

Pas encore. Mais il agonisait, manifestement. Il suffoqua, le dos cambré, et l'oncle Ethan recula d'un pas. La créature prit trois profondes respirations ronflantes. Ses yeux s'ouvrirent, mais ses pupilles, énormes, ne bougèrent pas. Une autre respiration. Encore une autre. Puis il exhala entre ses dents serrées un sifflement discordant. Et n'inspira plus.

L'aube était proche, le désert avait pris une netteté blafarde. Des bassins salifères et un horizon qu'ondulaient des collines de basalte noir. Le vent balayant cette crête de détritus.

On est seuls, maintenant, se dit Cassie.

Son oncle se pencha une fois encore sur le sim. Le toucha d'un geste presque tendre. Elle lut sur son visage que la créature était vraiment morte. Ce qui l'habitait avait disparu pour de bon.

Son oncle semblait toutefois sombre, presque triste. « Je suis désolé », murmura-t-il.

Ce qui scandalisa Cassie. « Tu lui fais tes *excuses* ? »

Il se releva, se frotta les mains. « Je ne suis pas désolé pour eux. » Il la regarda bien en face… ou plutôt, trouva Cassie, il regarda *derrière* elle, comme s'il y avait là quelque chose de terrible que personne d'autre ne voyait. « Je suis désolé pour nous tous. » Dans son dos, de la fumée sortait des installations en feu. « Fichons le camp, maintenant. Au fait, Cassie… tu sais qu'on ne peut pas parler de ça. Personne ne doit savoir, ni maintenant ni jamais, que nous étions ici. »

La dernière vérité impossible à dire, pensa-t-elle.

33

Antofagasta

Nerissa se réveilla sur la chaise où elle s'était endormie. L'aube pointait, une vague lumière s'introduisait par la fenêtre. La télévision était allumée — Nerissa ne s'était pas donné la peine de l'éteindre —, mais n'affichait que des parasites. Il y avait eu du bruit dans la chambre, elle en était certaine, quelque chose d'indistinct qu'elle n'avait pas bien entendu, mais qui l'avait réveillée. « Thomas ? »

Elle n'était même pas sûre que cela venait de lui. Un toussotement, un hoquet ? Elle se leva, encore étourdie. Des gens parlaient dans le couloir, elle entendit vaguement une femme répéter quelque chose comme *J'ai beau essayer et réessayer, je n'arrive pas à avoir la communication.* Nerissa tenta de faire un pas. Sa jambe gauche était engourdie, la cheville qu'elle s'était tordue lui faisait mal. Elle avança clopin-clopant jusqu'au lit.

Ce qu'elle vit dessus n'avait aucun sens : allongé sur le dos, Thomas ne respirait plus. Il se cambrait, crispait ses petits poings, ouvrait des yeux qui ne cillaient pas. Ses pupilles étaient grosses comme des sous noirs.

Pendant un instant démentiel, tout sembla simplement *irréel*, comme si quelqu'un avait volé son neveu en le remplaçant par une grossière réplique déformée. Elle s'entendit l'appeler par son nom. Elle posa la main sur son front, mais la peau était froide. Vint alors la première vague de compréhension, les signes avant-coureurs de la peine et de la fureur qui allaient l'étreindre comme deux impitoyables et inflexibles géants. Une partie d'elle-même voulut appeler à l'aide, décrocher le téléphone pour réclamer un médecin. L'autre, plus saine d'esprit, savait toutefois qu'aucun médecin ne pourrait plus rien pour Thomas.

Ses jambes se dérobèrent. Elle s'effondra près du lit.

Elle resta là jusqu'à ce qu'un rayon de soleil la trouve. Devait-elle s'occuper de certaines choses ? Oui. Mais elle était incapable d'y réfléchir correctement. Elle réussit à se relever sans regarder le lit un seul instant. Elle ne voulait pas voir ce qu'il y avait dessus.

On frappa timidement à la porte… peut-être la femme de chambre, même si Nerissa avait accroché le panneau DO NOT DISTURB à la poignée. Elle ne pouvait bien entendu laisser entrer personne. Elle laissa la chaîne pour entrouvrir le battant, vit une femme qu'elle ne reconnut pas… la cinquantaine, bien habillée, sans doute américaine. « Désolée, je vous ai réveillée ? » demanda celle-ci.

Nerissa secoua la tête.

« Je me demandais si votre téléphone fonctionnait. Parce que le mien, non, et il faut que j'appelle dans l'Indiana.

— Vous devriez vous adresser au personnel de l'hôtel.

— C'est ce que j'ai fait ! Ils ne font que s'excuser. Pas de téléphone, pas de radio, pas de télévision, *rien*. Ni ici ni ailleurs. À ce qu'ils disent, du moins. Je croyais que ce pays était civilisé !

— Je ne peux rien pour vous. »

Nerissa referma doucement et s'appuya au chambranle pour tenter de corréler ces nouveaux points de données. L'absence de communications. La mort de son neveu. L'odeur de fleurs qu'elle remarqua en se tournant vers le lit.

Sur lequel le corps de Thomas avait rétréci. Il s'est *dégonflé*, pensa Nerissa. Sous le tee-shirt froissé avec lequel il avait dormi, la cage thoracique déformait un sac vide en peau flasque. De la matière verte fluide commençait à sortir par les orifices naturels. Les draps en étaient trempés. Nerissa vit une goutte émeraude se former dans la narine gauche de Thomas.

Ce n'était pas Thomas. Il n'y avait pas de Thomas. Il n'y en avait jamais eu.

« Ethan, chuchota-t-elle. *Qu'est-ce que tu as fait ?* »

Bien entendu, elle ne pouvait pas rester dans la chambre. Pas une seconde de plus que nécessaire. Ce qui rendait la situation plus claire.

Elle n'avait pas de bagages. Seulement le contenu de son sac à main. Sans un nouveau regard au lit, elle vérifia qu'elle n'oubliait rien. Elle n'oubliait effectivement rien. Rien qui soit humain.

Elle remit le panneau DO NOT DISTURB/SILENCIO POR FAVOR en partant. Le personnel découvrirait tôt ou tard le corps du sim. Mais peut-être n'en resterait-il plus grand-chose à ce moment-là.

Elle se fit aborder par la concierge, une jeune femme bien habillée aux couleurs de l'hôtel, alors qu'elle traversait le hall. « Vous sortez ?

— Oui.

— Vous devriez peut-être faire attention. Il se passe

quelque chose de pas normal. La radio ne fonctionne pas, la télévision non plus… ni même le téléphone. On ne peut même pas appeler un taxi ! Vous êtes américaine, non ?

— Oui.

— Je vous ai vue arriver hier soir. Tout va bien ? Si je puis me permettre cette question.

— Tout va bien, merci.

— Et votre petit garçon… il est avec vous ?

— Non. Son oncle l'a emmené.

— Ah, vous avez de la famille en ville ?

— Non. Je n'ai pas de famille. »

Épilogue

La dernière vérité impossible à dire

> Le mimétisme biologique atténue la différence entre monstre et miroir.
>
> Ethan IVERSON,
> *Le Pêcheur et l'Araignée*

Cassie avait pris le volant pour aller chez son oncle. C'était le mois de janvier, avec, en ce début de crépuscule, une tempête de neige qui avait transformé les rues de Buffalo en un dédale de pistes de ski et de parcours de slalom. La visibilité était si réduite qu'on ne voyait pas l'intersection suivante. « Évitez de sortir, dit le présentateur dans l'autoradio, restez plutôt bien au chaud chez vous, si possible. » Excellent conseil, se dit Cassie. Sauf qu'elle ne pouvait pas le suivre. Pas ce soir-là. Elle espéra que tante Riss ne s'en servirait pas comme excuse pour renoncer à venir.

Cela faisait presque dix ans que l'oncle Ethan habitait un deux-pièces dans un immeuble sans ascenseur d'Antioch Street, un quartier auquel Cassie continuait à penser comme celui de la Society. Elle avait vécu chez lui trois de ces dix années. Elle louait à présent une petite maison à Amherst, près du grossiste en pièces aéronautiques chez lequel elle travaillait au service des ressources humaines, mais à trop grande distance de la ville pour voir son oncle aussi souvent qu'elle l'aurait voulu, même par un temps plus clément.

Elle put au moins trouver à se garer pas trop loin de chez lui. Quand elle coupa l'autoradio, le présentateur parlait de la crise mondiale. Le sommet de Ceylan avait pris fin sans la moindre concession des pouvoirs chinois et atlantiques ; l'Inde avait maintenu son ultimatum et personne ne savait ce que pourraient faire les canonnières. Les bottes de Cassie laissèrent des traces dans la neige fraîche jusqu'à la porte de l'immeuble.

L'oncle Ethan lui ouvrit celle de son appartement. « Entre. Ta tante n'est pas encore là. »

Comme sa voix a l'air fatiguée, se dit Cassie. Et vieille.

Il leur avait fallu presque un mois pour rentrer du Chili en pleine panne globale des communications. Mois pendant lequel, partout dans le monde, l'absence de services d'urgence avait fait des milliers de morts, les incendies urbains qu'on n'avait pu signaler et maîtriser assez vite des milliers d'autres. Le pire avait été la terrifiante absence d'informations : la panique de ne pas savoir ni ce qui se passait, ni pourquoi.

Mais ces problèmes pratiques avaient été résolus relativement vite, du moins à ce qu'il semblait avec dix ans de recul. Une fois établi que la couche radiopropagatrice avait cessé d'amplifier et de renvoyer les signaux, on trouva des solutions : émission directe d'ondes longues ou courtes, tours de relais, réseau téléphonique à base de lignes fixes. Construire et installer ces nouvelles infrastructures, bien que coûteux, avait même permis de relancer l'emploi durant la crise économique.

Quand le monde découvrit la vérité sur l'hypercolonie, les conséquences furent bien pires. Les derniers survivants de la Correspondence Society avaient fourni à la Société des Nations le résultat de recherches restées longtemps clandestines, le site d'Atacama avait fini par être découvert et analysé. Toutes les vérités que ne pouvait révéler la famille de Cassie étaient désormais de notoriété publique. Avec pour conséquence une époque d'appréhension irraisonnée. Il ne restait plus un seul sim dans le monde, mais on ne pouvait toujours pas s'inscrire dans une école ou postuler à un emploi sans passer un test de dépistage de matière verte. Le ministère de la Défense finançait la construction d'observatoires astronomiques. Se montrer amical et pacifique était de plus en plus suspect, tout ce qu'avait refoulé l'hypercolonie paraissant plus authentiquement humain : le bellicisme, le cynisme, la suspicion, l'agressivité. Et cela se payait en sang versé… dans d'innombrables petits conflits régionaux, et une guerre de plus grande ampleur menaçait à présent. Certains affirmaient que les Chinois avaient construit des bombardiers capables d'aller attaquer l'Amérique. Et les bombes elles-mêmes étaient devenues plus mortelles au fur et à mesure de la course aux armements. Cassie se laissait parfois aller à se demander si ce n'était pas là le résultat que l'hypercolonie souhaitait depuis le début. *Comme nous ne lui servons plus à rien, on nous laisse œuvrer à notre extinction.*

Elle avait changé d'opinion à ce sujet en tombant amoureuse de Josh. C'était un homme doux, d'une douceur simplement et purement humaine. Ce qui justifiait beaucoup de choses. Mais il fallait qu'il sache la vérité sur elle. Il fallait qu'elle lui dise ce qu'elle avait fait.

L'oncle Ethan avait sorti des biscuits salés et de la sauce pour les tremper dedans, ce qui fit sourire Cassie. « Comme pour une soirée, dit-elle.

— Je sais que ce n'en est pas une. Mais je me suis dit… au moins, c'est une *occasion*. De revoir Riss. De lui dire que tu vas te marier.

— D'obtenir sa permission.

— Tu n'en as pas besoin pour te marier. »

Non… pas pour se marier. *Pour parler*, songea Cassie.

Elle s'approcha de la fenêtre. Antioch Street était vide, recouverte de neige, une page vierge de mots.

« Elle arrive ?

— Il n'y a pas l'air, pour l'instant.

— Eh bien… ne sois pas trop déçue si elle ne vient pas.

— Merci de m'avoir laissée l'inviter ici.

— Pour tout dire, je n'aurais jamais cru qu'elle accepterait. »

Il était 21 heures quand une automobile tourna dans la rue et se gara aussi près du trottoir que le permettait la neige accumulée. De la fenêtre, Cassie vit sa tante descendre de voiture, se redresser, s'enfoncer sa casquette sur les oreilles et gagner péniblement l'entrée de l'immeuble.

Elle alla l'accueillir à la porte de l'appartement. « Merci, dit-elle précipitamment. Merci de faire ça. »

Tante Riss la serra dans ses bras. Cassie plaqua sa joue à l'épaule de sa tante, au tissu rendu humide par les flocons en train de fondre.

« Ethan, salua sa tante d'un ton neutre.

— Bonsoir, Riss. Tu veux boire quelque chose ?

— Non. Je veux savoir ce que Cassie a à dire. Mais je ne peux pas rester longtemps.

— Bien entendu », dit-il avec une grimace.

Cassie et son oncle avaient fouillé Antofagasta pendant des semaines avant de rentrer aux États-Unis, où Cassie avait interrogé six mois durant et de plus en plus désespérément les survivants de la Society avant de recevoir une lettre de sa tante.

Je suis vraiment désolée. J'ai appris du père de Beth (j'estimais de mon devoir de lui dire ce qu'il avait besoin de savoir) que tu l'avais déjà contacté. Il m'a donné cette adresse. Je crains d'avoir de mauvaises nouvelles. La lettre relatait ensuite la mort de Thomas. De la chose qu'ils avaient appelée Thomas. Une horreur à retardement de plus dans ce qui avait été une époque d'horreurs, pour Cassie et sa famille, et à bien des égards celle-là était la plus horrible de toutes.

Plus tard, quand il devint possible de relire la lettre sans la tacher de larmes, Cassie remarqua que sa tante avait souvent utilisé le mot « désolée » (sept fois en deux pages manuscrites) et omis d'indiquer sa propre adresse.

Cela n'empêcha pas Cassie d'essayer de la contacter. Six autres mois plus tard, elle reçut un courrier lui demandant d'arrêter. *Nous revoir ne serait bon ni pour toi ni pour moi, à mon avis.* Cassie n'en tint aucun compte. Et l'été suivant, tante Riss avait fini par accepter un rendez-vous.

Elles avaient déjeuné ensemble dans une cafétéria de Delaware Park. Cassie s'était préparée à affronter la tristesse de sa tante, mais fut surprise par la froideur qui allait avec… Toute la gentillesse de Riss semblait en être sortie comme l'eau d'un seau percé. « Désolée, avait-elle (encore) dit à la fin du repas. Mais je ne peux pas. Vous fréquenter, je veux dire. Il y a certaines parties de ma vie que je ne peux pas retrouver. Que je ne *veux pas* retrouver. Je cherche seulement à les oublier. Et tu ne fais que me compliquer la tâche. »

Cassie n'avait pas renoncé pour autant. Tante Riss l'avait autorisée à lui écrire, « si tu en as vraiment besoin ». Et c'était ce qu'elle avait fait. Elle écrivait d'impersonnels petits mots consciencieux qu'elle expédiait à intervalles irréguliers. En espérant que sa tante se sentait obligée de les lire, à défaut d'y répondre.

Tout récemment, Cassie lui avait écrit au sujet de Josh. Elle l'avait rencontré en tant que membre des amis du musée d'art Albright-Knox. Une conversation impromptue sur les peintres français avait conduit à un premier rendez-vous : merci, Henri Matisse. Josh, célibataire, trente ans, travaillait comme ingénieur dans une entreprise d'outillage de Cheektowaga qui avait réussi à survivre à la crise des communications. Il n'avait aucun lien avec la Correspondence Society.

La semaine précédente, il avait demandé à Cassie de l'épouser. Et Cassie avait accepté. Mais elle ne voulait pas importer un mensonge dans leur mariage. Aussi lui fallait-il s'entretenir avec son oncle et sa tante.

Elle leur parla un peu de Josh, leur dit combien il comptait pour elle et combien il était important de ne pas lui mentir, même — *surtout* — sur ce qui s'était passé dans l'Atacama… Mais elle avait promis à son oncle de ne jamais divulguer ce secret. Voilà pourquoi elle avait besoin de sa permission… et de celle de sa tante, composante essentielle de cette histoire.

Bien entendu, Cassie ne s'exprimerait pas *en public* sur tout cela. L'existence de la Correspondence Society était désormais connue de tous, mais eux seuls savaient le rôle qu'ils y avaient joué. Cela resterait ainsi. Elle avait uniquement besoin de pouvoir en parler à Josh.

« Et il va réagir comment, à ton avis, quand tu lui diras que tu es responsable de l'état actuel du monde ? demanda tante Riss.

— Tu n'es pas juste, intervint l'oncle Ethan. Cassie n'est pas responsable de ce qui s'est passé dans l'Atacama ni des conséquences. S'il y a un responsable, c'est moi. Puisque c'est moi qui ai pressé la détente.

— Et chargé tout d'abord le pistolet. Je ne te le fais pas dire ! » Elle se tourna vers Cassie. « Qu'est-ce que tu comptes raconter à Josh, au juste ? Tu vas lui dire la vérité sur Thomas ? Sur Leo ? Et de quelle manière ils se sont servis de nous ? De *toi* ? »

Ce n'était pas aussi simple. Cassie avait beaucoup réfléchi à ce que Leo et Thomas avaient fait et à la raison pour laquelle ils l'avaient fait. Tous deux étaient des agents de l'hypercolonie. Tous deux avaient voulu détruire la zone de reproduction parasitée. Ils savaient qu'ils avaient besoin d'un complice humain. Leo avait d'abord choisi Beth… Elle était motivée et manifestement capable de violence. Mais il avait trouvé une meilleure arme en Cassie. Plus fiable. Plus ingénieuse. Et tout aussi facile à manipuler.

Thomas l'avait motivée d'une autre manière. En l'encourageant à faire confiance à Leo, à le suivre, à s'en remettre à lui, mais surtout en lui donnant quelque chose à protéger, un exemple de courage dont elle s'était sentie obligée de se montrer digne.

Raconterait-elle tout cela à Josh ? Bien sûr. C'était tout l'intérêt. Cela changerait-il quelque chose entre eux ? Elle espérait que non. « J'ai l'intention de tout lui raconter.

— Et je suis sûre que je n'ai aucun moyen de t'en dissuader. » Tante Riss hocha la tête. « Bon. Tu as ma bénédiction. J'espère que ça se passera bien. Et qu'il comprendra.

— Il comprendra.

— Tu en es certaine ? »

Cassie hésita. « Je lui fais confiance.

— Vraiment ? Je n'arrive plus à imaginer à quoi ça ressemble. Franchement, je ne me souviens pas. Mais j'imagine que je t'envie un peu. » Tante Riss se leva. Elle n'avait même pas ôté son manteau. « Que la vie te soit belle, Cassie. Sincèrement. Je te souhaite d'être heureuse. Mais je ne veux pas te revoir. Et je n'apprécie pas que tu m'aies fait venir ici alors qu'on aurait pu régler ça par courrier.

— J'avais besoin de vous parler à tous les deux…

— Mais non. Tu te disais qu'on pourrait peut-être se réconcilier. Sauf que ce n'est pas possible. Ce qu'il y avait entre nous, ton oncle l'a fait disparaître.

— Ce n'est pas vrai !

— Si.

— Je suis sûre que l'oncle Ethan ne savait pas… »

Pour Thomas, voulait-elle dire, mais son oncle se racla la gorge. « Arrête, Cassie. Elle a raison. » Il se découpait dans le cadre de la fenêtre qui donnait sur Antioch Street, les épaules fermes mais la tête baissée devant les flocons de neige et le givre sur les vitres. « Je savais exactement ce qui allait se passer. Ils me l'avaient expliqué dans les moindres détails.

— Qui ça, *ils* ?

— Les sims des installations de reproduction. Ils m'ont dit, pour Thomas. Ils m'ont dit qu'ils pourraient bientôt en prendre le contrôle, puisque l'hypercolonie d'origine était affaiblie. Ils ont promis qu'ils le laisseraient fonctionner exactement comme un enfant normal. Personne d'autre ne saurait la vérité. Mais si les installations étaient détruites, Thomas mourrait. Ils ont été très clairs là-dessus. » Il releva la tête pour regarder tante Riss dans les yeux. « Ils m'ont dit que tu en souffrirais jusqu'à la fin de tes jours. Que tu me mépriserais pour ça. Que ça détruirait la vie de Cassie. Que, quoi que je dise, elle se reprocherait la mort de Thomas. »

Tante Riss lui rendit son regard. « Et tu les as crus ?

— Finalement ? Oui.

— Mais tu n'as pas empêché la destruction des installations.

— J'ai eu tort ?

— Non, *ne me pose pas cette question*. Je ne peux pas t'absoudre, Ethan. Même si tu avais raison de le faire… c'était inhumain.

— Bien sûr que c'était inhumain. C'est là-dessus qu'ils se sont trompés. Ils comptaient tirer parti de mon humanité. La seule manière de leur résister était de faire ce qui paraissait inhumain. Il ne me restait pas d'autre arme.

— Quel raisonnement merveilleusement jésuitique ! » Elle ouvrit la porte et passa sur le palier.

Cassie la suivit. « S'il te plaît… Tante Riss, je n'ai jamais voulu te rendre malheureuse.

— Je suis contente que tu aies trouvé un moyen de tourner le dos au passé. J'ai besoin de le faire aussi… tu comprends ? Et j'y arriverais plus facilement si tu cessais de m'écrire.

— Ne me dis pas ça !

— C'est pourtant la vérité. Et mieux vaut connaître

la vérité que se repaître d'illusions. Tu ne trouves pas ? »

Le bruit de ses pas décrut dans l'escalier.

« Sur ce que j'ai fait, elle a en grande partie raison, reconnut l'oncle Ethan.

— Tu aurais dû me le dire.

— Une fois qu'on avait détruit la zone de reproduction, j'ai pensé que ça n'avait pas d'importance. »

Elle essaya de s'imaginer ce que, durant ces heures terribles dans l'Atacama, son oncle avait dû ressentir en sachant que la destruction des installations briserait le cœur de sa famille. « Je l'aurais fait brûler de toute manière. Avec ou sans ton aide.

— Je le sais bien, Cassie. »

Et peut-être l'avait-il su, en effet. Peut-être l'avait-il senti quand elle lui avait parlé de Leo. Peut-être n'avait-il pas voulu la laisser porter seule le fardeau de ce choix. Peut-être était-ce pour cela qu'il avait tenu à placer lui-même les explosifs.

« Comme je vois les choses, lança son oncle, tu peux partir en claquant la porte, je ne t'en voudrai pas davantage qu'à ta tante. Mais tu peux aussi rester le temps de prendre un café.

— Il faut que je reparte avant qu'on ne puisse plus rouler. Mais je ne suis pas en colère. Et un café, bonne idée. Peut-être avec quelque chose d'un peu fort dedans ? »

Elle appela Josh pour lui dire que tout allait bien et qu'elle repartait bientôt de chez son oncle. Il répondit qu'il regardait les informations sur la guerre à la télévision. Aux menaces et négociations avait succédé un silence de mauvais augure. « Sois prudente sur la route. » Bien qu'enrouée — il se remettait d'un rhume —, sa voix réchauffa Cassie.

Elle reboutonna son manteau en demandant à l'oncle Ethan s'il pensait que la guerre éclaterait.

« Je ne sais pas. Sans l'hypercolonie, il n'y a rien pour l'empêcher.

— Rien d'autre que le bon sens.

— Qui ne semble pas vraiment la chose la mieux partagée au monde.

— L'hypercolonie n'a jamais rien eu d'humain, à part ce qu'elle nous a pris. Tu me l'as dit toi-même. Elle exploitait notre technologie parce qu'on avait le génie de la fabrication. Elle exploitait notre économie parce qu'on a celui de la collaboration. Et si nous avons fait la paix, peut-être qu'on a le génie de la conciliation.

— Nous avons celui de la guerre, Cassie. J'en vois chaque jour la preuve.

— Et celui de la haine. Bien entendu. Mais aussi celui de l'amour.

— Notre génie de l'amour nous a presque tués. »

Elle glissa sa chevelure sous sa casquette en laine. « Il nous a rendus vulnérables. Mais ce n'est pas une faiblesse. Plutôt une force.

— Vraiment ? » Il eut un sourire peu convaincu. « J'espère que tu as raison. »

La température avait baissé de plusieurs degrés quand elle regagna sa voiture. Les rues étaient à peine carrossables, mais la neige ne tombait plus, le vent avait cessé, le ciel était dégagé et on voyait où on allait.

REMERCIEMENTS

Il n'y aurait pas eu de *Derniers jours du paradis* sans certaines conversations à bâtons rompus entre amis et en famille. Il serait impossible de faire justice à tous ces gens, mais je dois remercier particulièrement mes vieux amis John S. Barker (pour une discussion sur le concept philosophique de *qualia* sans laquelle ma conception de l'hypercolonie et des simulacres n'aurait pas été la même) et Taral Wayne (pour d'innombrables échanges sur la cosmologie, l'évolution et la nature de la conscience de soi).

Mes lecteurs seraient peut-être curieux d'apprendre que la technologie de lancement à base de laser utilisée sur la zone de reproduction existe réellement et pourrait concrètement servir à la mise en orbite de charges modestes. Plusieurs organismes gouvernementaux et compagnies aérospatiales se penchent actuellement sur ce procédé et le désert de l'Atacama figure parmi les sites de lancement possibles.

Pour le comportement des insectes et la notion d'intelligence distribuée, deux livres d'E.O. Wilson m'ont été utiles : *The Social Conquest of Earth* et (en collaboration avec Bert Hölldobler) *The Superorganism.* Pour la lourde tâche consistant à imaginer une Europe à peu près en paix au vingtième siècle, *Postwar* de Tony Judt[1] m'a été d'une aide inestimable. Et parmi tout ce qui a été écrit sur le désert de l'Atacama, *Bone and Dream* de Lake Sagari sort du lot par sa profondeur de réflexion et sa puissance d'évocation.

1. Disponible en français dans une traduction de Pierre-Emmanuel Dauzat sous le titre *Après guerre : une histoire de l'Europe depuis 1945* (Paris, Armand Colin, 2007).

Crédits de traduction :

Alexandre Masseron, pour le début de *La Divine Comédie* de Dante. Paris, Albin Michel, 1995 (chapitre 12).

Edmond Barbier (rév. Daniel Becquemont) pour l'extrait de *L'Origine des espèces* de Charles Darwin. Paris, Garnier-Flammarion, 1992 (chapitre 12).

Jean Brun pour le fragment de Xénophane de Colophon, in *Les Présocratiques.* Paris, Presses universitaires de France, 1968 (chapitre 12).

Madeleine L. Cazamian pour le poème d'Alfred Tennyson, in *In Memoriam.* Paris, Aubier, Collection bilingue des classiques étrangers, 1938 (chapitre 16).

Francis Wang pour la phrase de *L'Art de la guerre* de Sun Tzu. Paris, Flammarion, coll. Champs Essais, 1972 rév. en 2008 (chapitre 20).

Gérard Joulié pour l'extrait de *Vie de Samuel Johnson.* Paris, L'Âge d'homme, 2002 (chapitre 20).

DU MÊME AUTEUR

Aux Éditions Gallimard

BIOS (Folio Science-Fiction n° 80)

LES FILS DU VENT (Folio Science-Fiction n° 199)

LE VAISSEAU DES VOYAGEURS (Folio Science-Fiction n° 240)

ANGE MÉMOIRE (Folio Science-Fiction n° 303)

LA CABANE DE L'AIGUILLEUR (Folio Science-Fiction n° 391)

MYSTERIUM (Folio Science-Fiction n° 405)

YFL 500 (Folio 2 € n° 5299)

Aux Éditions Denoël

DARWINIA (Folio Science-Fiction n° 151)

LES CHRONOLITHES (Folio Science-Fiction n° 293)

BLIND LAKE (Folio Science-Fiction n° 349)

MYSTERIUM (Omnibus)

SPIN (Folio Science-Fiction n° 362)

AXIS (Folio Science-Fiction n° 419)

VORTEX (Folio Science-Fiction n° 510)

Ces trois ouvrages, réunis en un seul volume sous le titre LA TRILOGIE SPIN (Folio Science-Fiction n°552)

À TRAVERS TEMPS (Folio Science-Fiction n° 449)

JULIAN (Folio Science-Fiction n° 491)

LES DERNIERS JOURS DU PARADIS (Folio Science-Fiction n° 556)

LES AFFINITÉS

Aux Éditions du Bélial'

LES PERSÉIDES

Aux Éditions J'ai lu

VICE-VERSA